LA ISLA DE
LAS ÚLTIMAS VOCES

L A T R A M A

LA ISLA DE
LAS ÚLTIMAS VOCES

Mikel Santiago

Papel certificado por el Forest Stewardship Council®

MIXTO
Papel procedente de
fuentes responsables
FSC® C117695

Primera edición: septiembre de 2018

Publicado por acuerdo con SalmaiaLit Agencia Literaria

© 2018, Mikel Santiago
© 2018, Penguin Random House Grupo Editorial, S. A.
Travessera de Gràcia, 47-49. 08021 Barcelona

Printed in Spain – Impreso en España

ISBN: 978-84-666-6408-0
Depósito legal: B-10.994-2018

Impreso en Rodesa
Villatuerta (Navarra)

BS 6 4 0 8 0

Penguin
Random House
Grupo Editorial

*Para Ainhoa, que me dijo
que la locura sería no intentarlo*

PRIMERA PARTE

REGALOS DEL MAR

Una hora más tarde...

Llevaba un abrigo de hielo, un casco de espinas en la cabeza, una máscara de sangre sobre los ojos.

El capitán Davis, el entrenador de los novatos, soplaba su silbato junto a mi oído:

«¡Corre, Dupree, por todos tus malditos muertos, mueve ese culo de cemento!».

En el más absoluto dolor, tanto que se confundía con el vacío, podía escuchar mi respiración, lenta, muy lenta. ¿Estaba vivo? ¿Cómo se puede estar vivo en esa cámara de dolor rojo?

Cerré los ojos. Traté de pensar en algo bonito, pero nada me vino a la cabeza. Solo el ruido de mis pulmones y aquel silbato del capitán Davis.

«¡Despierta, Dave!»

Dave

No recuerdo demasiado del «antes». Quizás mi mente se cerró, o los recuerdos tropezaron en la caída y se desbarataron, se almacenaron en lugares inhóspitos de esta cabeza de chorlito. Puede que sea eso, o quizás todo tenga que ver con aquel sueño que tuve durante el vuelo. Eso sería, contra todo pronóstico, lo primero que querría contar si alguna de estas «mentes pensantes» me preguntara. ¿Dónde comenzaría usted su narración, sargento Dupree?

Pues verá, señor genio, íbamos diez personas a bordo de un avión que no existía. ¿Ha oído hablar de un pájaro negro? Vuelos que no tienen registro en las pantallas de las torres de control. Etiqueta vacía y no hagas preguntas. Ni siquiera nosotros sabíamos el destino. El caso es que llevábamos aquello: La Caja. Algo que había salido de alguna boca del infierno, por lo menos. Yo, que he transportado gente metida en jaulas, coches bomba, depósitos completos de veneno, le diré que aquello tenía un mal aspecto cinco estrellas. ¿Conoce esas teorías que hablan del «aura» de las cosas? Pues aquello tenía un karma tirando a «negro mierda».

Bueno, pero ya hablaré de eso. Antes quisiera mencionar mi sueño. Aquel sueño que tuve justo antes de que todo comenzase a ir peor que mal. Alguien inesperado se me apareció y me contó lo que iba a ocurrir. No sé si eso sirvió para que yo sobreviviera, pero lo que está claro es que tenía el boleto ganador. Entre esas doce almas, me tocó a mí. Para bien o para mal. Esto también se lo explicaré más tarde.

Pero comencemos. Íbamos, como digo, en aquel avión, y llevábamos cuatro horas en el aire cuando entramos en la tormenta. Como todo lo demás en aquella misión, la tormenta tampoco estaba prevista, y la primera turbulencia llegó sin avisar.

El avión cayó dos o tres metros de un golpe, y a uno de esos tíos de traje (Pasha ya les había encontrado un mote a esas alturas: «Los Fantasmas») se le derramó la Coca-Cola entre las piernas. Empezó a maldecir como una niña histérica mientras se limpiaba el pantalón y decía algo así como «Mierda puta, mierda puta, puta mierdaaa», y Dan y Pavel empezaron a reírse y a cachondearse, claro.

Yo me hubiera reído también, hubiera sido un gran momento. En serio: aquel tipo, Bauman era su apellido, era la viva estampa de la gilipollez humana. Con su chaleco de visón, sus gafas de sol y ese traje gris de millonario. ¿De qué agujero sacaban a esa gente? Pero apreté los labios. Había leído un *briefing* la noche anterior (el que me tocaba por ser el «jefe») y sabía que ese «intercambio» se trataba de un asunto muy incómodo entre dos diplomacias muy potentes. Así que nada de bromitas con los tipos de traje. De una sola mirada les borré la risa del rostro a los chavales: «Venga, seriedad y al tajo», les dije con telepatía. «Aburríos soñando con Ibiza.» Y mis cuatro chicos asintieron con la cabeza y se tragaron la risa.

Otra turbulencia, y esta vez debimos de caer cinco metros por lo menos. Nuestros estómagos flotaron en la ingravidez durante dos o tres segundos, hasta que oímos los motores rugir ahí fuera y volvimos a recobrar el aliento. «Joder», pensé, «¿por qué no subimos a una buena altitud y salimos de este infierno?»

«Confía en los pilotos», respondió la voz de mi cabeza. «Ellos tampoco quieren morir, ¿no?»

«No», pensé, «supongo...»

Casi como si me hubiera leído el pensamiento, habló Stu, el piloto, y su voz sonó sucia y llena de interferencias a través de los altavoces de la bodega:

—Tenemos órdenes de mantener la altura, pero vamos a intentar elevarnos un poco para evitar esta tormenta.

—Sí, joder, haz algo —replicó Arman, el trajeado que se había regado las pelotas de Coca-Cola. Y después maldijo en ruso.

El avión se inclinó en la subida y la lata de Coca-Cola rodó por el suelo de la bodega hasta chocar con La Caja, aquel contenedor intermodal negro que presidía, en solitario, la vasta rampa de carga del C-17.

La Caja.

La habíamos cargado tres horas antes en Jan Mayen, una isla de hielo perdida entre Noruega y Groenlandia donde nos esperaba a pie de pista, dentro de un camión. Era una caja de acero de doce metros de largo. Un *reefer* de esos que cruzan los mares transportando zapatos, bicicletas o toneladas de pañales. Solo que la nuestra era como una «serie especial»: un extraño acero blindado, una cerradura invisible y un montón de pequeños aparatos acoplados a sus lados; además del paracaídas y un sistema de flotación de emergencia. Estaba claro que ahí no viajaban pañales. Supusimos que se trataría de un arma, pero no nos pagan por pensar, y mucho menos por cuchichear. Solo teníamos que asegurarnos de que «eso» entraba en el avión y llegaba a donde tuviera que llegar sin problemas.

La lata de Coca-Cola se deslizó por el costado de La Caja bajo la mirada de todos los que íbamos sentados a estribor: Pavel, Dan, Alex y uno de aquellos «genios» que habían montado en la base de Jan Mayen —¿profesor Paulsson?—. Creí haber oído su nombre cuando los «trajeados» estrecharon sus manos mientras fumaban a los pies del C-17. Fuera quien fuera, aquel hombre noruego tenía mal aspecto. Parecía enfermo, y Alex, el cabo segundo, le había ofrecido pastillas contra el mareo, pero el tipo las había rechazado. Entonces Alex se había movido un par de asientos por miedo a que le vomitara encima, pero yo no creía que fuera eso. El tío lo que estaba era asustado de veras, y su colega —otro científico que se sentaba a babor— más o menos lo mismo. Ambos iban con la vista clavada en sus ordenadores y la cara de descomposición de alguien que está muerto de miedo. Miraban esos portátiles conectados al *reefer* y de vez en cuando alguno levantaba la vista para mirar a su colega. Parecía que se quisieran decir algo, pero la presencia de los tipos «importantes» se lo impidiera.

«Pinta muy mal», pensé. «Joder, solo espero que aterricemos en Canadá.»

Entonces vi que Pavel me miraba y sonreía, probablemente adivinando mis pensamientos. Arqueó las cejas como diciendo «menudo encarguito, ¿no?» y yo asentí con una media sonrisa.

«Ibiza», dije con los labios.

Y él sonrió.

Cerré los ojos y traté, yo también, de olvidarme de todo aquello. Todo el mundo que se dedica a esto tiene sus trucos, juegos mentales, maneras de sobrellevar la tensión o el aburrimiento. Hay gente que deja su mente en blanco y se concentra en los pies o en las manos, o en alguna otra cosa. Otros rezan o hablan con Dios. En cuanto a mí, el truco es pensar en una mujer. Una mujer bonita, quiero decir. Pienso en sus piernas, en su cabello, en su perfume. No es ninguna en concreto, pero tampoco son mujeres famosas, sino mujeres que conozco. Exnovias, compañeras de la base, azafatas de mi vuelo o camareras de los bares que frecuento en mi ciudad. Y tampoco es nada guarro, nunca llego a montarme un show porno en la cabeza. Saltar en paracaídas o entrar en combate con un hueso en la entrepierna no sería demasiado seguro. Lo que sí hago es imaginarlas bien vestidas, elegantes, en alguna fiesta o dando un paseo por un muelle, junto al mar. Me concentro en imaginar su sonrisa, el movimiento de su cabello ondeado por el viento y la fragancia de su perfume. Imagino sus piernas envueltas en un par de medias, caminando sobre unos bonitos zapatos de colores. Y eso me relaja, hace que toda la tensión de mi cuerpo baje uno o dos puntos. Es un truco que aprendí durante «la selección», en una de esas noches de pesadilla que te hacen pasar durante el «filtro». Muerto de frío, asustado, torturado con sonidos y sin comida, yo estaba con mis chicas y de ese modo sobreviví.

Así que cuando entramos de lleno en aquella tormenta, en aquel C-17 Globemaster que parecía una orquesta de piezas a punto de desmenuzarse, comencé a pensar en una mujer que había conocido dos semanas antes en una fiesta en el jardín de Pavel. Una chica guapa y con conversación que se llamaba Chloe Stewart.

Bueno, la visualicé tal y como la recordaba: rubia, alta, espigada, de esas que a mí personalmente me provocan «visión túnel» o cara de bobo, dicho en otras palabras. Vaqueros, una americana azul y un bohemio fular en su cuello. Tan pronto como empecé a recordarla, mis latidos comenzaron a ganar profundidad y los ruidos del avión a atenuarse.

Después de repasarla mentalmente, ya estaba tan lejos del C-17 que casi lograba escuchar la canción que sonaba en la fiesta del jardín de Pavel, «Suspicious Minds» de Elvis.

Era un día azul. Yo tenía un mojito en la mano. Una camisa de manga corta.

Hacía calor.

Pavel vivía en uno de esos chalets adosados que rodean la base naval de Coronado Beach, donde viven militares y funcionarios del ejército principalmente, aunque también unos cuantos civiles.

Había mucha gente nueva en el jardín, y seguramente ella lo era, porque estaba un poco descolocada y se dedicaba a beber de un vaso de plástico y a observar unas guirnaldas de colores que colgaban de un lado al otro del exterior de la casa. Justo a su lado estaba el MacBook de Pavel, así que me acerqué y empecé a mirar Spotify como quien no quiere la cosa. Entonces ella me dijo:

—¿No estarás pensando en cambiar de música?

—Pues pensaba variar un poquito...

—¿Y qué quieres poner?

El C-17 seguía dando botes y sonando como una caravana de circo azuzada por un huracán, pero yo ni me enteraba. Acababa de fijarme en un extraño pero atractivo tic en los ojos de Chloe, no demasiado maquillados. También había logrado concentrarme en el sutil aroma a champú que emanaba su cabello.

Intentaba mantener la conversación como podía, mientras la parte cabrona de mi cerebro me asaltaba con su repertorio de «clásicos castrantes»: «Es un pibón, Dave, y lo sabes; está fuera de tu liga. Ni lo sueñes. ¿Cuánto crees que aguantará sin hablarte de su novio? Debe de ser que le recuerdas a su hermano pequeño. Ese que es bajito y tiene un cepillo en las cejas».

Pero Chloe seguía hablándome, sonriendo y siendo fantásticamente simpática. Al menos lo era en mi sueño, porque a esas alturas debía de haberme dormido. Y esta es una de las cosas curiosas del asunto: jamás me había dormido en el trabajo.

Ni siquiera podría decir cuánto duró esa prometedora conversación con Chloe Stewart en el jardín de Pavel. Lo único que sé es que de pronto empezaba a oscurecer. Un viento muy frío comenzaba a soplar enviando ráfagas de agua. Los invitados habían desaparecido y se oían los ruidos, como si un tren descarrilado estuviera haciendo trompos al otro lado de la valla.

—¡Eh! ¿Dónde te has metido, Chloe?

Yo entraba en la casa, que había cambiado, como suele ocurrir en los sueños, y no era la casa de Pavel, sino nuestra antigua pocilga de Columbus Hill. Había un largo pasillo que llevaba a la cocina. Y yo lo recorría y allí, al final, había alguien esperándome. Pero no era Chloe.

—Eh, Dave. ¿Cómo estás, muchacho?

Allí sentado en su silla, donde siempre solía encontrarle, estaba El Viejo. Con su botella y su paquete de cigarrillos. Y su ropa que olía siempre a una mezcla de alcohol y tabaco.

—¿Qué haces aquí, papá? —pregunté.

Entonces, El Viejo levantó la mirada, muy despacio, como si las ondas de mi voz hubieran tardado segundos en llegar a sus oídos. Me miró con aquellos dos ojos tristes, donde siempre había un signo de derrota. Pero en vez de eso, ahí dentro vi un pozo sin fondo que rotaba como una galaxia.

—Acércate, Dave, hace tiempo que no te veo.

Me acerqué y tuve ganas de abrazarlo. Aunque apestase a alcohol y nos hubiera jodido la vida a todos. Es lo que pasa con la sangre, ¿no?

—Yo también a ti, papá —le dije.

Era como si hubiéramos vuelto a los días de vino y rosas (sobre todo de vino). El Viejo me cogió por la manga de la camisa y tiró con fuerza hasta ponerme frente a frente.

—Mira esto, muchacho. Es lo que he venido a decirte. Míralo con atención. Es importante que lo veas...

El Viejo me lo mostró en sus ojos. Allí dentro todo daba vueltas y te tragaba. Y en el fondo del pozo había algo. Unas imágenes. Al verlas, comencé a respirar más rápido.

—Debes salvarte, Dave, porque has sido elegido para algo importante.

Y allí, en el centro de aquel infierno de cuerpos rotos, negra y grandiosa se elevaba La Caja.

Esa maldita Caja.

Carmen

Aquello era como caminar por un planeta helado, pensó Carmen.

Con los ojos semicerrados avanzaba a trancas y barrancas por el sendero de Corbbet Hill, recibiendo los empellones del viento y las ráfagas de agua, que a veces se convertían en granizo pequeño y le impedían tener una visibilidad mucho mayor que dos metros.

Urano o Plutón... Algo parecido.

Eran solo las cuatro de la tarde y ya era de noche. El sol, esa pelota pequeña y cobarde que apenas asomaba durante el día, se había marchado sin despedirse, y ahora reinaba una oscuridad total. Bueno, casi total. En lo alto de Corbbet Hill estaban los farolillos del hotel Kirkwall, pero eran como pequeñas estrellas remotas, medio diluidas por la tormenta.

Menos mal que se sabía el camino.

Caminaba encogida, con una bolsa de la compra en cada

mano, más el peso de su mochila, donde había alojado un par de kilos de patatas y una bolsa de manzanas. Siguiendo con el símil del planeta helado, se sentía como un astronauta de regreso de una misión de recogida de rocas lunares, con la excepción de que los astronautas iban dando alegres botes por la Luna y ella, en cambio, caminaba exhausta con todo el peso de la gravedad y de las compras en el Durran Grocery Store. Lo único positivo era que el frío, menos de cinco grados, le impedía sudar una sola gota.

Además, los astronautas tampoco solían llevar la nariz al aire. Y Carmen empezaba a sentir que se le estaba helando. Que se rompería como un cristal y se le caería a trozos (con lo que perdería una de las mejores partes de su cara). Al menos llevaba puestas una camiseta térmica, un grueso polar y una chaqueta cortavientos con una gran capucha que le protegía el cuello. Pero había dejado su nariz expuesta. Error de novata. Y lo único que podía hacer —con sus dos manos ocupadas— era apretar el paso y llegar cuanto antes.

Con la vista fija en los bordes del sendero, avanzó los últimos metros antes de llegar al césped recortado del frontal del hotel. Alzó la vista y el viento le arrancó la capucha de la cabeza y desató su melena castaña, que comenzó a bailar sobre su cara.

Observó que había luz en el salón. ¿Algún cliente de última hora en el ferry de la tarde? ¿Una parejita buscando un refugio romántico por Navidad? Aunque significase trabajo, era mucho más deseable que el aburrido transcurrir de las horas invernales. Y además harían algo de caja, que falta hacía.

Cruzó el jardín hasta el pequeño camino que orillaba los muros de la vieja casona y rodeó el edificio. Allí sobresalía la extensión donde se alojaba la cocina. Frente a ella estaba aparcado el Rover Defender que ahora se arrepentía de no haber cogido para bajar al pueblo («un poco de ejercicio me vendrá bien», había pensado. «Y una mier...»). Más allá del cobertizo y la valla, el Bealach Ba —la montaña central de la isla— estaba casi enteramente cubierto por una de esas grandes nubes, como si fuera un ser de otro mundo que se alimentara de montañas.

«Definitivamente, Plutón», pensó Carmen.

Abrió la puerta de la cocina y dejó que la lluvia y el viento se colaran en la gran casona como dos fantasmas ululantes.

—¡Hola!

Sabía lo mucho que molestaba una irrupción de viento y frío en el caldeado ambiente de la cocina, así que Carmen entró despacio, con cuidado de no soltar la puerta en ningún momento. Sus tres meses en la «isla del viento» le habían enseñado a no subestimar las rachas furiosas y repentinas que se llevaban por delante dedos, cristales y trozos de pared.

Metió una bolsa, después la otra, y finalmente cerró la puerta y dio dos vueltas a la llave.

Amelia Doyle estaba de espaldas a la puerta, troceando algo sobre la mesa de madera. Esa noche vestía el *jumper* rosa fosforito de Quicksilver que uno de los clientes del verano pasado —un surfista australiano— le había regalado después de pasar dos semanas cogiendo olas en Layon Beach. Además de eso, pantalones vaqueros y zapatillas Converse con los lazos también de color rosa.

De no ser por esa maldita artrosis que cada día la iba mordiendo un poco más, Carmen firmaría por llegar a los setenta como Amelia Doyle.

—¡*Joder*! —exclamó en castellano—. Ahí fuera es como un infierno.

—*Joder* —repitió Amelia con su acento—. ¡Ya lo he notado!

Carmen dejó que el calor de la cocina la abrazara. En la radio sonaba «I Wanna Be Your Boyfriend» de los Ramones entre interferencias (posiblemente causadas por la tormenta) y olía a un rico estofado que llevaba horas haciéndose lentamente en el fuego de leña.

Atravesó la cocina con la mochila de las patatas a cuestas hasta la despensa. Una vez allí, la aparcó junto a una caja de madera y fue colocando las patatas una a una en la pila.

—Ya me estaba preocupando por ti —dijo Amelia—. ¿Dónde te habías metido?

—Me quedé un rato donde Didi —dijo—. Ya sabes cómo son esos «ratos»...

—Oh, esa *lianta*. ¿Qué contaba?

—Bueno, parece que la tormenta que anunciaban para fin de año se adelantará a la Navidad. De hecho, creo que estos son los primeros avances.

Casi como para confirmarlo, afuera se escuchó otra furiosa ráfaga de viento.

—El ferry de la tarde ha vuelto a llegar vacío y se ha ido cargado de gente. Debemos quedar unos sesenta en la isla.

—Y aún se irán más —dijo Amelia—. Lo normal es que nos quedemos una treintena de almas en Navidad. Los que no tienen familia o los que la odian demasiado. Y después estamos los viejos achacosos a los que ya no nos sacan de esta piedra.

Carmen se rio.

—¿Y los sobrinos de Didi? —preguntó Amelia—. ¿Se han marchado ya?

—No. Hoy estaban en el café, trasteando, un poco aburridos. Todo sea que mañana el ferry no salga.

—Todavía tiene que haber peor mar para que esos locos decidan aparcar su maldito cascarón.

Amelia se refería a los capitanes del *Gigha*, el ferry que cruzaba desde la «tierra» (como la llamaban los isleños, por mucho que se tratara de otra isla más grande) hasta Portmaddock. Eran antiguos pescadores que habían encontrado en el ferry una forma de vida tan mala como la pesca y no se arrugaban ante un mar erizado ni una marejada. Carmen había cruzado algunas veces para ir de compras a Thurso entre olas que eran como montañas mientras el viejo Torain O'Hara bebía té y contaba chistes verdes. Pero una cosa era el coraje casi estúpido de los viejos lobos de mar y otra el control del cabo Gertrudis y las benditas reglas de transporte marítimo de personas.

Carmen se acercó a la mesa y observó los dos platos llenos de patatas y cebollas picadas.

—Buen trabajo —dijo—. Todo bien pequeñito.

—A partir de ahora es todo tuyo, preciosa —dijo Amelia tras dar el último golpe de cuchillo y quitarse las gafas—. Quiero ver cómo la haces girar en el aire.

Se refería a la tortilla de patatas que iba a componer el primer plato de la cena de aquella noche.

—Ya te dije que no se gira en el aire —dijo Carmen—. Se pone un plato encima de la sartén y se voltea.

—¡Ohhh! Pero ¡eso es abuuurrido! Bueno, le diremos a Charlie que lo hiciste.

Carmen abrió los ojos de par en par al escuchar eso.

—¿Charlie? —dijo—. ¿Está aquí?

Intentó disimular un poco su emoción colocando las bolsas de la compra sobre la mesa.

—Ha aparecido a media tarde —dijo Amelia (y aunque le daba la espalda, Carmen juraría que tenía una sonrisa de oreja a oreja)—. En ese ferry que no iba del todo vacío... Le he dado su habitación habitual.

Carmen sacó un par de latas de carne y las metió en el armario. No pudo evitar que sus labios formaran una sonrisa.

—Bueno, iré a saludarle. ¿Está en el salón?

—No —dijo Amelia—. Ha bajado al pueblo... Quizás iba a buscarte. Me parece que temía que te hubieras marchado a España por Navidad.

Carmen se volvió y se encontró con Amelia mirándola de par en par con una sonrisa muy pícara.

—¿Qué?

—Nada... Yo...

—¿Has traído pilas para el árbol? —preguntó Amelia como para romper el incómodo momento—. Ahora que tenemos un huésped, tendremos que darle un toque navideño al negocio.

Sobre la barra de la recepción, un reloj promocional de Guinness indicaba que eran las seis y media de la tarde en la isla de St. Kilda y las once y media de la mañana en Nueva York. Debajo del reloj, un gran mapa de la isla mostraba el pueblo de Portmaddock al sur (con una banderita señalando el hotel, en lo alto de Corbbet Hill) y los diferentes caminos y sendas disponibles para explorar la isla andando o en bici (bicicletas a tres euros al día, tándems a cinco). A su lado, los folletos de rutas a caballo y paseos en velero, que empezaban a perder el color mientras esperaban otro verano en el que quizás pudieran ser de utilidad a alguien.

Carmen colocó las pilas en la base del árbol de plástico

que habían rescatado del desván aquella misma tarde. Al hacerlo se iluminaron los alegres leds de colores.

«Ala, ya es Navidad...»

En ese momento, el viento golpeó la puerta y le dio un susto.

—Mierd...

El carillón se agitó por efecto de esa lengua de viento frío y después la ráfaga siguió silbando alrededor de la casa. Carmen recordó algo que Didi le había dicho esa tarde: que si esa ciclogénesis llamada Luzbel era tan «bestia» como la venían anunciando, era posible que se quedaran aislados unos días en la isla. «Cinco, seis... Una vez, en 1990, llegaron a los diez días.»

«Pues espero que todo quede en la clásica noticia agorera», pensó.

Iba a regresar a la cocina cuando volvió a ver el resplandor del salón. Se desvió de su camino y entró en el comedor, que estaba prácticamente a oscuras. Siete de las ocho mesas yacían con sus hules y las sillas recogidas, pero en el fondo, junto a la chimenea, alguien había preparado la octava mesa, engalanada con un mantel rojo, copas, vasos, vajilla y un centro de flores del que sobresalían las velas. Amelia había colocado incluso una botella del vino italiano que guardaba para ocasiones especiales.

Era una mesa para dos.

—De ninguna manera, querida —dijo Amelia sin inmutarse cuando Carmen regresó a la cocina protestando por aquello—. Y es mi última palabra.

—Pero ¡Amelia! —Carmen notaba los colores subiéndole por las mejillas—. ¡Quiero que cenemos los tres!

—¿Y chafarte la única cita romántica que has tenido en

ocho meses? Ni loca. Soy una vieja solitaria y me encanta la compañía, pero sé cuándo tengo que dejar a la gente divertirse. Me llevaré un trozo de tu tortilla y la cenaré viendo *Downton Abbey* o hablando por la radio. Y después me pondré tapones. Charlie y tú podéis hacer todo lo que queráis esta noche.

Carmen ya no pudo hacer nada por contenerse y estalló en una carcajada.

—Somos amigos, Amelia. Cenaremos y después cada uno se irá a su cama. Por favor...

—Mira, jovencita. Si resulta que tienes razón y dormís separados esta noche, te garantizo que me enfadaré no sabes cuánto. Sobre todo después de estos dos meses de caramelización a fuego lento que habéis tenido delante de mis narices. Mis piernas no funcionan bien, pero tengo la vista de un halcón.

«Y además eres terca como una maldita mula», pensó Carmen mirándola en silencio.

Después se acercó a ella y, aunque sabía que Amelia Doyle no era muy fan del contacto físico, la abrazó y la estrujó un buen rato.

—Anda, anda —dijo la señora Doyle intentando apartarla con el codo—. Termina esto y ve a ponerte guapa.

Durante todo el verano había dormido en una pequeña habitación en la planta baja, la que fuera el antiguo cuarto de mantenimiento —cuando el hotel tenía su propio manitas—, pero con la temporada baja y el hotel casi vacío, Amelia le había permitido ocupar una de las habitaciones de la primera planta, la 103, que contaba con una chimenea y un cuarto de baño propios. Aun así, el frío seguía siendo la sensación omnipresente en el Kirkwall. Aunque el fuego rugiera bien alimentado de leña y la caldera de queroseno todavía fuera capaz de hacer arder tu piel con litros de agua caliente, el tránsito entre la ducha y la ropa era todavía un camino helador.

Tras una depilación exprés se acercó al espejo, en cuyos bordes iba ganando espacio un ejército de hongos. El malvado espejo devolvió la imagen de un rostro acostumbrado al sol y que llevaba mucho tiempo sin recibir un buen rayo cargado de vitamina D.

—Hola, me llamo Carmen y soy del color de la cera. Un vampiro.

Tras una operación «de chapa y pintura», Carmen sacó las joyas de su armario y las colocó sobre su cama. «Debería haber hecho caso a Didi e ir a comprarme un par de buenos vestidos en Thurso cuando tuve ocasión.» Pero ¿cómo iba a saber que Charlie Lomax se presentaría en plenas Navidades? Y de todas formas, ¿no estaban Amelia y ella dando por supuestas demasiadas cosas? Quizás el chico tenía algo de trabajo que hacer o había ido solo un par de días y pronto volvería a Edimburgo a celebrar la Navidad con esa novia, Jane, a la que, por otra parte, había dejado de nombrar hacía tiempo.

«¿Y por qué estoy tan jodidamente nerviosa?»

«¿Quizás porque llevas cuatro años criando telarañas ahí abajo, querida?»

Recordó a Lomax tal y como lo había visto la primera vez: en el puerto, armado con aquellos aparatos de medir y mil planos en las manos, y con esa chaqueta amarilla que podía verse desde las ventanas del hotel Kirkwall en un día claro. Quitando su cara de «urbanita perdido», la verdad es que era todo un buen ejemplar. Alto, ancho de espaldas, pelo rojo ondulado y ojos verdes. Y una sonrisa que podía guiar barcos en la noche.

Didi fue la primera que lo detectó. Dijo que «se lo pedía para ella». De hecho, le había llegado a ofrecer una de las literas para viajeros que se alquilaban en el piso que había sobre el café Moore, pero Charlie ya había reservado una habitación en el Kirkwall.

Llegó al hotel a finales de septiembre, pagó el mes por adelantado y dijo que necesitaba una habitación silenciosa con un buen escritorio para trabajar. Lo enviaba no sé qué comisión nacional para realizar unos estudios sobre la isla. En un pueblo tan pequeño no fue difícil enterarse de quién era Charlie Lomax. En cierto modo, habían estado esperándole desde hacía tiempo.

Durante el verano de 2015, el mar había golpeado el archipiélago por los cuatro costados. Inundaciones, apagones y destrozos por toda la costa. Un huracán extratropical que los expertos habían considerado «impredecible» y posiblemente causado por «fenómenos meteorológicos extremos relacionados con el cambio climático». St. Kilda no se había librado del «castigo». Esa palabra era la que utilizaban los locales para referirse al asunto, y no era para menos. Los temporales (concentrados en dos semanas de julio de 2015) destrozaron el rompeolas y abrieron un boquete en el malecón del puerto, provocando el hundimiento de dos pesqueros y otros tres barcos de vela, además de graves daños en otras naves. Y por si aquello no hubiera sido ya suficiente para noquear la maltrecha economía del pueblo, dos días más tarde el mar envió una tormenta eléctrica de proporciones bíblicas, y una de sus descargas provocó el incendio del viejo almacén de Durran, que terminó extendiéndose por otras dos casas provocando la muerte de Erica Bell, una anciana de ochenta y un años que murió por inhalación de humo. A la pérdida de esta vida hubo que sumar dos casas calcinadas y varios miles de libras de redes de pesca y equipamiento.

Carmen no vivía en St. Kilda por aquel entonces, pero Amelia le contó que la gente estaba fuera de sí durante aquellas duras semanas. El mar primero y el fuego después, como un castigo de Dios que venía a sumarse a la increíble depresión del sector de la pesca de arrastre, principal economía de la isla. No solo ya no quedaba pescado blanco en el mar, sino que Europa había racionado la pesca, y además los islandeses competían fieramente por lo suyo. Las aseguradoras se pusieron tiesas ante el alud de reclamaciones, y entonces el pueblo se unió para enviar un SOS a Edimburgo esperando una flota completa de helicópteros, ayuda humanitaria, ingenieros y camiones cargados de regalos. Pero todo lo que llegó fue Charlie Lomax, un joven ingeniero con la misión de evaluar los daños, actualizar unos cuantos mapas y medidas del islote y emitir un informe. Y digamos que no fue precisamente aplaudido a su llegada. La gente se lo tomó casi como un insulto. Charlie Lomax era la encarnación del desprecio que la capital sentía por los remotos isleños del norte. Todo el mundo pensaba que se guardaba un as en la manga. «El chico de Edimburgo», lo llamaban. El ingeniero «cruasán». El misterioso Charlie Lomax.

Así que la primera tarde que Carmen se lo encontró descansando en el mirador del hotel, digamos que tenía bastante curiosidad en torno al personaje. Decidió acercarse y darle con el codo, a ver si salía algo de conversación de aquella boca tan bonita. Entonces Charlie Lomax despertó de algún sueño romántico en el que estaba enfrascado y la miró con una sonrisa bastante dulce. Y Carmen descubrió que, además de sus bonitos ojos y una nariz que daban ganas de morder, el chico era gracioso y todo. La hacía reír... Y eso, siendo Carmen, era bastante.

Aquella primera tarde disfrutaron contándose historias. ¿Qué hacía una mujer de Madrid perdida en St. Kilda?, le preguntó Lomax, y Carmen optó por la versión corta de su historia, la que utilizaba para no espantar a nadie: que perdió su trabajo en España y viajó a Londres a buscarse la vida. Y que desde allí, a través de una página web llamada Work Away, encontró aquel anuncio de Amelia Doyle buscando un «ayudante de hotel en una isla de Escocia».

Y Charlie se contentó con esa versión, aunque estaba claro que había mucho más.

Treinta y seis años, guapa, inteligente y con un anillo en el dedo.

¿Dónde estaba su familia?

Pero, claro, Carmen tardó mucho en hablar de esto.

Dave

El Viejo terminó su cuento y yo desperté. Lo hice con un grito de terror, pero dudo que nadie lo oyera. Seguíamos en el avión, que botaba como un caballo salvaje entre las turbulencias. Esa maldita lata de Coca-Cola seguía dando vueltas de un lado a otro, chocando contra todos los sitios, sin que nadie quisiera levantarse a recogerla. Pero estábamos allí, vivos, todavía en el aire. Y por un instante respiré aliviado.

Miré a los lados. Pavel iba tranquilo, con la mirada puesta en alguna parte, quizás pensando en su mujer y el bebé que ambos esperaban para abril. Un poco más allá, Dan mascaba un chicle mientras escuchaba música en su iPod. No parecía que nadie me hubiera oído gritar, aunque yo estaba positivamente seguro de haberlo hecho.

Tragué saliva y traté de atemperar mis nervios. El corazón me iba a toda prisa y la camiseta se me había empapado en sudor.

Miré a Pavel otra vez. «Tío... Acabo de tener la pesadilla

más cojonuda de mi vida», le dije en mis pensamientos. «He visto a mi padre en un sueño. Creía que me había olvidado de su cara, pero allí estaba, en todo su esplendor: el viejo borracho, incluso olía a su maldito whisky. Y ¿sabes qué? Me ha dicho que íbamos a morir todos en este avión. Bueno, ni siquiera me lo ha dicho, me lo ha mostrado en sus ojos. Y tú estabas roto en dos, tío, por el cuello. ¡Cuánto me alegro de haber despertado!»

Porque todo había sido un sueño, ¿verdad? Aunque quizás era el sueño más realista que yo había tenido en mi vida, hasta la fecha («cuida tu cuello, soldado. El cuello es la clave») y tampoco era cuestión de empezar a poner nervioso a todo el mundo. Así que decidí callarme y esperar a que el corazón dejase de palpitar dentro del pecho. Intenté devolver mis pensamientos a la guapa Chloe Stewart, pero no logré visualizarla. El jardín de Pavel seguía desierto, bajo aquella tormenta repentina, y además tenía miedo de volver a encontrarme al Viejo por alguna parte. Abrí los ojos. No, joder, tenía una ansiedad de puta madre encima.

—¡Vaya con cuidado, sargento! —gritó Pavel al verme quitándome el cinturón y poniéndome en pie—. Esto es una puta montaña rusa.

—No te mees en la cara, jefe —añadió Dan.

Les hice el gesto internacional de «cerrad el pico» y después, sin dejar de sujetarme a la pared, avancé hasta la parte frontal de la bodega.

Los baños de los aviones son relajantes, la gente con miedo a volar lo sabe. Es como si un cuarto de baño con su taza, su lavabo y su papel higiénico no pudiera estrellarse nunca. Bebí agua, alivié la vejiga y me lavé las manos. Después me mojé la cara. El espejo me devolvió un rostro cansado donde la barba, rasurada a las 3.30 de esa madrugada, ya había comenzado a brotar. Suaves ojeras, ojos enrojecidos. Un fibroso hijo de puta que más bien parecía poca cosa.

«¡Eh! Anímate, tío», le dije a ese careto. «Llegamos, aterrizamos, descargamos y nos vamos al primer bar que pillemos. No pienso irme a la cama sin celebrar que he salido vivo de este puto avión. Y de cena quiero una hamburguesa de Black Angus con queso y cebolla.»

Regresé a la bodega justo cuando habíamos empezado a botar a base de bien. Era como si estuviéramos pasando el avión por un rodillo. En ese instante vi venir rodando la dichosa lata de Coca-Cola y me agaché a recogerla. El avión se giró y se me escapó por un lado. Entonces, según intentaba no caerme de culo, escuché algo de jaleo en la cabina. El comandante repartiendo leña, o quejándose por algo, aunque no entendí muy bien de qué. El operador de radio intentaba llamar a alguien pero solo recibía ruido de «nieve». Cambio. ¿Hay alguien? Cambio. Nada.

Pensé que no era el mejor momento para ir de paseo, así que me quedé donde estaba, pegado a las escaleras. Desde allí contemplé el lado de babor. El «otro» científico, el que tenía un aspecto menos nórdico y más cotidiano, como si pudiera ser el contable de una pequeña inmobiliaria de barrio (me recordaba a George Costanza, de *Seinfeld*), estaba teniendo una discusión con el tipo del traje, Bauman. Blanco como la cera, tecleaba nerviosamente en su portátil y miraba a La Caja. Después tecleaba otra vez y volvía a mirar. Y en La Caja se iluminaban unas luces de colores desde uno de sus paneles de bombillas y pantallitas, y todo eso parecía querer decir algo. Y el hombrecillo, rechoncho y con unas gafitas de ratón, le montaba una bronca a aquella serpiente con corbata que iba sentada a su lado.

«Dave, hijo mío, cuidado con el cuello. Será una caída bien dura. Un golpe seco. Quizás no deberías llevar el cinturón puesto.»

Akerman (creo que ese era su nombre) señalaba la pantalla con gesto de enfado, casi de pánico, y el trajeado la observaba impasible. Era una de esas escenas que ocurren todos los días en el mundo entre un jefe y un empleado. El técnico que sabe que todo va mal, que todo huele a auténtica mierda, y el jefazo encorbatado al que solo le importa seguir ordeñando hasta que la vaca muera, y entonces ser el primero en saltar del barco. Pero aquello no era ninguna empresilla donde nos jugábamos unos cuantos miles o millones de euros. Aquello era un avión a once mil pies donde nada podía salir mal, y no me gustaba el color que estaba tomando aquella escena, así que salí del pasillo de los lavabos y me acerqué a ellos dos.

El avión seguía botando y me agarré a la pared de La Caja. El acero estaba helado, casi tanto que dolía en los dedos. Aquella debía de ser la razón del frío que, pese a que los chorros de aire caliente del Globemaster no habían parado de funcionar desde Jan Mayen, nos había puesto la nariz roja a todos.

Avancé con cuidado, sin despegar la espalda del *reefer*, y cuando llegué a la altura de los dos hombres la discusión había subido un par de puntos. Akerman estaba literalmente gritando, y no porque necesitara elevar su vocecita sobre el ruido, sino porque estaba enfadado. Histérico. Su cara estaba enrojecida y sus gafitas, descolocadas sobre la nariz. Pensé que se trataría de un ataque de pánico o algo parecido. Le daría un par de bofetadas y una pastilla para dormir. Y quizás otra bofetada extra por hacerme trabajar como si fuera una jodida azafata.

—¡Se lo avisamos! —le decía al fantasma del traje—. ¡Les dijimos que era una auténtica locura sacarlo de allí! Debemos regresar.

—¡Cállese, Akerman! —respondió Bauman—. Está perdiendo el control. Todas las lecturas son normales.

—No lo son... La temperatura... Se lo dijimos. Les explicamos que...

Un nuevo tumbo y me tuve que agarrar a uno de los grandes flotadores adheridos a los costados de La Caja para no caerme. Tuve cuidado de no tocar el tirador rojo que activara el inflado automático. Eso sería un bonito error con muchas narices rotas como consecuencia.

—¿Qué coño pasa aquí? —dije con bastante mala baba.

La frase les pilló por sorpresa. El tipo del traje y las gafas ahumadas me miró con cara de desprecio. Abrió su fea boca para contestar:

—Nada, soldado, siéntese.

La orden, viniendo de aquel civil, me jodió un poco.

—Lo haré en cuanto aclaremos esto —repliqué, y entonces me dirigí a Akerman—: ¿Ocurre algo? ¿Va todo bien?

El científico pareció encontrar en mí una oportunidad para canalizar sus quejas.

—Está pasando algo... —comenzó a decir, y entonces miró a Bauman, quien a su vez le dedicaba una mirada letal—. Hay un problema de estabilidad —tragó saliva— y tenemos que regresar cuanto antes. Es un...

Bauman le interrumpió.

—Se ha puesto nervioso, eso es todo. —Sonrió, dándole un par de golpecitos en el hombro a Akerman—. Estas malditas turbulencias nos están agotando la paciencia, ¿eh, doctor? Llegaremos al punto de entrega y...

Iba a contestarle que no recibía órdenes suyas y, a continuación, preguntar a aquel tipo con cara de ratón qué demonios estaba pasando (en cuatro palabras), pero en ese instante noté que el suelo desaparecía bajo mis pies. Me quedé flotando en el aire, literalmente, durante dos segundos, y estiré mi brazo hasta encontrar algo a lo que asirme. No lo logré. Caí de lado, golpeándome el hombro contra el borde de aquel contenedor cuyo interior devolvió una reverberación metálica. Después me abracé a una esquina para tratar de no caerme de culo, pero solo pude sostenerme durante unos segundos. De pronto sentí que todo mi cuerpo tiraba de mí. Tardé poco en darme cuenta de que aquello era algo más que una simple turbulencia. Mis pies volaron por el aire y se estrellaron contra el estómago de aquel tipo del traje. Una de mis botas le dio en todo el cuello.

—¿Qué...?

Ni siquiera nos dio tiempo a terminar nuestras respectivas maldiciones. De pronto se oyó una alarma que nos taladró los oídos.

—¡Atención, atención, atención! —dijo la voz del comandante por encima del estruendo—. *Brace. Brace.* ¡Posición de emergencia!

Yo todavía estaba intentando incorporarme cuando, sin previo aviso, las luces de aquella amplia bodega se apagaron, dejándonos a todos a oscuras.

—¿Qué ocurre? —gritó alguien, pero la voz del comandante no volvió a sonar. Solo el ruido de los motores acelerando repentinamente.

Yo traté de asirme a algo para dejar de rebotar, pero el avión volvió a dar un bandazo tremendo y viró violentamente hacia estribor. Salí literalmente volando por los aires y me golpeé contra algo, algo bien duro que me dio en la frente como una patada de hierro. Después caí de costado sobre uno de aquellos raíles del suelo sobre los que iba montada La Caja y no pude ni siquiera soltar un grito, porque el golpe me había dejado sin aire.

¿Qué pasó entonces? Esa es la pregunta del millón y no creo que nadie sea capaz de responderla jamás. Yo había comenzado a perder el conocimiento, pero juraría que escuché los motores apagarse. El sonido de esos dos motores inmortales, invencibles, parándose en medio del cielo. El final del ruido, de ese ruido que significa la vida a once mil pies de altura. Y después, el silencio del aire rozando contra una cáscara de metal.

Entonces, en la oscuridad, el pánico se desató por completo.

Pero yo ya estaba muy lejos de allí, como en un dulce sueño. ¿Con Chloe?

«Eh, Dave, recuérdalo: la cosa está en tus manos.»

Carmen

El carillón de la entrada principal resonó a eso de las ocho y media. Era uno de esos chismes de viento tibetano, regalo de Bram Logan (el chamán de St. Kilda), que tenía un sonido inconfundible.

Para entonces, Carmen ya había puesto la comida en la mesa y encendido el fuego. Además, le había dado tiempo para cambiarse otras dos veces de conjunto y volver a su idea inicial: un fino jersey negro y unos vaqueros. Nada de cosas raras ni sofisticaciones. «A ver si se va a pensar que me tiene en el bote.»

Lomax apareció al otro lado de la puerta, calado hasta los huesos. Resultó que había bajado al pueblo a comprar vino. Carmen reconoció la botella, porque llevaba meses en el escaparate del Durran's: un chianti que costaba por lo menos 35 libras.

—¿Y Amelia? —preguntó al ver la mesa con los dos servicios.

—Me pidió que la disculpáramos —dijo Carmen—. No se encontraba muy bien.

Amelia ni siquiera se había molestado en hacer un poco de teatro. Cuando Carmen salió de su habitación, pasó junto a su dormitorio-despacho y escuchó el buzzz de la radio de Amelia, que posiblemente estaría intentando charlar con alguna amiga de la costa.

Charlie se sentó frente al fuego y se puso a descorchar el vino. Carmen, entretanto, fue hasta el bar a poner algo de música. En las estanterías de Amelia, los CD estaban clasificados en tres categorías: 1) «tranqui», 2) «fiesta» y 3) «Bee Gees». Amelia se consideraba la fan número uno de los Bee Gees, al menos en la pequeña isla de St. Kilda y alrededores.

Carmen no quería montar una atmósfera demasiado «rosa» pero terminó cogiendo algo de la estantería «tranqui». Un viejo disco de Barbra Streisand llamado *Guilty*. ¿Un lapsus freudiano? Lo puso y comenzó a sonar un tema. «Más romántico imposible», pensó, aunque Carmen no lo había hecho adrede (o, al menos, no su parte consciente).

Charlie había conseguido descorchar la botella para cuando ella regresó. Se dedicaba a olerlo como si fuera un entendido.

—¿Veredicto?

Charlie puso una cara de «no tengo ni idea».

—Por lo que me ha cobrado Durran, debe de ser bueno.

—Vamos a ver...

Carmen se sentó al lado de Charlie, girada hacia él, con una pierna encima del sofá. Le ofreció la copa y Charlie se la llenó.

—Mmm... Pasable —dijo tras un primer sorbo.

—Didi me ha dicho que acababas de irte cuando yo llegué —dijo Charlie—. Debemos habernos cruzado por el camino.

—¡Ah! Me he pasado la tarde allí. Bueno, ya sabes, Didi y sus laaargas tardes.

Hizo un gesto como de «fumar canutos» que hizo sonreír a Charlie.

—Incluso vimos el ferry llegar al puerto, pero nos pareció que no venía nadie.

—Iba yo solo, joder, y lo siento por la docena que lo ha cogido de vuelta a Thurso. Espero que no fueran de estómago sensible...

—¿Tan mal estaba el mar?

—Terrible. Hasta el último minuto no sabíamos si iba a salir o no. Y eso que la borrasca no ha hecho más que empezar. Creo que será de las que harán historia.

En ese instante, Barbra cantaba «Aquí estamos, tú y yo, solos en la penumbra», y Carmen observó a Charlie, su cara cuadrada, sus ojos verdes y sus anchos hombros, y pensó que le apetecía mucho quedarse atrapada con él en esa isla.

—¿Qué piensas? —dijo él, al cabo de ese rato, mostrando su bonita sonrisa.

—Nada... Solo que ¡se va a enfriar la cena!

Se sentaron a su mesa (romántica), con la (romántica) luz de la chimenea y Barbra Streisand en el CD («y eso que no querías que pareciera una cita»).

Probaron la tortilla y no estaba nada mal. Carmen había tenido que luchar con la dureza extra de las patatas y el aceite de oliva de importación, pero había conseguido darle su toque personal (crujiente por fuera y deshecha por dentro), y Charlie se relamió y la estuvo halagando un buen rato, hasta que Carmen lo mandó callar.

Para entonces, ya habían roto el hielo y bebido la mitad del vino.

—Al final te has quedado —dijo Charlie—. Yo pensaba que no te encontraría en la isla. Como me dijiste que la Navidad era algo tan sagrado en España...

—Y lo es —respondió Carmen—. Saltárselo es una especie de pecado, sobre todo en mi familia.

—Así que has decidido pecar.

—A mis dos hermanas les encanta que nos reunamos por Nochebuena. Una de ellas tiene una casa en la sierra y hacen una gran cena, con todos los niños, los maridos y algunos primos.

—Suena bien. Pero... —dijo Charlie invitándola a seguir.

—No hay grandes «peros» a excepción de las riñas de siempre, y de ver los matrimonios de mis dos hermanas empeorar gradualmente año tras año. Y a los niños que han crecido hasta convertirse en una banda de adolescentes respondones y desagradecidos...

—Ah, bueno, entonces entiendo que quieras quedarte —dijo Charlie riendo.

—Les va a sentar como un puñetazo en las tripas, pero realmente este año tengo una buena excusa. Les diré que me he quedado atrapada en la isla.

—Eso... ¡Échale la culpa a Escocia!

Se rieron y, en ese momento, el viento arreció fuera e hizo temblar los cristales del mirador. Incluso pareció que las luces se atenuaban por un instante.

—Sí... Y bueno, ¿qué hay de ti? —continuó Carmen—. Pensábamos que te habías despedido hasta el año que viene. ¿Cómo es que has aparecido así? ¿No hay ningún ritual sagrado en tu familia?

«¿Y no sabes llamar por teléfono?», añadió mentalmente.

—Pues la verdad es que ha sido una decisión de último minuto —explicó—. Ayer mismo no sabía que lo iba a hacer, y esta mañana bien temprano he cogido el coche y me he liado la manta a la cabeza.

Carmen se quedó callada. Algo en la mirada de Charlie la había puesto muy nerviosa.

El chico volvió a llenar su copa de vino y le dio un trago largo. Como los que uno da para armarse de valor.

—Mira, Carmen, la verdad es que hay dos cosas. Por un lado, Edimburgo ha dictado sentencia. Traigo la resolución del comité en mi maleta.

—¿Ya? ¡Pero si decías que tardarían por lo menos hasta finales de enero!

—Al parecer cambiaron de opinión. De hecho, el consejo se reunió y lo aprobó en menos de cinco minutos. Y ni siquiera llegué a tiempo de decir ni una palabra. He ido a Edimburgo solo para recoger la bomba y dejarla caer en St. Kilda.

—¿Qué bomba? ¿De qué hablas? ¿No han aprobado nada?

—Lo mínimo —respondió—. Dicen que los daños en la flota deberían ser cubiertos por las aseguradoras, y eso es lo mismo que decirles que se vayan al infierno. Pondrán unos cuantos miles de libras para reparar el malecón y una antena de largo alcance. Nada más. Los dejan tirados.

Charlie volvió a beber y dejó la copa a medias.

—Joder, ¿seguro que no hay nada que hacer? —dijo Carmen—. ¿No se puede recurrir o algo?

—Se puede, pero sería empezar una batalla contra Goliat y creo que sería un mal consejo. En Edimburgo no dan una libra por este tipo de pesca, llevan años invitándoles a que renueven la flota, y además hay una gran controversia acerca de las comunidades aisladas como St. Kilda y los costes de mantenimiento asociados a ellas. Ya conoces los casos de otras islas como Halon y cómo terminaron. Súmale nuestra bonita crisis financiera mundial y te sale un mensaje bastante claro. Es cuestión de tiempo que caiga el hacha. Quizás no este año, pero...

Charlie parecía bastante abatido. No era para menos. Ya habían hablado mucho de lo que una relocalización por vía administrativa podía suponer para la gente de la isla.

—¿Y cuándo piensas decirlo? —continuó Carmen.

—Había pensado en dejar pasar las Navidades, aunque en realidad da igual lo que haga. Pensarán que les he traicionado, que es lo que han pensado desde que llegué a este pueblo.

Carmen estuvo a punto de decir algo, pero guardó silencio. En realidad era cierto, le culparían a él. Era lo que todo el mundo había planeado hacer desde el día en que Charlie Lomax pisó la isla. Era el chivo expiatorio. El culpable necesario porque a los otros culpables, los verdaderos, era difícil atraparlos con las manos. El cambio climático, que posiblemente fuera la causa de aquellas graves tormentas que habían destrozado el puerto, quedaba demasiado lejos. Igual que las directrices europeas sobre la pesca o las estrategias económicas de los encorbatados de Edimburgo, o el hecho de que la pesca estuviera en declive desde hace casi una década pero la gente de St. Kilda mirase para otro lado. Por no mencionar el hecho de que los pescadores jamás quisieron poner una libra de más en la cobertura de sus seguros. Todo eso daba igual. Charlie lo sabía y Carmen también. La gente de aquel pueblo le culparía a él porque era mucho más fácil odiar a una sola persona, sobre todo si no era «uno de los tuyos».

—¿Cómo estás? —preguntó Carmen.

—Frustrado —respondió él—. Me hubiera gustado que alguno de ellos hubiera venido conmigo a Edimburgo. Que Lowry o Nolan hubieran visto con sus propios ojos cómo se las gastan allí.

Se refería Gareth Lowry y Keith Nolan, los representantes de la «autoridad» en St. Kilda.

—En fin, creo que les veré mañana. Les entregaré el informe y, bueno, aquí ya no me quedará más trabajo que hacer. Y eso me lleva a otra cuestión, Carmen. Mi segunda razón para haber venido hoy.

Otra furiosa racha de viento y, esta vez sí, notaron que la luz se amortiguaba un poco. En la chimenea uno de los troncos carbonizados se partió y volaron un par de chispas.

—Verás, a mí tampoco me apetecía mucho pasar la Navidad en Edimburgo. Es por Jane. En mi familia todo el mundo la adoraba y, bueno, no me apetecía responder a todas las preguntas...

—¿Qué me estás diciendo, Charlie?

—Jane y yo hemos roto. Hace seis días.

—¿Jane y tú...? —Carmen tuvo que controlarse para no dejar escapar un exabrupto.

—Me ha tocado ser el malo del cuento, ¿sabes? Se lo dije el lunes pasado. Ella... Bueno, fue todo un drama.

Carmen sintió como si un tráiler de doce ruedas se despeñara por un acantilado y pudiera sentir el peso de todo ese acero cortando el aire. Y casi como en un chiste malo, Barbra cantó aquello de «cuando las miradas se encuentran y el sentimiento es fuerte...».

—Lo siento, debió ser duro.

—Sí... Se puso a llorar y siguió llorando mientras intentaba acompañarla fuera del bar. No sabía que le iba a doler tanto. Yo creía que se lo habría visto venir.

Charlie volvió a rellenar las copas y bebieron en silencio porque en el disco había una pausa entre canciones. El viento afuera sonaba como un aullido. En St. Kilda se decía que el viento «cantaba». Que era el espíritu de los monjes que habían vivido aislados allí durante siglos. Y lo cierto es que sonaba como el eco de un viejo coro entonando una pieza dodecafónica. AMMMMMMM. EMMMMMMM.

Pero entonces algo se elevó sobre ese ruido. Algo mucho más cercano y terrenal. Un grito que provenía desde el fondo de la casa.

—¡Amelia! —dijo Carmen poniéndose en pie como un resorte.

Pensó que se habría caído (no era la primera vez) y salió corriendo, con Charlie tras ella. Pero cuando llegaron al pasillo se encontraron a Amelia Doyle de pie junto a la puerta de su habitación. Se apoyaba sobre su bastón y tenía una expresión de pura preocupación en el rostro.

—Chicos, perdonad que os interrumpa, pero creo que deberíais escuchar algo... En la radio, parece urgente.

Dave

Llevaba un abrigo de hielo, un casco de espinas en la cabeza, una máscara de sangre sobre los ojos.

«¡Corre, Dupree, por todos tus malditos muertos, mueve ese culo de cemento!»

En el más absoluto dolor, tanto que se confundía con el vacío, podía escuchar mi respiración, lenta, muy lenta. ¿Estaba vivo? ¿Cómo se puede estar vivo en esa cámara de dolor rojo?

Cerré los ojos. Traté de pensar en algo bonito, pero nada me vino a la cabeza. Solo el ruido de mis pulmones y aquel silbato del capitán Davis.

Era como si me encontrara en lo más profundo de una tubería. Y a lo lejos, a unos mil kilómetros, se veía la desembocadura, un punto de luz en el que parecía estar sucediendo algo. ¿El qué? Oscuridad, frío... Pero yo ya estaba bien adentro y seguía hundiéndome. Iba en la dirección opuesta. Ahí abajo había más silencio y cierta sensación de calor. Pero entonces alguien me habló. Era el capitán Davis. O mi padre, no estoy seguro. Era una voz penetrante, una de esas voces que no puedes dejar de escuchar.

«¡Culo de cemento, eres un perdedor! ¡Abre los malditos ojos y actúa!»

De acuerdo, estaba claro: era el capitán-instructor Davis y me estaba gritando en el oído. Soplaba en su silbato amarillo con todas las fuerzas de su rechoncho y jodido cuerpo de capitán chusquero. «¿Puedes dejar de silbarme en los putos oídos, Davis? Deben de haber pasado por lo menos quince años desde la graduación y ya no soy ningún novato. Si no fuera por el rango, te soltaba un soplamocos.»

«Pues abre los malditos ojos, Dupree.»

Lo hice. Mi nombre es «Siempre a la orden» y mi apellido, «Me gusta sufrir». Tuve que dar la vuelta y empezar a trepar por aquel túnel, en dirección a la salida, mientras notaba algo irritante en los ojos, algo que me molestaba enormemente. Pero no podía quitármelo de la cara porque tenía los brazos inmovilizados en aquella estrecha tubería. Tenía que salir de allí primero («Abre los ojos») y llegar a lo alto de aquel tubo («Abre los malditos ojos»).

Lo conseguí (aunque solo mentalmente, por supuesto, solo mentalmente). Abrí los ojos y un líquido irritante se coló en ellos. Me limpié con una manga. Después volví a abrirlos. Todo estaba a oscuras. El mundo estaba girado, del revés. Una luz naranja daba vueltas. ¿Una ambulancia? Pero no se escuchaba nada, ni una sirena, ni un quejido, solo una especie de colosal gruñido metálico, como si algo muy grande se estuviera aplastando contra otra cosa. También podía escucharse el sonido del agua burbujeante, entrando a chorros por alguna parte. Todavía no sabía dónde estaba, pero en la

Escuela de los Cabezas de Chorlito nos enseñan a despertarnos en la oscuridad, confundidos, pateados y diciendo «BuenosDíasQuieroMiDesayuno».

Mi cuerpo comenzó a enviarme señales. La primera y más aguda, una sensación dolorosa en la parte derecha de mi cráneo. Palpé la frente hasta notar una larga brecha de unos cinco centímetros. De ahí venía el líquido irritante: sangre. Sangraba a chorros, aunque parecía solo una herida superficial.

Llegó la segunda señal, dolor en el costado. Llevé la mano ahí. El uniforme no estaba roto ni tampoco parecía haber sangre. Una contusión. Cuidado con las costillas rotas al levantarte. Y, hablando de eso, ¿cómo vamos de piernas? Traté de moverlas, suavemente, primero una y después la otra, y parecía que el mecanismo seguía allí. Pero había sensación creciente de malestar. Era el frío. La humedad. Estaba sumergido en el agua, y eso concordaba con ese ruido que se escuchaba en alguna parte. Sonaba como mucha agua, como un barco hundiéndose en el océano. Y esos quejidos monumentales, como el acero sometido a una fuerte presión en un desguace de coches.

«El avión, Dave. Estamos en el mar. Nos hemos estrellado y ahora nos hundimos. Debes despertar, hijo mío, tienes una oportunidad y debes aprovecharla.»

La luz naranja giraba como una peonza. Traté de enfocar mis ojos en ella, seguí aquel haz con la mirada y observé las paredes. Todo estaba girado, mal colocado.

—¡Nos hundimos! —intenté gritar, pero mi garganta y mis pulmones solo devolvieron un patético sonido—. ¡Pavel, Alex!

Mi voz reverberó en aquel silencioso y oscuro espacio, y la sangre me volvió a empañar la vista. Me limpié de nuevo y observé la luz naranja. Por supuesto: era una de las luces de emergencia del techo del C-17.

—¿Hay alguien ahí? —volví a gritar—. ¿Podéis oírme?

Traté de ponerme en pie. Parecía que las piernas estaban en su sitio. Una me dolía, pero era lo normal tras un fuerte golpe. Los músculos tiraban correctamente y los huesos resistían. Conseguí ponerme a cuatro patas y las costillas me saludaron con un latigazo de dolor, pero me pareció que no estaban rotas. El agua me llegaba por la mitad de los antebrazos y los muslos. Agua helada. La probé y confirmé que era salada. Estábamos en el puto océano, joder.

El puto océano se estaba tragando el avión.

Busqué en la oscuridad hasta que encontré algo a lo que asirme. Tiré con fuerza y me puse en pie. Me mantuve agarrado a aquello. Se movía adelante y atrás, como un gran bulto dormido. Avancé mi mano hasta que toqué piel. Aquello era un rostro. Lo recorrí con la mano, palpé su nariz, su boca abierta, hundí mis dedos en su cabello. Aún estaba caliente.

—¿Pavel? —le pregunté a aquella forma en la oscuridad.

Pero no respondió. Entonces, según recorría la otra mejilla de aquella persona, me topé con un hombro. La mejilla pegada al hombro de una manera atroz, antinatural. Y comencé a imaginármelo. Cogí aquella cabeza con las dos manos y la zarandeé en el aire, y se movió como la extremidad de un gran muñeco sin vida. «Cuello roto. Cuida tu cuello, soldado.»

Seguí palpando aquel cuerpo, todavía en busca de una confirmación de mis sospechas. Bajé por su torso y distinguí el tacto de la tela de un uniforme reglamentario. Y los dos bolsillos delanteros de la camisa. Y dentro de uno de esos bolsillos sentí una pequeña forma cilíndrica. Una linterna.

La saqué y la encendí. El haz de luz molestó mis dilatadas pupilas. Después apunté hasta iluminar aquel rostro. Era Pavel, tal y como había imaginado. Su cara muerta me observaba desde la bancada del C-17. Su boca era como una negra caverna por la que no salía ni una brizna de aliento. Sus ojos vacíos, sin vida, miraban de frente, a la nada.

«Joder...», pensé. «En un avión, Pavel. En un maldito avión...»

Le besé en la frente y le cerré los ojos. Solo me vino a la cabeza la idea de ese bebé que llegaría en abril. «Me haré cargo de él, Pavel... No le faltará de nada», dije.

Aunque primero tenía que salir de allí.

Dos asientos más allá debía de estar Dan, pero el golpe había provocado algunas cosas. En primer lugar, el impacto había arrancado la butaca y Dan estaba como elevado en el aire. En segundo lugar, un *hard-case* de la nave se había soltado y actuado como una metralla bestial. Se había llevado la cabeza de Dan por delante, o eso me pareció. Allí solo había una roja oscuridad a la que no quise dedicar tiempo.

El doctor Paulsson, un par de asientos más adelante, estaba caído hacia el frente. El cuello parecía en su sitio pero tenía una mano apretada contra el pecho, los dedos cerrados en torno al cinturón a la altura de su corazón. Este ni siquiera había llegado a tocar tierra. O agua, mejor dicho. Solo le había dado tiempo a coger el chaleco salvavidas y meter un brazo dentro de él.

Entonces, según vagaba por ese infierno de muertos y agua fría, recordé que todo eso lo había soñado. ¿Quizás estaba todavía dentro de una pesadilla? El avión cayendo a plomo durante dos o tres minutos completos. Los pilotos rompiéndose los brazos tratando de planear hasta el último minuto... Pero no, no estaba dormido. Todo el dolor y el frío que sentía eran reales. Toda la magnífica y terrible soledad en aquel vientre de ballena.

El agua seguía entrando y el avión se inclinaba. Se oían más gruñidos. El mar nos estaba tragando y llegaba ya a la altura de mi muslo. Le calculé cinco o seis grados como mucho. Entonces empecé a pensar. Había sobrevivido, pero todavía no era momento de descorchar el champán. Si esa agua me cubría más allá del pecho, moriría en cuestión de minutos.

«Vale. Hay que salir de aquí y mantenerse a flote.»

Le quité el chaleco a Paulsson y me lo coloqué encima sin hincharlo. Eso me daría algo más de tiempo ahí fuera, pero no mucho más. Después salí de la zona inundada y pisé suelo seco. Había que evitar el contacto con esa muerte de hielo a toda costa. Seguí moviendo el foco hacia la proa. Las claustrofóbicas paredes del C-17 desaparecían bajo el agua en unos pocos metros. Stu y el resto de los hombres de la cabina debían de ser ya pasto de los peces.

Apunté al techo del avión con la linterna. Contaba con cuatro balsas de salvamento acopladas al techo. Hinchables, con capacidad para una veintena de almas, agua, comida, mantas térmicas y lo más importante: balizas. Si todo iba según el manual, los cuatro nichos habrían reventado al llegar al nivel de amerizaje y las lanchas se habrían desplegado en la superficie.

Pero eso era en el manual. La luz de mi Texas Instruments iluminó un par de bolsas amarillas en sus cestones y confirmé que la Ley de Murphy suele ser tan hija de puta como la pintan. Al menos dos habían fallado. Bueno, recé para que hubiera una forma manual de reventar el tejado y salir a flote en uno de esos tipis. Pero eso solo lo sabría cuando el agua estuviera bien arriba.

Mientras tanto, debería fijar otra ruta de escape. Me volví y seguí rastreando con la linterna. El *reefer* no estaba ya sobre los raíles. Se había soltado de los anclajes y ahora yacía aplastado contra la pared de babor. Supuse que su acero blindado habría matado por aplastamiento a los que se sentaban allí. El trajeado y el otro científico, el que se había puesto nervioso minutos antes del apagón. Además, calculé que también había condenado la puerta de salto de babor, con lo cual solo me quedaban el portón de carga y la puerta de salto de estribor.

Según iluminaba La Caja, el haz de mi linterna reflectó en un tejido amarillo y semifosforescente. Era uno de los dos largos cilindros que La Caja llevaba acoplados en sus laterales. Flotadores de hinchado explosivo. Dos gigantescos airbags que alguien había acoplado al trasto ante el «improbable» evento de un amerizaje. Fue uno de esos momentos en los que te alegras de que haya gente inteligente imaginando desastres improbables.

Eso me llevó a pensar en el panel atornillado de color rojo, oculto en la parte trasera del *reefer*. De mis hombres, yo era el único que sabía que estaba allí y lo que significaba.

Y lo más importante: cómo hacerlo funcionar.

«Ante cualquier amenaza de seguridad o el extravío de su carga, deberá activar el mecanismo de autodestrucción.» Esas eran las órdenes.

«Déjate de mierdas», dijo una voz en mi cabeza. «Vas a sobrevivir. No es el momento de pensar en eso. Abre el portón de carga y sal de aquí. Luego podrás tomar otras decisiones.»

La cola del avión se inclinó un poco más. Ahora ya era

difícil mantenerse en pie, y el agua comenzaba a tragarse la proa. Crucé la bodega a todo correr y llegué al cuadro de control del portón de carga. Una gran palanca roja, protegida en una celdilla de plástico, desbloqueaba los hidráulicos y abría la puerta lentamente. Retiré la protección y tiré de ella hacia abajo. Un chasquido me indicó que había funcionado y vi aparecer una franja de cielo nocturno en lo alto de aquella boca de ballena que comenzaba a abrirse. Un rumor terrible, el del furioso vendaval, comenzó a escucharse en ese mismo instante. Tragué saliva y traté de no pensar en lo que me esperaba ahí fuera.

El portón terminó de abrirse. Vale, eso había funcionado. Había una ruta de escape, pero ahora tenía que conseguir algo con lo que ponerme a flote.

Regresé a La Caja y apunté a los flotadores con la linterna, en busca del tirador. Recuerdo ver el vapor de mi respiración saliendo como de la chimenea de una vieja locomotora. En ese instante, la luz de la Texas Instruments iluminó un rostro. Era el científico que se había puesto histérico justo antes de comenzar a caer. Estaba blanco, casi congelado, pero al recibir la luz en la cara sus ojos se arrugaron parcialmente. Estaba vivo.

—¡Eh!

Carmen

El apartamento de Amelia Doyle era un estudio grande dividido en un dormitorio con baño y una gran sala donde, además de una librería y una televisión, estaba también el despacho desde el que capitaneaba todo el papeleo del hotel Kirkwall. Allí, en una esquina, estaba la radio de onda media que solía utilizar para hablar con Thurso y charlar con las amigas que tenía repartidas por el archipiélago. La antena que se alzaba en el tejado del hotel, sin llegar a los veinte metros de la estación del puerto, era una de las más potentes de la isla.

—La señal era tan mala que me puse a rastrear frecuencias y entonces escuché esto...

Amelia desenchufó los auriculares para permitir que el sonido saliera por el pequeño altavoz de la radio. Un zumbido borroso y la clásica nieve.

Se quedaron los tres escuchando en silencio, esperando a «eso» que Amelia decía haber encontrado.

—No oigo nada —dijo Charlie al cabo de un rato—. ¿Vosotras?

—Nada —dijo Carmen.

—Que el diablo me lleve —gruñó Amelia.

Le pasó el bastón a Carmen y cogió el respaldo de la silla para ayudarse a tomar asiento. Después movió el dial de las frecuencias y se produjo ese clásico sonido de ondas electromagnéticas subiendo y bajando.

—Aquí el hotel Kirkwall hablando a la nave que ha pedido auxilio hace un minuto. ¿Están ahí? Cambio.

—¿Qué? —dijo Charlie.

—Había un tipo pidiendo auxilio. Hace un maldito minuto, incluso he intercambiado una frase con él.

—¿Qué decía exactamente? —preguntó Charlie.

—En realidad no lo he oído demasiado bien. La señal sonaba muy tocada y borrosa, pero era un tipo hablando en inglés, diría que era yanqui. Ha dicho algo así como «Esto es un mensaje de emergencia. Repito. Mensaje de emergencia». Yo le he respondido. Le he dicho que le hablaba desde la isla de St. Kilda.

—¿Y te ha oído?

—Sí. Estoy segura. Ha dicho «St. Kilda, te recibo». Tiene que estar por aquí, maldita sea.

Amelia volvió a mover el dial.

—Aquí hotel Kirkwall desde la isla de St. Kilda. ¿Oiga? ¿Me oye? Cambio.

Pero solo había nieve. Nieve y más nieve.

—¿Crees que puede ser un barco? ¿El *Gigha*?

—Joder, no lo sé, pero era un tipo con acento. Ninguno de los capitanes del *Gigha* tiene ese acento.

—¿Un pesquero, entonces?

Amelia pareció pensar unos segundos. Eso sí podría ser...

Un pesquero de la costa este, muy fuera de su zona. Después sacó un papel plastificado que tenía debajo de la radio. Allí había una lista de frecuencias. Buscó una con el dedo y apretó el botón del comunicador.

—¿Thurso? —dijo entonces Amelia—. ¿Estáis ahí, chicos? Cambio.

Alguien pareció responder:

—Salvamento marítimo de Thurso. ¿Amelia Doyle? Cambio.

—La misma. ¿Cómo estás, Gary? Escucha, me ha parecido pillar un mensaje de auxilio entre las frecuencias 144WH y 146WH. Una voz entrecortada, pero era claramente un mensaje de auxilio. ¿Puede ser algún pesquero? Me ha parecido que el tipo tenía acento yanqui. Cambio.

—Recibido —dijo la voz al otro lado—. ¿Yanqui? Ok. Vamos a repasar todas las flotas de la zona, aunque ahí fuera no debería quedar nadie. Hemos dado un aviso amarillo de tormenta hoy a las cinco. Y no ha entrado nada por el canal de emergencias.

—Quizás se trate de una embarcación deportiva —apuntó Charlie.

—Ok. Quizás se trate de una embarcación deportiva —repitió Amelia—. Yo tampoco entiendo qué hacían en esa frecuencia y... bueno... en realidad solo he oído una frase muy entrecortada. Pero estoy casi segura de que era una petición de auxilio.

—Ok, Doyle. Muchas gracias. Vamos a dar ese aviso y a estar atentos.

Amelia cortó con Thurso y miró a Carmen y a Charlie con un rostro que era un poema del desconcierto.

—Os lo juro —dijo—. Hay alguien con problemas ahí fuera.

Dave

—¡Eh! —exclamé, y mi voz sonó entrecortada—. ¡Oiga! ¿Me oye?

La cabeza del tipo sobresalía del agua y por la posición que adoptaba me imaginé que la esquina inferior del contenedor lo había clavado a la pared del avión. Posiblemente tenía el pecho roto, pero aún vivía, y al verse iluminado por la linterna reaccionó y comenzó a decir algo que no entendí:

—Des...

—Espere. Espere. Tranquilo —le dije.

Me acerqué hasta él y traté de determinar si podía sacarle de allí. Estaba, tal y como había pensado, completamente atrapado entre el *reefer* y la pared. La única solución era activar los inflables y hacer que La Caja se separara, liberándolo.

—Oiga, ¿me escucha? Voy a activar los flotadores. ¿Puede mover los brazos? —Metí una mano bajo el agua y le levanté un codo—. Póngase las manos en la cara, haga una cavidad en la nariz y la boca.

Pero el hombre no movía los brazos. Tan solo negaba con la cabeza.

—Des...trú...ya...la —dijo entonces, sacando la voz de alguna parte donde no quedaba demasiada fuerza ni esperanza.

—¿Qué ha dicho?

—La... Caja —dijo—. No permita que... salga de aquí.

El nivel del agua le llegaba ahora hasta la barbilla. Aquel hombre iba a morir en menos de un minuto y la inundación iba cada vez más rápido. Eso también quería decir que me quedaba muy poco tiempo. Un minuto, dos a lo sumo.

—No puedo destruirla ahora —le dije—. Es nuestro salvavidas.

El hombre me miró con unos ojos que aún recuerdo, casi fuera de sus órbitas. El agua había llegado a su boca pero aún tuvo tiempo para insistir:

—El panel rojo... La contraseña...

Me quedé mirando aquellos ojos de cordero, asustados por la inevitabilidad de su propia muerte. Después miré a ese trasto. El panel atornillado de color rojo. Dentro había un teclado para el cual yo había memorizado una secuencia de dieciséis letras y números. Y mis órdenes eran...

Akerman me cogió entonces de la mano.

—Hágalo... Es su deber...

Dijo eso, cerró los labios y empezó a respirar por la nariz, mirándome con los ojos bien abiertos. Yo había empezado a tiritar de frío.

«Son tus órdenes, Dupree, esas órdenes que siempre piensas que no llegarás a cumplir. Tienes que desatornillar el panel, teclear las dieciséis letras y números y dejar que eso salte por los aires. Eso es lo que tienes que hacer.»

¿Y morir aquí?

—Tengo que salvarle a usted, y a mí, señor Akerman. Hablaremos de todo esto ahí arriba.

No lo pensé. Akerman ya estaba debajo del agua y podía escuchar sus toses, evacuando oxígeno y llenándose los pulmones de muerte. Rápidamente tomé aquella espoleta de plástico rojo y le pegué un fuerte tirón. La bomba de gas líquido abrió su turbina y los cilindros comenzaron a expandirse a toda velocidad. Uno de los flotadores cubrió a Akerman y comenzó a separar La Caja de la pared. Yo intenté buscar sus brazos por debajo del agua para sacarle de allí, pero entonces la cola del avión se elevó violentamente. La mitad de la nave se había llenado de agua y empujaba a la otra mitad hacia las profundidades. Caí de morros contra una de las paredes del *reefer*, que ahora se movía en el agua adoptando una nueva posición. Me arrastré hasta la esquina y busqué a Akerman, pero había desaparecido.

Estábamos ya en la última fase del hundimiento. El avión estaba inclinado a noventa grados. Solté la linterna y me agarré a lo que pude, uno de aquellos extraños paneles eléctricos de La Caja, que aún emitían un resplandor azulado. Había empezado a tiritar de forma brutal, apenas podía contener mi mandíbula. Me estaba helando, pero al menos estaba a flote, fuera del agua, y tenía la mitad del uniforme seco; eso me daba algunos minutos más. Recé a todos los dioses juntos para que una de esas lanchas de salvamento se hubiera desplegado.

El agua nos elevó a mí y a La Caja como en un ascensor hasta la popa del avión. Cada vez más rápido. Eran los últimos estertores de la bestia, los últimos metros de su cola de ballena hundiéndose en el océano. El portón se había abierto a tres cuartos y el mar había empezado a lanzarse a través de él. Unas magníficas olas rompían en los bordes de la cola del avión y regaban el interior con su helada espuma. Me iba a salvar del maldito avión pero el océano me iba a tragar sin remedio.

La caja subía medio doblada, como un niño en una mala posición de parto, y se quedó incrustada en la boca de la puerta. Sonó un golpe seco, clank, y el ascenso se detuvo. Recuerdo ver mi aliento exhalando un «¡No!» desesperado. Grité y maldije mi mala suerte. Rodé por encima de La Caja hasta la esquina y coloqué las piernas contra el borde, intentando hacer palanca. El dolor fue memorable. Di un grito de esos que te dejan ronco o te rompen una cuerda vocal, pero era eso o salir al Gran Azul con un chaleco salvavidas de Mickey Mouse y morir en diez minutos. Lo volví a intentar, pero aquello no se movía, y la presión de los flotadores sobre el agua había clavado el *reefer* a los bordes del portón. No había salida. Si permanecía allí me hundiría con el resto del avión.

El agua subía, o era yo el que bajaba, así que rápidamente me quité las botas y las tiré a un lado. Serían un lastre si quería nadar. Después, cuando el agua ya estaba a punto de llegar, desesperado, tiré del inflador de mi chaleco y noté su presión rodeándome el pecho y la espalda. Me quedé esperando, mientras el agua helada subía por mis piernas, mis muslos, mis pelotas, como una manada de pirañas hambrientas.

La cola del C-17 se sumergía a mi lado, provocando una especie de géiser, y decenas de cosas salían a flote, entre ellas yo. A mi alrededor se alzaba un paisaje que difícilmente olvidaré mientras viva. La luz de la luna o las estrellas alcanzaba a iluminar las cumbres nevadas de unas olas gigantescas sobre las cuales yo me mecía como un insecto. El frío era sencillamente insoportable, pero yo aún estaba vivo, respiraba, y de alguna manera disfruté de aquel último paisaje de mi vida. El repentino claro de luna y aquellas titánicas olas serían una bonita tumba para Dave Dupree, a fin de cuentas. Un lugar precioso donde decir adiós a todo.

Dicen que la hipotermia es una muerte dulce, aunque todo lo que sentía era dolor y un frío brutal que me hacía jadear. Bueno, pues que así fuera. Mientras tanto, cerré los ojos y volví a Chloe Stewart.

Y de pronto estábamos otra vez en el jardín de Pavel. Y volvía a hacer calor. Y Chloe se divertía con alguna cosa que yo acababa de decir. Recordé la escena: había venido alguien, se había roto el momento y ella había desaparecido. Pensé que todo se había ido a la mierda. Pero entonces, al cabo de una hora, ella apareció otra vez a mi lado. «Te estaba buscando, soldado», me dijo. «Me iba ya, pero me preguntaba si querrías mi teléfono para algo.»

Me dijo que estaba de viaje, y la siguiente semana yo embarcaba para este bolo «sin etiqueta» del que no pude darle demasiadas explicaciones, solo que terminaría con un par de días de permiso en Ibiza, así que decidimos vernos a mi vuelta.

En mi sueño, la tomaba por su fino cuello de cisne y notaba su vello rubio erizado en la nuca. Sus finas mejillas, su piel de porcelana.

«Mira, Chloe, esto es un poco precipitado, pero es que creo que no te veré nunca más. ¿Y sabes una cosa? Solo hemos charlado veinte minutos, pero algo me dice que conectamos muy bien, ¿sabes? Así que, si no te importa, te besaré ahora, porque me estoy muriendo y...»

«Abre los ojos, Dave», dijo entonces Chloe. «Ábrelos, soldado.»

Lo hice y me di cuenta de que ya estaba yéndome. Una de

aquellas bestias de agua me había elevado sobre sus lomos y pude ver una vasta y gigantesca nada rodeándome. Pero entonces, a unos cien metros en la ladera de la ola, vi algo. El resplandor del cielo acotó su forma redondeada y, aunque fui incapaz de distinguir su color, hubiera apostado mil a uno a que era una de aquellas malditas lanchas de salvamento. Uno de aquellos tipis llenos de cosas para sobrevivir. Un regalo del mar.

Flotaba a unos cien metros y, en un buen día, sin el pecho dolorido, un principio de hipotermia y unas olas capaces de tragarse un barco pesquero, hubiera nadado esa distancia en treinta y cinco segundos (o al menos esa era mi marca en la piscina de la base). Empecé a mover los brazos como un maldito loco, en una mezcla de estilos digna de un borracho. Tengo que hablar del frío, de que apenas podía respirar porque todo mi cuerpo estaba atenazado por aquel terrible frío. Ni mis brazos ni mis piernas querían responder, pero de alguna manera los arranqué y conseguí articularlos para avanzar. El tipi de la «nueva vida» desaparecía más allá de las olas, pero aquella última esperanza (el modo «clavo ardiendo») me mantuvo en marcha.

El oleaje me llevaba arriba y abajo, y de pronto cayó sobre mí, hundiéndome bajo montañas de espuma. Tragué agua y la vomité, y entre toses y una especie de incipiente asfixia saqué la cabeza y vi la luz de la lancha parpadeando. Estaba más cerca, estaba positivamente más cerca, pero mis brazos estaban dándose por vencidos y mis piernas también. Dejaban de moverse. ¡Que alguien me lo explique! Estaba intentando sobrevivir y aquellos malditos músculos tiraban la toalla. Así que les grité desde lo profundo de mi cabeza. Les dije que eran unos holgazanes hijos de puta y que sería absolutamente inaceptable dejar de funcionar a veinte metros de nuestra salvación. Quizás era porque mi ritmo cardíaco estaba decayendo en dirección a un dulce sueño, pero una cosa puedo deciros: mi cabeza hueca seguía funcionando y dando órdenes.

Finalmente Neptuno me echó un cable y una resaca del oleaje terminó acercándome a la lancha. Me aferré a uno de los amarres y sentí que mis dedos podían romperse como si fueran de cristal, pero me mantuve agarrado hasta que, juntos, navegamos hasta el fondo de un valle de olas. Un letrero fosforescente indicaba ENTRADA, y debajo había una cremallera medio abierta y una escala de abordaje que en aquellos momentos me parecía tan alta como el Everest. Creo que me hubiera muerto allí mismo, en el umbral de la salvación, de no haber llevado el chaleco salvavidas. Pero con él empleé mis últimos gramos de fuerza en hundirme un poco y aprovechar el rebote para colocar una de mis piernas medio helada en la escala, después la otra, y con un grito salvaje conseguí subir mis ochenta kilos a aquella lancha.

Y batiendo todas las malditas probabilidades de supervivencia a un accidente aéreo en el océano, el Cabeza de Chorlito Dave Dupree rebotó contra aquella goma y gritó algo parecido a un «aleluya» antes de desvanecerse.

SEGUNDA PARTE

INTERFERENCIAS

Carmen

En su sueño Carmen estaba allí, de pie, en la habitación de Amelia, y la tormenta se había recrudecido en el exterior. Estaba sola, no entendía por qué (quizás Charlie y Amelia habían salido a atisbar algo en el mar o en el puerto).

Estaba sola, frente a la radio de onda media, en la que seguía sonando un zumbido. Algo que iba y venía, como el viento. Y la tormenta era una diosa enfadada. Bramaba y lanzaba ráfagas de agua y viento contra el Kirkwall. El resplandor de los relámpagos estallaba de vez en cuando, iluminando las partes más oscuras del hotel.

Seguía atenta a ese altavoz, a ese zumbido que sonaba casi como a película de ciencia ficción, danzando entre sonidos graves y agudos, chirriando y cayendo en broncas frecuencias.

Entonces, de pronto, algo cobró una forma. La forma de una voz.

—Ma... Oig... Ma...

Carmen notó el corazón dándole un brinco en el pecho. Se acercó al altavoz. Aquello sonaba como la voz de alguien gritando a través de la ventisca.

—Ma...

—Dios mío —dijo.

Se sentó en la butaca. Cogió el transmisor. Apretó el botón.

—Oiga. Aquí el hotel Kirkwall en St. Kilda. ¿Me oye? Cambio.

El zumbido revoloteó, hizo un par de piruetas, pero después volvió a concentrarse en esa voz que sonaba tan lejos, casi como si estuviera en el fondo del mar.

—Ma...má... —dijo la voz—. ¿E...r...es... t...ú?

En ese instante un relámpago iluminó la habitación.

Carmen aún sujetaba el transmisor con la mano derecha. Apretó el botón.

—¿Quién habla? —Su voz temblaba. Y la garganta se le había secado de pronto—. ¿Quién está ahí?

Soltó el botón. El zumbido era como una música (ZUIIII) y a veces emitía una especie de sonidos entrecortados (ZAJA-JA) que podían confundirse con una risa.

—Ma...má... dón...de... es...tás...

Era su voz. La voz de su cachorro. La habría reconocido entre miles de millones de voces, no le cabía la menor duda.

—¿Daniel? —Ahora notaba algo en su garganta, un tumor de expansión rápida, algo que definitivamente iba a matarla o hacerla reventar—. ¿Hijo mío?

ZZUIIIIIIIIUUUUUUUUUUUUZUIIIIIIUU

MAMÁ, MAMÁ

ZUUUUUUUUUUUUUUUIJA-JA-JA

—¡Daniel! ¡Daniel! ¡Daniel!

Siguió gritando, como una loca, hasta que todo se perdió en un oscuro sonido y ella se derrumbó sobre la mesa. ¡Estaba vivo! Siempre lo había sabido... Siempre... Pese a lo que le dijeron... Ellos...

Todos esos psicólogos pagados por la GRAN corporación, ¿para qué? El doctor Platanian, Odenssky... Nombres que incluso parecían inventados, como sus malditas pruebas. «Usted ha desarrollado una fantasía delirante, señorita... Perdón, señora.» Como sus malditos mapas. «Es físicamente imposible que ellos... ¿Me entiende?» Como sus drogas felices. Pagadas por la gran corporación. ¡Pagadas para que ellos dejasen de protestar! ¡De buscar!

Pero ella le había encontrado. Volvió a levantarse y cogió el micro.

—Daniel... ¿Dónde estás? Por favor, cariño, si me oyes... Descríbeme ese lugar... Saldré de aquí... Iré a buscarte.

Las lágrimas le caían en el muslo y mojaban sus vaqueros.

—¿Daniel?

La música de zumbidos creció como si un organista diabólico hubiera apretado todas las teclas al mismo tiempo. Rugió un acorde disonante y en el fondo, pequeña como una perla enana, Daniel dijo algo más antes de desaparecer:

—Es...ta...mos... a...qu...í.

—¡Daniel! ¡No te vayas! ¡No!

Se ahogaba y pataleó como en un estertor, hasta que por fin recobró la respiración. Tenía la cara bañada en lágrimas. Los dientes doloridos de tanto apretar. El corazón acelerado en el pecho.

La luz del día se colaba por las cortinas de su habitación. Afuera, las gaviotas graznaban un desafinado canto mañanero. No había radio, ni Daniel. Había sido una pesadilla. Otra de sus maravillosas pesadillas.

Todavía podía oír la voz de su pequeño hablando por la radio. La voz tan perfecta, tan bien conservada por su maldita cabeza. «Qué real», pensó. ¿No dicen los médicos que el cuerpo humano es un milagro de la autodefensa y la supervivencia? ¿Por qué se empeñaba su cabeza en autodestruirse de esa forma?

Se fue relajando tras la conmoción del sueño. Sus encías fueron distendiéndose y el corazón volvió a su sitio. Sin embargo, había un aspecto de la pesadilla que se mantenía firme como un sabor amargo. El doctor Platanian, aquel nombre que en castellano sonaba tan ridículo. ¿De qué recóndito archivo de su memoria lo había sacado?

Se levantó y caminó hasta la ventana. Apartó las cortinas y abrió las contraventanas para dejar entrar la poca luz de la mañana.

«Oh, Dios... Dios mío...»

Escuchó bocinas en el puerto, pero no lo atribuyó a nada. Pensó que era el *Gigha* llegando a puerto, aunque ¿no era demasiado pronto? Pero ¿qué hora era?

«Daniel. Qué real era. Qué real...»

Casi sin pensarlo, abrió un cajón del secreter que había bajo la ventana. Sacó de allí una pequeña fotografía de 10 × 15, a color. JULIO DE 2003, escrito en el reverso.

Estaban los tres. Dani tenía una especie de salacot en la cabeza. Algo que habían encontrado en la despensa de la casa de alquiler. Álex llevaba puesto un sombrero de paja. Y miraban a la cámara riéndose. Tenían la cara manchada de crema solar. Daniel solo tenía cuatro años. Había perdido una paleta al caerse, un mes antes, contra el respaldo de una silla, pero aun así sonreía con todas sus fuerzas. Ella tenía las dos manos cruzadas sobre su pecho. Protectora. Disfrutando de ese pequeño y amado cuerpo.

«Qué real... Qué real», pensó recordando la voz de su sueño.

No sacaba la foto muy a menudo. Solo de vez en cuando se exponía a ese autoflagelo. Pero aquella mañana, después de esa pesadilla tan... ¿Cómo definirla? ¿Ultrarreal? ¿Precisa? (la voz de Dani estaba clavada, la verdad), había necesitado verla.

Sonaron de nuevo las bocinas del puerto. ¿Qué ocurría? Sorbió por la nariz, se limpió las lágrimas y apartó un poco la cortina. ¿Vendría hoy el ferry? Quizás las predicciones habían sido demasiado catastrofistas, como siempre.

Y quizás Charlie se largase en él.

Oh, Charlie. Charlie...

Dejó la ventana abierta y se dirigió al baño *ensuite*. Se desnudó frente al espejo y observó su cuerpo delgado y pálido. Unas buenas caderas y unas piernas que aún conservaban el tono de los tiempos en los que corría todos los días. Unos senos pequeños con dos grandes pezones que parecían de color negro. No le hubiera importado ofrecerle todo eso a Charlie la noche anterior.

Charlie...

Abrió el grifo de la ducha y esperó a que el agua comenzara a emanar vapor. Y mientras esperaba y la sobrecogedora sensación de su pesadilla se iba desvaneciendo, se preguntó cómo habría quedado la cosa.

Anoche, con todo el episodio de Amelia y su radio, ella aprovechó para desaparecer. El centro de salvamento de

Thurso llamó de vuelta para informar de que no faltaba ni un solo barco de la flota, y que tampoco habían recibido nada en los canales de emergencia. Amelia juró y perjuró que allí fuera había alguien «en apuros» y los de Thurso le respondieron que era demasiado peligroso salir al mar en una noche así, y más para buscar una aguja en un pajar; una aguja que apenas había dicho dos frases por radio, entrecortadas y borrosas, a una mujer de setenta y tres años. Y dieron el SOS por inválido. Quizás era un mensaje entre barcos, le dijo Charlie, puede que informando de un incendio a bordo, alguna cosa que tuviera una explicación menos trágica o inquietante que un naufragio.

El caso es que Carmen dijo que se iba a fregar los platos, aunque cualquier excusa hubiera sido buena. Y cuando terminó el fregado y se asomó para dar las buenas noches, Charlie y Amelia todavía seguían en la radio. «Estoy hecha polvo. Me voy a dormir», dijo, evitando mirar a Charlie, aunque notaba sus ojos clavándose en ella. Claro, es que la cosa había quedado a medias. Pero a esas alturas, ella ya había decidido que «no iba a pasar». Ya está. Volvería a su habitación, se metería debajo del edredón nórdico y se diría a sí misma que era lo mejor que podía hacer. No le apetecía dar demasiadas explicaciones.

Entró en la ducha y se dejó abrazar por el agua caliente. Entonces se le ocurrió lo que podría haberle dicho a Charlie. Y lo dijo, susurrando bajo el agua caliente:

—¿Sabes algo, Lomax? Acabas de joder el momento. Casi hubiera preferido que no me contaras lo de Jane, de verdad. Hubiera sido mucho mejor que me emborracharas, me llevaras a la habitación y echásemos un señor polvo aunque fuera a espaldas de tu novia. Pero ahora... bufff. Ahora me has hecho sentirme como una puta revientaparejas.

El timbre de la recepción sonó cuando estaba en la ducha, disfrutando de ese pequeño placer del agua hirviendo que la Electrolux del sótano le regalaba cada mañana. Quizás por eso tardó en conectar el sonido del timbre con la idea: «Hay alguien llamando a la puerta del hotel».

—¡Joder!

Saltó fuera de la ducha y se enrolló una toalla.

—No, joder. No puedes bajar en toalla. ¡Vístete!

Desde más o menos septiembre, habían acordado que ella se encargaba de la recepción hasta el mediodía. La artrosis de Amelia estaba ya en una etapa en la que las mañanas eran un pequeño infierno para ella. Se despertaba rígida como una tabla y tenía que dedicar al menos media hora a hacer ejercicios de calentamiento, seguidos de una larga ducha caliente hasta que el deshielo de sus articulaciones le permitía caminar con la ayuda del bastón (el andador, que guardaba en algún sitio de su despensa, todavía llevaba el precio puesto).

Carmen repitió los vaqueros de la noche y se enfundó su camiseta de Ryan Adams antes de salir por la puerta y bajar las escaleras a saltos. Llegó a la recepción, giró la llave, quitó el pasador y recordó sonreír antes de abrir la puerta.

Al otro lado se encontró a los inesperados clientes: Gillian y Nevin Moore, los sobrinos de Didi.

—¡Vosotros! —exclamó Carmen, todavía respirando fuerte.

Los dos muchachos esperaban con cara de vergüenza sin atreverse a pasar un metro más allá del felpudo. El carillón tibetano encadenó varios acordes y terminó apagándose.

—Chicos —dijo Carmen—. ¿Qué pasa?

Gillian era la hermana mayor. Era de esas chicas que se ponen rojas cuando tienen que hablar en público y, además, parecía estar un poco nerviosa. Afuera llovizaba y el viento se había calmado un poco, pero no era el mejor clima del mundo para estar esperando. Gillian dio un par de pasos dentro de la recepción y su hermano la siguió.

En ese mismo instante apareció Amelia también por ahí, con la bata de algodón azul y el bastón.

—¿No es un poco pronto para venir a pedir galletas?

—Nos manda Didi —arrancó a decir Gillian—. MacMaster y los demás del *Kosmo* han encontrado una cosa a la deriva esta mañana.

—¿Una cosa?

—Una caja —dijo Nevin—. Un contenedor, señora.

—No es un contenedor, y cállate cuando hablo —Gillian dijo esto al tiempo que le daba un cachete—. Bueno, parece un contenedor, pero es bastante raro. Estaba flotando, dicen, a varias millas al este de la planta petrolífera. Lo han remolcado hasta el puerto y descargado en el malecón.

—Dicen que puede ser radioactivo —añadió Nevin.

—Se dice radiactivo, idiota.

—¿Qué? —preguntó Amelia—. ¿De qué demonios habláis? Espero que esto no sea una broma.

—¡Se lo juro, señora! —respondió Gillian con los ojos lagrimeando—. Nuestra tía dijo que subiéramos a buscar al señor Lomax porque hay algunas inscripciones y cosas en las paredes del contenedor que nadie entiende. ¡Por eso nos han mandado a buscarle! ¡Y nosotros tenemos que irnos pronto porque queremos coger el ferry de la mañana!

Amelia y Carmen se cruzaron una mirada.

—Bueno, un momento —dijo Carmen—. Subiré a buscar a Charlie.

Se apresuró escaleras arriba y recorrió el pasillo hasta la 108.

Llamó a la puerta dos veces y Charlie abrió. Tenía los pantalones puestos pero el torso (un bonito torso) al descubierto.

—¿Sí?

El tono de Charlie era un gruñido.

—Perdona que te moleste...

—No, tranquila, dime.

—Los sobrinos de Didi están en la puerta. Dicen que los pescadores han encontrado algo a la deriva. Una especie de contenedor raro. Didi opina que deberías verlo.

—¿Un contenedor? —dijo Charlie frunciendo el ceño. Después arqueó las cejas y sonrió un poco—. Vale. En fin. Me pongo una camisa...

Charlie se terminó de vestir y bajaron a la recepción. Allí, los Moore repitieron lo mismo que les habían dicho a Carmen y a Amelia, con la novedad de que habían sido los marineros del *Arran* (el otro pesquero del puerto) quienes habían ayudado a los del *Kosmo* a remolcar aquel contenedor.

—¿Habéis visto esos extraños símbolos alguno de vosotros? —preguntó Charlie—. ¿Los de esa caja?

Nevin asintió con la cabeza mientras masticaba una tostada.

—Sí, señor. Yo.

—Sí —dijo su hermana—. Nevin estaba en primera fila cuando lo descargaron.

—Veamos. ¿Tenéis un papel y un bolígrafo por aquí, Amelia?

—En la mesa —dijo la mujer.

Carmen se deslizó tras el mostrador y sacó el bolígrafo que dormía atrapado en el libro de reservas desde hacía por lo menos cinco semanas. Después cogió uno de los folletos turísticos de la Torre Knockmanan (nada de trípticos a todo color, en St. Kilda bastaba con una fotocopia en una hoja de color rosa) y le dio la vuelta.

Charlie dibujó en el centro del papel, rodeado de tres franjas curvas, el símbolo de la radiactividad. Se lo mostró a Nevin y le preguntó si era ese el que había visto pegado en el contenedor. El muchacho negó con la cabeza.

—Ese no.

—¿Seguro? —insistió—. ¿Quizás había una calavera y una especie de rayos eléctricos?

Nevin volvió a negar.

—No. Era otra cosa.

—Ok —respondió Charlie pasándole la mano por aquel cabello color zanahoria—. Posiblemente sea carga que se habrá desprendido de algún transbordador, pero vayamos a echar un vistazo.

Disponían de uno de los pocos coches que había en la isla. Un Rover Defender que el difunto Frank Doyle había comprado y hecho llegar a St. Kilda una década atrás. Era una chatarra con la que iban a buscar a los clientes que llegaban del ferry («Servicio de *pick-up* gratuito», como anunciaba su publicidad) y que también salvaba las dos millas que distaban entre el hotel y la calle comercial de Portmaddock. En días lluviosos, era la mejor forma de llegar al pueblo en un estado presentable.

Amelia despidió a los hermanos Moore con sendos paquetes de *crusty sweets*.

—Avisadme si resulta que han encontrado el tesoro del capitán Drake —dijo desde la puerta de la cocina.

Main Street era la única calle de toda la isla, en sentido estricto. Lo demás eran sendas o caminos asfaltados pero sin una sola señal de tráfico (aunque en Main Street solo había un stop, una señal de treinta millas por hora y un ATENCIÓN BACHES). La «Avenida», como la llamaban los parroquianos, empezaba siendo un par de casas y terminaba convirtiéndose en el núcleo de negocios y viviendas que se acumulaban junto al puerto.

Para ser cien almas en St. Kilda, el nivel de servicios no estaba del todo mal: el café de Ann Moore (regentado por su hermana Didi desde hacía un año), el pub Poosie Nansie y el Fish and Chips de los Malone. ¿Quién da más para una roca perdida en medio del mar? Todo eso, por supuesto, tenía mucho que ver con la vieja plataforma de petróleo de la compañía Marsh, cuya silueta aún podía verse en los días claros, a quince millas de la isla en dirección sudoeste. Durante la construcción y la vida útil de aquel monstruo de chatarra, St. Kilda había sido el punto más cercano a la planta y eso había propiciado el pequeño desarrollo del puerto. En aquellos días felices, le contó una vez Amelia, había incluso que hacer reservas para dormir en el hotel. Todo hasta que la plataforma «chupó» la última gota del sedimento doce años atrás y, tras algunas prospecciones y reintentos, los mandamases dijeron que no había nada que hacer. «Quizás volvamos a intentarlo, por ahora dejaremos ese montón de chatarra en medio del mar, si no les importa.»

Y la gente protestó, pero ¿a quién le importaban cien locos viviendo en una de las islas más alejadas de Escocia? Como siempre, el pueblo llano y pobre tenía todas las de perder.

—¿Puede dejarnos aquí? —dijo Gillian—. Es que nosotros nos vamos en el *Gigha*.

—Si es que viene —dijo Nevin.

—No seas gafe, Nevin —replicó su hermana—. Claro que vendrá.

Carmen frenó y los dejó marchar deseándoles una feliz Navidad.

Había gente esperando en el embarcadero del ferry, una docena de personas con maletas de mano y bolsas entre los que Carmen reconoció a los dueños del Poosie Nansie, Duncan y Helen. Su decisión de cerrar el único pub de St. Kilda por Navidades había suscitado polémica en el pueblo. Ahora ya solo quedaba el Club Social para poder beber cerveza. Y solo de lata.

La otra pequeña multitud se arremolinaba en la otra punta del muelle, en la zona de carga de los pesqueros. Allí se veía un barco amarrado y «algo» posado sobre la piedra.

—Joder —dijo Charlie al ver la multitud que se arremolinaba allí—. Espero de verdad que eso no sea radiactivo, o muchos se van a quedar calvos muy pronto.

La llegada del Defender atrajo la atención del gentío, que se situaba alrededor de un objeto de gran tamaño recién descargado del *Kosmo*, un orgulloso pesquero de color rojo que aún tenía su grúa desplegada sobre él.

Vieron a Keith Nolan, el alguacil (el sheriff, como lo llamaban en St. Kilda), y a Gareth Lowry, el jefe del consejo, charlando con algunos paisanos. Para Carmen, eran como el gordo y el flaco. Nolan, un tipo enjuto, arisco, que hablaba casi sin mover la boca, como un ventrílocuo (lo que hacía que Carmen fuese incapaz de entenderle la mayoría de las veces) y Lowry, alto, espigado y sonriente. Pelo blanco rizado, ojos verdes y sonrisa de político besaniños. Y siempre iban juntos a todas partes.

—¡Eh, Lomax! —exclamó Gareth Lowry—. Mire qué pescado tan raro han sacado del mar esta mañana.

Algunas risas apoyaron aquel saludo.

Lomax y Carmen se acercaron y la multitud se abrió como si Charlie fuera un doctor que viniera a pasar consulta. Aunque Carmen no recordaría bien todas las caras que vio rodeando La Caja por primera vez, no olvidaría que Lorna Lusk también estaba allí. Fumando uno de sus cigarrillos, vestida como siempre de negro, con sus gruesas piernas asomando encima de unas botas de goma. Al pasar junto a ella, Carmen percibió su rancio olor, mezcla de naftalina, tabaco y humedad. Y sus ojos llenos de odio —de un odio que jamás había logrado entender— fijos en ella.

Y así, casi sin darse cuenta, terminaron ellos también frente a aquello que habían encontrado los pescadores y que ahora descansaba sobre el malecón de piedra.

La Caja.

No era el tesoro del capitán Drake, precisamente, y lo cierto es que, tal y como había dicho Nevin Moore, parecía uno de esos contenedores como los que transportan los cargueros. Pero había algo en esa caja que la hacía diferente, pensó Carmen. El acero negro brillaba de una forma extraña, con esos símbolos pintados en su superficie. Además, estaban los dos flotadores cilíndricos de color amarillo, que parecían la causa probable de que aquella mole no hubiera acabado en el fondo del mar. ¿Quién le pondría flotadores a algo que no tuviera valor?

—¿Qué le parece? —le preguntó Lowry a Charlie.

Charlie no respondió de inmediato. Rodeó la caja en

silencio, mirando arriba y abajo con el ceño fruncido, concentrado y a la vez sorprendido, igual que todos los que estaban allí. Mientras tanto, solo roto por el viento, se había hecho un silencio sepulcral alrededor del objeto. Al otro lado, con los brazos cruzados estaban —supuso Carmen— los pescadores del *Kosmo*, y quizás también los del *Arran*. Sus impermeables de plástico aún calados hasta el gorro. Sus botas. Expresión de intriga en sus rostros. Y también de cierta preocupación.

Al fin Charlie terminó de dar la vuelta.

—Es un contenedor refrigerado —dijo al llegar junto a Lowry y elevando un poco la voz para que el resto pudiera oírle—. Eso es lo primero que se puede dar por sentado. Tiene un bonito aparataje ahí atrás. Un depósito de líquido refrigerante y una batería autónoma. Y también un cuadro de mando acoplado a un lado. Es bastante sofisticado, la verdad.

—¿Puede ser peligroso? —preguntó Nolan.

—Ese símbolo de ahí atrás indica que lleva un depósito de gas líquido, posiblemente nitrógeno, para la refrigeración. Pero no hay ningún otro símbolo que especifique un peligro evidente.

—¿Y qué le parece la cerradura? —preguntó entonces uno de aquellos pescadores—. ¿Alguna vez ha visto algo así?

Charlie se acercó a La Caja y observó la gruesa pieza de metal que abrazaba los cierres del contenedor. Era de un color ligeramente más claro que el resto, pero también de acero o de alguna aleación metálica. Como la caricatura grandilocuente de un candado.

—Diría que es una cerradura electrónica —dijo Charlie—. Aunque jamás he visto una igual. Parece estar blindada.

—Como el resto de la caja. Esto no es chapa precisamente —dijo un barbudo pescador, Ewan McRae, golpeando el metal.

Sus golpes retumbaron de una forma extraña en los oídos de Carmen.

—¡No lo toques, Ewan! —gritó alguien—. A ver si te vas a poner de color verde.

Hubo unas cuantas risas y comentarios. La gente estaba nerviosa, como era natural.

—¿Y qué hay de esos símbolos en la puerta? —dijo Lowry entonces—. ¿Los reconoce?

Lowry se refería a una señal serigrafiada sobre la puerta. Un par de letras y un número. Y debajo, una especie de óvalo con dos equis en su interior.

—No responde a ningún estándar, al menos que yo conozca —respondió Charlie—. Supongo que será una referencia interna de la compañía propietaria. ¿Han hecho alguna llamada al respecto? Quizás algún carguero tuvo problemas la noche anterior o...

De pronto, Charlie miró a Carmen y ambos pensaron lo mismo: esa extraña transmisión de emergencia que solo Amelia Doyle parecía haber captado. Pero antes de que pudiese decir otra cosa, se escucharon rumores entre los pescadores y Lowry mostró su sonrisa de reptil antes de hablar:

—¿Llamar a quién, señor Lomax?

—Pues supongo que al mando naval o...

—Verá, señor Lomax —le interrumpió uno de los pescadores—. Los contenedores se pierden, ¿sabe? Hay miles flotando en el mar. Alguien, alguna aseguradora habrá pagado ya por este.

—Lo han pescado los del *Kosmo* y a ellos les pertenece —dijo una mujer desde otro lado—. Eso es lo que mi marido quiere decir.

—Los del *Kosmo* y los del *Arran* —replicó otra voz a todo volumen. Era un pescador llamado Niam MacMaster, que iba todavía vestido con su impermeable verde oscuro—. No se olviden. Sin nosotros no hubieran podido arrastrarlo al puerto. Han sido los brazos de Ngar los que lo han amarrado —dijo señalando a un gigante de color que sonrió jaleado por sus compañeros.

—Escuchen, escuchen —dijo Charlie forzando una sonrisa—. Todo esto me parece muy bien. Comprendo que tengan sus ilusiones al respecto de lo que han sacado del mar, pero esto no es un contenedor al uso. Aquí no viajan cosas de valor...

—¿Y usted qué sabe? Si lo han cerrado así de bien será por algo.

—Puede que sea peligroso —respondió Charlie.

Esa palabra provocó una retracción en los rumores.

—Pero usted no ha visto ningún símbolo de peligro —replicó Nolan.

—Eso es... —dijo Lowry.

—Que no se vea no significa que no lo haya —empezó a decir Charlie, pero se interrumpió—. ¿Qué es lo que piensan hacer con él? ¿Abrirlo?

—Bueno, si nadie lo reclama en un tiempo...

—Es un contenedor refrigerado —insistió Charlie otra vez—. Eso significa que la carga es orgánica o química. Y no creo que se trate precisamente de pescado. Nadie le pone flotadores y una cerradura electrónica a un montón de atún. Lo siguiente que se me ocurre es algún tipo de explosivo inestable, gas líquido, o si me dejan fantasear, incluso algo bioquímico, como un virus. ¿De verdad quieren darle soplete? Podría estallar y llevarse medio pueblo por delante.

Las miradas se ensombrecieron un poco.

—Precisamente por eso lo haremos en un sitio apartado —dijo Lowry con esa sonrisa tan farisea que ponía a veces—. Los chicos han pensado en la antigua lonja de pescado de TransArk, y allí se quedará hasta que decidamos qué hacer con él. Esta noche hay asamblea y se discutirá la manera de proceder.

—Pero ¿por qué no piensan al revés? —contraatacó Charlie—. Estoy de acuerdo en que parece algo importante, y quizás su dueño esté dispuesto a dar una buena recompensa por él. Dinero contante y sonante. Pero por supuesto no habrá trato si ustedes malogran la mercancía intentando abrir la caja por sus propios medios.

—Eso es verdad —dijo Carmen, que ya sentía que Charlie se estaba quedando demasiado solo en aquel debate.

La idea pareció calar entre los pescadores e incluso el propio Lowry se había quedado pensando con la mirada perdida en alguna parte.

—¿Y qué es lo que plantea entonces, señor Lomax?

—Bueno, sacaremos unas cuantas fotos y haremos esa llamada por radio...

—¡Y les entregaremos el asunto en bandeja! —le interrumpió una voz que sonó como el graznido de una gaviota.

La voz había surgido a sus espaldas, pero Carmen no tuvo que girarse para saber quién era su dueña.

Lorna Lusk se adelantó hasta la primera fila y se colocó frente a Charlie en una posición casi de pelea. Era una mujer robusta, de la misma altura que él. Carmen llegó a temer que lo cogiera por la camisa. Charlie no era lo que se dice un tipo agresivo. Además, era el clásico idiota que no pegaría a Lorna solo porque era mujer.

—Eso es lo que quiere, ¿verdad? —le inquirió Lorna—. Llamar a Edimburgo cuanto antes. ¿Y qué pasará entonces? Yo se lo diré.

—No quiero llamar a nadie —respondió Charlie moderando su voz—, pero creo que es mejor saber a qué nos enfrentamos antes de hacer una locura.

—¿Sabéis lo que pasará? —dijo Lorna dándose la vuelta y hablando para todo el mundo—. ¿Sabéis lo que pasará si hacemos una sola llamada y hablamos de esto?

—¡Que se lo llevarán! —respondió alguien.

—¡Exacto! Pondrán una de sus leyes como excusa y nos dejarán como siempre, con una mano delante y otra detrás. ¡Eso es lo que pasará!

Lorna no era precisamente el personaje más popular de St. Kilda, pero aquellas palabras suyas arrancaron una buena cantidad de aplausos y frases de aprobación.

En aquel instante, casi como un efecto bien orquestado, oyeron la bocina del ferry. Todo el mundo miró al mar, por donde había aparecido el *Gigha*, aproximándose lentamente sobre un mar encrespado.

—Vaya, así que han conseguido venir —dijo Lowry.

Y alguien, aunque no supieron exactamente quién, dijo:

—Bueno, pues están ustedes a tiempo de marcharse antes de que hagamos volar la isla.

Los presentes estallaron en una carcajada y de pronto aquello había vuelto a recobrar el aire festivo y despreocupado que tenía cuando Charlie y Carmen habían llegado.

Charlie hizo un último intento acercándose a Gareth Lowry.

—Hay una ley, Gareth, de mercancías extraviadas en alta mar. Usted debe...

Lowry sonrió y palmeó el hombro de Lomax como si fuera un niño que hubiera de tranquilizar.

—Relájese, Lomax. Hoy habrá una asamblea y decidiremos qué hacer, ¿eh? Y miraremos esas leyes *suyas*... Pero, por lo pronto, Nolan y yo somos la autoridad en St. Kilda y decimos que, provisionalmente, la caja pertenece a los...

En aquel instante, según el *Gigha* se iba aproximando al puerto, vieron acercarse el tractor de Iriah Brosnan desde Main Street.

—¿Pueden mover ese coche? —dijo Nolan señalando el Defender—. El tractor tiene que llegar hasta aquí mismo.

—Esto es una locura y lo saben —respondió Lomax.

Lowry, de nuevo con una sonrisa cobarde, hizo un gesto para que Lomax bajara la voz, casi como si alguien fuera a saltarle los dientes si no lo hacía. Carmen lo cogió del brazo y tiró de él antes de que a alguien se le cruzaran los cables.

—No es el momento —le dijo—. Ahora no, Charlie.

Lomax se dejó convencer y ambos llegaron al Defender. Carmen metió la marcha atrás y salieron de allí.

—Están absolutamente locos —dijo Charlie.

Carmen observó a Lorna Lusk y al resto de los pueblerinos rodeando aquella caja. Lo cierto es que a Charlie no le faltaba razón: tenían todo el aspecto de una cuadrilla de locos.

Dougan

Ray Dougan observaba todo aquel revuelo desde la ventana de su casa, en Harbour Lane. Gareth, Nolan... Brosnan con su tractor invadiendo el malecón para cargar aquello. ¿Qué recórcholis se traían los pescadores entre manos? Nada bueno, seguramente.

Después observó el *Gigha*, que había comenzado a desplegar su rampa ante una fila de veinte personas, incluidos los McArthy, que —como «tooodo» el pueblo sabía— se iban a las Islas Canarias a pasar las Navidades.

—Así que es verdad —dijo en voz alta.

—¿El qué? —le preguntó Martha desde la cocina.

—Que los McArthy han tenido un gran año. Míralos, tan pimpollos con su maletón. Estas Navidades las pasaremos sin cerveza.

—Pues mejor para tu salud, Ray.

—Sí, supongo que sí.

Ray Dougan miró al cielo y observó el tamaño de las

grandes nubes que se acercaban por el norte. Eran altas como acantilados y tenían el alma negra, muy negra. Las gaviotas revoloteaban asustadas, como si buscaran un buen lugar donde guarecerse de aquello.

—Será mejor que se den prisa —dijo—. Creo que está a punto de caer una bien gorda.

Después, y a pesar de que solo eran las once de la mañana, sintió muchas ganas de echarse un rato. Martha estaba en la cocina, preparando una larga mesa de galletitas de jengibre y en el fondo no le necesitaba para nada, así que ¿por qué no?

Además tenía un buen libro que leer. *Némesis*, de Max Hastings. Y algo le decía que no habría otra cosa que hacer durante al menos cinco o seis días.

Se tumbó en la cama y se sintió estupendamente bien. Cogió el libro y lo abrió sobre su vientre. Eran solo las once, pero quizás se echase un sueñecito. Uno corto, eso sí.

Dave

Pensándolo más tarde, supongo que hubiera muerto de la manera más terrible, hecho picadillo contra una armadura de cuernos, si no hubiera sido por Marie y un viaje que hice por Australia nada más licenciarme.

Marie era francesa, de la parte sudatlántica, donde hay buenas costas para practicar el surf. Una tía rubia con un cuerpo impresionante. No especialmente guapa, pero tenía dos bonitos ojos grises y una sonrisa de marfil blanco. Bueno, nos compramos aquel cachivache a diésel en Cairns al que acoplamos un par de tablas de surf y empezamos a bajar los seis mil kilómetros de la Golden Coast haciendo paradas en los *spots*, que ella tenía bien localizados. Madrugar, hacer surf durante cinco o seis horas y pasar el resto del día a la bartola. Barbacoas, cerveza y algún que otro porro antes o después del «triki-triki». Y al día siguiente, bien temprano, otra vez a rompernos la crisma con las olas. Marie. *Oh là là...* Creo que dos novios más tarde se casó con un dentista muy rico y tuvo hijos. Pero antes de optar por una existencia aburrida se lo pasó en grande. Doy fe.

Bueno, el caso es que mi cerebro debió de encontrar un patrón en todo aquello cuando el raft de salvamento empezó a deslizarse sobre las olas. Estaba soñando con ella, con su trasero, con Australia y con el surf mientras tenía esa sensación de deslizarme sobre el agua a toda velocidad. Y de escuchar el rumor del mar estallando en la distancia. Estallando. El mar rompiendo ahí delante. No muy lejos.

No muy lejos.

Digo que Marie me salvó porque aquel ruido me hizo abrir los ojos. Podría haberme quedado durmiendo, que era lo que me apetecía en realidad. Dormir en mi manta térmica, sin moverme un palmo, y esperar a que alguien me encontrara. Llevaba horas o quizás días así, no era capaz de saberlo porque todo había transcurrido en una especie de bruma febril. Si tenía sed, bebía. Si tenía hambre, arrancaba una tableta de glucosa. Y después volvía a dormir. Tenía suficiente comida y agua para aguantar días, quizás semanas, pero no creía que eso fuera a ser necesario. Solo debía esperar a que la baliza hiciese su labor, que algún ordenador recibiera mi localización y enviara un equipo de rescate. Aquel avión y aquella caja parecían algo lo suficientemente importante para que los teléfonos rojos hubieran comenzado a sonar. Alguien estaría entonando el «Salid a por ellos cagando leches». Era cuestión de horas escuchar el rotor de un helicóptero sobre mi cabeza.

Pero antes del rotor escuché aquello. El mar estallando en alguna parte. Abrí los ojos y vi aquel tejado de plástico naranja sobre mi cabeza, la bombilla encendida en el centro. No, no estaba cogiendo olas en Byron Beach, ni jugando a quitarle el biquini con los dientes a mi *surfer-girl*. Estaba dentro de mi raft, tenía frío, me dolía el cuerpo y sentí aquel vértigo, como de viajar encima de un tobogán gigante. El viento seguía sonando a mi alrededor, pero ahora se unía otro sonido. Un sonido profundo, como un tremendo rugido que acontecía lejos de mí.

Es un tema jodido, cuando ya no puedes ni con tus pelotas y algo te dice que estás en peligro, que debes moverte. Pero ¿he dicho ya que mi segundo apellido es MeEncantaQueMe-Jodan? Doblé las piernas y me senté, provocando a mi nervio ciático, que me pinchó para recordarme los abusos a los que se había visto sujeto. «Mira, tío, colabora un poco, ¿vale? Somos un equipo y a veces hay que sacrificarse por el resto.»

La manta se me despegó del pecho y sentí frío. Claro, estaba desnudo. Me había quitado el uniforme nada más entrar allí, pensando en que no lo necesitaría porque el helicóptero de rescate me iba a sacar de allí antes de un abrir y cerrar de ojos.

El raft tenía dos entradas y gateé con las piernas todavía metidas dentro del saco hasta asomarme por una de ellas. Bueno, lo primero que vi es que era de día. El cielo estaba ligeramente nublado, y la luz no era demasiado fuerte, pero tardé un rato en acostumbrarme. Estaba en alta mar y el viento soplaba fuerte. Nos llevaba, a las olas y a mí, en una dirección. Y allí, en ese remoto horizonte, pude distinguir una especie de frente oscuro, como unas nubes. Y temí que estuviéramos navegando directos hacia otra tormenta.

Una ola elevó el raft y lo hizo girar a la derecha. Distinguí los elegantes y metálicos brillos del agua formando una pared de unos dos o tres metros de altura. Después volvimos a bajar y entonces pude escuchar aquel rumor otra vez, a lo lejos.

BRRRMMMMMMM... El ruido del mar rompiendo contra algo.

Miré hacia delante y abrí bien los ojos. Aquello no era un frente nuboso. Era tierra. Un monstruo oscuro que abarcaba casi todo el horizonte y hacia el cual me empujaba la marea. Allí, en su base, podía ver la espuma blanca de las olas batiéndose contra la roca. Tierra. La salvación.

Después de la ola, el raft volvió a estabilizarse sobre el agua. Saqué la cabeza por la carpa y un viento frío me recibió, revolviéndome el cabello. Observé aquel trozo de costa y por la ubicación del sol concluí que me aproximaba por el norte. Pensé en varias posibilidades: las Nuevas Hébridas, las Shetland. En todas ellas, hasta la más pequeña, podía contar con encontrarme humanos y teléfonos. En un día estaría en un hospital. Calentito y en manos de una enfermera de ojos marrones y sonrisa de algodón. Ahora debía prepararme para contar lo sucedido. Explicar lo inexplicable. Y aún más difícil que eso: mirar a Suzanna a los ojos y contarle cómo murió Pavel, el padre de su bebé.

Íbamos muy rápido. En cuestión de minutos había recortado la distancia a la mitad, y el macizo de roca era el doble de grande y visible. Lo observé en busca de alguna edificación, pero todo era un desalentador monolito de piedra. Entonces distinguí la espuma de las olas estallando a los pies de aquellos acantilados y el estruendo que resonaba a kilómetros de distancia. Y empecé a pensar que quizás había cantado victoria antes de tiempo.

Traté de mantener la calma y esperé para determinar la dirección de la corriente. Me bastaron dos minutos para darme cuenta de dos cosas. La primera, que en efecto la marea me estaba llevando directamente contra la pared. La segunda, que iba mucho más rápido de lo que inicialmente había pensado. Tendría algo así como cinco o seis minutos antes de que las olas me empotraran contra aquella muerte de piedra.

Volví adentro y observé el suelo y las paredes del raft. Localicé un remo de plástico y eso pasó a la lista corta de cosas útiles para el desembarco. El uniforme estaba desperdigado por el suelo y aún húmedo. Lo estrujé y me lo volví a poner, no me apetecía enfrentarme en calzoncillos a un desembarco. Pensé en lo bien que me vendrían las botas ahora, pero me había deshecho de ellas al salir por la popa del C-17. Al menos había conservado mis gruesos calcetines McIntosh.

Me enfundé el chaleco salvavidas, todavía inflado, y fui a por el remo de plástico. Recordé haber visto una pistola de bengalas en alguna parte. La encontré bajo el envase de la manta térmica. Una Usamit-3 de dos cargas con una provisión de ocho bengalas. Bueno, allí no había necesidad de ponerse a ahorrar. Lo cogí todo y me arrastré hasta la puerta del raft.

La pared ya estaba más cerca y pude ver mejor a lo que me enfrentaba. Nada de suaves colinas con playas de arena blanca a sus pies, no, señor. El Dios de las Cosas Difíciles había preparado una buena yincana para Dave Dupree esa mañana. Las olas reventaban en furiosas embestidas contra una línea de arrecifes en la base del acantilado, y el tramo de mar que lograba escabullirse entre tales colmillos de pedernal se abatía contra un tortuoso infierno de cavidades, nervios de piedra y molares medio sumergidos.

Apunté la Usamit en un ángulo de cuarenta y cinco grados y disparé las dos cargas seguidas hacia el este. Bam, bam. Las bengalas de color naranja cruzaron el firmamento y se produjo una extraña mezcla de luces. Esperaba que alguien ahí arriba las viera a tiempo. Pasase lo que pasase, aunque fuera para limpiar los restos de mis entrañas de aquellos arrecifes, sería mejor ir avisando de que el sargento Dupree estaba entrando en el país sin pasaporte. Después recargué y disparé otras dos bengalas hacia el oeste. Guardé el resto de las cargas para cuando tuviera más clara la posición en la que iba a terminar arribando.

Estaba a menos de quinientos metros de aquel monstruo y por la fuerza del mar intuía que tendría poco margen de maniobra. Pero debía intentarlo. Comencé a otear la pared en busca de una pequeña ensenada al abrigo de aquella violencia, un punto de recesión del oleaje. Todo lo que quedaba a babor del raft era un infierno de arrecifes. Géiseres de espuma se elevaban al reventar las olas contra unos altos colmillos de mineral negro. A estribor, en cambio, había espacio para el aliento. Un pequeño entrante donde las olas llegaban a desarrollarse antes de desaparecer tras la roca. Pensé que era mejor apostar por lo desconocido que por la descuartización segura de los arrecifes de mi izquierda, así que empecé a remar con fuerza.

Las olas ganaban altura al acercarse a la costa. Se entrecruzaban y rompían entre ellas provocando remolinos. Apreté al remo todo lo que pude, aunque supongo que fue cosa de las corrientes o del ángel de la guarda de Cabeza de Chorlito Dupree, que el raft tomara la dirección correcta. Al ganar aquella especie de saliente, pude ver lo que se ocultaba al otro lado. De frente, unas terribles fauces de roca negra iguales o peores que las que había dejado atrás. Pero a mi derecha divisé una sección de roca plana junto a la que el océano discurría de forma más moderada a pesar de seguir teniendo un oleaje de primera. Las olas me llevaban hacia los colmillos negros y, ahora sí, era el momento de romperse los brazos remando.

Aproveché un pequeño receso en el oleaje para avanzar todo lo que pude. Era yo solo contra un raft de veinticuatro personas (vacío pero igualmente aparatoso) y, sin embargo, logré moverlo. La roca formaba una suerte de escalera natural medio sumergida. Aunque no sería ningún camino de rosas, era mi mejor baza.

Remé a fondo y cuando ya estaba a punto de llegar, regresó el oleaje. En solo dos tandas salí disparado hacia delante y la lancha tocó roca por primera vez. Algo puntiagudo nos empaló por debajo e hizo estallar los flotadores. Un bam seguido de un puuufff. De pronto nos habíamos convertido en un trozo de tela. Y otra ola, violenta y cruel, remató el golpe. La carpa se me vino encima y me envolvió como un trozo de embutido humano. Me sumergí en el agua y me golpeé las dos rodillas con algo. De pronto estaba rodeado de mar y plástico, y no sabía ni dónde coño estaba el «arriba» ni el «abajo».

Las olas seguían machacando y volví a darme (esta vez en la cabeza) contra un cuerno submarino. El plástico paraba estos martillazos que, de otro modo, podrían haber sido mortales, pero al mismo tiempo me estaba hundiendo.

El raft era ahora una bolsa de plástico arrugada y revuelta donde las cremalleras de salida se habían perdido en alguna parte. Abrí los brazos, hice hueco dentro del agua y traté de encontrar algo a mis pies con lo que empujarme hacia arriba. Mis pulmones habían comenzado a arder. Joder, si no metía una bocanada de oxígeno en diez segundos tendría que ir diciendo adiós a todo.

Una pequeña claridad me ayudó a orientarme hacia la superficie. Encontré un punto de apoyo. Me empujé y logré sacar la cabeza del agua. Aire. Lo justo para aguantar la siguiente embestida. Me agarré a lo primero que pude y le di la espalda a la ola, que me latigueó sin misericordia e hizo que me clavara contra todos los salientes del pedernal. Las costillas me obligaron a rechinar de dolor.

«Vale, ahora o nunca, Dave, quizás no aguantes la siguiente ola.» Todas mis horas en el rocódromo de la base iban a pasar su examen final. Lancé mi brazo derecho como un arpón contra el primer saliente que encontré. Me aferré a eso y tiré para arriba arrastrando el resto de mi cuerpo, que en esos instantes parecía un fardo de lana mojada. Mientras tanto, iba notando que el golpe en las rodillas no había sido ninguna bobada, no, señor. Algo dolía seriamente ahí abajo. Con el otro brazo, siguiente agarradera, arriba. Más dolor y una nueva ola que cayó sobre mí y casi me arranca de la pared. Joder, me alegraba de haberme puesto el uniforme otra vez, pero no me hubiera importado llevar unas botas. Supuse que me estaba pelando los pies, además de tener algún dedo roto y varias uñas fuera de su sitio. Pero eso era solo una confusión de mensajes de dolor que casi se convertía en un mensaje en blanco. Dolor, en mayúsculas, en mi pie derecho. Otro saliente, otro tirón, y conseguí llegar a lo alto de uno de aquellos escalones. Otra lengua de agua, esta vez benévola, me empujó sobre la superficie plana de la roca, pero volví a golpearme en la cabeza, esta vez en la cara. Sentí una piedra hundiéndose en la cavidad de mi ojo derecho como un puñetazo a traición. Me lo palpé mientras el agua se retiraba. Noté la herida a solo un centímetro del párpado, pero el ojo seguía allí. Por poco.

Habíamos progresado; al menos ya no era el saco de las

hostias de la maldita marea. A cambio de tener la mitad del cuerpo lleno de magulladuras y las rodillas casi inmovilizadas, había alcanzado una superficie seca y estable. Abrí los ojos y busqué el siguiente nivel en el videojuego. Distinguí otro brazo plano de roca que debía de ser una formación de caliza. Ahí arriba el mar ya no golpeaba. Me levanté como pude, magullado y dolorido hasta la punta del pelo, pero con una inmensa felicidad en mi corazón. Porque me estaba salvando, joder, me estaba salvando de verdad. Agarré por donde pude aquella pared y di un último impulso al tiempo que una ola lo inundaba todo. Casi muerdo la piedra para ayudarme a trepar.

Motas blancas. Recuerdo que al principio pensaba que era todo una alucinación. Después me di cuenta de que eran cagadas de gaviota, joder, y eso eran buenas noticias. Cagadas de gaviota bien secas, que habían aguantado las olas al nivel de la marea. «¡Cagadas de gaviota, seréis mi lecho!», pensé, celebrándolo. Había una pequeña cavidad en la pared. Me arrastré hasta allí y me dejé caer. Pese a que tenía el cuerpo medio congelado y reventado de heridas por todas partes, volví a desvanecerme.

—Gracias —dije—. Gracias por todo.

Carmen

Después de esa amarga escena en el malecón, Carmen condujo el coche de vuelta al pueblo. En ese momento, el *Gigha* acababa de soltar su rampa metálica sobre el embarcadero. Había llegado vacío y se iba a llevar a una veintena de isleños a Thurso. Carmen recordó las palabras de Amelia la noche anterior: «Lo normal es que nos quedemos una treintena de almas en Navidad».

Aparcó frente al café Moore, que tenía puesto el letrero de VUELVO EN CINCO MINUTOS (PARA EMERGENCIAS DE CAFEÍNA, LAMER EL CRISTAL). Carmen supuso que Didi estaría «empaquetando» a sus dos sobrinos rumbo a Thurso, donde sus padres los iban a recoger después de un fin de semana con la «tía loca».

Le preguntó a Lomax si le apetecía un café.

—Antes me gustaría que habláramos un poco —respondió Charlie.

—¿Hablar?

—Bueno, es que anoche, con todo el asunto de la llamada de auxilio, desapareciste escaleras arriba y... En fin, yo no había terminado de explicarme.

«Aquí viene otra vez», pensó Carmen. «Hazte la tonta.»

—Vale —dijo ella—. Si no recuerdo mal, tú me estabas contando cómo habías roto con Jane, ¿no?

—Bueno, más concretamente estaba explicándote la segunda gran razón que tenía para volver a St. Kilda estas Navidades.

Ya no estaban junto a la chimenea, emborrachándose con un buen vino y escuchando a Barbra. Dentro del Defender, en aquella mañana de ventisca, la cosa resultaba fría, heladora, pero Carmen pensó que era mejor hacerlo de una vez por todas.

—¿Y es...?

—Verás, Carmen... Estos últimos meses, cada vez que tenía que regresar aquí, bueno... Sentía que cada vez volvía con más ganas, ¿me entiendes?

Carmen se limitó a mirar las gotas que comenzaban a posarse en el parabrisas.

—Quizás había comenzado a desenamorarme de Jane muchísimo antes de conocerte, pero tú me has hecho darme cuenta, Carmen. Porque he comenzado a sentir algo por ti. Eso es lo que he venido a decirte. Eso es todo.

Después de aquello se hizo un silencio. Carmen se volvió y apoyó el codo en el asiento. Le miró mientras hundía los dedos en su cabello. Miró su bonita boca. En realidad era lo más romántico que le habían dicho en mucho tiempo. ¿Por qué tenía que sentirse casi al borde de la irritación?

—¿No te lo imaginabas un poco?

—Bueno... un poco... yo... Charlie, no sé cómo tomarme todo esto.

—No te lo tomes de ninguna manera. Llevo toda la semana siendo más sincero que en el resto de mi vida. Tenía que decirte lo que siento por ti. Ni más ni menos.

—Ok, vale.

—¿Vale?

—Sí —dijo Carmen—. ¿Qué más quieres? Gracias por tu sinceridad. No sé... Me siento halagada.

—No estás obligada a decirme nada. Pero, en fin, ya que hemos puesto las cartas boca arriba...

En ese instante vieron a Didi acercándose desde el malecón. Vestía su larga parka de tres cuartos con una capucha de piel falsa. Se la quitó cuando estaba solo a tres metros del Defender y levantó la mano. Estaba claro que los había visto.

—¿Te importa que lo hablemos un poco más tarde?

—No —dijo Charlie un poco frustrado—. Claro que no.

Didi llegó hasta el coche y Carmen bajó la ventanilla.

—Aquí no se pueden hacer esas cosas, jovenzuelos —bromeó—. ¿Por qué no os vais a un hotel? Os puedo recomendar uno.

Carmen abrió los ojos de par en par como diciéndole: «No la cagues, Didi», quien lo debió de captar a la primera. Sacó brillo a su piercing de la nariz (un gesto que delataba que estaba pensando) y después sonrió.

—Voy abriendo mi cueva. Pasad y tomaos un café.

Didi abrió la puerta del café Moore, en cuyo escaparate parpadeaban un montón de leds de colores navideños, rodeando un gran logotipo pintado en el cristal que decía: CAFÉ MOORE. CAFETERA ITALIANA. TARTAS. TÉ. BOCADILLOS.

Didi había traído la primera máquina *espresso* de St. Kilda, además de otras innovaciones como los vasos de cartón *take-away* y la carta de cafés que incluía nombres raros como el Latte Macchiato Double Shot o el Coconut Cowboy. Todo esto eran cosas que ella había aprendido en Camden, Londres, donde trabajó de camarera y barista durante años.

En temporada alta, cuando los turistas desembarcaban en St. Kilda, el lugar servía desayunos, comidas y cenas. Había música en directo y noches de DJ. Y dos literas de alquiler en la primera planta para los mochileros que pensaban que incluso el Kirkwall era demasiado caro.

No obstante, Carmen sabía que estas sofisticaciones no iban a durar demasiado. Didi planeaba emprender un gran viaje alrededor del mundo antes de cumplir los veinticinco, instalarse en Camboya (donde aseguraba que había muchas oportunidades de negocio) y abrir un bed & breakfast. Solo por eso había aceptado llevar el negocio de su hermana «un par de años» mientras Ann Moore (la madre de Gillian y Nevin) comenzaba otras aventuras hosteleras en Edimburgo. «Era quedarme en Londres sobreviviendo como una rata o volver a St. Kilda a ganar dinero de verdad», le contó una vez a Carmen. Así que cogió todo lo que había aprendido en los clubes de Camden donde había trabajado durante siete años y se lo trajo de vuelta a «su pequeña roca perdida en el mar», a donde una vez —con diecisiete— juró que jamás volvería.

«Pero nunca digas nunca jamás.»

Se sentaron a la mesa del fondo del café, al lado de la puerta trasera. Era su sitio preferido ya que les permitía fumar de manera discreta junto al marco de la puerta (fuera había un tiesto muy útil para aparcar las colillas). Bueno, y ese era otro pequeño detalle de Didi Moore: si no se fumaba tres canutos al día no se fumaba ninguno, y eso en horario de trabajo. Ella decía que era un antidepresivo natural y Carmen había comenzado a pensar igual que ella. La hierba le sentaba mucho mejor que las pastillas y que el alcohol.

Didi preparó tres *cappuccinos* y sacó su pequeña caja metálica llena de brotes que compraba a un tipo en Thurso. Empezó a darle al *grinder* y les preguntó sobre ese asunto del contenedor.

—Yo me he enterado porque Lowry se lo ha contado a su mujer en mis narices esta mañana...

«Radio Didi» siempre empezaba medio disculpándose por enterarse de todo. Charlie estaba muy interesado por saber qué había dicho Lowry a su mujer.

—Al parecer, MacMaster vio algo en un radar que tienen para el pescado y pensaron que podía ser una ballena muerta. Tiraron hacia el norte y casi se chocan con eso, con ese... contenedor. Pero ¿qué es?

—No lo sabe nadie, pero tiene aspecto de ser algo importante o especial. ¿Te has fijado en cómo brillaba ese acero, Carmen? No era un material corriente.

—Yo no sé de materiales —respondió Carmen—. Pero lo que está claro es que tenían todos el símbolo del dólar en los ojos.

Didi se había terminado de liar el canuto. Se sentó en un taburete, entreabrió la puerta y se lo encendió. Después de los pasajeros del ferry, no esperaba muchos clientes, al menos hasta la hora del almuerzo. Además, había comenzado a llover. Los cristales del escaparate temblaban por las ráfagas de viento y agua.

Le preguntó a Carmen por qué decía eso de los dólares en los ojos. Y ellos, a turnos, le explicaron cómo se habían comportado todos, empezando por Nolan y Lowry, «que se suponía que deben hacer valer la ley».

—Cuando empieza a soplar, este viento norte tan seguido, la gente comienza a volverse majareta en la isla —dijo Didi—. No es broma. Es mucha oscuridad. Demasiada oscuridad y demasiado frío para cualquier humano.

Dio otra larga calada al porro y dejó escapar el humo por la nariz.

—Lo que yo pienso es que deberíamos estar todos en el Mediterráneo, comiendo uvas y jodiendo entre nosotros, y no aquí. Esto fue creado para las gaviotas y las focas, y poco más.

Carmen y Charlie empezaron a reírse y Didi no pudo aguantarse mucho más. Le pasó el canuto a Carmen, que le dio una corta calada. No le apetecía colocarse desde tan temprano.

—Pues sí que estás pesimista esta mañana, Didi.

—Bufff... No sabes cuánto. He ido a dejar a mis sobrinos y casi me cojo el ferry yo también. Lo digo en serio. Tenía una oferta de mi hermana Ann para ir a cenar con ellos en Nochebuena.

—Ah, vaya —dijo Charlie—. Otra renegada.

Carmen le ofreció el canuto, pero él lo rechazó y entonces se lo pasó a Didi.

—¿Y por qué no te has largado?

—Es que es todo tan... ¡burgués! Con su arbolito de Navidad, sus oropeles y sus manzanas asadas... ¡Hacen que odie aún más la Navidad! Además de que necesito el maldito dinero y la Nochevieja, con suerte, me dejará una buena caja. Pienso ser la alternativa oficial al *acordeoñazo* de Mary Jane Blackmore.

Didi se refería al tradicional concierto de acordeón de la Blackmore, que ambientaba la fiesta de Hogmanay* en el Club Social. Comenzaba con un —como en casi toda Escocia— «For Auld Lang Syne» de Robert Burns, y le seguían una sucesión de viejos bailes Ceilidh como el Britannia TwoStep o el Circassian Circle que Carmen ya había practicado en alguna ocasión.

Charlie bromeó diciendo que no sonaba como un mal plan.

—Te advierto que es una trampa —dijo Didi—. Mary Jane es incansable. Toca y canta hasta que sale el sol. Es una estrategia para reblandecer los cerebros masculinos y llevarse a alguno hasta su *cottage* de madrugada.

—¿Y le da resultado?

—Pregúntale a Bram. Lleva dos Nocheviejas escapando de sus garras en el último minuto. Por cierto, ¿haréis alguna cena en el hotel?

—Sí —dijo Carmen, y después le dio un codazo a Charlie—. Estás invitado, ¿eh?

Sonó entonces la campanilla de la entrada y vieron aparecer a Keith Nolan. Didi lanzó el resto de su canuto a la calle tan rápido como si estuviera en el colegio y viera al director entrando en el cuarto de baño de las chicas. Después abanicó el aire intentando que la última nube de marihuana saliera del local y se metió detrás de la barra.

Nolan entró en el local sin quitarse la capucha de su chaqueta. Miró de reojillo a Carmen y a Charlie, y saludó con una mano. Después puso los codos en la barra.

—Ponme uno de esos cafés para llevar, Didi.

* Año nuevo en escocés; se refiere también a la fiesta de Año Nuevo.

—Marchando, sheriff —respondió Didi como si nada.

Nolan encajó la vacilada en silencio, y Carmen y Charlie estuvieron a punto de estallar en una carcajada. Didi tenía la lengua afilada como un estilete, pero todo el mundo sabía que el suyo era el mejor café que uno podía encontrar en St. Kilda.

Mientras Didi servía el café a Nolan, Charlie dijo que «volvía en un minuto», se levantó y se fue a hablar con él. Carmen hubiera dado su opinión sobre este gesto, pero estaba tan a gusto sintiendo los agradables efectos de la marihuana por su cuerpo que lo dejó ir sin rechistar.

Entonces Didi volvió y se sentó junto a ella.

—Bueno, pequeña perra —dijo—. Estoy impaciente por que me cuentes qué demonios pasó.

—¿Qué pasó con qué?

—Anoche. Charlie. Tú. ¿Traca-traca?

—No.

—¿QUÉ?

Ese «qué» sonó quizás demasiado alto. Las dos miraron hacia la barra, pero Charlie Lomax estaba concentrado en su conversación con Nolan.

—Pues que no —repitió Carmen—. Me contó que lo había dejado con Jane, y cómo ella se echó a llorar... Se me cortó todo el rollo, Didi.

—La verdad es que sí —dijo Didi—. Con lo listo que es para otras cosas, ha sido un poco tonto, ¿no? Aunque el gesto de venir por sorpresa ha sido muuuy romántico, eso no me lo negarás, ¿eh? Ay... Si alguno de estos catetos tuviera ese detalle conmigo, me lo llevaría a la cama y cerraría el café durante un par de días.

Lomax regresó junto a ellas pero solo para despedirse.

Bastó una mirada suya, bastante grave, para que Carmen se imaginara que iban a hablar del dichoso informe.

—Te veré esta tarde en el hotel —dijo.

—Suerte —dijo Carmen.

Pero en ese instante, según Charlie se volvía en dirección a Nolan, Carmen tuvo una especie de mal pálpito. Después de ver las caras de la gente esa mañana y a Lorna Lusk soltando ese discurso victimista, tenía miedo de lo que pudiera pasar cuando Charlie soltase «la bomba».

¿La tomarían con él? Eso sería como matar al mensajero. Y por un instante, esa palabra («matar») hizo un extraño eco en su cabeza.

Carmen

¿Qué hora era cuando por fin cogió el Defender de regreso al hotel Kirkwall? Más de la una, seguro. Los ratos con Didi se alargaban, desafiando las leyes del espacio-tiempo, lo cual estaba intrínsecamente relacionado con el cannabis, claro.

Había que acelerar bien antes de Cobbert Hill para subir la cuesta sin problemas. Era como un pequeño anticipo del Bealach Ba, esa montaña «mágica» que surgía casi como un titánico pulgar en medio de la llanura central de la isla, y que atraía a centenares de visitantes todos los años. «Es nuestro Skyline», le había dicho Gareth Lowry una vez. «Londres tiene el Big Ben, Nueva York el Empire State y St. Kilda tiene el Bealach Ba.» Por eso, las habitaciones con vistas a la montaña se cobraban un 30% más caras. Y la gente lo pagaba la mar de contenta.

Aparcó el Defender bajo el cobertizo de la parte trasera del hotel y salió tambaleándose, felizmente mareada. Al pasar junto al cobertizo se fijó en que había una bicicleta deportiva apoyada en una de las paredes, y aquello le arrancó una sonrisa bastante traviesa.

—«Mmm... Love is in the air» —canturreó.

Bram Logan estaba en la cocina, sentado a un lado de la mesa, con una taza entre las manos, y Amelia a su lado.

—*¡Hola, señorita!* —dijo Bram en español.

Harían falta más de dos líneas para describir al bueno de Bram Logan, «el chamán» (como le llamaba Amelia) que vivía en un *cottage* en las faldas del Bealach Ba. Pero más que un chamán, ese día parecía una versión vigoréxica de Papá Noel. Vestido con su *culotte* y ropas de ciclista, que se ajustaban a su largo y delgado cuerpo, llevaba el pelo recogido en una coleta. Pelo blanco a juego con su frondosa barba.

—*Hola*, Bram —le contestó Carmen también en español—. ¿Cómo te va?

—He salido a dar una vuelta con la bici y he pensado en gorronearle un poco de té a tu jefa. Además, le he traído sus algas, ya sabes cuánto le gustan.

—Oh, sí —dijo Amelia—. Me encanta que me llenen la casa con ese olor a mierda marina.

Había un puchero de agua echando vapor en el hornillo y la cocina olía a mar. Eran las famosas *Lithothamnion corallioides* que Bram solía recolectar en Layon Beach y cuyos minerales, al parecer, eran buenísimos para la artrosis de rodillas de Amelia. Con esa disculpa solía pasar a visitarla, aunque Carmen siempre había intuido algo de chispa en sus miradas.

—¿Qué noticias traes del puerto? —preguntó Amelia entonces—. ¿En qué ha terminado todo ese asunto de la caja?

Carmen se deshizo de sus capas de ropa y se sentó a la

mesa antes de pasar a explicar lo ocurrido en el malecón. La caja, las advertencias de Charlie y cómo la gente de la cofradía había ignorado todo, trasladando el contenedor a la vieja lonja de TransArk.

Bram encontró el tema bastante intrigante.

—¿Por qué dices que no era un contenedor «normal»?

—Bueno, no es que haya visto muchos de cerca —respondió Carmen—, pero Charlie dice que este tiene algo extraño. De entrada, una gran cerradura electrónica que le ha parecido inusual. Había otras cosas electrónicas a los lados y un gran flotador.

—¿Un flotador?

—Sí, un par de cilindros amarillos.

—Vaya —dijo Bram—, eso sí que es raro.

—Tú trabajaste en un carguero, ¿verdad, Bram? —dijo entonces Amelia—. En tus tiempos mozos...

—Exacto, Meli, cuando aún tenía el pelo negro me recorrí el mundo a bordo de un granelero. No era un portacontenedores, pero sé algunas cosas del tema. Como que un contenedor no lleva flotadores, por ejemplo, al menos no los que yo vi. Y fueron bastantes.

—Vaya —dijo Carmen—. Pensé que era una especie de medida de seguridad.

—No, al revés. Hay un lío de tres pares de pelotas con los contenedores que caen al mar. Nadie habla mucho de ello, pero son un problema y de los gordos. Los *reefers*, que así se llaman los contenedores refrigerados, van cerrados herméticamente y flotan por sí mismos, al menos un buen porcentaje de ellos. Los que se hunden ensucian el mar, pero los que se quedan flotando representan verdaderas balas de cañón para otros barcos. En una mar picada, con olas de veinte metros y navegando aunque sea a quince nudos, son como un proyectil capaz de partir una embarcación de recreo por la mitad o perforar el casco de algo más grande. Esa es una de las razones de que ninguna compañía los quiera «marcar» con demasiado énfasis, porque, una vez caídos (y créeme que se caen unos cuantos al año), se convierten en una responsabilidad de consecuencias incalculables.

—Tú mismo dijiste que un contenedor pudo tener algo que ver con el accidente de Dick Sheeran, ¿lo recuerdas? —preguntó Amelia.

—Sí, no se puede descartar. A Dick lo hundió algo grande... Pero dudo que fuese ese contenedor. A menos que las mareas lo hayan tenido dando vueltas a St. Kilda durante meses, de manera milagrosa.

—¿Y qué dice la ley sobre su propiedad? —preguntó entonces Carmen—. Eso ha calentado los ánimos cuando Charlie lo mencionó.

—Esa es la pregunta del millón, nena. En principio, todo lo que encuentres en aguas internacionales pasa automáticamente a tu propiedad. Pero esa ley se cruza con otra que dice que el hallazgo de algo a la deriva debe ser siempre reportado al mando naval de tu nación. Con lo cual, según las normas internacionales y el sentido común, los hombres del *Kosmo* deberían informar de su hallazgo.

—Pues no creo que lo hagan.

—Ya sabemos cómo están los ánimos de los pescadores —dijo Bram—. Hay que hilar muy fino con ellos.

—Bueno, a mí me importa un pito lo que hagan, a menos que Charlie tenga razón y esa cosa estalle o libere un virus mortal.

—¿Eso dijo?

—Dijo que, por su aspecto, parece transportar algo químico u orgánico, por lo que sería un error intentar abrirla. Lowry le respondió que tomarían una decisión esta noche, en la asamblea.

—Vaya —respondió Bram, atusándose la barba. Después miró a Amelia y ambos cruzaron una mirada de preocupación—. Quizás deberíamos ir a la asamblea de esta noche. ¿Dices que Lowry y Nolan parecían inclinados a abrirla?

—Creo que esos dos tienen miedo a la reacción de los pescadores, lo cual es lógico.

Bram se quedó callado, pensando.

—Maldita sea, creo que no me da tiempo a regresar a casa y cambiarme.

—Si quieres te llevaremos en el Defender por la noche, —dijo Carmen—. O también puedes quedarte en el hotel por un módico precio.

Amelia le dedicó una mirada llena de sorna.

—¿Bram en mi hotel? Ni por todo el oro del mundo.

Dave

No sé cuánto tiempo pasó, solo que en algún momento me
desperté y el cielo me estaba meando.

Aún era de día, aunque el sol era una bola débil y mori-
bunda detrás de las nubes. A lo lejos, en el horizonte, se aproximaba una tormenta. Un cielo negro preñado de agua y relámpagos.

Sed, frío y un intenso dolor en el pie. Esas eran las tres
sensaciones que lo dominaban todo. Pese a lo cual, la fatiga
acumulada me había provocado un sueño de algunas horas.

Levanté la cabeza y miré alrededor. Había conseguido escapar del mar, pero ahora estaba a los pies de un acantilado,
subido en un trozo de roca que posiblemente ningún humano había pisado jamás. Solo las gaviotas. Bueno, pensé que
eso al menos solucionaría el aspecto de la alimentación a corto plazo. Pero lo primero de todo, necesitaba agua para seguir viviendo. Y ropa seca.

¿Dónde estaba el raft? ¿Se lo habría llevado el oleaje?

Y ya puestos a hacer preguntas, ¿dónde coño estaba la operación de rescate?

Al moverme me di cuenta de que tenía el pie derecho destrozado. Lo miré: el calcetín estaba desgarrado y rebozado en sangre, como si el Coyote se hubiera calzado unos patines impulsados por cohetes para cazar al Correcaminos y le hubieran explotado en los pies. Allí ya no había cinco dedos, sino seis o siete. Una confusión de carne viva, sangre y algún que otro hueso desencajado. Teniendo en cuenta que lo había hecho migas contra una roca intermareal (tan llena de vida, como decía Costeau, y de bacterias), podía esperarme una infección de tomo y lomo. También sentía mucho dolor en una costilla, pero creo que no estaba rota (conozco ese dolor), posiblemente era una contusión. Ok, ese era el informe de daños y no estaba nada mal para haber sobrevivido a un accidente aéreo, un naufragio y un desembarco en la costa de las rocas Samurái.

Comencé a reptar como un gusano hasta el borde de la piedra. La marea había bajado y dejado el arrecife al descubierto. Y el raft estaba allí, joder, aplastado sobre uno de esos picos de roca, pero estaba allí. Vale, eso eran buenas noticias. El GPS seguiría transmitiendo desde mi posición, para empezar. Y además, con suerte, las botellas de agua, la glucosa y las mantas térmicas seguirían ahí dentro.

Podía esperar a que la marea lo reflotase, pero eso era arriesgarse a perderlo, así que me puse a pensar. Uno de los cabos de amarre que iban pegados al plástico se había desprendido al reventar el neumático y pendía del confuso montón amarillo, y un poco más abajo descubrí que el remo se había quedado atascado entre dos piedras. Bueno, esa parecía la forma lógica de hacerlo.

Me saqué las trinchas del uniforme, las desarmé y las uní como un lazo de vaquero. Me arrimé a la piedra todo lo que pude. El asunto era pescar el mango del remo. La idea era buenísima, pero la implementación fue jodida. El remo se resistió a ser rescatado. Primero se cayó de lado, alejando el mango del borde. Tuve que sacar la mitad del cuerpo sobre la pared y convertirme en el Pavarotti de los arrecifes. Creo que nadie había insultado tanto a un remo como yo lo hice ese día. Finalmente lo enganché una primera vez y lo perdí. Pero a la segunda conseguí subirlo hasta la plancha.

Vale, cuando tuve a ese pequeño hijo de perra de remo conmigo la cosa tuvo visos de funcionar. Quizás no lograse arrancar el raft de ese peñón, pero con el remo podía hacer más cosas, como matar a una gaviota para comérmela y hacer fuego con sus plumas. Pero el raft era un confort superior, así que fui a por él. Con ayuda del remo enrollé el cabo que flotaba en el agua como si fuera un tallarín en una sopa china. Después, suavemente, como quien saca una buena lubina del agua, lo alcé y comencé a acercármelo hasta ponerlo a mano. El cabo cedió un poco al tirar de él, pero finalmente comencé a recuperar el raft. Con ayuda del remo lo terminé de desincrustar de la roca y al cabo de unos minutos arrastraba aquel gran montón de plástico amarillo sobre la plancha donde me encontraba. ¡Bravo, Dave!

Tardé un buen rato en extenderlo sobre la plancha. El aire se había escapado por completo, pero utilicé el remo como mástil (incrustándolo en un hueco del suelo) para elevar la carpa e improvisar una tienda de campaña. Estaba mojada, olía mal, pero era lo más parecido a una casa que podías imaginar en aquel paraje. Y, además, ahí dentro encontré un montón de pequeños tesoros que habían aguantado el accidente del desembarco: agua, pastillas de glucosa, una manta térmica...

Bebí como si tuviera un agujero en alguna parte. Podría haberme bebido tres litros de agua y todavía no hubiera saciado mi sed, pero decidí parar un instante. Después comí una de esas pastillas de azúcar y me sentí renovado.

Antes de quitarme la ropa y meterme de nuevo en la manta, decidí echar un vistazo al GPS. Mi sentido del tiempo me decía que habían pasado al menos doce horas desde el accidente, y me escamaba que todavía nadie hubiera hecho su aparición.

No tardé en dar con el aparato, una beacon antiagua pegada por medio de un velcro a una de las paredes del raft. Y, joder, no tenía ni una maldita luz encendida. ¡Eso explicaba la cosa! Tenía que haberlo pensado desde el principio... cabeza de alcornoque. Vale, después de mirarlo un poco, encontré una palanquita para encenderlo. La moví, pero eso no pareció activar nada dentro del pequeño aparato.

—Qué demonios...

Repetí el movimiento hasta diez veces, pero aquel aparato no mostraba ni una sola luz. Era como si no tuviera batería, aunque mientras lo sostenía en las manos me pareció percibir un olor como de cables quemados. ¿Era posible que se hubiese roto? Por primera vez desde el accidente pensé en el apagón que se había producido en el avión justo antes de desvanecerme. ¿Podría haber sido un rayo? «Los rayos no derriban aviones», me respondí casi de inmediato. «No por sí solos, y mucho menos chamuscan los circuitos eléctricos de un GPS.» Pero lo cierto es que aquel aparato estaba frito.

Me quité el uniforme y entré bajo la manta térmica, que era como un agradable infierno. Estuve tiritando ahí dentro durante media hora por lo menos, tosiendo y sintiendo la fiebre. Antes, en el frío y con el dolor ni siquiera me había parado a notarla, pero ahora me daba cuenta de que posiblemente estaba pillando una neumonía del carajo. Sentía los pulmones inflamados y un silbido al respirar. Además, mi frente ardía como una sartén.

Podía oír el mar ahí fuera, batiéndose contra las rocas. La lluvia comenzó a tamborilear sobre el plástico y el viento rozaba los bordes de la carpa.

La tormenta se aproximaba y ahora, sabiéndome solo, fue un poco más duro mantener la moral alta.

Apreté los dientes y pensé en Chloe Stewart.

Carmen

—¡Un poco de orden, por favor! Ahí atrás, ¿podéis dejar descansar los tacos por un momento?

Zack Lusk y el otro pescador se dieron por aludidos y levantaron los tacos de la mesa de billar, sonriendo y haciendo el gesto de silencio, como si la broma no tuviera por qué terminar del todo.

—Gracias, chicos —dijo Nolan desde el escenario—. Bien, estamos a punto de comenzar. Solo falta Gareth.

El salón de actos del Club Social de St. Kilda estaba medio vacío a pesar de ser viernes de asamblea. No obstante, se respiraba una gran expectación entre el reducido público de aquella noche. Alguien había escrito una frase con tiza en el tablero que colgaba sobre un piano de pared en el escenario:

TEMA A DISCUTIR: HALLAZGO DEL *KOSMO*

A lo que alguien había añadido:

Keith Nolan y Ewan McRae hablaban sobre el escenario, alejados del micro, con varios papeles en las manos, supuestamente esperando a Gareth Lowry, que era el maestro de ceremonias habitual. Mary Jane Blackmore, el bardo local de St. Kilda, esperaba sentada con su acordeón en una de las bancadas laterales y las tripulaciones completas del *Kosmo* y el *Arran* ocupaban los asientos de plástico frente al escenario. Todos con los brazos cruzados y expectantes mientras hacían un esfuerzo por beber la cerveza de lata que el club vendía a libra y media (que se dejaban voluntariamente en un bote de crackers vacío apostado sobre la nevera).

El resto de los asistentes, cerca de una veintena, representaba muy bien la pirámide demográfica de la isla: muchos mayores, pocos jóvenes y cero niños. Carmen, Amelia y Bram habían llegado un poco tarde y ocupado una bancada al lado del escenario. Amelia siempre intentaba andar sin cachaba cuando bajaba al pueblo, pero eso requería bastante calma. Avanzar unos cuantos metros era algo que podía llevar su tiempo, pero nada que pudiera borrarle la sonrisa del rostro.

Entonces vieron a Gareth Lowry entrar por el fondo del salón, seguido de Charlie. Carmen le hizo una seña, pero Lomax no la vio al principio. Ambos traían la tensión dibujada en el rostro y Carmen se pudo imaginar la razón. Mientras esperaba a que Charlie viera su mano, cruzó una mirada con Lorna Lusk, que esperaba de pie junto a los pescadores, acompañando a su hermano Zack, un pelirrojo pequeño y estrábico con cara de diablo que pertenecía a la tripulación del *Arran*.

Charlie finalmente vio a Carmen y avanzó hasta sentarse junto a ellos.

—Hola, Lomax —dijo Bram.

Charlie le devolvió el saludo y se sentó junto a Carmen.

—¿Qué tal ha ido? —le susurró ella.

—Bufff... mal —dijo él—. No era para menos.

—Vaya, lo siento mucho.

Y al decirlo posó una mano sobre la pierna de Charlie, que quizás de manera inconsciente la cogió y la mantuvo agarrada unos segundos. Carmen no hizo ningún ademán de retirarla.

En ese mismo instante, Gareth Lowry subió al escenario, se acercó al micro, dijo «Un, dos, un, dos» y eso desencadenó un agudo pitido en los altavoces y las consiguientes quejas y risas de los asistentes. Nolan maniobró rápidamente en la mesa de mezclas y corrigió el acople. Y Lowry comenzó dando las buenas y frías noches.

—En primer lugar, quisiera disculparme por el retraso, pero hemos tenido una reunión de último minuto —dijo mirando a Charlie Lomax—. Mary Jane, si no te importa, hoy empezarás un poco más tarde tu actuación.

—Sin problema —respondió Blackmore, sonriente detrás de sus gafas de culo de vaso.

—Bueno, entonces empecemos por unas pequeñas noticias antes de pasar a los asuntos que hoy nos ocupan. En primer lugar, quisiera felicitar a las voluntarias del club por la magnífica decoración navideña. Buen trabajo.

Hubo unos aplausos dirigidos a Elsa Lowry, Nicoleta McRae y la mujer de Iriah Brosnan (Carmen no recordaba su nombre).

—Bien, prosigamos —dijo Lowry leyendo de un pequeño bloc de notas—. En el asunto de la renovación de los generadores diésel, Pat McMillan ha creado otra versión del presupuesto y hemos conseguido una cifra por debajo de las dos mil libras con la que estamos bastante satisfechos. Al hilo del tema energético, también hemos iniciado, a propuesta de Bram Logan, un presupuesto para instalar dos turbinas de viento y un panel solar en el prado de An Sgurr. Bram, buen trabajo por traer a la gente de Eigg la semana pasada al consejo. Fue muy interesante oírles hablar de su plan de energía verde y creo que nos abrieron la mente a muchos.

Sonaron algunos aplausos para Bram Logan, que alzó la mano para saludar. Después, Lowry continuó hablando:

—También quiero informaros de que Mary Jane ha terminado ya su guía de observación de aves en la isla y que el consejo ha decidido apoyar la edición con quinientas libras. Los ejemplares llegarán a mediados de febrero y se distribuirán aquí en el club. ¡Enhorabuena, Mary!

—¡Gracias! —dijo la mujer.

Lowry carraspeó un poco antes de proseguir:

—En fin, y ahora hablemos del primer «gran» asunto del día. El señor Lomax, aquí presente, ha traído noticias de Edimburgo. Las esperábamos el año que viene, pero en fin, es bueno tenerlas hoy y saber a qué nos enfrentamos. Las noticias no son buenas, os lo adelanto. El departamento niega la mayor parte de las reclamaciones hechas por St. Kilda.

Se abrió paso un rumor de desazón general.

—No voy a entrar mucho en detalle. Aún tenemos que estudiar el informe en profundidad y preparar nuestras alegaciones, pero de entrada la cosa pinta mal. Las flotas no recibirán ayuda y todo se deja en manos de las aseguradoras.

—¡Hijos de perra! —gritó uno de los pescadores desde las primeras filas.

Hubo un abucheo generalizado y Lowry alzó las manos intentando contenerlo.

—Siento mucho daros estas noticias hoy, antes de Navidad, pero es día de asamblea y es lo que toca. En fin, Lomax se ha propuesto voluntario para ayudarnos con un plan de contraataque. Quizás haya algo que podamos hacer.

Nolan se acercó a Lowry para decirle algo al oído, bajo la atenta mirada de McRae, y mientras tanto la gente empezó a hablar en voz alta, con evidente indignación. Muchos se volvían en dirección a Lomax y sus miradas no eran precisamente amables.

—Siento mucho que no haya prosperado —dijo Bram palmeándole el hombro—, pero gracias por todo lo que has hecho.

—En realidad he hecho bien poco —dijo Lomax amargamente.

—No, Charlie —replicó Carmen—. No digas eso.

—Ellos no lo saben, pero nosotras sí —intervino Amelia—. Has hecho mucho más que esos dos papagayos de ahí —añadió señalando a Lowry y a Nolan—, que solo saben echar balones fuera.

Entonces Lowry volvió al micro y pidió silencio.

—Vayamos a por el segundo asunto que nos concierne hoy. Como muchos ya sabéis, el *Kosmo* se topó con un *reefer* a la deriva la madrugada pasada. Con ayuda de los hombres del *Arran* lo remolcaron a puerto y ha sido almacenado en la vieja lonja de TransArk. Durante el día de hoy ha habido muchos comentarios y rumores acerca de su contenido, y de la cuestión de abrirlo o no abrirlo, así que nos gustaría aclarar el asunto públicamente. En primer lugar, el contenedor permanece cerrado en la lonja. Nadie lo ha abierto aún y, por lo tanto, no se sabe lo que viaja en su interior. Charlie Lomax le echó un vistazo por la mañana y determinó que no había ningún indicador de peligro en el exterior. ¿Es correcto lo que digo, señor Lomax?

—Es correcto, Gareth. No había ninguna señalización reconocida, pero...

Lowry interrumpió a Charlie antes de que pudiera terminar.

—Ya sé lo que vas a decir a continuación —rio con la mano alzada— y desde ya te digo que no has de preocuparte. Vamos a hacer las cosas correctamente, Charlie. Aunque seamos una isla pequeñita en medio del mar, aquí tenemos la cabeza sobre los hombros.

—Por supuesto —replicó Charlie, aunque su voz se perdió entre el murmullo generalizado.

—Bien. Por el momento, el consejo respalda la opinión de que el contenedor y su contenido pertenecen a los que lo hallaron: los hombres del *Kosmo* y los del *Arran* que les ayudaron a remolcarlo.

Sonaron algunos aplausos, principalmente de los pescadores.

—Pero también respeta las precauciones recomendadas por el señor Lomax respecto a su contenido, de modo que, en principio, permanecerá cerrado y en depósito hasta que se realice un estudio en profundidad.

En respuesta a esta última frase se oyeron un par de abucheos. Carmen miró a Charlie. Estaba cabizbajo y no parecía tener ganas de seguir batallando. Lógico.

—¿No se informará sobre el hallazgo? —preguntó Amelia entonces—. ¿A nadie?

Lowry bajó un poco la cabeza. Los pescadores, encabezados por Ewan McRae, se cruzaron de brazos.

—No consideramos que eso sea necesario —dijo McRae acercándose al micro—. Tampoco informamos sobre lo que pescamos. Digamos que a nadie le importa lo que hallemos en nuestras costas.

Algunas voces apoyaron esas palabras.

—Pero eso que habéis encontrado —continuó Amelia— no es precisamente un bacalao.

—¡Exacto! —la apoyó Bram—. ¿Y qué hay sobre cumplir la ley, Lowry?

A Gareth Lowry pareció caérsele la sangre a los pies. Se volvió y miró a Bram Logan, que se había adelantado un poco y situado frente al escenario.

—¿A qué te refieres, Bram?

De pronto se hizo un gélido silencio.

—No me entendáis mal. Me parece genial que queráis apoderaros de ese botín, y posiblemente lo hagáis. Soy el primero al que le revienta el asunto de los contenedores a la deriva. Pero si no informáis del asunto, estaréis contraviniendo la ley de costas. Y puede ser un asunto serio, señores. Tú, Nolan, como alguacil, deberías estar al tanto de esto.

—Estaba en aguas internacionales —respondió Nolan—, de modo que no hay nada de lo que informar. Es de los pescadores.

—Eso no es del todo cierto, Keith, y permíteme que te lo explique: será vuestro cuando, después de haber anunciado su hallazgo, nadie lo reclame en un plazo de algunos meses, ahora mismo no recuerdo cuántos. Además, después de lo que he oído decir por ahí, contiene algo de cierto valor, así que podéis esperar una recompensa.

—¿Recompensa? ¡Migajas! Eso es lo que nos darán. En Edimburgo solo quieren eliminarnos, que nos muramos de hambre. ¿Es que no ha quedado ya bastante claro?

McRae miró directamente a Charlie Lomax al decir eso. Sus palabras levantaron aplausos y palabrotas entre los pescadores.

—Y por cierto, Logan —dijo MacMaster desde una esquina—. ¿Desde cuándo sabes tú algo de leyes? Pensaba que eras un artista.

Ese comentario ayudó a romper un poco la tensión. La gente se echó a reír y Bram no dudó en acompañarlos.

—Bueno, os contaré una historia que quizás alguno no sepa todavía. En mis tiempos mozos, cuando aún no peinaba canas y era un jovenzuelo en busca de aventuras, me embarqué en un buque granelero. No era un portacontenedores, pero me pasé unos años navegando y aprendí algunas cosas del mar y los barcos. Como que los contenedores no llevan flotadores, por ejemplo.

—¿Qué quieres decir?

—Quiero decir que, sin haberlo visto y solo por lo que me han contado, ese contenedor parece cosa fina. Creo que Lomax os lo dijo esta mañana en el puerto, y yo me adhiero a su opinión: estamos jugando con fuego.

—¿Jugando con fuego, Bram? —dijo entonces una voz. Era una voz femenina que todo el mundo reconoció en el acto: Theresa Sheeran.

La gente se apartó para dejar pasar a la mujer, que avanzó muy despacio hasta situarse frente al escenario. Tenía unos cincuenta años y era delgada, con los ojos verdes y la piel pálida. Su rostro era una mezcla de ira y desesperación.

—Hola, Theresa —dijo Bram con una voz muy cálida.

—Ya que sabes tanto... —dijo la mujer—, habrás pensado lo mismo que yo, ¿no, Bram?

Bram se quedó en silencio.

—Algo le dio de lleno en el casco a mi pobre Dick y le hizo naufragar. Hoy hace seis meses. Algo que bien podría haber sido esta maldita caja flotadora, ¿no? Tú mismo lo dijiste en una ocasión.

—Es cierto, Theresa, aunque dudo mucho que se trate de esa, pero en cualquier caso debemos encontrar al respon...

—¡No me digas lo que quiero oír, Bram! Dime la verdad. ¡La verdad!

La mujer estaba completamente ida, deliraba, pero nadie se atrevía a acercársele ni a un metro. Emanaba una especie de aura amenazante. Como si fuera capaz de saltar sobre cualquiera que replicara para estrangularle.

—He visto a Dick —dijo entonces, dirigiéndose a todos y a ninguno—. Se me ha aparecido en sueños.

Por imposible que fuera, el silencio aumentó un grado más. Bram no movió ni un milímetro de su cara. Intentaba mostrar todo el respeto que era capaz, aunque fuera evidente que Theresa no estaba en su juicio.

—Dick me ha dicho que se aproxima una tormenta terrible. Una tormenta que arrasará St. Kilda para siempre. Y es nuestra culpa, por haber olvidado a Dios. ¡Nuestra culpa!

Eran las palabras de una lunática, de una persona delirante, pero causaron un efecto en la sala, un silencio entre respetuoso y desconcertado. Y muy oportunamente se escuchó el ruido de los barcos en el puerto, agitados por el vendaval.

—Debemos rezar —prosiguió Theresa Sheeran con una voz desgarrada y amenazante—. Rezar y arrepentirnos con todas nuestras fuerzas para que el Señor nos proteja.

Y después de soltar tanto su profecía como la fórmula de la salvación, la señora Sheeran apretó los ojos para exprimir las lágrimas que brillaban en sus ojos. Nicoleta McRae y Elsa Lowry aparecieron entre la multitud, la cogieron de un brazo cada una y la acompañaron a la salida, no sin antes dedicar una fiera mirada a los presentes.

Después de poner a todo el mundo la piel de gallina, Theresa Sheeran desapareció por donde había venido, y Lowry volvió a hablar por el micrófono:

—Creo que podemos dar esto por concluido. Leeremos la ley y concluiremos cuál es el mejor paso a dar. Pero está claro que quien dejara caer esa peligrosa caja en el mar no merece ninguna urgencia por nuestra parte para devolvérsela. ¿Están de acuerdo con esto, señores?

Bram no parecía tener estómago para decir nada más y los pescadores se pusieron a aplaudir, dando el asunto por zanjado.

—Bien. Solo quiero terminar deseándoos a todos unas felices fiestas. Como sabéis, el Club Social celebrará su habitual fiesta de Nochevieja en este salón, contaremos con el acordeón de Mary Jane Blackmore, un ponche especial y toda la cerveza que seamos capaces de meter en esa vieja nevera. ¡Acordaos de rellenar la hucha, eso sí, últimamente el viejo bote de crackers no se llena ni por la mitad!

Risas y algún aplauso. Tras un gesto de Lowry, Mary Jane subió al escenario, Nolan colocó una silla junto al micro y la mujer infló su acordeón y empezó a tocar.

Diez minutos más tarde, Carmen, Amelia, Bram y Charlie seguían sentados en la misma bancada, bebiendo unas latas de

Bavaria, comiendo ricitos de maíz y comentando la escena de Theresa Sheeran.

—Ha sido todo un golpe de efecto del Grupo por la Restauración del Sabbath —dijo Bram—. A ver quién se atreve ahora a no ir a su día de oración.

—¿La Restauración del Sabbath? —preguntó Charlie—. ¿Qué es eso?

—Un grupo de beatas ultrapuritanas que quieren devolvernos a la época de las cavernas —respondió Amelia—. Dicen que los domingos deben ser un día de descanso sagrado. Quieren que nos duchemos con ropa, comamos raíces y lloremos todo el día por la muerte del Señor.

A Charlie le costaba creerlo, pero Bram le explicó que era algo bastante común en las islas.

—En Thurso hay otro. Pusieron un cartel en una zona de juegos infantiles pidiendo que se evitara jugar en domingo.

—También vinieron por el hotel este verano —dijo Amelia—. Querían evitar que sirviéramos alcohol o pusiéramos películas en domingo. Por supuesto, las mandé a paseo. Y ellas me amenazaron con la ira de Dios.

—Pero ¿Theresa Sheeran está con ellas ahora? —dijo Bram—. Creía que no salía de su casa desde lo de Dick.

—Pues ha debido de cambiar su casa por la iglesia —dijo Amelia.

Hacía solo seis meses que Dick Sheeran, un muchacho de apenas dieciséis, había sido tragado por el mar. Los restos del *Simona*, una chalupa de madera con la que había salido a pescar una noche, fueron hallados en la costa de Thurso, con indicios de haber sufrido un choque muy fuerte. Algo muy grande había roto esa barca, aunque nunca se pudo establecer el qué. Un crucero danés había pasado a cincuenta millas de

St. Kilda ese mismo día, pero todo el mundo estuvo de acuerdo en que aquella era demasiada distancia.

Después de eso, la conversación se dispersó un poco. Amelia se levantó para charlar con Martha Dougan, y Bram y Charlie se pusieron a hablar de las fuentes energéticas de St. Kilda. Carmen perdió un poco el hilo y se puso a escuchar los *tunes* de Mary Jane Blackmore mientras bebía de su lata y observaba la barroca decoración navideña de Elsa Lowry y las voluntarias, que habían llenado el salón de actos de aparatosos adornos.

Después los ojos se le fueron hacia Charlie. Esa tarde, mientras todo el mundo le miraba con odio, Carmen había recordado una vieja película de los años treinta, *Caballero sin espada*, en la que James Stewart interpretaba a un noble pero ingenuo político que terminaba casi por accidente en los corruptos pasillos de la Casa Blanca. Charlie Lomax también era un corazón blanco e inocente, como Mr. Smith. Otro en su lugar hubiera mandado el informe por correo, pero él tenía que enfrentarse a la realidad, dar la cara y llevarse una bofetada que no se merecía. Lo mismo que con su confesión de la noche anterior. ¿No había sido un acto de pura valentía (además de romántico) contarle todo eso? «¿Y cómo reaccioné yo?», pensó Carmen, «cobardemente, largándome escaleras arriba a la menor oportunidad.»

Y había comenzado a arrepentirse un poco por todo ello.

«Porque en el fondo ese hombre te atrae. En el fondo, muy en el fondo, debajo de esa capa de dolor y miedo que no te deja enseñar nada de ti misma, Charlie Lomax es un hombre que te gusta.»

Estaba tan distraída en esos pensamientos que no prestó atención a otro hombre que acababa de entrar por la puerta del club. Fue Amelia, que regresaba al banco tras despedirse de Martha Dougan, la primera en ver a Tom McGrady acercarse. Le dio un golpecito a Carmen con su bastón, sacándola de sus ensoñaciones, y entonces Carmen vio al pescador y pensó que, por increíble que pudiera parecer, la noche todavía les deparaba un nuevo disgusto.

McGrady era uno de los pescadores del *Arran*, un mazacote de metro noventa y ancho como un armario, con sendos escorpiones torpemente tatuados en sus antebrazos y una gruesa cadenita de plata rodeando su gordo y casi inexistente cuello. Además de todo eso, también era un auténtico cerdo y la razón por la que Carmen rara vez pisaba el Poosie Nansie, al menos no cuando su cuadrilla de amigotes estaban allí.

El incidente había ocurrido a mediados de octubre. En esos días, el ritmo de visitantes en el hotel había comenzado a descender y llegaron al primer fin de semana «en blanco» (por imposible que eso hubiera podido parecer durante el verano). Era sábado y Amelia casi obligó a Carmen a bajar a tomar una cerveza al pueblo. «Vamos, ni se te ocurra quedarte un sábado libre viendo la televisión.»

Por entonces la historia con Lomax ya empezaba a cocerse y Carmen pensó que quizás lo encontraría tomando una pinta en el Poosie Nansie, hablando con algún parroquiano. Así que se arregló un poco y bajó al pub, que se encontraba en mitad de la cuesta de Main Street.

Carmen había llegado a St. Kilda en primavera y entonces el pueblo era otra cosa, ciertamente. Los turistas y los primeros residentes de verano lo llenaban todo. En el puerto fondeaban veleros llegados de Irlanda, Inglaterra, Dinamarca y Francia. El hotel estaba siempre animado y no había una noche en la que el Poosie Nansie no tuviera su ambientito y su *trad session*. Pero la llegada del otoño hacía desaparecer ese ambiente festivo de un plumazo.

Aquella noche, el pub estaba casi vacío, ni rastro de Charlie, pero ella se sentó en el taburete y pidió una cerveza. Entonces, según Duncan empezaba a tirarle una Guinness, ella echó un vistazo y vio a un grupo de hombres sentados a la mesa de la chimenea, poniéndose tibios de cerveza. Reconoció a los pescadores y, entre ellos, a McGrady.

Al día siguiente se sentiría estúpida. «¿Por qué no te diste la vuelta y te largaste de allí en ese mismo instante?» Pero Duncan ya había llenado la mitad de la pinta y Carmen pensó: «Bueno, bébetela rápido y sal de aquí».

No era la primera vez que aguantaba alguna ordinariez de los pescadores. En un par de ocasiones, al cruzarse en el puerto, algún tipo le había silbado y espetado cosas en español como «señorita» o «viva España», y ella se había limitado a ignorarlo. Pensaba que jamás pasarían de hacer chistes para provocar las risas de sus amigos. Pero, tal y como iba a aprender esa noche, se equivocaba.

Ella estaba bebiéndose la cerveza y mirando la tele cuando McGrady se le acercó sin que se diera cuenta. Carmen escuchó unas risas a su espalda. Se volvió y allí estaba la cara de bulldog de Tom McGrady, muy cerca de ella, haciendo aquello con la nariz: oliéndola. Husmeando su cabello como un perro, para deleite de sus tres amigos al fondo del bar.

—Qué rico huele, *señorita*. Mmm.

Zack Lusk (sí, el hermano pelirrojo de Lorna) y un tercero se tronchaban en una esquina. Y a pesar de que Duncan le reprendió un poco, McGrady y sus brazos como dos atunes eran la ley a esas horas de la noche. Carmen se dio cuenta enseguida de que allí estaba sola.

—Piérdete —le dijo.

—Contigo es con quien quiero perderme —respondió él con la voz pastosa. Y dio un paso más hacia ella.

Carmen reaccionó rápidamente. Saltó del taburete y lo interpuso entre McGrady y ella. Después, incapaz de traducir nada, le mentó a su madre y a todos sus muertos en español.

McGrady levantó las manos como si le hiciera gracia aquella demostración de fuerza.

—Oh, ¡la sangre caliente española! —Rio en alto—. Escucha, solo quiero saber una cosa. ¿Te huele igual de bien ahí abajo?

Carmen salió pitando del Poosie Nansie y nunca olvidaría la eternidad que tardó en recorrer el kilómetro que mediaba entre el pub y el hotel Kirkwall, pensando que McGrady la perseguiría y le daría alcance antes de llegar. Pero nada de eso ocurrió. Y como muchas veces hacemos las personas, trató de restarle importancia al tema, aunque no pudo evitar contárselo a Amelia la mañana siguiente.

—En realidad, no ha pasado nada —dijo.

Aunque aquello no era del todo cierto y Amelia tuvo a bien recordárselo:

—Sí que ha pasado algo, nena. Algo bastante grave, en realidad.

Amelia mandó llamar a Keith Nolan «con urgencia». Una vez en el hotel, el alguacil le pidió a Carmen que le contara la escena del pub. Nolan escuchó aquello y terminó preguntando: «Pero ¿llegó a tocarla? ¿La ha tocado?». Y, claro, la respuesta era no. «No le tocó ni un pelo. Solo la olió con su gorda nariz y le preguntó si "ahí abajo" también le olía igual. ¿No le parece suficiente, Nolan?»

Amelia estaba fuera de sus casillas.

—Esa cuadrillita de *bullies* se está apoderando del pueblo, Nolan. Cada día dan un paso más allá de la raya. Y tú se lo permites.

Nolan prometió que hablaría con McGrady «muy en serio» y le pidió a Carmen que le avisara si volvían a molestarla. Pero Amelia no parecía nada satisfecha con esa respuesta.

—No es solo Carmen, y sabes a qué me refiero, Keith. Es que una mujer ya no puede caminar tranquila por la calle o tomarse una cerveza sola. Nunca habíamos tenido problemas de este tipo en la isla.

Amelia se refería a un caso que había removido las entrañas del pueblo poco antes. Una turista sueca había denunciado una persecución en la zona de las lonjas del puerto. Era de noche y ella no había podido reconocer al hombre que la persiguió, pero juraba que se había librado de sus garras solo porque ella «corría más». En el pueblo la tacharon de alarmista. Pensaron que había sido una broma de alguien o que sería cosa de algún otro visitante, pero Amelia tenía una teoría bien diferente: «Son ese grupo de pescadores que van con McGrady. Zack, Ewan... Toda la vida han sido unos canallas miserables, pero ahora, con su edad y los malos tiempos, creo que han perdido la maldita chaveta. Se creen los dueños de la isla».

El tiempo terminó diluyendo el asunto del Poosie Nansie. McGrady desapareció de la escena y Carmen, lentamente, fue olvidándose del mal trago (aunque apretara el paso siempre que pasaba frente al pub por la noche).

Y entonces todo volvió a empezar.

Charlie y Bram seguían enzarzados en su conversación sobre turbinas de viento y placas solares, mientras el gigante

McGrady caminaba directamente hacia ellos, tambaleándose y con los mofletes enrojecidos por el alcohol.

Amelia se sentó junto a Carmen, que se había puesto muy nerviosa.

—Ni te muevas —le dijo.

McGrady llegó hasta la mesa y se quedó plantado a un metro de ellos, con los brazos en jarras y la respiración inflándole su poderoso torso.

Charlie y Bram lo notaron por fin. Se callaron y le miraron en silencio.

—¿Sí? —preguntó Charlie.

—¿Sí qué? —respondió McGrady.

—¿Querías algo? —replicó Bram con un poco menos de cortesía.

McGrady meneó su gran cabeza negando.

—Solo os miraba. ¿Os molesta? Me gusta mirar a la gente inteligente del pueblo.

Bram y Charlie se cruzaron una mirada muy seria («Oh, oh») y Amelia llenó los pulmones pero no llegó a decir nada. Carmen estaba literalmente congelada.

—De acuerdo —dijo Bram—. Ya nos has visto, así que te puedes ir.

McGrady ni se movió. Tenía los ojos inyectados en sangre.

—Seguid, joder... Seguid hablando de esas cosas interesantes de las que habláis. Quiero escucharos. Quiero aprender de vosotros, luminarias.

Se había metido las manos en los bolsillos del pantalón vaquero y se contoneaba con la cadera hacia delante, como si quisiera apoyar «sus partes» sobre la mesa.

—Mira, McGrady, no sé qué estás buscando —dijo Amelia—, pero aquí no lo vas a encontrar, ¿entiendes? Sigue con tu fiesta en otra parte.

—¿Y qué vas a hacer si no me voy, abuela? —respondió McGrady riéndose—. ¿Patearme? ¿O me lanzarás a tu fierecilla española? ¿Eh?

Bram fue el primero en ponerse en pie. Al hacerlo, empujó la mesa y provocó que un vaso se cayera al suelo rompiéndose, lo que hizo que todas las miradas se posaran sobre ellos.

—¡Escucha, muchacho! —le espetó—. Será mejor que moderes esa lengua.

Charlie también se puso en pie y contuvo a Bram. Era un hombre impetuoso, pero tenía sesenta y cinco años y McGrady no llegaba a los cuarenta. Además, les doblaba en peso y en masa muscular a los dos juntos.

El grito y el vaso roto de Bram tuvieron, al menos, la virtud de llamar la atención de la veintena de paisanos que todavía bailaban y bebían en el club a esas horas. Mary Jane detuvo su interpretación y todo el mundo, incluido Keith Nolan, se volvió para ver qué demonios pasaba.

Con medio pueblo mirándole, McGrady debió de concluir que tenía las de perder.

—Solo espero, por vuestro bien, que el asunto de esa caja no salga del pueblo, ¿me entendéis? Por vuestro bien, espero que a ninguno se le ocurra coger el teléfono y llamar a vuestros amigos de Edimburgo, porque os juro que os enteraréis de quién es Tom McGrady.

—¿Es una amenaza, McGrady? —replicó Bram—. ¿En serio?

Keith Nolan vino caminando desde el escenario, muy tranquilo. Se plantó junto al pescador y le tocó el hombro.

—Quizás sea mejor dejar los consejos para otro día —le dijo—. Además, ¿no te vendría bien darte un paseo, Tom?

McGrady se echó a reír. Después lanzó una última mirada a Carmen. Sonrió como un diablo y le lanzó un beso antes de marcharse camino de la puerta.

—Nos vemos.

Le vieron salir del salón de actos y después escucharon el ruido de la puerta exterior. Para entonces, Nolan ya había regresado a su pequeño círculo, sin añadir nada, ni una frase amable para Carmen.

—No dejemos que ese tío nos amargue la noche, ¿vale? —dijo Bram.

—Ok.

—¿Os apetece subir a cenar al hotel? —preguntó Amelia—. Después podemos echar una buena partida de Rummikub. El que pierda friega los platos.

Todos dijeron que sí y trataron de animar a Carmen, que seguía callada como si se le hubiera atravesado un kilo de arena en la garganta.

McGrady

La puerta se cerró y McGrady se quedó allí fuera, en el frío de la noche. A través de las ventanas empañadas podían verse jerséis de colores, personas bailando y el sonido del acordeón. Miró todo eso con asco.

«¿De qué coño iba Nolan, defendiendo a los listillos?»

No obstante, estaba eufórico por otras razones. Y contento de haberles dejado las cosas claras a ese grupo de «pijos».

Se alejó del club y se dirigió al puerto. Hacía frío y se dio cuenta de que no llevaba su chaqueta. ¿Dónde la habría dejado, joder? Quizás en el barco, pero no le apetecía ir a por ella.

Avanzó canturreando hasta el malecón. Allí se paró justo en el borde, se sacó a su amiguito y, casi estrangulándolo, apuntó contra la oscuridad. Se quedó con los ojos cerrados escuchando el sonido del puerto: los cascos de los barcos chapoteando en el agua. El viento. El viento que parecía hablarle.

«¡Eh, McGrady!»

Presionó su vejiga hasta producir un vaporoso chorro de

orina. «Ahhh... Joder, mear es una de esas cosas que nos ponen de buen humor, ¿no? Incluso cuando te has quedado con las ganas de zumbarles a ese viejo hippy y al ingeniero cruasán. ¿Quién coño se creen que son poniendo todas esas objeciones? ¿A quién coño le importa su opinión? Ni siquiera son de la isla. Aunque Amelia llevara media vida allí, esa "capitalista" no debería tener voz ni voto en sus asuntos. Por no hablar de Carmen y ese idiota cruasán. Y el sabiondo de Bram Logan...» Cuánto le hubiera gustado encajarle un puñetazo debajo de las costillas a ese viejo.

Pero ya lo haría.

«Claro que sí, McGrady, todo lo bueno termina por llegar.»

Se pasó por lo menos un par de minutos vaciando la carga. Incluso le dolían los riñones de haberse aguantado tanto. Y a pesar del frío, logró concentrarse en el pelo castaño de Carmen, y en su cabeza desfilaron un montón de imágenes sexuales y violentas. Todo en su cabeza era sujetar, empujar con fuerza y sujetar. Agarrar cuellos y estrangularlos. Se la agitó un par de veces, y otro par de veces más, aun a sabiendas de que incluso sin haber bebido casi cinco litros de cerveza, llevaba unos cuantos años incapaz de que se le pusiera tiesa. Pero lo cierto es que esos pensamientos desagradables conseguían lo que muy pocas pelis porno.

Después de mear, se encendió un cigarrillo y fumó contra el viento, entornando los ojos. Por lo demás, pensó, el día estaba siendo muy positivo. Desde la madrugada, cuando dieron con esa caja que flotaba en medio del mar y la rescataron. Joder, todos supieron inmediatamente (y eso era algo curioso) que aquella caja contenía algo importante. ¡Pues claro que NO llevaba atunes! Y todos se pusieron tan contentos porque sabían que era algo importante de verdad. Algo que, de ser manejado correctamente, les dejaría unos buenos billetes.

Quizás la cantidad suficiente para jubilarse de una puta vez.

Durante la tarde, mientras se ponían hasta las cejas en la lonja, como si estuvieran celebrando una boda, habían especulado sobre el contenido de La Caja. Se les había ocurrido de todo. Un tesoro de botellas antiguas, obras de arte de alguno de esos pintores raros (Gallagher dijo que una vez había oído que esas mierdas de arte moderno pueden llegar al millón de libras si te descuidas), toneladas de cocaína o dinero contante y sonante (esto es lo que más les gustó). El asunto era abrirla con cuidado y después verían cómo manejaban el asunto. Quien más quien menos, todos conocían algún pillo en el continente con quien podrían poner cualquier tipo de mercancía en circulación.

Pero, entonces, en la asamblea habían oído a Lomax y a Bram hablar de leyes y del mando naval y toda esa palabrería universitaria, y de pronto les había entrado miedo. Miedo a que esos dos progres la jodieran. A que se les ocurriera llamar a Edimburgo y les dieran el asunto en bandeja. Pero eso no iba a pasar, claro que no, porque La Caja era SUYA.

Y ese «suya» en mayúsculas era un sentimiento poderoso y agradable. Lo había sido desde que McGrady la tocó por primera vez. Una sensación positiva, como de buenas noticias. Y por eso juró que nadie se la arrebataría, porque era su premio. Lo que les correspondía. El mar se lo había dado a ELLOS.

La luz de un par de farolas iluminaba la parte final del puerto, donde los pabellones, viejos hangares de metal oxidado, se acumulaban formando una suerte de laberinto. Había una rampa de piedra que daba al mar, de esas que se utilizan para sacar barcos, carenarlos y volverlos a botar. Un par de botes viejos descansaban allí. Cadenas de algún ancla, redes de pesca extendidas de forma un tanto desordenada al lado de un montón de nasas para pescar marisco. McGrady pasó al lado, luchando contra el viento que hacía inclinarse sus cien kilos y que le apagaba el cigarrillo una y otra vez.

Llegó hasta el portón de aquella gran lonja en cuyo frontal se leía la palabra TRANSARK escrita con letras de molde y espray blanco. El gran portón estaba abierto. Lo empujó con excitación. Porque allí había algo aún más chispeante que la guapa mujer de pelo castaño. Esa caja. Y quería volver a tocarla, sentir aquello que había sentido la primera vez. Porque él había sido el primero en hacerlo. El primero de todos. Antes de que Ngar y McRae la hubieran atado con las sogas. Él había sido el que la había acercado con el arpón y, al hacerlo, había sentido aquella especie de dulce chispazo en sus dedos. Esa agradable sensación de comodidad. Y esa voz que le había llamado desde el fondo de su cabeza —«McGrady. McGrady. Llamando al obseso de Tom McGrady»— y que casi le había hecho reír.

Pero, claro, no se lo dijo a nadie por miedo a que le tomaran por un loco. Suficientes problemas tenía ya.

Entró en aquel oscuro y vasto espacio, dejando el viento y el frío a su espalda. La luz de una de esas farolas se colaba por los ventanucos superiores del hangar y proyectaba una luz inquietante. El viejo hangar de TransArk, que en su día se utilizó para empaquetar pescado y enviarlo por helicóptero a los mejores restaurantes de Reino Unido, era ahora, como muchas cosas en la isla, un lugar desierto. Solo estaba aquello: La Caja. Un rectángulo de perfecta negrura en medio de la penumbra.

Caminó en silencio por el hangar, oyendo resonar sus pasos hasta que se situó a un metro exacto del contenedor. A partir de ese momento, comenzó a notar la agradable sensación otra vez. Y se recreó en ella.

«Hola, viejo pajillero. ¿Cómo está el obseso mental de McGrady? No le diremos a nadie lo de tus años en Perth, ¿eh?»

Pero ¿quién era? ¿Cómo podía saberlo? Bueno, a esas alturas de la noche eso daba igual.

«Hola, Tommy. ¿Te has lavado las manos? Ven aquí. Te haré feliz.»

Estaba a punto de hacerlo, de extender su brazo y rozar el metal negro, cuando de pronto escuchó un ruido. Unos pasos caminaron alrededor de La Caja. Los pasos de alguien que quizás llevaba allí más tiempo que él.

Ngar.

El senegalés, alto como un árbol, ni siquiera dijo nada. Se acercó a McGrady y este vio su blanca dentadura sonreír en la oscuridad. Entonces Ngar le tomó por la muñeca suavemente y McGrady tuvo, por un instante, ganas de retirar el brazo y soltarle un mamporro. Pensó que Ngar se había vuelto marica, o que siempre lo había sido. En Perth había muchos buscando una mamada en las duchas. Incluso ofreciéndola. Pero algo en la mirada de Ngar le dijo a McGrady que el asunto iba de otra cosa.

Entonces Ngar le cogió de la muñeca y tiró de ella para dirigir el brazo de McGrady hasta el metal. «Puedes arrastrar tu caballo hasta el arroyo, pero no podrás obligarle a beber.» McGrady abrió la mano y Ngar se la empujó finalmente hasta que su palma se fundió con el acero.

Y entonces lo notó entrar. Entrar dentro de él.

«Bebe, Tom.»

Ngar le soltó la mano y McGrady puso la otra palma sobre el acero. El gigante senegalés hizo lo propio con sus dos manos. Y en la penumbra del hangar, los dos hombres se miraron con los ojos enloquecidos y sus pupilas bailando en medio de aquel extraño placer.

«Bebe, déjame entrar.»

Comenzaron a reírse, a aullar como dos lobos, pero el viento que azotaba el viejo tejado apenas permitió que nada de eso llegara hasta la calle.

TERCERA PARTE

ACORDES DE VIENTO

Dave

¿Qué hora era? Yo había conseguido dormirme y tenía una pesadilla. Era mi fiebre. Me provocaba sueños donde solo veía esa caja, una y otra vez, esa caja haciéndose grande y más grande. Y la cara de Akerman debajo del agua, gritando antes de morir.

«Debe destruirla. Es su deber. Su debeeeeeer.»

«¡Eeeer... lguien... ahí... bajo...?»

Abrí los ojos y vi la carpa del *raft*. El color amarillo del plástico iluminado por la luz exterior. Era de día. El viento seguía ahí, como un eterno e inagotable sonido, pero surgiendo de esa maraña sobrevino una especie de protuberancia sónica.

«¿...e... oyeeen?»

Tardé un poco en comprender aquello. Supongo que la fiebre me había nublado un poco los sentidos, o quizás pensaba que estaba en otro sueño, y que Charlize Theron estaba a punto de aparecer dentro del raft con unos patines o algo así.

Pero no. Yo estaba despierto y aquello era la voz de una persona gritando desde alguna parte por encima de mi cabeza.

«Eooo...»

Estaba rígido y entumecido después de una noche en la manta térmica y me costó reaccionar. Tomé aire e inflé mi pecho todo lo que pude hasta que aquellas costillas me dieron un toque de atención. Después empujé con fuerza mi vientre e hice pasar aquel aire por el arpa de mi garganta.

«¡Aquí!»

Mi grito sonó a chiste. Una voz famélica, sin aspiraciones. La voz de un perdedor. «¿Quién pretendes que te oiga con ese volumen de bibliotecaria? Vamos, puedes hacerlo mucho mejor, Dave.» Pero no lo conseguiría si seguía tumbado bajo la protección de la carpa.

Clavé un codo a cada lado y saqué la cabeza al exterior. Volví a gritar.

«¡ESTOY AQUÍ!»

Un poco mejor. Ni las olas ni el viento rugían demasiado en esos instantes, así que quizás tuve suerte Eso me incitó a volver a intentarlo. «AQUÍ. OIGAN. ¿ME OYEN? ESTOY AQUÍ.»

Escuché una respuesta a través del viento. Una voz que decía algo borroso, como «vamos» o «vemos». Y en ese instante era incapaz de pensar en nada más, como, por ejemplo, en que el plástico amarillo del raft debía cantar en aquellas rocas negras como un monaguillo vestido de verde lima en una iglesia. Lo único que cruzó por mi mente es que si no conseguían verme u oírme me dejarían allí como almuerzo de los cangrejos y las gaviotas. Así que volví a articular mis brazos y seguí arrastrándome hacia fuera con los codos, mientras soltaba algún que otro grito —«Aquí, aquí, aquí»—. Seguí empujándome un poco más y vi la pared negra del acantilado, algunos hierbajos agitados por el viento y, en lo alto, la cúpula gris metálica de un cielo a media luz. Entonces escuché las voces más cerca, esta vez elevando su tono. Me habían visto, eso solo podía significar que me habían visto, y me dejé caer sobre aquellas cagadas de gaviota. Moverme había sido una idea pésima. Mi pie derecho estaba hinchado y me dolía de tal manera que pensé que quizás me lo había dejado dentro de la carpa.

La espera a partir de entonces se hizo interminable. No podía ver gran cosa desde mi posición, pero era evidente que dos personas o más se estaban coordinando para llegar hasta donde yo estaba. No entendía muy bien lo que decían. Supuse que era inglés con algún acento muy marcado. Después, al cabo de un rato, comencé a escuchar el ruido de un motor y ¿sabes a lo que suena un motor en esa situación? A música celestial. Como un coro de ángeles. Pero al cabo de un rato, me di cuenta de que no era el motor de ningún helicóptero ni de ningún barco. Aquello sonaba como un coche y me pregunté por qué. ¿Es que nadie había llamado al equipo de rescate? ¿O quizás es que la ubicación de aquellos arrecifes era demasiado peligrosa? Tal vez fuera simplemente eso.

Unos guijarros se deslizaron a mi lado, como un pequeño desprendimiento en la roca, y entonces escuché algo golpeando en la pared del acantilado. Moví mis ojos hasta que encontré ese algo, que era un *alguien*. Un tipo que bajaba haciendo rápel contra la pared del acantilado, dando saltos y, por lo que pude adivinar desde la distancia, utilizando un ocho y un mosquetón para descender.

Tardó unos cinco minutos en llegar a un cúmulo de rocas

que había muy cerca de mí. Yo le había perdido de vista, pero escuché su respiración agitada y sus pasos en la piedra.

—¡Hola! —saludé, haciendo honor al viejo sentido del humor de los Cabezas de Chorlito—. ¡Encantado de verle!

Pero aquella persona no respondió al saludo. Yo seguía mirando al cielo y había comenzado a sonreír. Entonces el hombre apareció ante mis ojos. No era ningún soldado, ni siquiera un civil de un equipo de rescate. Era un bigardo de metro noventa por lo menos, con el pelo largo, gris y ondulado. Vestía un peto vaquero y un jersey verdusco de cuello vuelto. Era un granjero. ¿Cómo pensaba sacarme de allí un granjero? Tenía una cara extraña, realmente fea, por muy mal que esté pensar eso de tu salvador.

—Hola —le dije otra vez.

Me observó con los brazos en jarras durante un rato y después se agachó a mi lado. Pude sentir su respiración intensa y su mirada, un poco bovina, sobre mí. No solo era su mirada: olía muy fuerte a cabra o a oveja. Se agachó y se me quedó mirando como si en vez de una persona yo fuera una gigantesca seta que se hubiera encontrado en medio del bosque.

Y dijo algo:

—¿Cómo coño has llegado tú aquí?

Uh. Me había equivocado, pensé —y a los Cabezas de Chorlito nos enseñan a aceptar nuestros errores rápidamente—. Por lo visto, me había equivocado si esperaba una recepción con banda de música y alfombra roja.

—¿Dónde estoy? —logré preguntar—. ¿Dónde...?

Pero el granjero no respondió. Se puso en pie y dio una vuelta alrededor del raft. Me fijé en él. Llevaba puesto un arnés con mosquetón y la cuerda todavía anudada al ocho. La cuerda, que debía de estar atada en algún punto en lo alto de la pared, le seguía como una cola. Arriba, el motor aún ronroneaba. ¿Estaría solo? Quizás me había encontrado de casualidad y había decidido actuar por su cuenta.

Vi cómo investigaba el raft. Se asomó dentro y le oí decir algo que no entendí. Parecía que mi aspecto de moribundo no le había causado demasiada impresión. Estaba más interesado en el contenido del raft.

—Oiga... Necesito ayuda...

Siguió sin hacerme caso, y eso era algo frustrante. Cuando piensas que has pasado todos los niveles del videojuego y que por fin ha llegado tu merecido descanso, de pronto te topas con algo así. No es plato de buen gusto, no, señor. El granjero pasó a mi lado y le seguí con la mirada. Dio un par de saltos y se subió a la roca. Desde allí, soltó un grito.

—¡Déjalo caer!

«Así que no está solo», pensé. «Al menos son dos. Su colega en lo alto y él. Bueno, Dave, vamos a ir con calma, ¿vale? Lo primero es lo primero, ¿dónde está tu cuchillo? Dentro, joder, en alguna parte de la carpa. No pensaba necesitarlo, pero ahora estoy empezando a tener un mal karma, ¿sabes? Es como si este subhumano estuviera pensando en quedarse con mis cosas y tirarme al mar. Y no pienso dejar que nadie me vuelva a meter en agua fría por una temporada.»

Se escuchó un eco seguido de un acelerón en el motor del coche. Y entonces unos golpes, como si estuvieran dejando caer algo por la pared.

El granjero me miró y sonrió por primera vez. Yo hice lo propio, mientras analizaba mis opciones (golpe en la garganta, dedos en los ojos, ¿una piedra lo suficientemente grande para zurrarle en la sien?).

No tardé en ver lo que estaban bajando por la pared y, al verlo, comprendí que:

A) pensaban subirme y B) la sesión de dolor no había hecho más que empezar.

Era una puta silla.

Una silla de madera atada a una cuerda.

Fue bajando y rebotando contra el acantilado. ¡Y yo que por un momento había fantaseado con una camilla! El granjero la alcanzó y la apoyó en la roca dando un grito que sonó como el gruñido de un gorila:

—¡YA!

Bueno, le vi estabilizar aquello en el suelo y coger un rollo de cuerda antes de venir hacia mí. Al menos no tenía pinta de que fueran a dejarme allí. Eso era bueno. Arriba, hubiera lo que hubiera, tendría muchas más opciones que en mis dos metros cuadrados de roca negra.

—Esto igual te duele.

Me recosté un poco para facilitarle el trabajo. Noté sus dos manos bajo mis axilas y la fuerza de sus brazos levantándome sin demasiadas lindezas, como si fuera un jodido saco. La costilla que supuestamente tenía rota me dolió de una forma que me dejó sin aire, pero sabía que quejarme no me iba a servir de nada.

—Mi pie —dije en cambio—. Cuidado con el pie.

El tipo le dedicó un vistazo y debo decir que tuvo cuidado al elevarme sobre la siguiente plataforma de roca. Me sentó allí y después volvió a cogerme de las axilas para ponerme sobre la silla.

—Agarra la cuerda —me dijo, y empujó mis dos brazos hacia arriba.

He aprendido a apretar los dientes y a sonreír cuando

duele, y eso es lo que traté de hacer mientras aquel animalajo me ataba por la cintura y mi torso dolía en cada respiración. Me sujeté a la cuerda y miré a lo alto, donde sobresalía la cola de una grúa. Me di cuenta de que aquello tenía mil maneras de salir mal, comenzando por que la silla se rompiera por mi peso.

—Pásame la cuerda por el pecho —le dije al tipo— por si la silla no aguanta.

Me miró con aquella fea cara de alguien poco listo pero orgulloso.

—Aguantará.

Dicho esto, terminó de anudarme y pegó otro grito:

—¡YA!

Se escuchó el ruido de aquel motor rugiendo y noté la cuerda tensándose a mi espalda. La silla hizo un primer amago de elevarse, pero entonces se encontró con mis ochenta kilos de peso. Oí cómo aquella madera crujía por todas partes y miré al tipo, que parecía divertirse con la situación.

—Tranquilo, chico.

Gritó algo a su compañero y arriba se redobló el sonido del motor. Entonces la cuerda tiró más firmemente y terminé por despegar del suelo. Me concentré en seguir agarrado a la cuerda e incluso en hacer algo de fuerza para relajar la tensión sobre el respaldo de aquella silla. Al mismo tiempo sentía ganas de vomitar, de gritar y de llorar. No había sido precisamente una dulce bienvenida, pero aquella gente me estaba rescatando de una muerte segura. Había sobrevivido a un amerizaje en un agua helada, a un desembarco entre arrecifes y a dos o tres días de morir en vida. Creía que podía aguantar las maneras un poco bruscas de un par de granjeros.

El andamio subió unos veinte o veinticinco metros antes

de pararse, y para entonces la silla había empezado a girar (y yo con ella). Joder, la vista era de puro vértigo. Si te caías por ahí era el final de tus problemas.

Entonces vi la grúa en la cima del acantilado y, junto a ella, a un hombre más pequeño, con el pelo rojo y los ojos desviados, que se puso a gritar según me vio. No sé qué coño decía, pero era como si estuviera celebrando la pesca de un atún. Mientras tanto vi que aquello era una tierra verde. Había arbustos de brezo y muretes de piedras como si fuera un terreno de pastoreo. Como a un kilómetro, sobre un promontorio, me pareció distinguir un viejo *cottage* y un establo. Desde allí se acercaba otra persona. Me pareció que era una mujer.

Carmen

Se despertó de puro frío. Estaba arrullada sobre sí misma y tapada hasta la nariz por su grueso edredón, pero estaba tiritando.

Fuera aullaba un viento salvaje. En la ventana se dibujaba el rastro de cientos de gotas que iban cayendo a un ritmo de *lento moderato*. Iban cayendo de las barbas de unas nubes muy bajas, como una gigantesca colada a punto de secarse. Vale, pero eso era lo normal... Entonces ¿por qué tenía tanto frío?

Alzó la sábana y se dio cuenta de que estaba desnuda.

Entonces le vino toda la historia de pronto.

Charlie.

Tenía que remontarse a sus años de la universidad para recordar una situación parecida. Ese momento en el que abres los ojos, ves a un tío dormido a tu lado y solo puedes pensar dos cosas: «Qué bien» o «Joder, quién me manda a mí beber tanto». Pero Charlie no estaba por ninguna parte (aunque la resaca sí).

Se apoyó en el cabecero de forja, que también estaba frío. Le hubiera gustado ponerse por lo menos las bragas, pero a saber adónde habrían ido a parar. Miró alrededor de la cama, y vio un par de preservativos usados y algunas prendas tiradas por el suelo. No tardó en concluir que allí faltaba la ropa de Charlie —y en el baño de la habitación tampoco se escuchaba nada, ni ducha, ni maquinilla de afeitar—. ¿Se habría marchado a desayunar? ¿Y por qué no la había despertado? Después de todo su rollo romántico, ahora iba a resultar que era de los que desaparecen de la cama después del sexo.

Extendió la mano hasta la mesilla y miró el reloj. Marcaba las diez de la mañana.

—Las diez... —murmuró soltando una risilla.

¿En serio? Pero ¡si nunca dormía tanto! Podía achacarlo al sexo, tal vez, o también al whisky, o a la combinación de ambas cosas. Se levantó y caminó sobre el frío suelo hasta el baño, se sentó en el inodoro y después saltó dentro de la ducha dispuesta a cocerse bajo un chorro de agua hirviendo.

«Bueno, recapacitemos...», pensó. «¿Cómo te ha sentado echar un polvo (un señor polvo, hay que reconocerlo) después de estos años?»

«¡Pues muy bien, gracias! Repetiría ahora mismo.»

La noche anterior, tras la asamblea, habían subido al hotel a cenar y a echar una partida de Rummikub, el juego en el que Amelia siempre ganaba pasara lo que pasara. Pero aún flotaba en el aire la escenita con McGrady y el amargo recuerdo de aquellas miradas acusatorias sobre Lomax. Así que, tras una opípara cena a base de brochetas de pollo especiado, dejaron aparcado el Rummikub, Amelia sacó una botella de Talisker del bar y dijo que era un gran día para emborracharse un poco. Eso también significaba que iba a sonar toda la discografía de los Bee Gees.

Lo malo del whisky es que se «evapora». Una hora más tarde, el Talisker estaba casi rozando el culo de la botella y Amelia quería bailar, cosa que terminaron haciendo. Carmen con Charlie, Amelia con Bram, Amelia con Charlie, Bram con Carmen, Bram con Charlie. Bailaron «You Should Be Dancing», «Staying Alive» y «Night Fever», y finalmente hicieron la obligatoria conga entre las mesas del salón, hasta que cayeron rendidos en el sofá del mirador, riéndose a carcajadas.

Era ya tarde y Amelia estaba fundida. Invitó a Bram a quedarse, pero él respondió que tenía trabajo que hacer al día siguiente y que además no quería ser una molestia. «Es cierto que serías un incordio», replicó Amelia, «pero no quiero cargar sobre mi conciencia con el cadáver de un viejo chocho a mis espaldas.» Después se levantó, le entregó la llave de la habitación 110 y se fue a dormir.

Bram no tenía intención de dormir en el hotel y al cabo de veinte minutos, según terminaron con la última gota, se levantó y les dio las buenas noches.

—¿A dónde vas? —le dijo Charlie—. No se te ocurrirá ir andando, ¿verdad?

—Me vendrá bien para la cogorza.

Pero Charlie insistió. Dijo que él no había bebido tanto y que podía conducir, y que de ninguna manera le iban a dejar irse andando por la oscura carretera de Bealach Ba en medio de esa noche fría y tormentosa.

De modo que terminaron los tres en el Defender, recorriendo la carretera muy despacio hasta el *cottage* de Bram. Después, conduciendo de regreso por la estrecha y difícil senda, llegó *ese momento*. Charlie y Carmen, un poco toca-dos por el whisky, con el calentón del baile todavía encima y solos en el coche. Carmen no recordaba gran cosa de la con-versación, porque iba mirándole mientras conducía y sintien-do que la excitación se apoderaba de ella lentamente.

Y después, al llegar al hotel, aquella proverbial granizada que fue lo que rizó el rizo.

—Esperemos a que pase —dijo él mientras el granizo caía causando un estruendo sobre el techo del coche.

—¿Qué?

El ruido era tal que Carmen no le oía.

Entonces Charlie se acercó y le habló al oído.

... Y sentir aquel aliento cálido haciéndole cosquillas en la oreja fue la chispa que lo hizo explotar todo. Carmen se vol-vió y le miró de frente, en silencio. Le cogió del cuello de la camisa y le besó como una adolescente ensayando su primer tornillo. Y Charlie, sorprendido, se dejó besar. El whisky ha-bía encendido una buena hoguera dentro de sus cuerpos. Car-men empujó a Charlie sobre su asiento y se encaramó encima de él, sin dejar de besarle e indagarle con su lengua, mientras sentía que en los pantalones de Lomax empezaba a florecer una buena fruta de invierno. Lo siguiente fue una encendida escenita de interiores de coche que Carmen no probaba desde que tenía dieciocho, y que podría haber llegado más lejos si el granizo no hubiera parado y Carmen no hubiera tenido la cla-ridad mental de frenar a Lomax a tiempo (bueno, ella ya esta-ba sin sujetador). No estaba dispuesta a sufrir las incomodida-des de un coche si podía explayarse en una cama doble.

Y entonces llegaron a la 103 y pasó todo lo demás. Car-men tenía dos preservativos que Didi le había regalado du-rante una fiesta en el café («por si las moscas») y que entonces le parecieron casi una broma de mal gusto. Bueno, pues esa noche le iban a venir de perlas. De pie, sobre la fría madera, se desnudaron mutuamente, se quedaron frente a frente. Carmen recorrió con las manos el pecho de Charlie, sus brazos... Después empezó a besarlo, se arrodilló y... siguió besándolo.

Pero el frío era el frío y terminaron refugiándose bajo el edredón a jugar a médicos y pacientes en la cueva del oso. Charlie, sobre ella, la invadió un poco torpemente. Él se corrió pero Carmen no, aunque tampoco le importó demasiado. Después se levantó para ir al baño y, según estaba allí apoyada en el lavabo, mirándose al espejo, lo vio a aparecer por detrás, con su arma lista y el segundo condón en la mano. Ella no dijo nada, le ofreció su retaguardia y él la tomó con cuidado, muy despacio. Rítmicamente, sin prisa pero sin pausa, la cosa fue ahora mucho mejor. Y aunque se puso la mano en la boca, dio tal grito al correrse que Amelia tuvo que oírlo. Después se arrodilló para encargarse del chico y juntos volvieron a la cama. Se abrazaron y se rieron y se dijeron las cosas dulces que se dicen los amantes nuevos. Sería ya de madrugada cuando cerraron los ojos y se quedaron fritos, abrazados.

Al salir de la ducha esa mañana, pensó en que era la primera vez desde que trabajaba en el hotel que incumpliría el horario acordado con Amelia (empezar a las nueve de la mañana), pero lejos de preocuparle, le hizo bastante gracia. Además, no tenían clientes excepto Charlie. Y había sido cosa suya no despertarla para el desayuno.

Encendió el secador y notó que ronroneaba perezosamente, que apenas emanaba un suave aliento templado. Tras comprobar que el interruptor de potencia estaba al máximo, intentó encender la luz y, tal como temía, la lámpara del espejo emitió un resplandor débil y amarillento.

«Los generadores. Pero ¿no había dicho Lowry que eran nuevos?»

Encontró a Amelia en la cocina, leyendo un grueso ejemplar de John Irving con un tazón de *porridge* al lado.

—Buenos días —dijo Carmen—. ¿Le pasa algo a la luz?

—El congelador está encharcado —respondió Amelia—. Los generadores deben de haberse estropeado durante la noche, pero yo tengo una resaca demasiado mala para ponerme a limpiarlo ahora.

—¿Los generadores? ¿Y qué pasa con los de emergencia?

—Ni idea. Charlie ha bajado al pueblo hace un rato, supongo que volverá con más noticias.

La mención de Charlie hizo que Carmen estuviera a punto de preguntar por él. ¿Se habría imaginado Amelia lo suyo? ¿Les habría oído durante la noche?

—Por cierto —dijo Amelia—. Me ha dicho que estabas durmiendo como un lirón y que no había querido despertarte.

Soltó aquella frase con toda la naturalidad del mundo, como si no hicieran falta más explicaciones, y siguió con su novela.

—Bueno —dijo Carmen—. Supongo que ya no es ningún secreto.

Amelia cerró el libro y la miró con sus brillantes ojos azules.

—El chico sentía la necesidad de confesarse. Quizás es porque me ve como a una madre.

Carmen se rio.

—¿Qué te ha contado?

—Bueno, básicamente me ha contado lo de Jane, lo cual es una pena aunque me lo esperaba. Lo demás me lo he imaginado yo solita.

—En realidad no sé qué estamos haciendo.

—No te preocupes por eso. Ahora disfruta y deja que pase un poco de tiempo. ¿Quieres un té? ¿Has descansado? Yo hacía años que no dormía tan bien.

—¿Sabes algo curioso? —respondió Carmen—. Yo también.

Al igual que ella, Amelia llevaba años durmiendo mal y resistiéndose a tomar ningún fármaco porque decía que le dejaban «la cabeza frita». Desde que Carmen trabajaba en el Kirkwall, no había habido una sola noche en la que las dos mujeres no se hubieran oído la una a la otra deambular camino del lavabo o por la cocina.

—He tenido un sueño fantástico —continuó diciendo Amelia—. He soñado que corría. ¿Te lo puedes creer? Estaba en Phoenix Park, con mi padre. Yo tenía diez años o algo así, y él me decía que echase a correr. Era una sensación maravillosa, de verdad. Me he despertado con el espíritu renovado.

—Qué extraño que hayamos dormido las dos igual de bien. Y en la misma noche.

—¿Será cosa del Talisker? Porque lo que es yo no he tenido compañía nocturna...

—Será porque tú quieres... —dijo Carmen con un aire de travesura infantil.

Amelia puso una cara de indiferencia total, casi como si no hubiera escuchado la insinuación.

—Espero que no te refieras a Bram.

—Pues a Bram me refiero —respondió Carmen—. Supongo que no creerás que viene solo a traerte algas y a beber té.

—Bueno, no soy tonta.

—¿Y entonces?

—Tiene unos ojos bonitos —dijo Amelia—. Y cuando no habla de sus cosas raras tiene una conversación entretenida. Pero, como casi todos los hombres, no tiene los pies en la tierra.

—¿Por qué dices eso?

—Pues... Mírame, dentro de un año quizás ni siquiera pueda levantarme sola de la cama. No sé qué especie de lotería piensa que le ha tocado conmigo.

—Vamos, Amelia... —respondió Carmen.

Iba a decir algo más cuando Amelia la interrumpió con un aspaviento, como si nada de eso fuera muy importante.

—Tengo treinta kilos de carne bastante buena a punto de irse al cuerno. ¿Podrías hacerme un favor?

—Claro, pero...

—Baja al pueblo y mira si puedes comprarle algo de diésel a Lowry. Tengo un viejo generador en el sótano y quizás podríamos conectar al menos el congelador hasta que alguien arregle este desbarajuste.

—Vale, pero prométeme que hablaremos de esto más tarde.

—¿De qué? ¿De Bram?

—Pues sí.

Amelia abrió su libro de John Irving y le guiñó un ojo antes de reemprender la lectura.

—Prometido, nena.

Portmaddock apareció aún más fantasmal esa mañana. No se veía un alma por la calle. Las farolas estaban a media luz y aunque la bruma se diluía levemente a la altura del mar, se mantenía como una especie de *fog* que lo emborronaba todo.

Carmen aparcó el Defender frente al escaparate del café Moore. Las luces navideñas parpadeaban débiles desde el interior y parecía que allí tampoco sobraba la potencia eléctrica. Había un par de mujeres sentadas a la mesa del ventanal. Carmen reconoció a Neph Gallagher, la mujer del barbirrojo Gallagher. La otra era la mujer de Iriah Brosnan. Entró, dio los buenos días y las mujeres le respondieron lacónicamente.

Didi Moore estaba sentada en el fondo de la barra, fumando. Sonaba música en alguna parte, pero no con el brío habitual —y era algo así como música de ascensor—, lo que sumado a la poca fuerza de las luces confería al café un aspecto cavernoso y triste.

—Perdona por la música, Carmen. Nada funciona y he tenido que poner los casetes de mi hermana en el walkman a pilas. ¿Te puedes creer que tuviera recopilatorios de Kenny G? Dios...

—En el hotel estamos igual, tenemos los congeladores encharcados. ¿Sabes qué ha pasado?

—Supongo que un fallo en los generadores. Aunque es extraño... Hay luz, solo que no acaba de encenderse. Es como si estuvieran las pilas de toda la isla a medio gas. Al menos la cafetera funciona. ¿Un *latte*?

Didi se puso a prepararlo mientras el viento y la lluvia azotaban el escaparate del café. Carmen se volvió para echar un vistazo y se topó con las furtivas miradas de Neph Gallagher y la otra mujer, que las apartaron rápidamente. ¿Estarían cuchicheando sobre ella?

—Oye, ¿has visto a Charlie por aquí?

—Sí —respondió Didi—. Ha pasado a eso de las nueve y le he preparado un café para llevar. Buscaba a Lowry.

Dicho esto, aparcó un perfecto *latte* frente a Carmen. En ese instante empezó a sonar «Girls Just Wanna Have Fun», de Cyndi Lauper.

—Coño, una decente, por fin —dijo Didi.

Carmen sorbió la corona de espuma de su taza y dejó que la mezcla caliente (dos *espressos* y un 75% de leche entera de vaca escocesa) invadiera las heladas cavidades de su vientre en ayunas.

—Oye —dijo Didi clavando los codos en la barra—. Un pajarito me ha dicho que Theresa Sheeran apareció anoche por el club. Debió de ser todo un espectáculo, ¿no? Diciendo que había visto a su hijo en sueños...

—Sí, está para que la encierren, la verdad.

—Y que lo digas. Mira lo que ha traído un pajarito esta mañana —dijo Didi sacando un pequeño *flyer* de color amarillo con un texto impreso.

«Y el séptimo día Dios descansó»
25 de diciembre
DÍA DE ORACIÓN COLECTIVA EN ST. KILDA
¡Respetemos el Sabbath!
Grupo por la Restauración del Sabbath
(El templo de St. Mikas abrirá a las 9.00 AM)

—Y también he oído que Tom McGrady os amenazó —continuó Didi.

Carmen asintió. No tenía ni idea de cómo, pero Didi siempre se enteraba de todo.

—Nadie se atreve a ponerles en su sitio —dijo—. Me refiero a McGrady, Zack y los demás. Yo creo que Nolan les tiene miedo, de verdad. De otra forma no me explico que se hayan llevado el gato al agua con ese asunto del contenedor. Además, creo que ya lo han abierto.

—¿Qué?

Carmen dijo eso un poco más alto de lo que quería y notaron las miradas de las dos cotillas al otro lado del café. Didi volvió a bajar la voz.

—Bueno, ese *pajarito* era Nicoleta McRae, precisamente. Ella y Elsa Lowry han aparecido bien temprano con sus folletos y se han quedado a tomar café. Yo acababa de abrir y, como no tenía música, he escuchado por accidente lo que decían...

—Claro —dijo Carmen—. Por accidente. ¿Y qué has oído?

—Estaban hablando de esa caja. Bueno, en realidad Nicoleta estaba contando cómo anoche los marineros debieron de correrse una juerga. Dos de ellos, McGrady y el senegalés, fueron a buscar a McRae a su casa en plena noche.

—¿McGrady? Cuando salió del club iba borracho como una cuba.

—Pues la juerga debió de durar, porque llamaron al timbre de McRae sobre las dos de la madrugada. Le oí decir a Nicoleta que McRae los mandó al diablo, pero ellos debieron de convencerle para que saliera. Le dijeron que «debía ver algo», o eso al menos es lo que escuchó Nicoleta desde la cama. Algo relacionado con esa caja.

—Joder.

—Al parecer, McRae no regresó a casa hasta el alba. Nicoleta había llamado a otras esposas y todas le contaron que los hombres habían salido «a celebrar algo», así que ya estaba preparada para soltarle la bronca del siglo, pero el hombre llegó con lágrimas en los ojos, hablando de «milagros».

—¿Milagros?

—Sí, joder. Diciendo que todas sus preocupaciones habían terminado. No solo las de McRae y los pescadores, sino las de toda la isla, ¿comprendes? Han debido de encontrar algo muy gordo ahí dentro. Muy gordo.

—¡Joder! ¿Y no oíste nada más?

—No. Nicoleta estaba eufórica, en plan cuento de la lechera. Pensando en pagar la hipoteca y comprar esto-y-aquello. Cosas así. ¿Qué crees que será lo que hay dentro de ese contenedor? ¿Diamantes, oro, una máquina de hacer billetes?

—Charlie dijo que por el aspecto de la caja había algo orgánico en su interior. Es un contenedor refrigerado.

—Quizás sea el cuerpo congelado de Elvis. Supongo que por eBay puedes pedir unos cuantos millones por eso.

De cualquier forma, la noticia fue casi como un alivio. Si era cierto que los pescadores habían abierto la caja y aquello no había explotado ni matado a nadie con un virus mortal, entonces a Carmen le importaba un pito lo que quisieran hacer con su contenido. Además, era cierto que St. Kilda se merecía algo de buena suerte.

—Bueno, voy en busca de Lomax —dijo terminándose el café.

—¡Ah, Lomax! —exclamó Didi clavando sus ojos en los de Carmen—. Esta mañana le he visto cambiado... Tenía cara de haber dormido poco.

—¿Ah, sí? —dijo Carmen.

Rompieron a reír y Carmen se despidió, casi con lágrimas en los ojos, pero camino de la puerta se topó con las miradas frías y censuradoras de Neph Gallagher y su amiga.

—Perdón...

La «caseta del diésel» estaba apartada de Portmaddock, justo en el punto en el que el mapa urbano se diluía en el camino que recorría los acantilados hasta Layon Beach. Esto era así debido al tremendo ruido que producían las turbinas de los generadores, además de la polución que surgía de sus dos pequeñas chimeneas. En los tiempos gloriosos de St. Kilda, se habían instalado cuatro grandes motores que consumían casi mil litros de diésel diarios para abastecer de electricidad a la pequeña comunidad. Hacía cinco años que se habían renovado los motores para consumir menos, pero la factura seguía estando por las nubes y eso había motivado un gran acuerdo para comenzar a implantar energías alternativas. La isla de Eigg, donde los molinos de viento y las placas solares abastecían durante las veinticuatro horas de electricidad a sus residentes, era el ejemplo al que se aspiraba. Pero las cosas iban muy despacio en una economía rota como la de St. Kilda.

Carmen vio el coche de Lowry aparcado junto al pequeño edificio. Maniobró hasta dejar el Defender en paralelo y, al apagar el motor, escuchó el ruido que salía por las paredes de aquella pequeña central eléctrica. Parecía vibrar como un corazón sano y, sin embargo, era obvio que algo no funcionaba como debería.

Tras la puerta metálica estaban Gareth Lowry y Charlie.

—¡Hola, *señorita*! —dijo Lowry—. Me imagino por qué está aquí.

—Buenos días —respondió ella mirando a Charlie con una media sonrisa—. ¿Qué es lo que pasa? ¿Se han roto?

—No se sabe —dijo Charlie.

—Parece algo en la red de suministro —continuó Gareth—. Como si la electricidad estuviera *escapándose* por algún lado.

—¿Escapándose? No sabía que eso fuera posible.

—Que me aspen si yo lo entiendo. Estos bicharrajos siguen produciendo sus seis megavatios como unos malditos campeones. Aquí no hay ningún problema.

—Pero *hay* un problema —dijo Charlie.

—No es del generador —replicó Lowry—. Será el suministro. Quizás algún cable principal se haya deteriorado. Sea como sea, no tenemos personal para reparar la red y no creo que podamos traer a nadie de «tierra» antes del año nuevo.

—¿Año nuevo? —dijo Carmen pensando en los congeladores encharcados de Amelia.

—El *Gigha* ha dejado de funcionar esta mañana, dieron el aviso por radio. Pero no se preocupe, la tormenta durará tres o cuatro días, como mucho.

—¿Y qué propone? —preguntó Carmen—. ¿Hay alguna alternativa?

—Vamos a darle tiempo —dijo Lowry—. En otras ocasiones estas cosas se han resuelto por sí solas. De todas formas, en Portmaddock nadie se asusta por un corte eléctrico de vez en cuando. Le recuerdo que casi todos crecimos con un generador que daba luz tres horas al día, y eso a los que tenían suerte.

Lowry dio el asunto por zanjado y empezó a despedirse.

Antes de que marchara, Carmen llenó el bidón que llevaba en el Defender y Lowry no quiso cobrarle nada.

—¡A cuenta de sus exquisitas galletitas! —dijo antes de montarse en su coche y arrancarlo—. Dígale a Amelia que baje una caja a la fiesta de Hogmanay.

Charlie y Carmen se quedaron a solas y por un instante, a la luz de la mañana, ninguno de los dos supo cómo actuar.

Entonces Carmen se le acercó y le dio un beso muy corto en los labios.

—¿Te apetece dar un paseo?

Amelia decía que, aunque estuviese cayendo la de Dios es Cristo, en St. Kilda siempre había un momento del día en el que «se podía estar». Y resultó ser ese.

Circunvalaron Portmaddock y Charlie aparcó junto al Faro de Monaghan. Un gigantesco palo de caramelo color rojo y blanco que también tenía la luz a medio gas. Desde lo alto del promontorio se derramaban las ruinas del antiguo monasterio de St. Kilda —que dio nombre a la isla— hasta una pared de roca negra que protegía la playa de Traigh Gheal, o «Little Greece», como la llamaban allí por el color blanco de su arena. Salieron del coche y caminaron por aquel prado al borde del mar. El brezo estaba precioso y Carmen pensó en cortar algunas ramitas para decorar el salón de Kirkwall. En el horizonte, unas negrísimas nubes se acercaban amenazantes. Las gaviotas se arremolinaban en el cielo, graznando como si quisieran dar la voz de alarma. Las ovejas de Brosman, por el contrario, pastaban tranquilas al otro lado del murete, como si el apocalipsis no fuera con ellas.

—Esta mañana, cuando me he despertado sola en la cama, pensaba que te habías arrepentido.

—¿Arrepentido yo? —dijo Charlie con los ojos muy abiertos—. ¡Para nada! He estado observándote dormir durante una hora. Estabas tan roque que casi me asusto. Después he bajado a desayunar y Amelia me ha contado lo de la luz. ¿Y tú...?

—¿Yo qué? —preguntó Carmen.

—¿Te arrepientes?

Por toda respuesta, Carmen le besó en los labios. Notó que Charlie la abrazaba y la pegaba contra él. Una cosa era estar un poco borracha y haberse acostado juntos, y otra muy distinta sentirse protegida, mimada, querida... y Charlie era todo eso. Se dedicaron a besarse como dos adolescentes hasta que la lluvia los sorprendió otra vez.

—¡Al coche!

—¿En el coche?

Charlie tiró de ella y llegaron al Defender entre risas, pero justo cuando estaban a punto de entrar escucharon un fuerte ruido. Algo que rompió la paz del momento. Era como un chirrido metálico y furioso.

Charlie se separó un instante de ella y miró en dirección al puerto. El muelle y la zona de los hangares no quedaban muy lejos de allí.

—Suena como una sierra... Pero prometieron que no intentarían nada todavía.

—Bueno —dijo Carmen—. Didi me ha cotilleado algo que oyó en el café esta mañana.

—¿Qué?

Carmen no quería darle demasiada importancia, pero le explicó lo que Didi le había confiado en la barra tan solo veinte minutos antes.

—Sea lo que sea ya no es tu problema —dijo ella.

—Sí, pero es muy raro, joder —dijo Charlie—. Era un contenedor refrigerado y no me puedo imaginar qué demonios han podido encontrar ahí para haberse vuelto tan optimistas de la noche a la mañana.

—Yo tampoco —dijo ella—. Oye, creo que estos asientos son abatibles...

Pero Charlie parecía estar pensando en otra cosa.

—Qué casualidad que abran esa caja y amanezcamos con este misterioso problema eléctrico.

—¿Crees que puede haber alguna relación?

—Bueno, no soy ningún experto, pero esa caja era algo fuera de lo común. Quizás haya algo que... Vayamos a echar un vistazo.

—¿Qué?

—Solo acerquémonos. Con el coche. Si realmente la han abierto, debemos decírselo a Lowry.

—No creo que debamos meternos en este lío, Charlie —dijo Carmen.

—¿Qué quieres decir?

—Tú lo has dicho antes: esta isla es *su* problema, no el tuyo. Ni el mío, ¿entiendes? Tú has terminado tu trabajo aquí, déjales que hagan lo que quieran. Estoy empezando a tener una sensación muy rara con todo esto, como un mal pálpito.

—Vamos... Solo nos acercamos con el coche —dijo Charlie—. ¿Qué nos puede pasar?

Desde el Faro de Monaghan bajaba un camino llamado «la senda de los monjes», porque enlazaba el monasterio con el antiguo puerto natural de la isla. Era una pista de terreno muy abrupta y que con las lluvias se enlodaba, así que bajaron muy despacio y enlazaron con la «avenida» que cruzaba la zona de los pabellones del puerto. Era un pequeño laberinto de lonjas y casuchas entre las cuales se encontraba Trans-Ark, un antiguo almacén de la planta petrolífera que llevaba años abandonado y probablemente sirviendo de hogar para ratas y cucarachas.

—Ve un poco más despacio —dijo Charlie cuando se acercaban.

La poca luz del día se reducía aún más en aquel oscuro

callejón que terminaba en las paredes rojizas del almacén. No se veía un alma por allí, aunque estaban rodeados de recodos donde hubiera sido muy fácil ocultarse en aquel laberinto industrial ahora en desuso. Carmen sintió que empezaba a respirar más rápido y que su visión comenzaba a estrecharse como la mirada de un caballo asustado. Frenó el coche cuando aún faltaban cinco metros hasta la lonja.

—¿Estás bien? —preguntó Charlie.

—No. Pero da igual.

—¿Qué te pasa?

—Este lugar me produce algo... Algo opresivo. No creo que haya sido una buena idea venir. Además, mira, han puesto unas cadenas en la puerta.

Era cierto. Había un grueso par de cadenas y un candado bastante nuevo reluciendo bajo ellas en la puerta del hangar.

Desde el interior de la lonja salían las reverberaciones de aquel chirrido. Parecía una sierra eléctrica.

Charlie abrió la puerta del coche y salió.

—¿Qué haces?

—Voy a echar un vistazo rápido. Vete maniobrando para salir.

—Charlie...

Carmen quería decirle que no fuera, pero eso realmente hubiera sido una tontería, aunque tuviera una horrible corazonada.

—Ten cuidado, ¿vale?

Lomax sonrió y salió caminando lentamente hasta la lonja. Se paró frente a las dos puertas y tiró de una de ellas. El gran portón se abrió justo hasta el límite que permitían las cadenas y Charlie se asomó por el hueco, que se antojaba como una gran boca negra.

Carmen no podía estar quieta de los nervios. ¿Y si alguien estaba montando guardia? ¿Y si le veían por allí?

Charlie estuvo un buen rato mirando por la abertura, pero no pareció ver nada. Entonces echó a caminar hacia la esquina del edificio. Nada más llegar allí, se internó en una estrecha calleja.

—Joder, Lomax —gruñó Carmen mientras los limpiaparabrisas apartaban la lluvia que comenzaba a arreciar de nuevo—. No me jodas.

Decidió que lo mejor sería poner el coche apuntando hacia la salida. Metió la marcha atrás y comenzó a girar el volante cuando de pronto, por el rabillo del ojo, sintió una presencia que se abalanzaba por la izquierda.

BAM. Un golpe seco. Contra la ventanilla del coche.

No pudo reprimir un buen grito. La ansiedad que había ido conteniendo hasta ese momento salió disparada por su boca en forma de alarido.

Había una mano pegada en el cristal. Una gran mano abierta como una estrella de mar en la pared de un acuario.

Detrás de ella apareció un rostro. El rostro negro de ese marinero senegalés que conocía de verle por el puerto. Iba vestido con la clásica gabardina de los pescadores y la miraba sin decir una palabra. Y no era una mirada amable, ni mucho menos.

Después, en la otra ventanilla, alguien volvió a golpear el coche.

A este lo reconoció de inmediato: era el asqueroso McGrady.

—¡Eh!

¿Habrían visto a Charlie? Eso es lo primero que se le cruzó por la cabeza. Y después pensó que no le gustaba nada la situación que acababa de dibujarse en menos de un segundo.

McGrady llevó la mano a la palanca de apertura de la puerta. Carmen reaccionó instintivamente y apretó el seguro de cierre. Todos los pilotes se bajaron a la vez, antes de que él pudiera abrirla. Al darse cuenta, McGrady le dio un puñetazo al morro del Defender.

—¡Abre! —ordenó de un rugido.

Carmen ni siquiera reaccionó. Se quedó quieta mientras sentía que su garganta se cerraba y el pánico se apoderaba de ella. «¿Qué hago? ¿Toco el claxon para avisar a Charlie? Pero es casi mejor que Charlie no aparezca.»

El pescador negro volvió a golpear la ventanilla.

—Te hemos dicho que abras, joder.

—¡Apartaos! —respondió ella desde dentro del coche haciendo gestos con la mano—. Estoy maniobrando.

Apretó ligeramente el acelerador y el coche comenzó a moverse hacia atrás, pero ni McGrady ni el negro parecieron inmutarse ante la amenaza de ver sus pies aplastados bajo las ruedas. Todo lo contrario, seguían mirándola con aquellos ojos rabiosos y extraños.

Entonces oyó una tercera voz gritar. Era Charlie, que venía corriendo hacia ellos. Al verle, Carmen sintió una mezcla de cosas: alivio por un lado y preocupación por el otro. Quizás hubiera preferido que Charlie se escabullera por entre los hangares y no fuera a enfrentarse con ese par de bestias él solo.

—¿Qué coño pasa aquí?

McGrady se volvió y sonrió como si la aparición de Charlie fuera el mejor regalo que nadie pudiera haberle hecho ese día. Carmen empezó a temerse lo peor, así que siguió peleándose con aquel volante tan duro de girar. Solo quería salir de allí cuanto antes. Aceleró marcha atrás y notó que chocaba contra algo. Escuchó el ruido de un faro roto, pero poco le importaba eso. Estaba tan encajonada y nerviosa que era incapaz de maniobrar correctamente.

En ese instante vio que había otros dos hombres siguiendo a Charlie desde el hangar, mientras el negro y McGrady le cerraban el paso por delante.

Bajó un poco la ventanilla y gritó:

—¡Vamos, Charlie! ¡Vámonos de aquí!

Pero Charlie demostró ser más valiente (o idiota) de lo que Carmen habría podido suponer. Se encaró con McGrady y le preguntó, otra vez, qué demonios estaba pasando.

—¿Qué estabas husmeando, Lomax?

—¿Husmear? Nada. Solo he venido a hablar con alguien. Parece que será contigo.

—¿De qué quieres hablar?

Los otros tres hombres, entre los que Carmen reconoció a dos pescadores del *Kosmo*, terminaron de acercarse a Charlie. Fue entonces cuando, por mucho que su cerebro le estuviera aconsejando lo contrario, Carmen decidió bajarse del coche.

Dejó el contacto puesto y abrió la puerta. McGrady y el negro se pusieron a los lados de la puerta, como ensanchando aquel círculo de lobos.

—Que yo sepa, esto es un espacio público.

—Esto es terreno de los pescadores —respondió Zack, el hermano de Lorna Lusk, que también llevaba su gabardina puesta. Nunca solían llevarlas en tierra, así que era como una especie de uniforme.

—No lo sabíamos —dijo Carmen—. Nos hemos perdido con el coche. Lo mejor será que nos vayamos, Charlie.

Entonces McGrady empujó la puerta del Defender y esta se cerró de un portazo.

—Un momento. Primero vamos a hablar un poquito.

Carmen miró a McGrady con dos ojos de hielo. No le había gustado ni pizca ese ademán con la puerta.

—Hemos oído que habéis logrado abrir el contenedor —dijo Charlie tratando de dialogar—. Teníamos curiosidad por saber qué había dentro.

El pelirrojo Lusk fue el primero en reaccionar.

—¿Quién os ha contado eso? Es ment...

—¡Cállate, Zack! —gritó McGrady—. Eres un idiota. ¿No ves que Lomax solo quiere tirarnos de la lengua? No saben nada.

—No saben nada —repitió el negro.

—Eso es. Nada —dijo otro de los hombres que habían aparecido detrás de Charlie. Era Ewan McRae.

A Carmen le bastó con aquellas tres frases hilvanadas para comprender que allí se cocía algo muy turbio. Y sus miradas. Había algo muy oscuro y malvado en aquellos ojos.

Intentó volver al coche como una loba asustada. Aunque McGrady se había apoyado en la puerta, cogió la manilla y tiró de ella con fuerza.

—Nos vamos.

Entonces McGrady la empujó. Fue como sentir un tren chocando contra ella. La empujó con las dos manos y Carmen cayó de bruces contra el suelo sin decir una palabra, porque se había quedado sin aire.

—¡Hijo de perra! —gritó Charlie.

Aturdida y descolocada, solo alcanzó a ver el juego de piernas que se sucedía a dos metros de ella. Alzó la vista y vio a Zack, el negro y McRae sujetando a Lomax por los brazos. McGrady, como un perfecto *bully*, le propinó una bofetada.

—¿Quieres ver lo que hay dentro de La Caja, señor Lomax? ¿Eso es lo que queréis ver tú y tu zorra española? ¿Y qué haréis después? Déjame que te lo diga: llamar a «tierra» para que se lo lleven, ¿verdad?

Carmen pensó en gritar, pero se dio cuenta de que sería inútil. Los hangares formaban un pequeño laberinto del cual ni siquiera el sonido podía escapar.

—¿Qué opináis, chicos? —continuó McGrady—. ¿Los llevamos adentro?

Se rieron.

—¡Sí! —gritó el estrábico Zack. Y en sus ojos llameó un diabólico pensamiento.

Carmen aprovechó que la atención estaba centrada en Lomax (quizás los pescadores no pensaban que ella se defendería) y gateó hasta la puerta, que había quedado a medio abrir. Antes de que ninguno pudiera decir ni pío, se metió dentro del Defender y cerró todo otra vez. Al oír el portazo, todos los hombres giraron su cuello. Charlie aprovechó ese instante para zafarse de uno de los pescadores, pero seguía atrapado en los poderosos brazos del senegalés.

McGrady y los otros dos se aproximaron al coche. Carmen embragó la primera y aceleró a fondo, contra ellos. Tenía toda la intención de aplastarlos si era necesario, pero se apartaron de un salto y se limitaron a dar algunas patadas a los laterales del Defender mientras la insultaban. Ahora estaba en el centro del callejón. Carmen metió la marcha atrás y pisó el acelerador sin mirar. Si le reventaba las tripas a alguno de esos malnacidos, mejor que mejor, pero de nuevo la sortearon. Volvió a golpear el parachoques contra algo, pero ya poco le importaba.

Ahora tenía a Charlie, sujeto por el negro, justo enfrente. Pisó el acelerador, haciendo sonar el motor a fondo como signo de amenaza. Eso hizo que el senegalés dudara un instante y Charlie terminara de zafarse de él. Carmen se apresuró a abrirle el seguro, pero entonces vio a Zack Lusk corriendo por el lateral intentando coger la puerta. Giró el volante, embragó otra vez y aceleró a fondo. El Defender se empotró contra un contenedor y casi atropelló a Charlie, pero al menos espantó a Lusk, que se echó a un lado.

Charlie brincó por encima del motor y entró de un salto en el coche al tiempo que echaba el cierre.

—Sácanos de aquí.

Estaba tan asustada que le dio otro par de golpes al coche mientras terminaba de girar, pero resultó que McGrady y los demás ya se habían apartado por completo. Nadie se interpuso en su camino.

Cuando enfilaba la salida de aquel callejón infernal, los vio por el retrovisor, con sus gabardinas, parados bajo la lluvia. Mirándolos en silencio.

—¿Qué coño ha pasado ahí? —dijo Charlie.

—Que han estado a punto de matarnos —dijo Carmen conteniendo el llanto—. Eso es lo que ha pasado.

Dave

Sonaba el viento, pero ahora sonaba *fuera.*

Fuera, porque yo estaba *dentro.*

A salvo. Dentro de un lugar frío y oscuro que olía a oveja y a humo de leña.

Pero a salvo.

Había un foco de calor, una especie de estufa al fondo, y en su interior ardía un infierno rojo que iluminaba algunas cosas: una viga de madera, un rastrillo, un calendario de papel, el esqueleto de un colchón que sobresalía por encima de una pila de ladrillos, neumáticos, maderos... Era una especie de almacén. Un gran portón de madera dejaba filtrarse algo de luz. Una luz tenue que me indicaba que aún era de día. O quizás había pasado un día entero, no podía saberlo.

Me había vuelto a desmayar en lo alto del barranco, cuando aquellas manos me asieron torpemente para sacarme de la silla. El dolor y quizás la sensación de estar salvado habían podido con todo, por no hablar del absoluto abatimiento. Alguien me había dado de beber, me había puesto una botella en la boca y me había hecho tragar el peor whisky que había probado en mi vida. Pero, joder, bebí por lo menos media botella y entonces me desvanecí, y cuando volví a despertar ya estaba en aquel lugar y había personas a mi alrededor, pero no podía verlas con claridad puesto que allí todo estaba oscuro. Alguien dijo «Se ha despertado» y desde entonces todo fue silencio. Silencio y dolor.

Un dolor insoportable.

Esas personas comenzaron a moverme con bastante poco tacto, como si fuese un jodido muñeco de entrenamiento para enfermeros. Utilizaron alcohol puro para desinfectarme las rodillas y los pies, y también alguna que otra raja bien larga que los arrecifes me habían abierto en los muslos. Y todo aquello fue como si me quemaran vivo. Tanto, que tuve que gritar, tuve que gritar pidiéndoles que pararan, que me dejaran descansar entre friega y friega. Lo peor eran los dedos de mi pie derecho. Fue, literalmente, como si me los estuvieran quemando con unas antorchas. Volví a desmayarme en algún momento y cuando me desperté, el dolor y el movimiento seguían, pero ahora eran más suaves. Ahora me estaban colocando unas vendas en las rodillas, en los pies, en la cabeza.

Y creo que les dije cosas delirantes. Les dije que los quería, que les estaba muy agradecido. Pero aquellas personas grandes que había a los lados de la cama ni siquiera respondían. No hablaban. Quizás porque no entendían mi idioma (pero yo juraría que había oído hablar al granjero en inglés), o quizás porque eran muy callados. En todo caso, estaban curándome, y eso me hizo sentir bastante bien; me hizo olvidarme de otras cuestiones prácticas, como, por ejemplo, decirles que me dejaran anotarles unos números de teléfono. El número internacional de la base de los Cabezas de Chorlito, donde Dupree tenía muchos amigos que vendrían corriendo a ayudarle, estuviéramos donde estuviéramos en el mundo. Y me encargaría de que esos granjeros, o lo que fueran, recibieran su recompensa. Joder, me encargaría personalmente de enviarles una caja de whisky cada Navidad hasta que no les quedaran dientes en la boca. A pesar de que no fueron muy habladores, o de que quizás fueron un poco brutos con el alcohol y las vendas, por no hablar de esa horrenda idea de la silla. Pero, bueno, ¡no siempre se puede pedir un helicóptero y una enfermera al término de una misión!

Así que me dormí y volví a despertarme. Cuando volví en mí estaba desnudo y recostado sobre un lecho de paja, de eso estaba casi seguro. Un saco lleno de paja que crujía cada vez que movía alguna parte de mi cuerpo. ¿Cuánto llevaba ahí? El dolor iba y venía, sobre todo en mi pie derecho, pero había logrado dormir a ratos.

Afuera sonaban los elementos, nada más. Viento, lluvia y el rugido del mar. Ni tráfico, ni conversaciones. Me imaginé que estaba en alguna de esas casonas que había visto antes, cuando la silla llegó a lo alto del barranco. Una primera parada para sanar las heridas más importantes. Imaginé que los granjeros habrían cogido su coche e ido a avisar a alguien. Debía de haber un pueblo cerca, o una ciudad, y dentro de un rato escucharía las sirenas de una ambulancia aullando en la lejanía. Eso era todo cuanto debía esperar.

Así que traté de relajarme y respirar. Insuflar oxígeno en mis pulmones y atemperar los nervios para calmar el dolor, que iba y venía relampagueando por mis entrañas como una serpiente.

Volví a concentrarme en el espacio que me rodeaba. Con los ojos ya habituados a la penumbra, pude distinguir más cosas. Era una pieza rectangular, con ventanucos estilo *cottage*. Parecía un almacén, pero alguien debía de utilizarlo como dormitorio. Había una mesa no muy lejos de allí, con latas de cerveza, paquetes de galletas saladas y un *kettle*. Y, amontonados a los lados, había algunos baúles y maletas con ropa. Eso eran solo pequeños detalles del desorden general que me rodeaba. No era una suite precisamente, pero quién soy yo para quejarme. Leí los nombres de algunas cosas y concluí que debía de encontrarme en Reino Unido, puesto que todo estaba en inglés (incluyendo la marca de lubricantes que patrocinaba el calendario de 1994 con una chica de tetas grandes en la foto).

Levanté el cuello para ver un poco más. Entonces, junto a la puerta, distinguí el plástico amarillo del raft, plegado de cualquier manera y apoyado en un rincón. Habían sacado todas las cosas y las habían ordenado en el suelo —un buen montón de juguetes que me dediqué a inventariar en la distancia—. Remos, cubos de achique y de colección de agua, escalas, pistola de bengalas y sus cargas, espejos de señalización, cinta reflectora, equipo de pesca, pastillas de purificación de agua, cerillas de magnesio, brújula, cuchillos pequeño y grande, amoxicilina para la cagalera, repelente de insectos, crema solar y otro montón de drogas divertidas. Bisturí, equipo de sutura, un pequeño equipo para cocinar, mantas térmicas y, por supuesto, aquel GPS frito.

Todo estaba dispuesto como un botín. Ordenado de una forma que resultaba grotesca en medio de aquel pandemónium. Y ahí es donde empecé a preocuparme un poco.

Hasta ese momento había permanecido quieto como una

imagen de Cristo por miedo a arrancar alguna de esas curas, pero mi instinto arácnido me dijo que actuase («hazte con el cuchillo») y lo hice. Bueno, lo intenté. Traté de mover las piernas y sacarlas de aquel colchón, pero no pude: estaban atadas. Y al intentar alcanzar mis tobillos, noté que mi torso también lo estaba y, por extensión, mis dos muñecas. Una soga me mantenía atado a aquel catre como si fuera Gulliver presa de los liliputienses.

Joder... Pero ¿de qué me sorprendía? Abajo, en el arrecife, aquel granjero estaba más interesado en el raft que en atender al despojo náufrago, malherido y con síntomas de hipotermia que había llegado en él. Ahora, ante aquella visión, mis sospechas se tornaron de color negro. Todo aquel escenario olía a mierda, y no precisamente de oveja. El extraño silencio de esos tipos. La porquería de sitio donde me habían instalado. Y todos los ítems del raft ordenados como un tesoro.

Probé algunos trucos de colegio para testar la dureza del nudo, pero estaba firme como el culo de una bailarina. «Vale, Dupree. No gastes energía a lo tonto. Estás atado y bien atado, pero si te quisieran muerto ya lo estarías, así que lo primero es pensar. ¿Qué es lo que quieren hacer contigo? ¿Pedir un rescate? ¿De verdad alguien puede ser tan idiota? De acuerdo. Les daré un número para que llamen. Quizás piensen que han topado con un soldadito cualquiera. Quizás crean que pueden ganar muchos billetes contigo y todos esos juguetes que han aparecido en el umbral de su casa. Sígueles la corriente. Es hora de sacar el actor que llevas dentro y convencerles de que llamen. En menos de dos horas mis chicos caerán del cielo y esta pocilga será historia. Esos granjeros tendrán más agujeros que un colador de pasta y yo podré volver a casa a enterrar a mis chavales con los debidos honores y empezar a olvidarme de estos dos malditos días de pesadilla.»

Fue como si cayera una piel de cebolla. De pronto, el dolor y la sensación de derrota perdieron algo de fuerza y todo mi cuerpo se reactivó para enfrentarse al nuevo reto. «No quiero al hombre más fuerte, quiero al hombre que siempre pueda aguantar cinco minutos más», decía el capitán Davis. Y ese era yo, Dave La Moral Dupree. Eso me recordó a otra cosa que Davis decía sobre el cautiverio: «Piensa en el "ahora", en el minuto actual (mejor si puedes reducirlo a los diez segundos en los que te encuentras) y trata de olvidar el pasado y el futuro. El pasado te hará sentir culpable y el futuro, preocupado. El tiempo es una puta invención de la mente que a veces es útil, pero que en otras ocasiones te destruye». Así que, ¿cuál es tu verdadero problema AHORA, Dave? ¿Y qué puedes hacer AHORA para resolverlo?

Intenté no pensar en nada más y volví a observarlo todo, a sentir mi presencia en aquel lugar. A conectar con aquel espacio. Cerré los ojos y traté de pensar solo en mi respiración y permitir que el ruido externo se colara dentro de mis oídos. El viento. La lluvia. El rumor del mar y el graznido de alguna gaviota. Debes tener la mente como un jardín para que la mejor idea nazca en el momento preciso.

Un jardín era también donde aparecí. Casi como un paracaidista mental, fui descendiendo suavemente, entre relámpagos de dolor, hasta un pequeño jardín cerca de Coronado Beach. Allí había habido una fiesta, hace tiempo. La fiesta de Pavel. Las banderitas de papel todavía ondeaban en el aire, pero la gente se había marchado. ¿Quizás Chloe se haya quedado un instante? Bueno, pero qué cojones, lo primero será buscar a la chica de Pavel y hablarle de lo ocurrido. Explicarle que no pude hacer nada por el padre de su niña. Fue todo tan repentino... Un golpe y todos los cuellos hicieron crack. Aunque es cierto que yo tuve un sueño. ¿Debía mencionarlo? El Viejo me alertó de que algo muy malo se nos venía encima. ¿Podría haber hablado con Pavel de eso? ¿Podría haberle avisado de que estuviera atento?

Pero allí no había nadie, ni siquiera Chloe (por mucho que yo lo deseara, pero no es uno quien dirige sus sueños). Ahí abajo, esperándome, estaba otra vez El Viejo. Y la pregunta era: «¿Por qué tú? Eres quizás la persona que menos me apetece ver en el mundo».

—Hola, Dave —dijo—. Ven y dale un abrazo a tu Viejo.

Estaba sentado en su silla, con un cigarrillo entre los dedos y su cara de póquer, de perdonavidas fracasado. De nuevo estaba viviendo un sueño muy parecido al que tuve en el avión. Una experiencia que rayaba la semiinconsciencia.

—¿Qué haces aquí?

—Vamos, no seas así. En el fondo, te has hecho un hombre gracias a mí, ¿no? Yo soy como un espectro en tu cabeza. Siempre has luchado por superarme.

—Sí, eso es cierto. Has sido el ejemplo perfecto de todo lo que no quería hacer con mi vida.

—¿No ves? —dijo riéndose—. Hasta un reloj parado da la hora dos veces al día. Y en el fondo siempre te sentiste un poco culpable, ¿no? Por dejarme morir en aquella mierda de sitio, solo y sucio... A fin de cuentas, yo era tu viejo, y tú me abandonaste.

—¿Qué coño quieres de mí, papá?

—Ven, acompáñame. Quiero enseñarte algo.

No sé por qué, comencé a seguirle. Había otros hombres por allí, quietos como estatuas, haciendo guardia, y se oía un ruido como de una sierra eléctrica. CHIIIIRRRRR. Todos vestían gabardinas de marinero. De hecho, ¿dónde coño estábamos? Era una especie de hangar. Pasé caminando junto a un tipo negro de por lo menos dos metros.

—¿Qué es todo esto?

—Esto es algo importante, Dave. Muy importante. Y tú eres una parte fundamental. Mira...

El Viejo me señaló algo en el centro de aquel hangar. Algo que con la exangüe luz tardé un poco en distinguir. Joder, era la maldita caja.

—No puede ser —dije yo—. Está en el fondo del mar. Yo la vi hundirse.

Todos aquellos tipos rodeaban La Caja en silencio. Un hombre muy grande era el gran protagonista del ruido. CHIIIIRRRRR. Le reconocí: era el granjero que me había sacado de la roca esa mañana. Tenía el torso desnudo y toda su musculatura al aire, cubierta por una fina capa de sudor. Sujetaba una sierra e intentaba cortar esa cerradura electrónica. Las chispas saltaban por todas partes. Otros tres tipos le miraban en silencio.

—¿Tú qué piensas? —decía El Viejo—. Yo me apuesto algo a que no lo conseguirán. Eso es como una caja fuerte.

Yo jamás había visto una cerradura igual, y Pavel tampoco. Lo que yo pensaba es que eso solo se podría abrir con un ordenador. De hecho había uno, oculto bajo el panel atornillado. Entonces pensé en Akerman ahogándose en el C-17. «HÁGALO.»

De pronto vi aquellos ojos fijos en mí, dando vueltas como si tuvieran dos gigantescos desagües en su interior.

—Entonces ¿qué? ¿Nos ayudarás?

El Viejo estaba frente a mí y sus ojos eran como dos dedos

que tratasen de penetrar en mi cabeza, intentando ver lo que acababa de pensar. El panel atornillado. El teclado. Los números de esa combinación.

—¿Qué tienes ahí dentro, Dave?

Yo reaccioné casi por instinto —algo peculiar, digamos que casi milagroso, si tenemos en cuenta que me hallaba dentro de un sueño (o algo así)—. Hay muchas horas de entrenamiento detrás de un Cabeza de Chorlito. Muchas horas de juegos mentales y meditación. Y fui capaz que observar aquello, como una garra negra intentando colarse en mis recuerdos.

Lo aparté de un tortazo mental, como a cualquier otro pensamiento negativo —en el cuerpo los llamamos «estresadores»— que resulta contraproducente en una situación de supervivencia.

Y noté inmediatamente que no le gustaba. «Aquello» gruñó como un perro rabioso. Y por un instante vi el rostro de otra cosa, algo monstruoso y grande que estaba agazapado en las sombras, aunque después volvió a ser El Viejo.

—¿Qué haces, chico? ¿A qué vienen esas maneras con tu Viejo?

—Tú no eres mi Viejo. Incluso a ese perdedor borracho jamás le puse la mano encima. Aunque quizás debí hacerlo.

—¿Sabes que todo podría ser mucho más fácil, Dave? Piensa en lo que esos tipos podrían hacerte, teniéndote a su merced, atado en esa cama y malherido. ¿Por qué no colaboras y te ahorras un mal rato?

Los ojos seguían dando vueltas, intentando entrar, pero yo mantenía todo eso a raya. Aunque esta vez era diferente. Era algo que jamás había sentido antes. Una especie de interferencia, algo externo a mí que intentaba convertirse en un pensamiento.

Entonces un ruido sonó ahí arriba, lejos de mí. Era el motor de un coche, acercándose.

—Son ellos —dijo la voz del Viejo (que no era él)—. He intentado avisarte, pero has vuelto a ser el mismo cabezota de siempre. Ahora atente a las consecuencias, machote.

Carmen

—De acuerdo, Lomax —dijo Keith Nolan—. ¿Puede repetirlo un poco más despacio?

Estaban en la primera planta de la oficina municipal, un edificio anexo al Club Social de la isla que era lo más parecido a un ayuntamiento que había en Portmaddock. Esa mañana, pese al horrible temporal, Keith Nolan había estado muy ocupado despachando con gente. Carmen y Charlie habían esperado pacientemente su turno y, cuando Nolan les dio paso, Charlie parecía haber perdido la paciencia.

—Hemos sido agredidos por McGrady y unos cuantos pescadores esta mañana —dijo Charlie muy despacio—. Junto a la lonja de TransArk.

—¿Agredidos? —preguntó Nolan—. ¿Cómo?

—A ella le dieron un empujón y la tiraron al suelo. A mí, bueno, me sujetaron. Dijeron que nos iban a *meter* en la lonja. Y Dios sabe qué más nos hubieran hecho de no habernos zafado. Además, creo que los pescadores han abierto ese contenedor...

En ese instante se escuchó un sonido en el equipo de radio que había a sus espaldas («FZZZZ ST. KILDA?»). Nolan se disculpó con un gesto, empujó su silla hasta el transmisor y cogió el micrófono.

—Protección civil de St. Kilda. Nolan al habla. Cambio.

Liberó el botón de habla y se escuchó un montón de nieve al otro lado.

—FZZZZZBBBBBUUUU PORTBADOOC... Es muy complicado llegar FZZZ hoy. ¿Cree que puede ZZZZZ aguantar un poco?

—Supongo que sí.

Carmen y Charlie se miraron extrañados pero no dijeron nada. Permanecieron a la escucha.

—Roger... ZZZFFFF le recibo muy mal, ZZZZFFBB probado a ZZZZZ antena? Cam...bio...

—Tenemos algunos problemas eléctricos, Thurso. Pero todo ok. Cambio y corto.

—Todo ok —dijo Carmen entre dientes, y pensó: «Vaya capacidad para el sarcasmo tiene este tío».

Nolan dejó el transmisor en su sitio y volvió al escritorio.

—¿Ha ocurrido algo? —preguntó Lomax antes de proseguir.

—Ray Dougan —dijo Nolan—. Su mujer no logra despertarlo esta mañana. Está vivo, pero es como si hubiera entrado en coma.

—Pues ha elegido el mejor momento del año para enfermar.

—Sí. Y ya han oído al mando naval. Ni siquiera se arriesgan a salir hoy. En fin, volvamos al asunto. ¿Dice que han abierto el contenedor?

—Solo hemos oído un rumor —dijo Charlie—. Por eso nos hemos acercado a curiosear. Está claro que están empleando algún tipo de maquinaria para abrirlo, escuchamos una sierra eléctrica o algo parecido. Entonces aparecieron los pescadores... Bueno, más bien se nos echaron encima.

Nolan negó con la cabeza, sonriendo.

—¿Qué le hace tanta gracia, Nolan? —preguntó Carmen con bastantes malas pulgas.

—Deberían saber ya cómo son los pescadores. Han encontrado esa caja y no se fían ni de su madre. Y usted precisamente... Quiero decir que no es que sea usted un tipo popular por aquí. Sobre todo después de su informe.

—Oh, gracias —dijo Charlie—. ¿Está insinuando que me merezco una paliza?

—No veo que le hayan dado una paliza, señor Lomax. Solo un pequeño meneo.

Carmen ya no pudo soportar más la actitud de Nolan.

—¿Y si no hubiéramos podido escapar? —dijo, y su voz sonó como si echara fuego por la boca—. ¿Y si me hubieran violado?

Nolan enfrió su gesto.

—Escuche, señora. Esa es una acusación muy seria.

Carmen iba a responder, pero Nolan levantó la mano.

—Déjeme hablar antes de que diga usted algo de lo que se pueda arrepentir. Durante décadas, toda la supervivencia de esta comunidad ha recaído sobre los pescadores y, en lo que a mí respecta, tienen su reputación bien ganada en esta isla. He crecido con esos chicos y jamás ha habido un problema, así que ¿por qué crear ahora uno?

—Entiendo... —empezó a decir Charlie, pero de nuevo

Nolan le interrumpió. Hablaba despacio, como si Carmen y Lomax fueran dos críos asustados por un monstruo ficticio.

—Entiendo que quizás se les ha ido la mano con su celo sobre el contenedor. Iré a hablar con ellos hoy mismo, ¿de acuerdo? Y de paso echaré un vistazo a esa caja. Haremos las paces y tendremos unas felices fiestas. Bueno, o lo que esa maldita tormenta nos permita...

En ese momento los interrumpió un golpeteo en la puerta. Asomó la cabeza Iriah Brosnan, el granjero cuyo tractor se había utilizado para transportar la caja hasta la lonja de TransArk.

—¡Alguien me ha robado una motosierra! —exclamó.

Nolan puso cara de estar desbordado —quizás era la primera vez en su vida que se le juntaban tres problemas a la vez— e hizo un gesto a Charlie y a Carmen para que dejaran la oficina libre, pero ella se resistía a ponerse en pie. No acababa de creerse aquella actitud, era como una pesadilla o una broma pesada. Parecía una de esas pelis del Oeste en las que el sheriff es un auténtico patán o un racista asqueroso. Se sentía insultada por ese paleto y quería esperar a que Brosnan se largara para soltarle cuatro cosas bien dichas, pero Charlie se levantó.

—¿Adónde vas?

—Hemos terminado.

—No, no hemos terminado.

Pero Nolan seguía charlando en voz alta con Brosnan, que aseguraba que alguien había entrado en su caseta de aperos esa noche para robarle una sierra motorizada.

—Vamos, Carmen —insistió Charlie tendiéndole la mano—. Aquí no hay nada más que hacer.

Amelia se puso furiosa al escuchar la historia y soltó los peores tacos que Carmen jamás le había oído decir.

—¿Que los pescadores tienen una reputación bien ganada? —dijo con una agria carcajada—. La mayor parte de ellos llevan años sin pescar ni una sardina, bebiéndose su maldito paro en el bar y puliéndose las pocas libras que alguna de sus mujeres logra llevar a casa honradamente.

Estaban en la cocina, bebiendo un té con whisky y calentándose al fuego de la vieja estufa Stanley. Carmen se encontraba un poco mejor después de haber roto a llorar al rememorar la historia.

—Además, se sabe que muchos de ellos andan llenando las bodegas de sus barcos con otras cosas.

—¿Insinúas que tienen asuntos sucios?

—No lo insinúo, cariño, estoy casi segura. Incluso en nuestros mejores días había contrabando, así que imagínate ahora, con esta crisis tan miserable encima. Quizás guarden algo más que ratas, arañas y contenedores en esa lonja.

—Eso explicaría su reacción —dijo Charlie.

—Nada explica su reacción —respondió Amelia—. Aunque en realidad ninguno de esos tipos era precisamente el número uno de su clase, ¿sabes? Puede que sencillamente te odien por ser quien eres, Lomax. Y tampoco es que te hayas lucido entrando en su madriguera por tu propio pie. Pero aun así no tienen derecho a tocaros un pelo. Y Nolan va a tener que hacer algo más que *hablar*. Esta vez no pienso dejarlo pasar. Llevaré este asunto a la asamblea, si hace falta. Y como nadie tome medidas, me plantaré en la comisaría de Thurso en cuanto vuelva el ferry. En realidad debí hacerlo hace tiempo, cuando ocurrió lo de Lisa.

—¿Lisa? —preguntó Lomax.

—Lisa Stökke —respondió Amelia—. Era una de esas ornitólogas que suelen venir casi todos los veranos. Aquella tarde había salido a tomarse una pinta y escuchar música en vivo en el Poosie Nansie. Después vino por aquí a recoger su cámara. Era verano y hacía buena temperatura. Me dijo que se iba a hacer unas fotos del atardecer.

»Bueno, al parecer subió a las ruinas del monasterio y después bajó por el camino de los monjes, pero en vez de girar por donde debía, tuvo la mala pata de meterse en esa zona de los hangares y toparse con alguien. Dijo que era un hombre alto y corpulento que parecía borracho. Debió de caerse al suelo y ella, con toda su buena fe, intentó ayudarle, entonces el tipo la cogió por la muñeca y tiró con fuerza. Ella cayó sobre él y el cabrón la empezó a sobar. Estaba todo muy oscuro y no pudo ver su rostro, aunque notó su aliento a alcohol y el roce de una barba sin afeitar. Lisa tenía veintinueve años y estaba en bastante buena forma, así que logró clavarle un rodillazo en los huevos y levantarse, pero el hombre no iba tan borracho como parecía y corrió tras ella. Debió de ser un largo minuto, pero para ella fueron siglos. Llegó a Main Street gritando y pidiendo ayuda... pero el tipo había desaparecido.

—Joder...

—Me escribió poco después una carta, disculpándose porque ya no volvería a la isla, lo cual es comprensible. Dijo que la actuación de Nolan fue una puta mierda, y yo opino exactamente lo mismo.

—¿Qué dijo Nolan sobre el caso?

—Había muchos turistas ese año. El hotel estaba a reventar. El *Gigha* iba y venía todos los días con gente. Para Nolan fue fácil culpar a algún visitante. Dijo que las buenas gentes de Kirkwall no hacen esas cosas.

—Mismo caso, misma opinión —dijo Charlie—. Nolan vuelve a defender a los suyos.

—Lo cierto es que McRae, el senegalés y la mayoría de los hombres del *Arran* son gente honrada. Llevan años por aquí aguantando el chaparrón y me cuesta creer que hayan participado en lo de hoy. Pero McGrady y Lusk encajan perfectamente en el perfil... Son unos perdedores de mierda. Y McGrady ya estuvo una vez en prisión, dicen que pegó a una prostituta o algo así...

—¿Quién es Lusk? —preguntó entonces Charlie.

—Ese pelirrojo de los ojos al revés. Si no me equivoco mucho, por lo que habéis descrito, el que acompañaba a McGrady es Zack Lusk, el hermano de Lorna.

—¿Lorna es esa mujer que siempre va de negro con sus botas de plástico? —preguntó Charlie—. ¿La del pelo revuelto?

Esa era quizás la descripción más gráfica que podía hacerse de Lorna Lusk.

—Bueno, pues espero que nunca tengas que conocer al resto de la familia —siguió Amelia—. Son como la galería de los monstruos. Viven todos en un *cottage* al norte de la isla. La última vez que alguien se acercó por allí, creo que lo recibieron a tiros. Es el tipo de familia con la que nadie quiere tener líos. Y si alguien anda con asuntos sucios en St. Kilda, son ellos.

Carmen recordó la primera vez que se cruzó con Lorna Lusk. El verano pasado habían celebrado un pequeño rastro en el puerto y ella estaba atendiendo el puesto de Amelia. Tenía un montón de cosas del hotel que quería quitarse de encima: juegos de servilletas, cubertería vieja, relojes, libros... Lorna apareció por allí, con su pelo rizado y sucio, sus ropas oscuras y unas antiestéticas botas de goma. Se quedó mirándola fijamente y Carmen sonrió.

—Hola, ¿le interesa algo? —le preguntó Carmen.

Y todo lo que Lorna respondió fue:

—¿De dónde coño has salido tú?

Dave

El motor del coche (un diésel antiguo, según pude adivinar) estuvo ronroneando un rato hasta que se paró. Entonces escuché pasos acercándose y me preparé, aunque no sabía para qué.

Oí el sonido de un llavero, el clic de un candado y el roce de unas cadenas al otro lado de la puerta. Así supe que me mantenían encerrado también por fuera. El portón se abrió y aquel oscuro lugar se llenó de luz. No era una luz espectacular, pero viniendo de la penumbra, fue como si me apuntaran directamente con un foco. Con los ojos medio cerrados, luché por ver algo. No podía perder aquella oportunidad de escudriñar el exterior.

El pequeño fragmento de paisaje que pude contemplar se componía de mar, un cielo oscuro y un trozo de hierba de un intenso color verde. Ya había calculado que debíamos de encontrarnos cerca del mar —desde mi catre podía oír el empuje de las olas contra la roca negra— y, por lo que pude atisbar, mi cálculo era correcto. Aparte de eso, no vi carreteras, ni caminos, ni siquiera otros edificios. Era como un desierto verde esmeralda.

Los vi entrar. Al granjero y al pelirrojo de los ojos torcidos los conocía de la madrugada del rescate. Ahora, además, había una mujer. Antes de que cerraran el portón, me fijé en la camioneta aparcada a un lado. Una GMC de color vino o cereza, de los ochenta como mucho. Era una belleza con un motor de ocho cilindros, pero la tenían como una chatarra sucia que se caía a trozos.

Entraron y cerraron la puerta sin decir ni mu. Después, la mujer se acercó muy despacio, seguida de los otros dos. Llegó al borde de mi catre y pude distinguir sus facciones. Gruesa, ojerosa y con un alborotado pelo negro. Recordé unas manos femeninas haciéndome mucho daño, y eso encajó con aquella forma corpulenta que se había quedado quieta, a mi lado, mirándome como una enfermera de pesadilla.

—Hola, soldado —dijo mientras observaba mis ataduras.

—Hola —respondí yo.

Los demás me rodearon enseguida y aproveché la oportunidad para mirarlos más a fondo. Dicen que la cara es el espejo del alma, y la del granjero —con dos ojos muy pegados y una gran ceja en lo alto— me pareció propia de una bestia que no pestañearía al romperte el cuello como a una gallina. En cuanto al otro, pequeño y ansioso, tenía cara de malvado. Este era de los que podrían torturarte lentamente sin perder el apetito.

Pero lo que realmente me provocó un escalofrío fue que los dos vestían aquellas gabardinas de pescador que salían en mi pesadilla. ¿Quizás las había visto antes en alguna parte?

Aunque a estas alturas del cuento, yo ya empezaba a dudar de que esos sueños tan reales fueran solo sueños.

«Atente a las consecuencias, machote.»

—¿Dónde estamos? —pregunté—. ¿Por qué me habéis atado?

Es importante mantener un tono equilibrado. Ni muy humilde (no hay que denotar desesperación) ni demasiado soberbio. Pero la pregunta era obligada.

—Estás en nuestro establo —dijo la mujer— y te hemos atado por precaución, claro. Hasta que tengamos algunas cosas claras.

Su inglés era oscuro. No tanto como un irlandés del norte, pero casi.

—¿Escocia?

—Esto ya ni siquiera es Escocia —dijo ella—. Es el Estado independiente de St. Kilda.

Eso debió de hacerle mucha gracia al pelirrojo, que se echó a reír. Por un momento me pareció ver algo familiar en sus caras. ¿Hermanos?

—No tenéis nada que temer de mí —dije—. Soy de los buenos.

Aquello les hizo aún más gracia. Esta vez, el granjero se incorporó a las risas. Recordé haberle visto en mi sueño golpeando La Caja con un mazo, con un hilo de baba cayéndole por la barbilla.

—Bueno, deja que eso lo decidamos nosotros, ¿vale? Ahora estás en nuestro terreno, en nuestra isla. Y aquí mandamos nosotros.

—Ok, por supuesto —dije—. Vosotros sois la autoridad aquí.

«Reconocer la autoridad.» Capítulo 1 del libro *Sobreviviendo al cautiverio*.

—Exacto, muy bien. Ahora empezamos a entendernos. —dijo la mujer señalando mi pie—. ¿Cómo va esto? ¿Te duele?

—Creo que...quizás se haya infectado un poco. Me lo aplasté contra las rocas. ¿Lo habéis desinfectado bien?

La mujer miró al tipo largo. Se dedicaron un gesto que me preocupó. Era como si yo acabara de decir una tontería mayúscula.

—También necesitaría bajar la fiebre. Hay analgésicos en el botiquín —dije señalando con la barbilla el lugar donde habían apilado todo lo que venía dentro del raft.

—Escucha, primero nos gustaría hablar contigo ¿De acuerdo?

No respondí porque me había entrado una tos que sonó mal y me hizo daño en el pecho.

—¿A qué ejército perteneces?

Cuando terminé de toser respondí. Nombre, rango y batallón. No pareció interesarles mucho.

—Vale, vale, soldadito... —dijo la mujer como si lo celebrara—. ¿Y se puede saber qué haces en nuestra pequeña roca? ¿Te caíste de tu barco?

—No —dije—. Iba en un avión.

—¿Y qué ocurrió?

Les conté la historia en pocas palabras, no era cuestión de hablar más de lo necesario. El C-17, la tormenta, el intento de amerizaje y el gran golpe.

—El choque mató a todo el mundo, solo yo sobreviví. Y por poco. El avión comenzó a naufragar y me encontré el raft desplegado por casualidad. Cinco minutos más y sería un témpano de hielo. Después la marea me trajo hasta aquí.

—¿Qué era lo que llevabais en ese avión? —preguntó entonces la mujer.

Noté algo en esos ojos. No era una pregunta al azar. Y mi boca se cerró como una cremallera. «Cuidado.»

—¿Qué?

—Has dicho que era un avión de transporte. ¿Qué llevaba?

—Pues yo... No lo sé exactamente.

—¿Cómo que no lo sabes?

—Llevábamos una caja. Iba cerrada desde el principio y nadie nos informó de lo que contenía.

Al decir aquello sus miradas se entrecruzaron en silencio y supe inmediatamente que ellos la tenían. Tenían la jodida caja y mi sueño era real, otra vez. Por imposible que eso pareciera.

—¿Una caja negra, como un contenedor? —dijo la mujer.

—Sí, algo parecido —dije—. ¿Es que la habéis encontrado?

—Sí —dijo entonces el pelirrojo impulsivamente.

La mujer intentó hacerle callar, pero él ya había empezado a explicarse:

—Un barco pesquero la encontró a la deriva, a unas cuantas millas al norte de la isla. Llevaba un par de flotadores a los lados. Casi se estampa contra ellos y se los lleva hasta el fondo, ¿sabes?

—Pero eso es imposible... Yo vi cómo se hundía con el avión. Se lo tragó el océano.

«A menos, claro, que al hundirse, el avión hubiera virado un poco o su chasis se hubiera deformado permitiendo a La Caja liberarse de su pequeño atasco.»

—Cuéntanos más cosas, soldado. ¿A dónde la llevabais? ¿Qué hacíais volando sobre Escocia?

—En eso tampoco puedo ser demasiado preciso, lo siento. Solo sé que volábamos de este a oeste. Ya os digo que nosotros solo recibimos unas pocas órdenes.

—¿Cuánta gente iba en el avión? ¿Sobrevivió alguien más?

—Éramos diez personas. Creo que los demás murieron.

—¿Todos soldados?

—Había soldados y otras personas. Gente relacionada con La Caja.

—Gente relacionada con La Caja. ¿Qué gente?

—Oye, ya os he dicho lo que sé. Ignoro quiénes eran. Civiles, eso es todo lo que sé, viajaban con la mercancía. Teníamos la orden de asegurar que todo el asunto terminara bien, nada más.

—¿Qué crees que puede contener esa caja? Debe de ser algo importante para que fuera en un avión tan protegida.

—Eso es correcto.

—Está muy bien cerrada —dijo entonces el pelirrojo—. Acero blindado.

—Y no parece tener cerradura. Es como si estuviera cerrada por dentro. ¿Qué sabes de eso?

El dolor que sentía en el pie, como un latido, me ayudó a descartar que me encontrase en otro sueño. Porque realmente parecía estar teniendo un *déjà vu*.

—Escuchad —dije—. ¿Os estoy entendiendo bien? No pretenderéis abrirla, ¿verdad?

—Eso es exactamente lo que *pretendemos*, amigo.

—Bueno, en ese caso me veo en la obligación de preveniros. En primer lugar, esa caja es propiedad de alguien. Supongo que de algún gobierno con muy mala leche. Quizás el mío. Y os garantizo que no les sentará muy bien que la abráis. En segundo lugar, está claro que se trata de algún objeto militar.

Podría contener algún tipo de arma, explosivo o gas. ¿Entendéis? Os mataría en el acto. ¿Dónde la guardáis? ¿Por aquí cerca? Tengo que verla.

—No —dijo la mujer—. No está cerca. Y la tenemos bien protegida, no te preocupes. Ahora es propiedad de los pescadores, que son los que la sacaron del mar. Y ya veremos lo que hacemos con *nuestra* propiedad.

—Es cierto —dijo el pelirrojo.

—Es nuestra —remató el granjero.

Mi sentido arácnido me dijo que no debía seguir por ese camino.

—De acuerdo. Estoy de acuerdo, es vuestra. La encontrasteis, la sacasteis del mar. Es vuestra. ¿Qué vais a hacer con ella?

—Abrirla, ya te lo hemos dicho. Y está claro que hay algún sistema. Nadie crea una caja imposible de abrir. Siempre hay una manera, debe de estar escondida en alguna parte. Tienes que ayudarnos, ¿comprendes? ¿Comprendes que nos debes la vida? Podríamos haberte dejado ahí abajo, en ese nido de gaviotas, dejando que te murieras de frío y te comieran los cangrejos. Pero te hemos subido aquí y te hemos curado las heridas. Estás en deuda con nosotros.

—Lo sé —respondí— y os juro que os compensaré. ¿Queréis dinero? Me encargaré de que mi gobierno os recompense por esto. Y por haber encontrado y devuelto la mercancía. Serán generosos. Saben serlo.

Otra vez empecé a toser. La tos me provocaba una suerte de respiración asmática.

—Pero oídme, debo bajar esta fiebre o puede que no salga de esta. Y necesito hacer una llamada, será cosa de un minuto. Os juro que vais a ver un montón de pasta. De alguna manera, yo soy más valioso que esa caja. Id pensando en cambiar de coche, ¿eh? Incluso podríais hacer un viaje, toda la familia, ¿qué os parece?

Todo aquel rollo del dinero, el coche y el viaje pareció acariciarles la imaginación. Por un instante vi que el pensamiento se instalaba en sus cabezas. Yo les ofrecía una vía rápida y sin riesgos. Devolvedme y habrá una recompensa. La Caja, en cambio, era un hueso duro de roer y había que ser muy tonto para menospreciar la amenaza de que algún ejército estuviera buscándola.

—De acuerdo —dijo entonces la mujer.

Y yo pensé: «¡Victoria!».

—Zack, trae un cubo de agua y unos trapos. ¿Cómo dices que se llaman esos analgésicos?

—Debe de haber una caja dentro del botiquín, allí en el raft. El componente es metamizol, pero debería verse la palabra «analgésico» en la caja.

—¿Algo más?

—Una de esas mantas térmicas y una botella de agua. Y ¿seguro que habéis desinfectado bien la herida del pie?

—¡Eh, tranquilo! —dijo el granjero—. No te pases, colega. No pienso volver a olerte esos pies.

Se rieron. El pelirrojo humedeció un par de trapos que olían a gasolina y me los dejó caer en la frente. Entonces la mujer regresó con una caja blanca etiquetada con una gran pegatina que decía ANALGÉSICO.

—John, trae algo de agua —dijo mientras abría el paquete—. ¿Cuántas pastillas necesitas?

—Un par —dije yo—. De momento.

—Está bien, abre la boca —dijo sacando las pastillas del blíster.

—Un momento... ¿Es que no pensáis desatarme?

—No, de momento no.

—Pero pensaba que habíamos llegado a un acuerdo...
¿Qué pensarán mis amigos cuando lleguen y me vean así?

—Un poco de paciencia, ¿de acuerdo? Tenemos que pensar y tomar una decisión al respecto. Esto es como una democracia, yo no puedo decidir sola. Pero te trataremos bien, ¿ves? Te curaremos y te sentirás mejor.

Decidí no protestar. Tragué las dos pastillas y dejé que me colocaran la manta térmica por encima de la piel, debajo de aquel grueso y maloliente mantón de tela de saco.

—Eso es todo por ahora. Volveremos con más noticias esta noche. Descansa y medita sobre lo que te hemos dicho. Esa caja debe poder abrirse.

—Os repito que...

—Ahora no gastes fuerzas, soldado. Quizás las necesites más tarde.

Y al decir aquello, la mujer cruzó una mirada con el granjero. Una mirada que contenía un grado de perversión y amenaza, pero también de pura diversión.

CUARTA PARTE

PASEO NOCTURNO

Carmen

Con la llegada de la tarde, el vendaval se enfureció y comenzó a azotar la isla con fuerza. El hotel, tanto por su situación como por su altura, recibía el impacto con mayor severidad. Varias tejas habían volado. La antena de la radio se había caído junto con el pararrayos y, durante el almuerzo, la ventana de la habitación 103 se había abierto con un golpe de aire, rompiendo el cristal. Carmen se alegró de contar con la ayuda de Charlie para colocar un panel de madera en el hueco. Mientras tanto, Amelia había empezado a sacar las patas de cordero, merluzas y salmones del congelador para aparcarlos en una fresquera que había improvisado con una vieja nevera en la despensa. La temperatura exterior era de cuatro grados sin contar con el viento, y eso valdría para mantener la comida a salvo, al menos hasta que pudieran arrancar el generador.

Carmen y Charlie habían bajado al sótano sobre las seis y, una hora más tarde, seguían sin poder arrancar el viejo generador diésel. Habían desmontado y vuelto a montar un montón de cosas, pero al apretar el botón de arranque solo llegaban a oír un lastimoso intento mecánico por despertar, que volvía a apagarse al cabo de un rato.

—Joder, esto no va a funcionar.

—¿Y qué hacemos?

—Bueno, lo peor que puede pasar es que se estropee la comida y que tengamos que leer a la luz de las velas durante unas cuantas noches. Pero tenemos leña para calentarnos.

—¿Crees que puede estar relacionado con el problema de ahí abajo? —preguntó Carmen.

—No soy ningún experto, pero realmente este cacharro parece tenerlo todo en orden. Debería funcionar.

Los ventanucos del sótano vibraban por aquellas ráfagas de viento, cada vez más constantes y más furiosas, que silbaban alrededor del terreno del Kirkwall.

Carmen sintió como unas manos invisibles apretándole la garganta. Murmuró una maldición en español.

—¿Qué te pasa?

—¿Alguna vez has tenido claustrofobia?

—No —respondió Charlie—. Al menos que yo recuerde. ¿Y tú?

—Una vez me quedé encerrada en un cuarto de baño durante un par de horas —explicó Carmen—. Al principio me hizo gracia, pero a medida que pasaban los minutos y nadie respondía a mis llamadas de auxilio empecé a ponerme muy nerviosa. Tardaron una hora en darse cuenta de que alguien gritaba auxilio. Y otra hora en sacarme de allí.

—Bueno, esta isla es un poco más grande que un cuarto de baño —dijo Charlie—. Además, podemos comer carne hasta año nuevo.

—Sí —dijo Carmen—. Pero ¿no sientes como si todo se

estuviera poniendo de acuerdo para aislarnos en la isla? Si pudiera, me largaría esta misma tarde.

—Yo también, pero eso sería una locura. Aunque hay algo... En realidad no sé si contártelo. Suena como una historia de miedo.

—¿Una historia de miedo?

—Antes, cuando intentaba ver algo dentro del hangar, encontré una ventana rota. Me asomé, había gente allí, rodeando el contenedor en silencio. Entonces tú hiciste sonar el claxon y... yo vi algo. Noté algo extraño, pero no tiene demasiado sentido.

—¿El qué?

—No sabría cómo describirlo, Carmen. Algo horrible, como si un ojo gigantesco me mirara desde alguna parte... Escuché algo en el interior de mi cabeza, una especie de gruñido. Y entonces esas caras se volvieron exactamente hacia la ventana desde donde yo estaba mirando.

—¡Joder! ¿Por qué no me has dicho nada de eso hasta ahora?

—No lo he hecho porque me resistía a creerlo. Además, después, con la pelea y todo lo que ocurrió... bueno, intenté olvidarlo.

—Vale, pues olvidémoslo.

—Sé que prometimos no hacerlo, pero creo que es necesario que alguien actúe.

—¿A qué te refieres?

—A hablar con Thurso —respondió Charlie—. Por radio.

—Espera un poco, Lomax —dijo Carmen—. ¿Por qué no dejas las cosas como están? Además, la radio no funciona. La antena se ha caído esta tarde.

—Lo sé, pero hay otra radio en el pueblo. Quizás si hablo con Lowry...

—Escucha, Charlie —le cortó Carmen—. Vamos a hacer una cosa, ¿vale? Cenamos, nos bebemos un par de whiskies y dejamos que pase la noche. Mañana lo verás todo con otros ojos, ¿de acuerdo?

Dejaron el «cuarto de máquinas» en su ruidosa soledad y subieron por las viejas escaleras de madera. Cuando llegaron arriba, Carmen fue a buscar a Amelia a la cocina, pero no había ni rastro de ella.

—Quizás esté fuera.

Afuera la tormenta se había convertido ya un huracán. Las gotas de agua se clavaban en su rostro como agujas heladas. Tuvo que caminar casi a tientas hasta la pared de la despensa y dar un rodeo hasta el lugar donde Amelia había estado apilando la comida. Pero allí no había nadie.

Entró en la cocina empapada y aterida. Menos de dos minutos en el exterior bastaban para recibir una buena bofetada de invierno. Recorrió el pasillo y vio luz bajo la puerta del apartamento de Amelia. Llamó un par de veces, antes de empujar la puerta un poco.

—¿Amelia?

Nadie respondió, así que entró y se encontró a Amelia dulcemente dormida en su butaca, con un libro abierto en el regazo.

Miró el reloj de pared y vio que solo eran las siete de la tarde, ni siquiera había llegado la hora de la cena. Se acercó a Amelia y la escuchó respirar plácidamente. Incluso parecía sonreír.

«¿Quizás otro sueño como campeona olímpica?», pensó Carmen.

La arropó un poco, con cuidado de no despertarla. Pensó que la tensión de la mañana y el trabajo de vaciar los congeladores la habrían agotado. Una siesta le vendría bien, aunque volvería a despertarla antes de las nueve.

Volvió al salón. Charlie alimentaba la chimenea con unos cuantos leños.

—Se ha dormido.

—¿Qué?

—Amelia —dijo Carmen—. Se ha quedado frita en la butaca con su libro de John Irving.

—Ah, bueno, entonces no me extraña. Es un plomazo.

—¿Irving? Pero ¿qué dices? No tienes ni idea.

Charlie se sentó en la butaca con las piernas extendidas hacia el fuego. Carmen se dirigió a la barra casi inconscientemente.

—¿Quieres un trago? Necesito entrar en calor.

—Ok.

Carmen sirvió dos vasos y antes de llevarlos junto a la chimenea pensó en poner algo de música. Cualquier cosa con tal de dejar de oír ese viento golpeando las cuatro fachadas del hotel. Eligió uno de los discos favoritos de Amelia, un concierto de los Bee Gees en Las Vegas en 1987, al que ella y Frank habían asistido durante su aniversario de bodas. Después apretó el botón del reproductor de CD, pero la bandeja emitió una especie de vago ronroneo, como resistiéndose a ser abierta. Entonces Carmen recordó el asunto de la electricidad.

—Mierda, el CD tampoco va.

—Bueno, eso no es ninguna sorpresa —dijo Charlie desde la butaca.

—Probaré la radio.

Dejó los whiskies sobre la barra y se dirigió a la cocina.

Probó a mover el dial del pequeño transistor y comenzó a sonar un montón de nieve mezclada con zumbidos, como si el viento se hubiera colado en la misma estación de radio y hablara al micrófono. Entonces, por un pequeño instante, a Carmen le pareció que escuchaba algo. Una especie de sonido repetitivo, como un hatch-hatch-hatch... ¿Qué era? Subió el volumen. En ese marasmo de ondas electromagnéticas era prácticamente imposible distinguir nada, pero por un instante, solo por un instante, le pareció que aquello sonaba como la carcajada de un monstruo.

hatch-hatch-hatch.

... matarch... matarh...

... matar...

hatch-hatch-hatch.

Apagó la radio.

—Mierda —dijo entre dientes. Y notó que se ahogaba por un instante. Después hizo por templar sus nervios y respirar.

Regresó al salón para informar a Charlie de que todo iba cobrando el cariz de una película de terror, pero vio que este había salido al mirador de cristal y estaba asegurando unas ventanas. El viento era tan fuerte a esas horas que parecía a punto de arrancar el hotel de la colina. El carillón tibetano de la entrada giraba como un objeto hechizado y en la chimenea cientos de chispas bailaban azuzadas por los remolinos de aire. Carmen volvió a la cocina, donde Amelia había dejado unos filetes de cerdo sobre una tabla de madera. Se puso a cocinarlos con un poco de ajo y pimientos y esa tarea le ayudó a relajarse un poco.

Antes de servir la cena, pasó otra vez por el dormitorio de Amelia. Seguía dormida, quizás aún más profundamente que antes, y por un instante Carmen tuvo la sensación de que allí pasaba algo raro. Recordó que la noche anterior ambas habían dormido extraordinariamente bien, lo cual había achacado a una casualidad. Pero ¿hasta qué punto podía repetirse algo así? Cogió a Amelia por los hombros y la meneó suavemente, probando a despertarla, pero todo lo que consiguió fue que su cabeza cayera graciosamente de un lado al otro. Realmente estaba como un tronco.

Después de la cena, si Amelia no se despertaba sola, le pediría a Charlie que la ayudara a llevarla hasta la cama.

Puso la comida en la mesa.

—Oye, ¿recuerdas eso que dijo Nolan sobre el hombre que no despertaba?

—Sí... —dijo Charlie.

—Es que Amelia está profundamente dormida y me parece raro. A estas horas...

—Es mayor —dijo Charlie—, y seguramente que todo esto la habrá impresionado mucho. Ya verás cómo mañana se despierta fresca como una lechuga. Por cierto, ¿le has dicho algo sobre el informe?

—No, todavía no... Aunque no creas que serían tan malas noticias para Amelia —dijo Carmen—. Lleva tiempo pensando en vender el hotel.

—¿En serio?

—Sí, dice que no gana dinero, que la casa está muy vieja... Yo creo que en el fondo se ve mayor para seguir con esto. Y está su artrosis. Este lugar tan húmedo no la ayuda precisamente.

—Puede que tenga razón. A su edad la gente se jubila.

—Sí, creo que ella ha aguantado por otros motivos, los recuerdos de Frank sobre todo. Además de un hotel, esta ha sido su casa durante muchos años. Pero ahora dice que se siente como un mueble más, así que si le ofrecen un buen dinero, quizás lo coja.

—¿Y qué vas a hacer tú? —preguntó entonces Charlie.

—¿Yo? Pfff... Ni idea. Didi me ha propuesto mil veces que me vaya con ella a Camboya y empecemos un negocio juntas. Eso podría ser un plan. En realidad, tengo ganas de seguir viajando.

Charlie se recostó un poco en la butaca.

—Ummm... Eso podría ser un plan, sí.

Se quedó en silencio, pensativo.

—¿Y tú? —le preguntó Carmen a Charlie—. ¿Tienes ya algún nuevo destino?

—Nada de campo, todavía —dijo él—. Volveré a la oficina. Hay mucho papeleo por terminar. Y después no lo sé. Quizás me mude yo también. Hacía tiempo que quería salir de Edimburgo, viajar un poco. Reconozco que me habéis dado bastante envidia con vuestras vidas viajeras.

—No es tan bonito como lo pintan —dijo Carmen.

Charlie cogió la botella de Talisker de la repisa. La verdad es que estaba borracho. Más borracho de lo que Carmen le había visto jamás. Iba a decirle que quizás debería dejar de beber. O, mejor todavía, podía mandarle a por el helado de fresa y confiar en que el huracán lo espabilase un poco (aunque podía llegar a matarse con algo si salía con tanto whisky en las venas).

—Así que esto terminará aquí —dijo entonces Charlie—. En cuanto pase esta tormenta, ¿no?

Aquello pilló a Carmen un poco desprevenida.

—¿Con *esto* te refieres a...?

—A nosotros.

—Nosotros... —repitió Carmen.

«¿De verdad toca hablar de eso ahora, Charlie?»

—Me gustaría aclararlo, nada más.

—¿Qué quieres aclarar?

—Pues saber cuál es la historia. ¿Una noche de diversión y ya está? ¿Eso ha sido todo?

—Joder, lo dices como si hubiera sido desagradable.

—¡Para nada! Pero pensaba que quizás había algo más.

—Hay algo más: eres un tipo genial, inteligente y me gustas. Me he sentido segura contigo y he podido dar un paso que quería dar desde hace mucho tiempo. Y he disfrutado un montón. ¿Qué más quieres que te diga?

—¿Puedo decirte lo que me gustaría? ¿En serio?

Carmen sintió que se iba a arrepentir de aquello, pero dijo que «sí».

—Me gustaría que me dijeses que quieres seguir viéndome.

—Quiero seguir viéndote.

—Pues Camboya queda un poco lejos para eso.

—Vamos, eso es injusto. ¿Qué quieres? No voy a reemplazar a Jane. No soy esa mujer, Charlie. Y siento mucho que quizás te hayas formado una idea equivocada. No estoy buscando construir una relación, Lomax, ni una familia. Eso... ya lo hice.

Se puso a recoger la mesa como un modo de detener aquella charla, pero Charlie no estaba dispuesto. Podía ser el alcohol, o tal vez ese resplandor en el fondo de sus ojos. Ese extraño resplandor.

—¿Por qué te resistes a vivir, Carmen?

—No lo hago, Charlie, no te equivoques.

—Y todo eso de seguir viajando, Camboya... ¿No es como una huida? Yo creo que tendríamos futuro, ¿sabes?

Carmen miró a Charlie y por un instante pensó que alguien lo había suplantado, que ese no era el Lomax tímido, prudente y que no metía las narices en ciertos asuntos que había conocido en los últimos meses. De pronto había en él una especie de voracidad.

Cogió el resto de los platos y se fue a la cocina.

—¡Espera! —exclamó Charlie—. ¡Lo siento!

—No, Charlie. Ahora no, por favor.

Sintió que las lágrimas le subían por la garganta pero no quería llorar delante de él. Llegó a la cocina y se puso a fregar con tal de no quedarse quieta. Entonces oyó a Charlie poniéndose en pie. El suelo del comedor comenzó a crujir.

«Oh, vamos», pensó Carmen. «Déjalo ya.»

Y escuchó el carillón tibetano resonar en el silencio de la noche.

Theresa Sheeran

El viento rugía por los recovecos de Portmaddock, como un fantasma que quisiera meter sus dedos por cada ventana, por cada chimenea, y colarse en los oídos de las personas para susurrar una oración en el interior de sus cabezas.

«¡Una oración tan necesaria en los tiempos que corren!»

Theresa Sheeran estaba postrada ante Dios en el suelo de la iglesia de St. Mikas. Sus pensamientos eran casi como una noria de la que era incapaz de salir, atrapada como un ratón en una serie de frases que llevaban todo el día repitiéndose en su cabeza. «Reza por Dick», «Reza por todos», «La tormenta es una señal», «Algo está a punto de ocurrir», «Reza, reza, ¡reza!». Y eso era lo que allí hacía, tumbada en aquel viejo suelo de piedra. Sentarse sería demasiado cómodo. Theresa prefería tumbarse en el suelo y sentir el frío de la piedra en su mejilla. Crear una imagen más acorde con el dolor y el sufrimiento que arrasaban su vida desde que Dick, el pequeño Dick, salió de casa para no volver jamás.

Ante los problemas eléctricos de la mañana, Nicoleta McRae había sacado todos los paquetes de velas de la sacristía y rellenado los candelabros, y ahora el interior de St. Mikas parecía una celebración del fuego quieto e inspirador de medio centenar de candiles. Theresa se había quedado a cargo de apagarlo todo y cerrar, pero la noche se le había echado encima entonando padrenuestros y avemarías uno detrás de otro, intercalados con algunos arranques de llanto al recordar a su muchacho. Aquel perfecto chico de dieciséis años que el mar había arrancado de su lado para siempre.

No había dejado de pensar en Dick ni un solo minuto desde el día en que murió. Los primeros meses se pasaba horas en el puerto o sentada en una piedra de las ruinas de Monaghan, mirando al mar y tratando de atisbar algo. Quizás él aparecería en algún momento, le decía una vocecilla. Todos esos hombres le habían dicho que era imposible. Que el mar era así y, cuando alguien no regresaba, había que darlo por muerto. Lanzar una corona de flores al fondo del mar y resignarse. Pero ella se resistía. Ella era *su madre* y nadie, ninguno de todos esos especialistas, sabía lo que eso significaba. Y si había una posibilidad, por remota que fuera, de que Dick estuviera vivo, entonces ella la contemplaría como si fuera el último atisbo de la salvación. ¿No hacen lo mismo los padres de esos niños con enfermedades raras? Están dispuestos a arruinarse y tirar su vida a la basura con tal de salvar a su pequeño. Y eso es el *amor puro*. Y eso es el *camino de Dios*. Y nadie que no haya sufrido así podrá entenderlo jamás.

Quizás alguien lo encontró vagando entre las olas y lo subió a un barco, como en la película *Capitanes intrépidos*, un buque mercante con destino a África que no podía pararse bajo ningún concepto. O quizás un golpe con un mástil le robó la memoria y ahora vivía en la costa de Donegal bajo otro nombre. Y quizás un día recordara todo de repente, o su buque volvería de África y él entraría por la puerta de su casa con una gran sonrisa y diría: «Mamá, siento tanto que te preocuparas por mí. Siento tanto que lloraras durante horas. Siento tanto que enloquecieras por mi culpa».

«No pasa nada, Dick. Te perdono», le diría Theresa (que se recreaba en esta escena hasta la saciedad). «De hecho, nunca me enfadé contigo. No se me ocurriría volver a enfadarme contigo jamás. Si volvieras, yo jamás haría nada que borrase tu bonita sonrisa. Me dedicaría a hacerte feliz, Dick, cada día, cada minuto, y esa sería mi única misión en la vida. Te haría tortitas por la mañana, por el almuerzo, por la cena. ¡Te ibas a aburrir de comerlas! Y compraríamos aquellas cañas que querías para pescar salmones. Y podrías ir a Thurso con tus amigos y quedarte a dormir allí. Y te besaría y te abrazaría cada dos minutos. Lo puedes jurar. Tendrías la madre más atenta y maravillosa del mundo. Pero vuelve, Dick, vuelve.»

«Por favor, vuelve.»

«Padre nuestro que estás en los cielos, haz que vuelva muy pronto.»

Estaba a punto de volver a una dulce fantasía —en la que Dick y ella, riendo sin parar, bañaban una montaña de tortitas con sirope—, cuando unos golpes en la puerta retumbaron en la gran cavidad de la iglesia. TOM, TOM, TOM.

Theresa abrió los ojos y se dio cuenta de que había estado soñando otra vez. Soñando y llorando sin parar. Seguía tumbada en el frío suelo, y ¿cuánto tiempo había pasado? Debían de ser por lo menos las diez. Hora de volver a casa, pero ¿para qué servía regresar a un hogar vacío?

TOM, TOM.

Pensó que sería el viento, que llevaba horas azotando la calle, arrancando tejas, revolviendo basura y haciendo que los barcos danzasen en el agua del puerto. Pero entonces sonó otra vez y con precisión: tres golpes en la madera. TOM, TOM, TOM.

Alguien estaba llamando a las puertas de la iglesia.

Despegó la mejilla del suelo, que estaba ligeramente mojado por sus lágrimas, y se quedó sentada, despanzurrada y con el pelo revuelto, mirando a la puerta con un gesto de sorpresa. ¿Quién llamaba a la puerta a esas horas? Se podía decir que en aquel pueblo de pecadores era difícil llenar la iglesia, y mucho más difícil que alguien acudiera a una adoración nocturna. Entonces ¿quién daba aquellos golpes?

Volvieron en cuestión de segundos. TOM, TOM, TOM, con la fuerza de un ariete. Tanta, que los viejos portones se entreabrieron y dejaron colarse una ráfaga de aire que acarició las llamas de los candiles.

—¿Quién es? —replicó Theresa Sheeran.

Por un momento solo obtuvo la contestación del viento, que había ido componiendo uno de esos acordes tan extraños que a veces sucedían en St. Kilda. Un experto o uno de esos genios del oído absoluto quizás habría reconocido algo como un fa bemol disminuido y con una ligera cacofonía rayana al re séptima. Pero todo lo que Theresa Sheeran era capaz de distinguir era aquella especie de bramido enloquecido y enloquecedor, que parecía estar sonando desde algún órgano endiablado.

Y de las entrañas de ese mismo sonido, como si fuera una figura surgiendo de la niebla, escuchó una voz:

«MA».

Theresa parpadeó, y eso produjo una última lágrima que cayó lenta y silenciosamente por su mejilla. Y se quedó quieta, sentada en el suelo de piedra, como una muñeca que alguien hubiera olvidado devolver a su sitio. «¿MA?» Tuvo aquella idea al instante, y la creyó a pies juntillas. Era él. Era Dick.

Pero, como buena creyente, lo primero que hizo fue volverse y mirar a su señor Jesucristo, injustamente martirizado en aquella cruz. ¿Era posible que aquello estuviera sucediendo? Claro que lo era.

«¿Es posible, Señor? ¿Es posible que hayas escuchado mis plegarias?»

«Claro que lo es», dijo el Señor sin mover los labios. Le habló directamente a la cabeza, como sucede en los milagros. Y Theresa Sheeran, que siempre había estado dispuesta a presenciar un milagro, sobre todo *ese milagro*, no se sorprendió. Otro hubiera salido corriendo ante semejante distorsión de la realidad y las leyes físicas, pero hacía mucho tiempo que ella despreciaba la cruda realidad con todas sus malditas leyes de lo que era posible y lo que no. El mundo de los sueños y la locura era mucho más reconfortante, y por eso siguió escuchando tranquilamente.

El Señor le contó una serie de cosas, en realidad un buen montón de ellas. Le habló rápido y en un lenguaje de varias dimensiones en el que se mezclaban las palabras con imágenes y emociones, y en el pequeño y recóndito espacio de cordura que aún quedaba en la cabeza de Theresa, ella lo interpretó todo como una experiencia divina. Los niños de Fátima, torturados y separados durante meses de sus familias, nunca, ni por un instante, dejaron de repetir que su historia era cierta. A pesar de no tener ni una sola prueba, juraron y perjuraron haber visto a Dios. Y ella lo comprendió inmediatamente al verse embargada por aquello. Theresa también estaba viendo a Dios.

Y el mensaje de Dios no eran albricias precisamente. Al contrario. *Él* le decía lo que *ella* ya se había imaginado. Que la tormenta era una señal, claro que lo era. La segunda señal después de que ellos, pobres pecadores, no hubieran entendido nada tras la primera que destruyó el puerto y hundió los barcos. Y por supuesto, después de lo de Dick, cordero del sacrificio, Dick injustamente arrancado de la vida como el Hijo de Dios, y todo para compensar los pecados de unos cuantos. Y ella supo al instante a quiénes se refería el Señor, a esos recién llegados, a ese pequeño comité de intelectuales que no hacían más que despreciar al Señor con sus argumentos científicos y sus vidas de exceso, de sexualidad desatada, que eran como un *insulto* y un *desprecio* a las sagradas reglas con las que el Señor iluminó a Moisés en el monte Sinaí. Pero ahora Él había vuelto (oh, sí) con una nueva tablilla sagrada, La Caja, que tal como su perspicacia le había hecho concluir, tenía mucho que ver con todo esto. Con todas las desgracias habidas y por haber. Con todo el dolor que estaba a punto de llegar a St. Kilda si ella no cumplía *su misión*.

Y entonces el Señor le dijo que debía ir a un lugar y que, después, habría muchas otras cosas que hacer. Pero primero debía ir en busca de unos hombres, *aliados*, y transmitirles el mensaje. Y que además lo haría acompañada de alguien muy especial.

«¿Sabes de quién te estoy hablando, Theresa? ¿Te lo puedes imaginar? ¿Qué darías tú por volver a ver cierta cara? ¿Por poder abrazar cierto cuerpo?»

«Oh, no. No puede ser. Dime que no es verdad.»

TOM, TOM, TOM.

«¿MA?»

Theresa se puso en pie como un resorte. Aquel mensaje divino, transmitido en la fracción de un segundo, le había atravesado la cabeza como una aguja. No obstante, sintió que jamás en su vida había tenido algo tan claro. Enfiló el pasillo central hacia la puerta. El corazón le latía a una velocidad insólita y estaba a punto de echarse a reír, borracha de una repentina sensación de felicidad.

Llegó al portón. Afuera se oían la tormenta, la lluvia y el rumor del océano, pero también la respiración de aquel pecho joven. Podía incluso olerle a través de la madera. Podía imaginarse el tacto de su cabello. Su corazón latiendo. Y sus ojos vivos mirándola enternecido, como un hijo mira a su madre.

Cogió el pasador y comenzó a tirar de él. No podía esperar ni un minuto para abrir aquella maldita puerta y comérselo a besos.

Dave

—¡VENGAN! ¡POR FAVOR! ¡AYUDA!

Bueno, era el truco más viejo del mundo, pero había que intentarlo, ¿no? Quizás aquellos tipos no fueran tan tan tan listos como pensaban. Y yo solo necesitaba una oportunidad de medio milímetro para desencadenar el caos.

Había pasado toda la tarde calculando y, cuando la lumbre del carbón se apagó, había logrado organizar una serie de cosas en mi cabeza. El atizador de la estufa, por ejemplo, estaba a poco más de un metro. Si conseguía liberar medio cuerpo hacia la derecha de la cama, lo alcanzaría. Con un atizador en la mano y algo de velocidad podría inutilizar a uno o dos si eran tan tontos como para no apartarse. También podría, además, romper la chimenea de latón y volcar la estufa para provocar un fuego. Solo necesitaba levantarme un instante. Además, esa cama no parecía tan absolutamente pesada. Podría arrastrarla un poco y llegar hasta las cosas del raft (los cuchillos...). Y entonces no tendrían salvación.

Había otras cosas además de eso. Una pila de ladrillos sueltos, una vieja pala y un rastrillo. Incluso creí ver algo parecido a la culata de un arma larga apoyada lejos, en una alacena de madera en la pared opuesta. Pero todo eso quedaba lejos, el primer objetivo lógico era el atizador.

Decidí no esperar más allá de esa misma noche. Los dos analgésicos habían repuesto un poco mis funciones mentales y me sentía preparado. Y quizás por la mañana no tuviera una oportunidad igual de buena para intentarlo. Me imaginaba a aquella bruja apareciendo por la puerta con alguna idea malévola (y tenía todo el aspecto de ser una mente capaz de fabricarlas). Querían abrir La Caja, y algo en sus ojos me decía que serían capaces de torturarme para ello. La Caja que yo no había destruido, incumpliendo las únicas órdenes que tenía... Pero dejemos la culpabilidad para más tarde; lo primero ahora era escapar y después arreglaríamos las cuentas pendientes.

Esperé a que aquel cúmulo de rayos y truenos se alejara un poco de la costa. Entonces, en el primer momento de quietud, comencé a gritar con todas mis fuerzas.

—¡VENGAN! ¡POR FAVOR! ¡AYUDA!

»¡POR FAVOR!

»¡AYÚDENME!»

Un consejo a los que se queden atrapados en el ascensor: la noche profunda es el momento idóneo para pedir ayuda. Se eliminan todos los ruidos accesorios y, si tienes algo de suerte, pillas a un insomne o logras romperle el sueño a uno que lo tenga un poco ligero. A partir de ese momento, tienes que ser como un martillo. Y así fui yo. No sé cuánto tiempo estuve dando la lata con mis gritos de ayuda, gemidos al borde de la muerte y todo tipo de alaridos, hasta que por fin oí algo que reaccionaba en el exterior. Una puerta se abrió y se volvió a cerrar a cierta distancia, y pude escuchar una conversación acercándose al establo. No me cupo duda de que se trataba de alguno de los engendros de la familia de mis captores, pero al menos había conseguido el punto uno de mi plan.

Ahora se trataba de seguir con el resto.

La puerta se abrió rascando el suelo y el viento se coló en el interior. Pude atisbar una noche negra como el carbón y el levísimo verde del prado iluminado por una linterna que se movía como una luciérnaga en la oscuridad. Dos figuras entraron. Una casi rozaba el dintel de la puerta con la cabeza: el granjero. La otra, que portaba la linterna, resultó ser del pequeño demonio pelirrojo con los ojos descolocados.

—¿Qué coño te pasa? —dijo según me apuntaba con aquella luz en toda la cara—. Te vamos a poner un bozal como sigas gritando.

—Tengo que ir al baño —dije yo—. Joder, que me lo voy a hacer encima...

El pelirrojo se echó a reír y yo puse cara de circunstancias, aunque en el fondo me alegré de hacerles gracia. Que me vieran como una marioneta cómica e indefensa.

—¿Qué pasa, soldado?, ¿no os enseñan a salir de la base meados y cagados como Dios manda?

Más risas.

—Vamos, chicos, es un número dos, y uno bastante grande, ¿sabéis? Llevo dos días sin pasar por la letrina y aquí se está preparando algo monstruoso. ¿Tenéis un baño por aquí cerca?

Se miraron uno a otro sin saber muy bien qué hacer. En realidad ya me lo había imaginado y no se lo echaba en cara. Tener un rehén es más complicado de lo que parece (por ejemplo, hay que encargarse de tener la comida lista), pero incluso para un par de miserables como ellos, dejar a alguien mancharse los pantalones no entraba dentro de su código ético. Por no hablar del olor que mi *regalo* podía dejar en su establo.

—Lo podríamos sacar fuera —empezó a decir el pelirrojo.

—Espera —dijo el grandote—. Dame la linterna.

El grandote caminó hasta la pared opuesta, donde estaba aquella vieja y apolillada alacena de madera pintada de blanco. Y resultó que lo que me había parecido la culata de un arma lo era realmente. Vi el brillo de un largo cañón reflejando la luz de la linterna.

El granjero cogió el arma, la apoyó en la madera y después abrió un cajón. Estuvo revolviéndolo un rato, supuse que en busca de cartuchos, y finalmente regresó con una escopeta de dos cañones abierta y apoyada en su cadera.

—Toma —dijo devolviéndole la linterna al pelirrojo—. Tú le sueltas mientras yo le vigilo. No me fío un pelo de este cerdo.

Cargó la escopeta y la cerró de un golpe seco.

—No hará falta —dije—. He pensado en lo que me dijisteis y he decidido colaborar. Me habéis salvado la vida y es lo mínimo que puedo hacer por vosotros.

Esa frase sonó natural, tan natural como una mentira redonda. El granjero, como ya venía siendo normal en él, ni se inmutó. El pelirrojo, en cambio, murmuró algo como «Lorna se alegrará». Después se acercó a la cama y comenzó a desatarme.

Vale, esto cambiaba un poco la situación y yo me puse a recalcular el plan. Podía moverme muy rápido, coger el atizador y romperle el cráneo a aquel hijo de Satanás, pero su hermano, primo o lo que fuera me iba a reventar las tripas fácilmente con el arma. Además, había un nuevo factor en toda la ecuación, y era la palabra «fuera» que el estrábico había mencionado. «Fuera» significaba oscuridad y piernas libres, y eso, incluso con una escopeta apuntándome en la cabeza, era una oportunidad mucho más jugosa que mi plan del «atizador sangriento». Así que me dejé desatar sin mover un músculo. Noté cómo iba cediendo la presión de las cuerdas en mis pies, que habían hecho casi como un torniquete en mis tobillos y me habían dejado unas bonitas marcas en la piel. Cuando tocó el turno de las manos, en cambio, el chico pareció no apañarse demasiado bien.

—Joder con los malditos nudos —se quejó el pelirrojo—. No puedo con ellos.

—Pues córtalos —le mandó el grandote.

El pelirrojo estaba demostrando buenas aptitudes: débil, quejica y fácil de manipular (aunque yo no esperaba necesitar nada de psicología aquella noche). Caminó hasta el fondo de la habitación y se agachó frente a los *regalos* del raft. Allí, tal y como yo recordaba, había también un juego de dos cuchillos de supervivencia. Me imaginé —y acerté— que él también había pensado en ellos.

—Mira qué pedazo de hoja —dijo apuntando la luz de la linterna sobre aquel acero de primera clase—. Este cuchillo me lo quedo yo, John.

—Eso ya lo veremos, Zack.

—¡Hay dos! Tú puedes quedarte el otro.

John y Zack, ahora sabía sus nombres. Y por su forma de hablar adiviné que eran hermanos. Nadie discute así por un cuchillo más que dos hermanos acostumbrados a pelearse por una última cucharada de postre. Y ese iba a convertirse en un dato bastante importante en los siguientes cinco minutos.

Zack se había hecho con el cuchillo pequeño, lo acercó al nudo de mi mano izquierda y empezó a serrar la cuerda. Un cuchillo tan cerca de mis manos me puso un poco nervioso, tengo que reconocer que incluso me puso cachondo. En la base me conocían como «Daga» por mis habilidades de lanzador. Creo que, de no haber entrado en el ejército, habría terminado en un circo, rodeando a alguna belleza con mis cuchillos.

«Daga el Magnífico.»

Así que mi cabeza se puso de nuevo a pensar. Zack el Ojoslocos cortaría la cuerda de mi mano izquierda y después daría la vuelta a la cama para cortar la de mi derecha. Eso era todo un error estratégico y John el Matón tampoco parecía haberse dado cuenta. Era un gran error porque eso me permitiría robarle el cuchillo mientras su cuerpo quedaba como escudo humano entre la escopeta y un servidor. El enigma final era si John dispararía ese cartucho estando su hermano en medio. A esa distancia y dependiendo de lo que hubiera cargado, un tiro en mi pierna podría incluso amputarme un pie. ¿Le acertaría con la daga desde la cama? Seguro que sí.

—Listo —dijo Zack al terminar de liberarme la muñeca.

Entonces comenzó a rodear la cama y ocurrió lo que pensaba: se puso entre su hermano y yo. John, que no era idiota del todo, dio un paso lateral y cogió un poco de ángulo para seguir encañonándome, pero no lo suficiente.

Yo permanecía laxo como un trozo de carne muerta. Con el cañón apuntándome a las pelotas y Zack cortando la cuerda, apliqué una pequeña fuerza en la muñeca solo para detectar el momento exacto en el que la mano quedaría libre. Tenía que estar listo para saltar como una jodida cobra encima de esa mano.

—Cuando termines, átale el cuello con una cuerda —dijo John mientras tanto.

Zack asintió. Había apoyado la linterna en la cama, justo a la altura de mis rodillas y eso era otro jodido as en mi manga. ¿Qué más podía pedir?

Terminó de cortar la cuerda y mi muñeca izquierda se movió libremente.

Atrapé su mano derecha rodeándola como una fruta. La gente ni se imagina la fuerza que uno puede desarrollar en una mano. Zack incluso bajó la vista porque no se creía que esa repentina fuerza bloqueante venía de mí. Al mismo tiempo di un rodillazo al aire y la linterna salió volando.

Zack soltó una maldición y, casi antes de que terminara de cagarse en mis muertos, yo ya me había volcado sobre el costado y lanzado mi mano izquierda sobre su hombro derecho. Empujé su mano proyectando la hoja contra él y le hice un rapidísimo tajo en el hombro. Zack tardó unos segundos en enterarse de que le había herido.

John se estaba moviendo a un lado, en la oscuridad, cogiendo ángulo para dispararme desde el pie de la cama y volarme los huevos. Saqué las dos piernas de la cama y tumbé a Zack encima de mí como si fuéramos dos amantes probando una postura rara del kamasutra. Después lo volqué hacia el otro lado justo en el instante en el que John disparaba su escopeta. Zack gritó y me di cuenta de que su hermano acababa de acertarle en alguna parte. Joder, recé para que pudiera levantarse. Mientras tanto, John había corrido a por la linterna y la levantó en el aire.

—Baja el arma o le rebano el pescuezo.

La luz de John nos encontró sentados en el suelo. Yo, semidesnudo (el torso al aire y mis pantalones recortados por la rodilla), con el cuchillo de acero galvanizado en el cuello de Zack y mi cuerpo perfectamente cubierto con el de aquel muchachito tembloroso que empezó a desprender un olor familiar. Ironías del destino, ahora era él quien habría necesitado ir al baño.

—¡Jo... Jo... Jo...der! ¡Me has disparado en la pierna, John!

Su hermano bajó la luz hasta la pierna de Zack y vimos su pantalón hecho trizas y una masa confusa de carne agujereada y sangre.

—Ahora nos vamos a levantar —dije—. Los dos juntos, ¿de acuerdo?

Pinché un poco el cuello de Zack y le hice sangrar.

—¿De acuerdo?

—¡Sí!

Eso era lo más urgente. Sentados éramos un blanco fácil para John, quien no tardaría en darse cuenta de que podía moverse a un lado y matarme con un disparo limpio. Tiré con la punta del cuchillo hacia arriba y Zack se empezó a incorporar entre quejidos de dolor. ¡Si yo le contara lo que me estaba doliendo a mí todo el jodido cuerpo! Logramos ponernos de pie. John seguía apuntándonos con el doble cañón, al que todavía le quedaba una carga por detonar.

—¿Dónde está el coche? ¿Fuera?

—Sí —dijo Zack.

—¡Cállate! —gritó John.

—Vamos al coche. Y tú, grandullón, quiero que dejes el arma encima de la cama.

—Ni lo sueñes.

Bueno, John le echaba huevos, ok. No se me ocurría otra cosa que hacer, así que empecé a tirar de Zack con la punta del cuchillo clavada a un centímetro de su nuez. El muchacho cojeaba y daba gritos de auténtico dolor por su pierna. A mí también me dolía el pie derecho. En realidad, me dolía mucho más de lo que habría pensado. Era como ir pisando un mar de botellas rotas.

Parecíamos dos lisiados de viaje a Lourdes, pero aun así nos alejamos caminando hacia atrás mientras John seguía encañonándonos, y así llegamos a la puerta. Tiré de ella con fuerza y el viento terminó de abrirla por completo. Joder, estaba fuera.

—¿Dónde coño está el coche? ¡Habla!

—En la casa.

Volví el cuello y a unos cien metros vi un *cottage* blanco con el tejado oscuro y una chimenea en lo alto. Vislumbré el coche aparcado a un lado. Cien metros, joder. Podía intentar una carrera en solitario y jugármela a que John fallaría el único cartucho que le quedaba en la oscuridad. Eso me regalaría al menos un minuto extra, pero ¿y si el coche estaba sin llaves?

—Escúchame, Zack, escucha con atención y salvarás la vida, ¿ok?

Me di cuenta de que temblaba y de que estaba sangrando a borbotones. Lo tuve que zarandear un poco para que me atendiese. Lo tuve que zarandear un poco para que me atendiese.

—Sí...

—¿Tiene el coche las llaves puestas?

—Sí... sí...

—¡Cállate! —gritó John desde el interior del establo, acercándose a pequeños pasos.

—¿Seguro? —insistí—. Como me mientas, te mato.

—Tiene las llaves, jamás se las quitamos.

Entonces volví el rostro hacia el establo.

—No des un paso más, John —le dije— o liquido a tu hermano. Y esto no va en broma. Tiene media hoja metida en el cuello, me basta con empujar un poco.

Y para reforzar el argumento, giré un poco el cuchillo en la garganta de Zack, que gimió sobre todo por el susto. John frenó el paso. Buen hermano.

—Dale una patada a la puerta, Zack.

Zack lo hizo y John pareció obedecer ahí dentro y quedarse quieto. Saqué el cuchillo con cuidado de la garganta del pelirrojo y lo empujé al suelo. Le obligué a sentarse de espaldas a la puerta, para bloquearla.

—Y ahora quédate bien quieto aquí o volveré para matarte.

Él asintió.

Salí corriendo por aquel prado de tierra esponjosa que olía a salitre. El pie derecho era como un muñón de dolor interminable, igual que mi costilla, pero todo eso era para más tarde. «Ya descansaré cuando llegue a casa», pensaba, «cuando Chloe Stewart venga con una caja de bombones y unas flores y nos pasemos la mañana planeando un viaje a Cuba.»

Latigazos de dolor a cada paso. Eran como pirañas devorándome por las piernas. No pude aguantarme un gemido. Hacía un frío de tres pares de pelotas y el viento empujaba litros de agua en forma de una especie de brisa aguada. Escuchaba mi corazón y mi respiración acelerándose. Quizás debería haberme vestido un poco antes de aventurarme ahí fuera.

Zack gritó algo y oí un golpe muy fuerte. Supuse que John había abierto la puerta finalmente. Yo ya estaba a medio camino, un poco menos de la mitad tal vez, y adiviné que John me apuntaba. Al cabo de unos segundos, oí el esperado sonido de una detonación. La segunda detonación. Pude oír las postas viniendo hacia mí y sobrevolándome como un enjambre de avispas enfurecidas. Pero John falló y yo di gracias al cielo mientras echaba el resto.

El pelirrojo no estaba en condiciones de correr, así que solo debía preocuparme por John, que no parecía precisamente una gacela. En cualquier caso, tanto si empezaba a correr como si cargaba el arma, aún contaba con unos preciosos segundos para alcanzar el coche. Perdí el aliento corriendo hasta aquella antigualla. Las luces de la casa estaban encendidas y por un momento pensé en entrar y buscar un teléfono, pero rápidamente descarté la idea. Tres metros, dos, uno. Caí sobre la puerta y tiré de la manilla.

No se movió. ¡Estaba cerrada, joder! Le di otro par de tirones pero no sirvió de nada. Aquel hijo de Satanás me había mentido.

Estaba a punto de rodear el coche y probar la otra puerta cuando noté una presencia a mi espalda. No podía ser John. No podía ser Zack. Fuera quien fuese se había mantenido oculto mientras yo me acercaba al coche. Me di la vuelta justo a tiempo para verla: era esa bruja fofa de rostro malvado —¿se llamaba Lorna?—. Estaba alzando algo con toda la intención de estrellármelo en la cabeza. Solo me dio tiempo a levantar el brazo derecho como escudo y protegerme la cara.

Entonces aquello cayó como un maldito piano. Una. Dos. Tres veces, hasta que me di por muerto.

QUINTA PARTE

VIENTO FURIOSO

Carmen

Otra vez, casi como en un *déjà vu*, aquello se repetía: abrir los ojos lentamente, floreciendo en medio de una dulce somnolencia, con la sensación de haber dormido durante siglos.

Se encontraba en el salón, tumbada en el largo sofá que yacía enfrentado a la chimenea y vestida de los pies a la cabeza.

¿Qué estaba pasando allí?

Miró a su alrededor, desperezándose lentamente en medio de la sorpresa. Las ventanas del salón dejaban entrar una luz de mediodía, pero a Carmen no le hubiera hecho falta verlo para saber que una vez más había vuelto a dormir como una marmota. Se sentía relajada, incluso un poco mareada, igual que la mañana del día anterior. ¿Era posible que hubiera vuelto a suceder lo mismo?

Afuera seguía lloviendo. Una ventisca traía el agua igual que un espray. Era como si todo el hotel estuviese metido en un gigantesco túnel de lavado. Ella estaba hecha un ovillo bajo una fina manta de lana. La ropa, que no se había llegado a quitar, la había protegido del frío de la noche. Pero ¿en qué momento decidió dormir en el sofá? Hizo memoria. Recordó la cena, la discusión con Charlie y cómo todo había terminado de forma desagradable. Entonces ella se había levantado para lavar los platos. Y, mientras lo hacía, le oyó levantarse y caminar por el salón. Por un instante pensó que vendría a disculparse por su borrachera, que volvería a ser el Charlie que ella conocía y no ese inmaduro muchacho de corazón doliente que había bebido y hablado más de la cuenta. Pero, en vez de eso, oyó el carillón tibetano moverse. ¿Adónde demonios iba Charlie Lomax en medio de la tormenta? Carmen pensó que habría salido a tomar un poco el fresco y a aclararse las ideas, y le dejó ir. Pero diez minutos más tarde, para cuando hubo terminado de fregar los platos y darle un repaso a la cocina, el chico todavía no había vuelto. Entonces se preocupó un poco. Lo buscó a través de las ventanas, pero allí no había nada más que lluvia y oscuridad. Así que se sentó a esperar, eso fue lo que ocurrió. No quería irse a la cama sin hablar con él. Y así, en algún momento, al calor de la chimenea, debió de quedarse dormida.

Y en realidad era como si todo el hotel siguiera dormido. En su cabeza aún resistía una especie de somnolencia, lo cual le volvió a dar que pensar. ¿Era posible que alguien la hubiera drogado de alguna forma? Un día, vale, pero dos días durmiendo como nunca antes lo había hecho (incluso cuando Daniel y Álex vivían, ella ya solía despertarse de madrugada y quedarse con los ojos como platos durante un buen rato) era como para sospechar.

Permaneció un instante en silencio, mirando y escuchando el azote del agua en los cristales y el soniquete de alguna pieza suelta en el tejado. La hierba que crecía junto al mirador proseguía con su alocada danza. Dentro del hotel no se oía nada y, aunque en los últimos meses se hubiera ido acostumbrando a la quietud y el silencio, esa mañana lo parecía más que nunca.

La primera señal de alarma llegó al entrar en la cocina. La estufa sin encender y la encimera limpia, tal y como ella lo había dejado la noche anterior. Miró el reloj a pilas de la pared pero marcaba una hora imposible: no podían ser las cuatro de la tarde. Se acercó y vio el segundero patéticamente atascado en algún punto entre el segundo veinte y el veintiuno, tal como se quedaría si las pilas se hubieran agotado. No, aunque el reloj estuviera estropeado, sabía por la luz que debían ser más de las diez. Y que Amelia ni siquiera hubiera pasado por allí para encender su *kettle* era extraño. Muy extraño.

Salió de allí y se dirigió al dormitorio de Amelia. Según vio la puerta entornada tuvo el pálpito de que iba a presenciar algo terrible. Amelia siempre cerraba la puerta de su habitación y, si estaba así, era porque nadie la había tocado desde la noche anterior.

La empujó y entró. Amelia yacía en el suelo de la habitación, tumbada boca abajo.

—¡Amelia! —gritó Carmen.

Se lanzó de rodillas a su lado y la cogió por la cabeza. Amelia Doyle tenía los ojos cerrados y el cuerpo pálido. «Muerta.»

Se apresuró a acercar una mano a su boca y creyó notar un hilo de aire caliente saliendo por su nariz. «¡Gracias a Dios!»

—Amelia, Amelia —dijo mientras le daba unas suaves palmadas en la mejilla—. Amelia, despierta.

Pero la mujer parecía estar sumida en un profundo letargo. De hecho, Carmen percibió que sus ojos se movían dentro de los párpados como si aún estuviera soñando. Eso era una buena noticia solo a medias. Amelia estaba viva, de acuerdo, no se había muerto de ningún ictus nocturno, pero llevaba al menos doce horas dormida (entonces recordó lo que Nolan había dicho que le pasaba a ese tal Dougan)... ¿Estaría Amelia sufriendo esa especie de coma también?

Trató de recobrar la calma. El corazón le palpitaba tan fuerte que los latidos retumbaban en sus oídos. «Vamos, piensa. Piensa.» Amelia tenía la manta enredada en las piernas y, por su postura, parecía haberse caído al intentar levantarse. Quizás se había golpeado la cabeza y estaba sufriendo algún tipo de shock. Exploró un poco la parte de su rostro que quedaba pegado al suelo pero no vio ningún moretón importante, aunque eso no tenía por qué significar nada. Ella no era médico. Un médico es lo que necesitaban. E inmediatamente pensó en Bram. Tenía que ir a buscarle.

Salió de la habitación y se apresuró escaleras arriba. La habitación de Lomax estaba justo al final del pasillo, con la puerta cerrada. Trató de abrirla, pero parecía cerrada con llave.

—¡Charlie! —gritó mientras golpeaba la madera—. ¡Charlie, despierta! Necesito ayuda. Amelia está mal, no sé lo que le pasa. ¿Charlie?

Como otra vuelta de tuerca a la irrealidad de aquella mañana, Lomax no respondía, ni se oía un solo ruido dentro de su habitación. ¿Qué demonios estaba pasando? Desanduvo el pasillo y entró en su propio cuarto. Quizás el bueno de Lomax se había acostumbrado a la cama de Carmen por alguna casualidad. Pero allí también estaba todo en orden, tal y como ella lo había dejado la noche anterior.

Bajó de nuevo las escaleras intentando concentrarse en los escalones y no en los terribles pensamientos que se iban acumulando en su cabeza. Entró en el mostrador de recepción y vio la llave de la 103 colgada en su sitio. La cogió y regresó a la primera planta. Metió la llave en la cerradura, la giró y entró en el dormitorio de Charlie. La cama estaba hecha, con el embozo doblado tal y como Carmen lo había dejado el día anterior. Pero si no había dormido en su habitación ni en la de Carmen, ¿dónde se había metido?

«Vale, piensa...», se dijo Carmen. «Esto de Lomax tiene que tener una explicación, una explicación extraña y que posiblemente te hará reír de puro alivio cuando la oigas, pero ahora hay algo más urgente que tienes que hacer.»

Bajó otra vez y se dirigió al dormitorio de Amelia. La sujetó por las muñecas y con gran cuidado la arrastró hasta conseguir tumbarla en la cama. Esto, que se dice rápido, le costó bastante, pero tras varios empellones logró dejarla caer de espaldas sobre el colchón. Después le quitó los zapatos y la tapó con un grueso edredón. En todo ese rato Amelia ni se quejó ni hizo el menor ruido que pudiera indicar que se daba cuenta de lo que estaba pasando. No obstante, cuando Carmen se despedía de ella con un beso, Amelia esbozó una tímida sonrisa y dijo algo en sueños:

—Yo también te quiero, Frankie.

Sí, de hecho estaba soñando.

El Defender estaba helado tras pasar una noche a la intemperie. Carmen entró, cerró la puerta y vio su propio aliento saliendo por la boca en forma de vaho. Era como si la intimidad del coche lo convirtiese en un lugar donde podía pausar el tiempo y decir algo, así que lo hizo:

—Estás sola.

En realidad quería decir otra cosa. Quería decir: «Estás sola y muerta de miedo», y también lo dijo. Estaba sola y muerta de miedo porque no era normal que Amelia estuviera dormida desde el día anterior a las siete de la tarde, cuando Charlie y ella volvieron de intentar encender el generador. No era normal que Charlie no estuviera en su habitación. Y no era normal que ella hubiera dormido de un tirón toda la noche sin despertarse.

Giró la llave y oyó el motor despertando perezosamente. Hizo un amago de encenderse pero no lo consiguió.

—¡Venga ya! —gritó golpeando el volante—. ¡Vamos!

Lo intentó de nuevo y esta vez dejó el contacto girado durante un buen rato. El sistema eléctrico del coche también parecía estar bajo los efectos de *eso* que estropeaba relojes, radios, generadores diésel y congeladores de comida. Pero el Defender debía de tener un blindaje especial (o una batería de primera clase, que fue la última mejora que Frank Doyle le hizo antes de morir) y al tercer intento el motor consiguió arrancar.

Carmen activó el limpiaparabrisas, que barrió la capa de agua que empañaba el cristal. Puso el aire caliente, embragó la primera marcha y salió muy despacio por el camino de gravilla. Llegó hasta el límite del promontorio donde comenzaba el camino descendente hacia Main Street y miró un segundo hacia abajo. ¿Dónde demonios se podía haber metido Lomax? No se veía un alma caminar por entre las casas ni en el puerto, aunque eso era normal en un día de tiempo tan inclemente como aquel. El mar venía roto en vetas de color blanco, como en los días de gran marejada, y a Carmen le pareció que además tenía un color más oscuro de lo normal. Como esas veces en las que colocaban la valla de OLEAJE PELIGROSO en el malecón.

Pensó en Nolan y se le cayó el alma a los pies. Si Charlie no aparecía pronto con una buena explicación, tendría que ir a buscar al sheriff y pedirle ayuda.

Pero lo primero era ir a casa de Bram.

Si alguna vez habías leído el folleto «Rutas a pie por St. Kilda», sabías que el Bealach Ba era la colina más alta de la isla, con un total de 187 metros, y que en su cima se conservaban un par de piedras de un antiquísima ermita cristiana (St. Kilda) destruida por los vikingos en el siglo X.

El *cottage* y estudio de Bram estaba situado a las faldas de la colina, lo cual le aseguraba un buen tráfico de curiosos todos los veranos. Amantes del trekking, fotógrafos y observadores de pájaros se sorprendían al encontrar sus gigantescas esculturas de metal en ese lugar perdido de la mano de Dios. Y algunas veces, muchas, terminaban llevándose un recuerdo de esa rara sorpresa.

Carmen condujo con cuidado. El viento era tan atroz que a veces le costaba mantener el coche en los límites de aquel camino. Mientras tanto, consiguió pensar un poco: aunque la situación de Amelia era claramente grave, lo de Charlie podía tener una explicación mundana. ¿Y si hubiera salido a dar un paseo matinal? No era lo más agradable ni tampoco lo más aconsejable, pero podría tener cierta lógica. Anoche Carmen le había roto un poco el alma, ¿no? Charlie había desnudado su corazón y ella se lo había roto afirmando que no quería ser la siguiente Jane de su vida. Eso podría explicar que Charlie, esa mañana, no tuviera demasiadas ganas de verla, ¿no?

El *cottage* se empezaba a ver a casi dos millas de distancia. Un punto blanco en medio del intenso verde de las faldas del Bealach Ba. Y antes, a menos de una milla, junto al refugio de pastores donde estaba la indicación del desvío a la Torre Knockmanan y los acantilados Kildanam, estaba su cartel promocional, que había causado alguna que otra polémica en el pueblo (porque había quien opinaba que era ilegal y todo eso):

ARTE RARO DE BRAM
Pasen y vean. Mirar es gratis, comprar no sale demasiado caro.
¡Llévese un recuerdo único y eterno!
(Siga recto en el cruce)

Y tal y como indicaba el anuncio, Carmen llegó al cruce y siguió recto. En menos de cinco minutos llegó frente al *cottage*. La entrada estaba flanqueada por dos instalaciones de gran tamaño, un pelícano de metal y un *hombre* de casi tres metros de altura llamado «Isleman». Bram le había contado que hace años eran dos los pelícanos de la entrada, pero uno de ellos había «volado» hasta el jardín de un turista millonario de San Antonio, Texas. Se rumoreaba que Bram se había negado a venderlo en un principio, pero que el turista le había ofrecido 100.000 libras por él. Bram jamás aclaró si el rumor era verdadero o falso, pero bromeaba diciendo que seguía esperando a que el turista volviera a por el hermano gemelo.

Carmen cruzó el jardín frontal pasando junto a otras esculturas de tamaño medio: pájaros, barcos y «centros de fuego», como los llamaba Bram. Todo hecho con metal recortado y fundido. PIEZAS ABSOLUTAMENTE RARAS Y ORIGINALES HECHAS EN LA ISLA, anunciaba otro cartel apostado junto al sendero. VEA ARTE MÁS PEQUEÑO Y ECONÓMICO EN EL ESTUDIO.

El «estudio» era un antiguo garaje restaurado y acondicionado para albergar más esculturas. El interior estaba pintado en blanco, con estanterías llenas de pequeños y raros objetos. Barcos más pequeños, centros de fuego en miniatura y pájaros, sobre todo pájaros. Bram los vendía a veinte libras y eran su producto estrella, puesto que todos eran diferentes. Los ornitólogos se pirraban por esas piezas tan originales y únicas.

Carmen frenó en la entrada y en un gesto automático apagó el motor, aunque inmediatamente se arrepintió al recordar lo que le había costado arrancarlo. Supuso que Bram tendría alguna batería o algo para ayudarla más tarde a hacerlo. Lo importante, lo primero que tenía que hacer, era encontrar a Bram. Dejar de estar sola.

(Y muerta de miedo.)

—¿Bram? —dijo en voz alta acercándose a la puerta principal, donde un Buda de piedra daba la bienvenida, rodeado de algunas banderas de plegaria nepalíes—. ¡Hola, Bram! Soy Carmen.

Durante los siguientes treinta segundos, sintió que su corazón se encogía hasta convertirse en una ciruela pasa. ¿Y si Bram no respondía? ¿Y si también lo encontraba dormido? ¿Y si todo el mundo en la maldita isla se había dormido menos ella? Pero justo cuando empezaba a respirar un poco más rápido de lo recomendable, oyó un ruido procedente del estudio.

Bram Logan apareció en la entrada, vestido con un peto vaquero por encima de un grueso jersey de lana verde.

—¿Carmen?

—¡Bram! —gritó ella, a punto de liberar un sollozo—. Gracias a Dios.

Corrió hasta él y le abrazó.

—Pero ¿qué...? —dijo Bram riéndose—. ¿Te encuentras bien, chiquilla?

—No, Bram, no estoy bien. Estoy asustada.

Notó las manazas de Logan cogiéndola por los brazos y apartándola con cuidado. Sus ojos la escrutaron con gravedad.

—¿Qué ha pasado?

—Amelia no se despierta —dijo Carmen—. Ayer a las siete de la tarde se durmió y creo... Creo que no se ha despertado desde entonces. ¿Qué hora es?

—Las diez y media de la mañana.

—Las diez y media —repitió Carmen—. Eso suma...

—Más de quince horas —dijo Bram—. ¿Estás segura de lo que dices? ¿Has intentado despertarla?

—Sí. Bueno, la he llevado hasta su cama, la he dejado caer encima y ni se ha inmutado.

—¿No estaba en su cama?

—No, ayer se durmió leyendo. La dejé en su butaca y, bueno, tendría que haber ido a despertarla, pero es que a mí también me pasó algo extraño. Me he dormido más profundamente que nunca. Y es la segunda noche que me ocurre.

Bram estaba encajándolo todo con una mezcla de alerta y serenidad. Le pidió a Carmen que siguiera hablando.

—Esta mañana la he encontrado tumbada en el suelo de su habitación. Creo que intentó caminar y se cayó. Ya sabes, la artrosis, o quizás se enredó las piernas con la manta que yo le había puesto. He pensado que podría haberse dado un golpe, pero no tiene ninguna marca.

—Me imagino que la has dejado con Charlie, ¿no?

—No. Charlie ha desaparecido.

—¿Qué?

—Puede que haya salido a dar un paseo mañanero o... La verdad es que anoche discutimos un poco, pero, bueno, esto no es tan importante. Lo importante es atender a Amelia.

Bram estuvo a punto de decir algo, pero por alguna razón se lo calló. Después reaccionó y se puso a andar en dirección al estudio.

—Sígueme, voy a preparar un botiquín.

Entraron y cruzaron el inmenso desorden de piezas que poblaban el estudio/exposición. Al fondo del antiguo garaje había una puerta que conectaba con el estudio propiamente dicho, un techado de latón bajo el cual Bram tenía sus herramientas de soldadura y para trabajar el metal. Una gran escultura a medio hacer yacía en el centro del lugar. De allí caminaron hasta la parte trasera de la vivienda.

Carmen había estado un par de veces en la casa de Bram, nada más conocerse. Una noche, después de unas cuantas cervezas, Bram le habló de la meditación y de cómo esa técnica milenaria había ayudado a mucha gente a superar bloqueos y desgracias personales. No hizo falta que Carmen le preguntara a Bram si Amelia le había contado algo sobre su situación personal: sabía que había sido así. Pero había algo en Bram (igual que en Amelia) que hizo que esto no le importara demasiado. Aceptó ir a visitarle un día, un poco temerosa de lo que Bram estaba a punto de mostrarle. Todo ese rollo de la meditación y el budismo tenía algunas connotaciones para Carmen, básicamente sectas, gurús con derecho de pernada e imágenes de dioses con dieciséis brazos. Pero lo que practicó con Bram aquella mañana se pareció más a un ejercicio de gimnasia. Y, sobre todo, hubo una gran cosa que Bram dijo ese día: «Ríndete a todo. A los pensamientos. A las emociones. Deja que todo ocurra, obsérvalo. No te mezcles con ello, pero tenlo presente. Obsérvalo a distancia y habrás conseguido el primer objetivo». Y eso fue algo liberador para Carmen, que había intentado muchas cosas con sus emociones (bloquear, tapar, decorar) menos la que Bram le dijo ese día: dejar que fluyeran de una forma consciente.

—Hay algo más —dijo mientras Bram buscaba unas sales en su armario de las medicinas—. Ayer escuchamos decir a Nolan que otro hombre, Dougan, había sufrido una especie de coma.

—¿Dougan? Solo puede ser Ray Dougan, ¿qué le ha ocurrido exactamente?

—No lo sé. Escuchamos a Nolan comentarlo de pasada con la estación de rescate en Thurso. Creo que no se despertaba tampoco.

—Eso no tiene sentido. No creo que ambos casos tengan nada que ver, a menos que el sueño se haya convertido en una especie de epidemia.

Bram cerró la puerta del armario y fue a por otra cosa.

—¿Hay alguna otra cosa que deba saber, Carmen? ¿Ha pasado algo más?

Había en la pregunta de Bram una especie de inquietud que Carmen no supo descifrar. Como si él, en el fondo, supiera que realmente había *algo más*.

—Bueno... Hay problemas con la luz. Los generadores no funcionan bien y, en fin, ayer tuvimos una pequeña trifulca con McGrady en los hangares. Por eso estábamos en la oficina de Nolan cuando oímos lo de Dougan.

—¿Una trifulca?

—Didi oyó un rumor sobre La Caja. Creímos que los pescadores habían logrado abrirla y fuimos allí para ver lo que pasaba. McGrady, Zack y ese pescador negro nos rodearon. Tuve que amenazar con atropellarlos para salir de allí.

—Joder, eso tiene sentido.

—¿Sentido?

—Con algo que... —Bram se calló misteriosamente—. Bueno, lo primero es lo primero. Vamos al coche, te lo contaré de camino.

Bram terminó de llenar una bolsa de deporte con una serie de botes y medicamentos que tenía en su armario. Después se dirigieron a la entrada principal, donde Carmen había aparcado el Defender. Entraron en el coche y Carmen encendió el contacto. La batería parecía no haberse recargado mucho en su paseo desde el hotel.

—La batería —diagnosticó Bram.

—Sí, la batería —dijo Carmen—. Pero antes ha terminado arrancando, espera.

Volvió a intentarlo haciendo lo mismo que había hecho antes: apretar la llave hasta el fondo y dejar que el motor de arranque sufriera un buen rato. Pero en esta ocasión el proceso fue agonizante y terminó con un estertor mecánico.

—No va a funcionar —dijo Carmen, pero al mirar a Bram vio que este estaba más atento a otra cosa.

Miraba recto hacia la llanura que se abría ante la casa.

—¿Qué?

Bram ni siquiera respondió, hizo un gesto para que Carmen mirase también. El parabrisas ya se había llenado de gotas de agua, pero pudo ver algo moviéndose en la distancia. Un vehículo que se acercaba.

Todavía no había llegado al cruce, pero estaba lo suficientemente cerca para que pudieran ver que se trataba de una furgoneta, o algo parecido.

—Vienen hacia aquí —dijo Bram.

—¿Cómo lo sabes?

—Lo sé —respondió él.

La furgoneta se acercó al cruce y pudieron distinguir que era una especie de grúa. Carmen creyó haberla visto aparcada por el pueblo alguna vez. También vieron que había unos cuantos hombres subidos a los laterales, como si se tratara de uno de esos trenes de la India en los que la gente va con el cuerpo fuera.

—Entra dentro —dijo Bram.

—¿Qué?

—Hazlo.

—Pero quizás no vengan aquí.

—Vale, pues entonces me habré equivocado. Pero ahora entra en el estudio y que no te vean. Yo los despacharé.

Carmen salió rápidamente del coche. ¿Qué debía hacer? ¿Esconderse? Eso, por alguna razón, le pareció ridículo, así que se apostó en una de las ventanas del estudio, tras un recuadro cubierto con una redecilla, y se quedó mirando a través de ella.

Bram había salido también del coche. Había cogido una especie de vara metálica y la había posado en el capó del Defender, como un arma que quizás llegara a necesitar. Después se apoyó tranquilamente en el morro, con los brazos cruzados, observando aquella furgoneta que avanzaba en la lejanía.

«Todavía pueden pasar de largo», pensó Carmen. «Quizás vayan a otra parte.»

La redecilla le impedía ver con claridad, pero percibió que la furgoneta iba cada vez más despacio. Además, según se acercaba, distinguió algo que la hizo estremecerse: aquellos hombres —distinguió tres o cuatro a los lados, más los dos que irían en la cabina— llevaban todos unas largas gabardinas que ondeaban al viento. Carmen las reconoció. Eran las que llevaban puestas los pescadores el día anterior, cuando los atacaron a ella y a Charlie en los hangares.

Pero ¿qué hacían allí? ¿Qué podían querer de Bram?

El vehículo frenó delante de las dos grandes esculturas de la entrada. Los hombres saltaron a tierra en silencio y también se abrieron las puertas del vehículo. De allí se apearon dos tipos. Uno grande y vestido como un granjero que Carmen creía haber visto alguna vez por el pueblo en compañía de Lorna. Y el otro era sobradamente conocido para ella, McGrady. Las gabardinas eran como un uniforme que todos hubieran acordado ponerse por alguna razón.

McGrady encabezó la cuadrilla y se dirigieron a través del jardín de Bram, que los esperaba de brazos cruzados, quizás en un afán de no mostrar una pizca de miedo (aunque Carmen pensaba que era imposible no estar aterrorizado con la pinta que tenía todo aquello). Al menos ella lo estaba; tanto, que miró instintivamente a su alrededor en busca de algún escondite más eficaz. Justo detrás de ella había una larga mesa llena de centros de fuego y pájaros de hierro, y debajo de ella había un montón de cajas entre las que sería fácil ocultarse, pero ¿se iba a esconder dejando a Bram enfrentarse a aquel grupo de locos?

—¡Eh, artista!

Era la voz de McGrady, y Carmen, aunque estaba a medio camino de meterse debajo de la mesa, no pudo evitar que sus ojos la arrastraran hasta la redecilla, como si la curiosidad fuera un remolino demasiado potente al que no pudiera resistirse.

—¡Cuidado con eso! —gritó Bram—. Si lo rompéis, tendréis que pagarlo.

MacMaster y otro pescador que Carmen no reconoció estaban tocando una de las grandes instalaciones que Bram tenía ahí fuera. El grito los cohibió y se apartaron entre risas. Para ese entonces, McGrady ya estaba a metro y medio de Bram, flanqueado por el senegalés y el granjero, que eran como dos moles. Estaban bastante cerca del estudio y Carmen pudo escuchar la conversación.

—Escucha, Logan, hemos venido porque necesitamos algo tuyo.

—¿Algo mío?

—Un pajarito nos ha contado que tienes un buen equipo de soldadura. Lo necesitamos.

La voz de McGrady era tajante. No era el tono que nadie emplearía para pedir un favor, precisamente.

—Vaya... —dijo Logan—. Y ¿puedo preguntaros para qué lo necesitáis?

—Pues mira, Bram, no puedes preguntarlo. Cuando un amigo te pide dinero no le preguntas para qué es, ¿no? Si es para irse de putas o para pagarle las medicinas a su vieja, eso debería dar igual. Un amigo te pide un favor y se lo haces.

—Correcto —dijo Bram—. Excepto que tú y yo no somos amigos.

Carmen sabía que Bram iba a soltar eso antes de que lo dijera, pero escuchar sus palabras y el gélido silencio que vino justo después... Eso le heló la sangre.

—Vaya, vaya... Así que no somos amigos, Bram —dijo McGrady elevando la voz—. ¡Eh, Bram no es amigo nuestro! Quizás el artista del pueblo piensa que somos demasiado catetos para gozar de su amistad.

—Sé de sobra para qué queréis el soldador —respondió Bram—. La respuesta es no, no quiero cargar con vuestras muertes sobre mi conciencia.

—¿Nuestras muertes? —dijo McGrady casi medio riéndose.

—Lo que oyes, McGrady. Si esa caja está tan bien cerrada será por algo, ¿entiendes? No quiero que la maldita isla salga volando por los aires. Lo mejor será que deis parte del hallazgo, quizás hasta os paguen un buen dinero por ello.

McGrady ni siquiera respondió a eso. Miró hacia atrás, a los dos hombres que lo flanqueaban, y a un gesto suyo, las dos moles caminaron hacia Bram, que se dio la vuelta, cogió la vara metálica que había preparado antes y la blandió ante aquellos dos tipos.

—No deis un paso más, os lo advierto. Os romperé esas cabezas huecas sin pensarlo.

Carmen miraba todo desde su redecilla, paralizada por el miedo y la rabia. «¿Por qué no les das lo que piden, Bram? Que revienten y se vayan al infierno, joder.» ¿Y qué debía hacer ella? ¿Salir allí para ayudarle y arriesgarse a una más que probable violación en grupo? Hubiera deseado tener una escopeta, pues era lo único que habría podido decantar la balanza a su favor.

Bram movió la vara como una espada en el aire. La pasó tan cerca de la cara del granjero que este tuvo que apartarse para que no le arrancara la nariz.

—No entiendes nada, Bram —dijo McGrady—. Me gustaría poder explicártelo, me gustaría que lo vieras con tus propios ojos. Hay un destino grande y maravilloso esperándonos a todos, incluso a ti si colaboras un poco.

—Salid de mi propiedad.

Bram se dio cuenta de que no tenía ninguna posibilidad de defenderse con su vara, así que empezó a recular en dirección al Defender. Pero los otros pescadores habían ido rodeándole lentamente, como una manada de lobos, y antes de que pudiera alcanzar la puerta, uno de ellos le atizó con algo en la cabeza. Carmen tuvo que taparse la boca para ahogar el sonido de su grito. Bram se llevó una mano a la cabeza y se volvió, medio mareado, para ver a su atacante. Entonces el pescador negro le rodeó el cuello con el brazo y Bram, viéndose ya perdido, soltó la vara. McGrady se puso delante de él y le hundió dos puñetazos en la tripa. Bram gimió de una forma terrible y se dobló hacia delante, pero el pescador lo volvió a erguir para que pudiera recibir otras dos raciones de puñetazos. Lo iban a matar, y Carmen no podía hacer nada más que llorar en silencio, aterrorizada. Estaba reaccionando como una auténtica cobarde, pero la visión de esos seis pescadores con sus gabardinas sencillamente la paralizaba.

—Ya está bien —dijo uno de ellos, que resultó ser McRae—. No hay que matar a nadie.

—¿Por qué no? —respondió McGrady—. ¿Sabes las ganas que tenía de enseñarle a este artista una lección sobre la vida?

—Ya está bien —repitió McRae—. Suéltalo, Ngar.

El senegalés se quedó dubitativo un instante pero terminó soltando a Bram, que se desplomó en el suelo, vivo o muerto, era difícil saberlo. Casi en el mismo instante, Carmen se agachó y se metió debajo de la mesa, como un ratoncillo. Caminó a cuatro patas por entre las cajas, pero se dio cuenta de que había calculado mal la eficacia del escondite. Las cajas no la tapaban completamente.

Escuchó los pasos de los pescadores entrando en el estudio.

—¿Dónde puede estar?

—Tiene que ser aquí. ¡Eh! Quizás podáis hacer hablar al viejo...

—Otra razón para no matarle.

Carmen dejó de respirar detrás del bloque de cajas. Se rodeó los tobillos con las manos, agachó la cabeza y confió en que su melena castaña se confundiera con las penumbras. No obstante, a nada que uno de esos tíos se agachara y observara con un poco de cuidado...

Un ruido, bastante cerca. Alguien había tirado algo al suelo.

—¿Qué haces?

—Buscar.

—No, joder. Aquí seguro que no está. Mirad allí, detrás de esa puerta.

«Eso», pensó Carmen. «Detrás de la puerta. Cogedlo y largaos. Vamos.» Respiraba con la boca medio abierta, muy despacio.

Escuchó unos pasos dirigiéndose al fondo del estudio. Los pescadores abrieron la puerta y salieron por el otro lado. Carmen alcanzó a oír también algunos fragmentos de frases: «Coge eso», «Sí, esa bombona», «¡Eso no!», «Eso también podría servir».

Estaban desvalijando el estudio de Bram después de haberle agredido. ¿Qué pensaría Nolan de todo eso? ¿Seguiría con su teoría de los buenos chicos quizás un poco traviesos? Carmen alzó un poco la mirada y vio el trasiego de los impermeables y los hombres cargando herramientas. «Bien, chicos, cogedlo todo y marchaos de una vez», pensó, «y después me encargaré personalmente de que vayáis todos y cada uno de vosotros a la cárcel: McGrady, McRae, Ngar y ese granjero que me parece que es el hermano de Lorna Lusk, y también esos dos que llevan las capuchas echadas pero supongo que pertenecerán al *Kosmo* o al *Arran*. Ya veréis, ya. Os voy a joder vivos.»

—Eh, McRae —oyó decir a McGrady en el mismo umbral de la puerta—. ¿Sabías que Bram tenía un coche?

—No, la verdad es que no. Creía que siempre iba en bici a todos lados para no contaminar y toda esa mierda, pero debe de estar haciéndose viejo...

Carmen escuchó a McGrady salir y abrir la puerta del Defender. Los otros pescadores ya parecían haber terminado con su saqueo y ella aprovechó para coger algunas cajas que había a un lado y tapar el hueco con mucho cuidado. Al mismo tiempo oyó una serie de gritos fuera —«Empujad, empujad»— y de pronto la explosión de un motor. De modo que los pescadores también tenían problemas con su batería. ¡Por fin se marchaban!

Respiró aliviada, aunque solo por unos instantes. Lo que tardó en oír unos pasos solitarios dentro del estudio.

—¿Eres tú, zorrita? —dijo McGrady—. ¿Estás por ahí?

Carmen se apretó contra sí misma casi como si quisiera encogerse a la fuerza, hacerse tan pequeña como una mosca para que McGrady no pudiera verla.

Se oyó a alguien llamarle: «¡Vamos!».

Pero McGrady siguió merodeando, haciendo un ruido muy fuerte con la nariz.

—Mmm, creo que puedo olerte, chica española.

Su voz reverberaba en el silencio del estudio.

—¿Estás por ahí? ¿También te lo montas con el viejo hippy?

De pronto escuchó un golpe tremendo y el ruido de cosas cayendo al suelo. Supuso que McGrady había dado una patada a algo.

Una voz le llamó desde fuera —«¡Vamos, McGrady!»—, pero él seguía olisqueando el aire.

—¿Sabes una cosa? El mundo va a cambiar en cuanto abramos esa caja. Va a cambiar *mucho*, y entonces tendré tiempo para enseñaros a todos un poco de buena educación. Bram se ha llevado lo suyo, y en tu caso la lección tiene forma alargada y gruesa. Te gustará probarla, puedes estar segura de eso. Te vas a cansar de probarla.

McGrady se había parado justo enfrente del castillo de cajas en el que Carmen estaba quieta como otra escultura más de la colección de Bram. Escuchó cómo el tipo cogía algo de la mesa.

—Me gustaría ver la cara que pones cuando te tenga para mí solo.

Y de nuevo, las voces aullaron en el exterior:

—¡Vamos, McGrady!

Oyó los pasos del pescador saliendo del estudio y, unos segundos más tarde, la furgoneta arrancando y alejándose por el camino.

Dave

Chloe Stewart y yo nos habíamos ido de viaje. ¿Dónde estábamos? ¿En Cerdeña? No lo sé, pero era un lugar en el Mediterráneo, eso seguro. Estábamos sentados entre piedras calizas, pinos y olivos, frente a un mar azul, bebiendo vino blanco y comiendo olivas negras. Y Chloe había perdido la mirada en el horizonte. Yo observaba la forma tan bonita de su pequeña nariz y el perfil de esa melena rubia que le caía hasta la mitad de su largo y esbelto cuello. Y pensaba lo afortunado que era de haber enredado a esa mujer en mi vida. Una mujer inteligente, bella y llena de talentos misteriosos que irían aflorando a medida que la vida fuera adelante. Una vida que iríamos construyendo juntos.

—He pensado en esa pregunta que me hiciste —dijo entonces Chloe.

—¿Y?

—Bueno, ya te lo dije. Dejar mi apartamento no estaba

precisamente en mis planes, pero nunca he tenido tantas ganas de «dar el paso».

—Chloe, ¿estás diciendo lo que creo que estás diciendo? ¿Vivir juntos?

—Sí, Dave. Quiero estar a tu lado. Aunque llevemos tan poco tiempo, ¿cuántas veces encuentras al hombre de tu vida? Y eso merece aventurarse un poco, ¿no crees?

El sol decaía a nuestra izquierda, entre las columnas de un antiguo templete romano. Solo faltaba un angelito tocando el arpa. Me recosté un poco (pese a que recordaba haber sufrido un grave accidente y el cuerpo aún me dolía bastante) y le besé un hombro. Los llevaba al aire, por fuera de un bonito vestido de color crema.

—Pero, Dave, hay algo que tú debes hacer a cambio. Hay algo que debo pedirte.

—Dime, Chloe, pídeme lo que quieras.

Ella seguía con la mirada perdida en el fondo de aquel horizonte tan precioso y tan perfecto, salpicado de nubes rosas que parecían estar hechas por ordenador.

—Ya sabes... Los chicos están teniendo problemas con *ese* asunto. No pueden abrir la maldita cosa y el tiempo apremia. Todo el mundo piensa que tú podrías ayudar mucho. Verás, han encontrado un panel atornillado que...

—Oh, Chloe, por favor —la interrumpí—. Ese tema no.

—Pero, Dave... Bueno, en fin, no pasa nada. No quiero estropear este momento. No quisiera, por nada del mundo...

—Chloe...

Intenté tocarla, pero fue una de esas veces en que notas que una mujer te rechaza sutilmente. Apartó un poco el hombro y permaneció con la mirada perdida en el horizonte. Y yo, que me encontraba tan débil (de hecho, me preguntaba cómo coño había llegado a esa isla del Mediterráneo en el estado en el que me encontraba), me dejé caer un poco. El cuerpo me dolía terriblemente. ¿Qué me había pasado? Había tenido un accidente de avión. Había caído en una isla. ¿Cerdeña? Había una base no muy lejos de allí. ¿Quizás esos chicos de los que Chloe hablaba eran compañeros míos? Tenía la mente hecha un lío, pero algo, una voz muy íntima, me decía que no debía compartir nada sobre *el asunto*. Ni siquiera con Chloe. Pero, bueno, uno ya sabe lo que pasa con las novias.

—Por favor, no te enfades... Es que, joder, estoy un poco confuso y ese es un tema del que no estoy precisamente orgulloso.

—Pero ¿por qué? —dijo ella, y pude notar un acceso de llanto en su voz—. ¿Por qué no ibas a estar orgulloso de haber salvado La Caja? Esa era tu misión, ¿no?

Había estado soportando una pesada culpabilidad al respecto y, de pronto, aquellas palabras de Chloe me consolaron un poco.

—Bueno, yo debía asegurarme de que no se extraviaba. De que no caía en las manos equivocadas.

—¿Y cuáles son las manos adecuadas? —preguntó entonces Chloe—. ¿Las de unos fríos hombres del Departamento de Defensa, Dave? ¿Las de *ciertas* personas que se querían apropiar de ella? Quizás esa caja siempre haya pertenecido al mundo. Quizás su contenido sea algo que debía haber sido entregado a la humanidad hacía mucho tiempo, Dave.

Yo debía haberle hablado a Chloe de La Caja, porque ella sabía muchas cosas... Y siguió hablando:

—No incumpliste ninguna orden. Salvaste a la humanidad, Dave. Les hiciste el mayor regalo que nadie podía haberles hecho. No permitiré que te sientas culpable por ello.

Entonces Chloe se volvió y pude ver sus preciosas facciones acercándose. Tenía unos labios de seda. Me besó y mantuvo el beso. Noté su calor entrando en mi cuerpo, sanándome, reconfortándome como una droga de una calidad insólita.

—Pero si no logramos abrirla, esos malditos hombres del Departamento de Defensa la encontrarán. Se la llevarán a ese oscuro sótano donde piensan congelarla para siempre, Dave, y el mundo seguirá siendo este lugar atroz e injusto que siempre quisimos cambiar. Tienes que ayudarnos.

Por un momento pensé: «¿Cómo puede Chloe hablarme si todavía me está besando?». Y entonces comprendí que tenía los ojos cerrados. Pero si tenía los ojos cerrados, ¿cómo podía estar viendo todo aquello?

—Ese panel atornillado. Los chicos han podido abrirlo, pero hay un gran teclado debajo. Pide una contraseña, Dave. Y creemos que tú debes de conocerla.

Inmediatamente recordé el panel atornillado de color rojo. La clave que debí memorizar antes de partir. Las instrucciones para detonar aquel contenedor en caso de que no pudiera llegar a su destino.

Chloe se separó un poco y me miró fijamente. ¿Dónde había visto yo esos ojos antes, esos dos remolinos infinitos? Entraban dentro de mi cráneo y navegaban por mi garganta, por mis oídos, hasta trepar a mi cabeza. Y allí dentro se colaban por las grietas de mi cerebro, como un espeso humo negro que pudiera revisar cada rincón.

—Espera un instante, Chloe... Espera un instante...

Pero Chloe me sujetaba con fuerza, o era yo el que no podía moverse. Una de dos. El caso es que sentía y veía un montón de cosas sucediendo en mi cabeza. Volví a la barriga del C17 justo cuando a aquel tipo se le caía la Coca-Cola al suelo en la primera turbulencia. Y mucho antes, cuando La Caja llegó a la base de Jan Mayen y aquellos dos científicos ya tenían cara de haber desayunado huevos podridos. Incluso el día anterior, en un barracón de la base aérea de Frankfurt, donde yo estaba sentado en mi litera y tenía aquella carpeta abierta frente a mí. Un par de folios con un *briefing* y un folio adicional, con sellos de seguridad —PARA PERSONAL AUTORIZADO—, y en la cabecera del folio, una de esas frases que crean tanto intríngulis: «Memorizar y destruir».

«Instrucciones para accionar la detonación. Atención. El detonador tiene una duración predeterminada de cinco minutos. Memorice la clave y... En el panel de control del... Desatornillar e introducir...

»... el comando HTOP11 seguido por las dieciséis letras y números.»

Aquella secuencia de letras y números empezó a desfilar ante mis ojos. Yo *no* quería recordarlo porque me di cuenta de que allí estaba pasando algo fuera de mi control, pero era como si alguien moviera el recuerdo delante de mis ojos, en contra de mi voluntad.

«... 3h7P 98ZY...»

Me había dejado engañar. Joder, me había dejado engañar. Di un paso atrás. Me di cuenta que no podría controlar aquello mientras estuviera empantanado en mi mente. Pero encontré una vía de escape. Sencillamente, antes de que Chloe Ojos-De-Huracán pudiera terminar de leer el contenido de aquel recuerdo, yo me elevé por encima de la situación y la observé claramente. Y corté de un golpe aquel cordón umbilical que parecía haberse alargado hasta el centro de mi cabeza.

Y por un instante pude ver aquello retraerse, herido, y regresar a las cuencas de los ojos de Chloe Stewart, que se había convertido en una versión monstruosa de la bella mujer que yo recordaba (esto, claro, era otro recuerdo que alguien había escamoteado de mi cabeza). De pronto sus dos ojos eran como los de un gigantesco pulpo, y ella gritó enfurecida:

—¡Déjame entrar!

—No, preciosa. Olvídate de esto.

Ella gritó algo más, vibrante como una serpiente a la que aplastas con tu bota.

Y de pronto se desvaneció el templete romano. El sol se marchó del cielo, y el cielo en sí mismo también desapareció. Abrí los ojos y vi el techo de ese establo.

Ese maldito establo.

Afuera continuaba el temporal, pero nada comparable con la tormenta de dolor que recorría mi cuerpo. Recordé los golpes con la pala. Y las patadas que me dieron en el suelo, por haber intentado ser más listo que ellos. Estaba de nuevo en aquella cama, atado aún más fuerte que antes. Y entonces vi que había alguien quieto a los pies de mi cama, y no era Chloe, sino esa horrible mujer, Lorna.

No dijo nada. Tan solo me mostró un fino cuchillo que tenía en las manos.

Carmen

El miedo la mantuvo acuclillada y encogida detrás de esas cajas por lo menos hasta cinco minutos después de que el ruido del vehículo se hubiera desvanecido en el exterior. Pero ella estaba sencillamente en «otra parte» jugando a un juego llamado «ni te muevas, ni respires».

¿Y si McGrady no se había marchado con los demás? ¿Y si se ha quedado quieto, en la boca de la madriguera, esperándola?

Fue la voz de Bram la que la sacó de su aturdimiento. Al principio fue como si ella estuviera sumergida en el fondo del océano y Bram la llamase desde una barca en la superficie.

—¿Carmen? ¡Carmen!

Tomó conciencia de todo. De cómo sus brazos se apretaban contra las piernas, que estaban tensas como dos cables. De cómo sus dientes se cerraban los unos contra los otros, casi pulverizándose la corona de las muelas. Y cuando se dio cuenta de todo esto y decidió relajar su musculatura, también percibió el sudor que la empapaba de los pies a la cabeza.

Retiró una caja de la muralla, después otra, y echó un vistazo desde su escondite. Nadie. Se habían marchado todos, incluido McGrady. ¿Había llegado a olerla? Eso era imposible, era humanamente imposible. Solo había tenido una intuición al ver el Defender, pero si de verdad hubiera sabido que ella estaba allí, ¿no habría dicho a sus camaradas: «Marchaos, yo voy en un rato» y se hubiera dedicado a buscarla para hacerle Dios sabe qué cosas?

—¡Carmen! —repitió Bram desde el exterior—. Por favor, responde. ¿Estás bien?

Apartó el resto de las cajas y salió de su escondite. Vio que la mesa de enfrente había sido derribada y todas las pequeñas esculturas se habían desparramado por el suelo.

—¡Bram! —gritó.

Salió afuera. Bram estaba todavía en el suelo, pero se había sentado apoyándose contra una de las ruedas del Defender. Se estaba tocando la parte trasera de la cabeza y se miraba la mano. Cuando Carmen llegó a su lado vio que tenía la palma llena de sangre.

Bram la miró y Carmen solo pudo echarse a llorar.

—¡Lo siento! —dijo hincándose de rodillas en el suelo—. Lo siento mucho, Bram.

—¿Qué es lo que sientes? —preguntó Bram muy despacio.

—No he venido a ayudarte... Estaba paralizada, no me he atrevido a...

—Hubieses sido muy idiota —zanjó Bram—. No quiero ni pensar lo que esos hijos de perra hubieran hecho de haberte encontrado aquí. Anda, saca la bolsa que tengo en el coche.

Creo que hay algo de desinfectante y una gasa. Me tienes que limpiar esta herida.

—¿Con qué te han dado?

—No lo sé. Con algo muy duro.

Carmen fue a por el botiquín y regresó junto a Bram. El cabello blanco de la parte trasera de su cabeza estaba empapado en sangre. Al apartarlo, Carmen encontró una pequeña brecha de un centímetro de largo.

—Quizás haya que darle un punto, ¿sabes hacerlo?

—No tengo ni idea.

—Vale, podemos dejar eso para más tarde. Entra en la casa y ve al armario donde he estado mirando antes. Hay una caja de vendas elásticas, tráela. Creo que eso será suficiente por el momento. Ah, y unas pequeñas tijeras. Creo que están en el mismo armario, en una cesta de costura.

Bram se quedó apretando la gasa contra su herida mientras Carmen iba en busca de los vendajes. Al regresar lloviznaba un poco más fuerte, pero Bram insistió en que ella le practicara la cura allí mismo. Primero le pidió que le cortase el pelo alrededor de la herida. Después roció la zona herida con más desinfectante y finalmente le aplicó una tira de venda a modo de cierre.

—¿Ha dejado de sangrar?

—Sí —dijo Carmen—. Parece que funciona.

—Vale, entonces ayúdame a levantarme. Vamos a arrancar este maldito trasto y a volver al hotel.

Bram estaba dolorido por los puñetazos de McGrady, pero no parecía tener nada roto ahí dentro. Se puso en pie con ayuda de Carmen y se sentó en el asiento del conductor del Defender.

—Creo que vas a tener que hacerlo tú sola, cariño. Empuja mientras giro el volante. Lo enfilaré por esa pequeña pendiente y trataré de arrancarlo en segunda.

Bram se refería a una suave bajada que iba desde el *cottage* hasta una zona bastante poblada de esculturas. Era su mejor opción si querían que el coche cogiera la velocidad suficiente.

Carmen puso sus dos manos en la trasera del coche y gritó que estaba lista. Entonces Bram quitó el freno de mano y Carmen proyectó cada centímetro de su cuerpo contra aquella mole de dos toneladas. El primer intento fue en vano. El Defender se balanceó ligeramente adelante y atrás, quedándose donde estaba. Carmen dejó escapar una maldición, se despegó del coche y lo miró en silencio un instante. Algo dentro de ella bullía de furia y ganas de estallar, y ese era el momento exacto para dejarlo salir. Dio un paso atrás y se lanzó contra el Defender como si fuera un luchador de sumo que debía vencer por imposible que fuera. En esta ocasión provocó un balanceo aún mayor, y aprovechó el rebote para volver a empujar. Y de esa manera, las ruedas del coche empezaron a rodar sobre la hierba.

Bram gritó un hurra desde dentro de la cabina, Carmen volvió a lanzarse contra el coche, esta vez con muchos más ánimos, y notó cómo comenzaba a deslizarse cuesta abajo. Finalmente se tropezó con algo en el suelo y cayó de bruces en la hierba, aunque el coche ya iba acelerando solo.

Bram esperó todavía unos segundos para embragar la segunda marcha. Se llevó por delante el cartel de bienvenida y un par de instalaciones, pero el coche ganó la velocidad suficiente. Se escuchó el motor explosionando y arrancando, y a continuación Bram dio unos cuantos acelerones para asegurarse de que no se calaba de pronto.

—¡Vamos! —gritó desde dentro.

Carmen se puso en pie y corrió hasta alcanzar el coche.

Condujeron hasta el hotel muy lentamente. Temían encontrarse con McGrady y sus amigos a la vuelta de alguna curva, aunque ahora, dentro del coche, se sentían capaces de reventarlos si hacía falta. De hecho, en cierta forma, a Carmen no le hubiese importado tener la oportunidad de resarcirse.

—Hay que llamar a Thurso y pedir ayuda. Esta vez Nolan tendrá que aceptar la realidad. Han estado a punto de matarte.

Bram se limitó a decir lo siguiente:

—No creo que Nolan esté a la altura de todo esto.

Y después se quedó sumergido en algún pensamiento que no quiso compartir.

Llegaron al Kirkwall y aparcaron en la parte delantera del hotel, con el morro orientado hacia la cuesta. Carmen salió y al instante detectó un par de cosas. Los cristales del salón estaban ligeramente ahumados y se veía el resplandor de la chimenea ardiendo.

—Pero ¿qué demonios...?

La puerta principal se abrió. Era Amelia Doyle. Despierta. Viva. Y con el ceño fruncido como si estuviera muy enfadada.

—¡Amelia! —exclamó Carmen al borde del llanto.

Amelia salió al umbral sujetando un bastón con una mano y cerrándose la bata con la otra. Y se los quedó mirando como una madre que sale a recibir a un par de hijos juerguistas.

—¿Dónde te habías metido, Carmen? ¿Bram? Pero ¿qué os ha pasado?

Una mirada bastó para que Amelia entendiera que allí se cocía una historia demasiado larga para ser explicada en el umbral de su puerta. La cara de Carmen era un poema. Y al ver a Bram sujetarse la gasa en la cabeza, soltó una maldición.

Carmen sintió algo tan infantil como el deseo de que todo aquello fuera el despertar de una pesadilla (al menos en parte) y que Charlie Lomax estuviera también esperándolos dentro del hotel.

Pero la máquina de las sorpresas había cocinado otra cosa esa mañana. En el salón, sentada delante de una taza de té, estaba Didi Moore. Y también tenía la cara de haber visto un fantasma.

—Joder. ¿Qué ha pasado? —dijo al verlos entrar.

—Eso me gustaría saber a mí —dijo Carmen—. Amelia, ¿cuándo te has despertado?

—Hace una hora —dijo ella como si nada.

—¿Y qué haces tú aquí, Didi?

—¡Bueno, pongamos un poco de orden! —dijo Amelia—. Lo primero, Bram Logan, es que te sientes aquí. Carmen, ve a por mi botiquín. Vamos a ver esa herida.

Bram tomó asiento en un butacón de espaldas al mirador y Amelia le retiró el vendaje para dejar la herida al descubierto. Carmen llegaba en ese momento con una gran caja de cartón blanco donde Amelia tenía su kit de primeros auxilios. Sacó un envase esterilizado con material de sutura y un bote de desinfectante. Y Amelia le dijo a Didi que trajera también la botella de whisky.

—Vale... Ahora, vamos en orden —dijo Amelia—. Yo no puedo coserle la cabeza a este hombre y hablar. Y tú, Bram, será mejor que te dediques a beber. Así que, chicas, ¿podéis contarnos qué demonios os ha pasado a cada una?

—Lo primero —dijo Carmen— es si alguien ha visto a Charlie Lomax hoy.

—¿Hoy? No —respondió Amelia—. Pensaba que estabais juntos.

Carmen tragó saliva y miró a Didi.

—¿Y tú, Didi? ¿Quizás le has visto por el café?

«Por favor, por favor, dime que sí.»

Pero Didi negó con la cabeza mientras daba una calada a un cigarrillo. Tenía la cara descompuesta.

—Ni siquiera he abierto el café esta mañana, Carmen. Según me he despertado, he venido corriendo a buscaros.

—¿Qué?

—No he pegado ojo —empezó a contar Didi—. Anoche pasó algo en el pueblo. Esas viejas locas vinieron al café, joder... Y después, más tarde... Todavía no me explico cómo...

Carmen se acercó y le acarició un brazo.

—A ver, Didi, empieza por el principio —dijo Carmen.

Didi fumó una larga calada y fue expulsando el humo a medida que empezaba a hilar su historia.

—Eran las ocho... Un minuto más tarde y esas brujas se lo habrían encontrado cerrado. Yo les dije que estaba ya limpiando, pero ellas, tenías que ver sus ojos, estaban como idas, ni se movieron. Dijeron que habían venido a buscarme. Que era la noche de oración nocturna. Yo, claro, casi me parto el culo...

—Pero ¿quiénes eran? —intervino Carmen.

—Nicoleta McRae y Elsa Lowry.

—O sea, el Grupo por la Restauración del Sabbath.

—Había más personas fuera del café. No las vi a todas, pero había gente ahí fuera, una docena, esperando en silencio bajo la lluvia. Bueno, en fin, yo les dije que se marcharan y salí de la barra para cerrar el café, pero entonces Theresa Sheeran me cortó el paso de muy malas maneras y me dijo que me convenía ir con ellas.

—¿Qué?

—Así, de verdad, como una maldita gángster de película. Por un instante pensé que si no lo hacía me iba a dar con la mano abierta. Es que estaba como hirviendo de ira. Me empezó a decir que había ocurrido un milagro y no sé qué mierdas más. «¿No quieres ver un milagro, Didi?» Y yo le dije que un milagro sería que Brad Pitt entrase por la puerta y me invitara a cenar. Entonces ella me amenazó. Me dijo que las cosas se iban a poner difíciles para mí.

—¿Eso te dijo?

—Sí, dijo algo sobre la tormenta y el Apocalipsis. Algo sobre una «segunda Sion». Entonces Elsa Lowry empezó con eso de «Arrepiéntete» y alguno de los de fuera también lo gritó, y de repente lanzaron algo contra mi escaparate. Alguien tiró una piedra y lo rajó de arriba abajo.

Hasta Amelia, que estaba concentrada en curar a Bram, levantó la vista al escuchar aquello.

—Bueno, imagínate cómo me puse. Cogí el viejo taco de billar de mi tío. La Sheeran y la Lowry se quedaron donde estaban y yo salí fuera. Y allí... Joder... Allí había por lo menos diez personas más. Reconocí a Nicoleta McRae y a la señora Brosnan y les grité que qué demonios estaban haciendo. Que pagarían por ese cristal. Pero nadie me respondió. Entonces las mujeres salieron de mi café y Theresa Sheeran, al pasar a mi lado, me dijo algo...

Didi perdió la mirada como si ese recuerdo doliera.

—¿Qué te dijo? —preguntó Carmen.

—«Mira dentro de ti, sabes que llevas el pecado dentro», eso fue lo que me dijo, pero hubo algo más. Al decirlo, me tocó aquí. —Didi se llevó la mano al vientre.

Ni Carmen, ni Amelia ni Bram entendieron aquello, pero Didi dejó escapar una lágrima.

—Es imposible, ¿entendéis? Es imposible que ella lo pudiera saber. Ni ella ni nadie.

—¿El qué, Didi?

Se llevó el cigarrillo a los labios y Carmen se dio cuenta de que le temblaba la mano. También de que era la primera vez que veía a Didi derramar una sola lágrima.

—Es una historia que nadie puede conocer. Cuando me marché de esta jodida isla, a los diecisiete años, llevaba un niño en el vientre. No era un niño todavía, solo un feto. El padre era un trabajador de la planta, un contratista. Jamás supe su nombre, ni me interesó. Me fui a Londres e hice lo que tenía que hacer. Y estando allí decidí no regresar. Y nunca le conté a nadie nada, ni a mis padres, ni a mis tíos, ni a nadie... Joder... De hecho, es la primera vez en mi vida que lo cuento en voz alta. Es imposible que Theresa Sheeran supiera nada.

El cigarrillo de Didi se había consumido a la mitad entre sus dedos. Volvió a fumar y eso produjo un silencio muy pesado en el salón. Amelia había cosido un par de puntos en la cabeza de Bram y este ni siquiera había abierto la boca para quejarse, pero entonces fue él quien habló:

—Pero, Didi, puede que eso de tocarte el vientre fuera solo una casualidad. Y tú elaboraste el resto.

—No, no... Os lo juro. Esa vieja bruja no me ha tocado en toda su vida. Y puso los dedos ahí por algo.

—¿Y qué sucedió después? —dijo Amelia—. ¿Pasó algo más?

—En ese momento nada más. Yo cerré la puerta y ellos se marcharon en comitiva, supongo que a la iglesia. Joder, yo estaba temblando. Si no hubiera sido porque estaba muerta de miedo habría subido a buscaros en ese mismo instante, pero no me atrevía a salir. Así que cogí un manojo de hierba y me hice un canuto bien cargado. Me tumbé en mi litera y me lo fumé mientras trataba de imaginarme de dónde coño habría sacado la Sheeran esa información sobre mí. Y creo que en algún momento me quedé dormida, pero debió de ser muy poco rato. Me desperté asustada, alguien gritaba en alguna parte. El porro se me había apagado en las manos. Me levanté y me quedé escuchando. Era una especie de gemido, de llanto, que se confundía con el viento. Miré por la ventana pero era incapaz de ver nada. Y entonces, lo juro por Dios, esculché a un bebé llorar.

—¿A un bebé?

—Sí. Joder. Era el llanto de un niño recién nacido. No podía ser otra cosa. Y eso, que yo sepa, es imposible.

—Y también que yo sepa —dijo Amelia Doyle—. Si hubiera una sola mujer embarazada en la isla lo sabríamos.

—Entonces bajé las escaleras al café —continuó Didi— y busqué por todas partes. A veces me parecía que sonaba fuera en la calle, otras veces creía que lo tenía justo detrás de mí. Hasta que al final decidí que ese porro me estaba dando un mal viaje.

—Muy posiblemente —dijo Carmen—. Sobre todo después de lo que te acababa de pasar con Sheeran.

—A ver —dijo Didi—. Cuando vivía en Londres me puse hasta las cejas de maría y de otras mil cosas. Y he alucinado. He alucinado de puta madre, hasta el punto de ver el papel de mi habitación cobrar vida y bailar al ritmo de David Bowie. Pero esto era diferente. Era, de alguna manera, diferente.

—Sé a qué te refieres —dijo entonces Bram—. Y no creo que sea una alucinación causada por tu porro.

Amelia había terminado su cura y se sentó junto a Bram.

—¿Qué quieres decir?

—Enseguida —respondió él como si no quisiera contestar a su pregunta—. Todo eso que ha descrito Didi encaja muy bien con lo que ha pasado esta mañana en mi *cottage*. ¿Carmen, quieres contárselo?

Carmen estaba sentada junto a Didi, en el reposabrazos de uno de los sofás del mirador, acariciándole el cabello a su amiga.

—Vale, aunque voy a tener que contar la versión larga.

—Pues empieza, cariño, creo que no tenemos otra cosa que hacer.

Y Carmen lo hizo. Empezó hablando de la noche anterior y cómo Charlie y ella se habían encontrado a Amelia dormida «demasiado pronto», cosa que les pareció rara pero achacaron a la tensión del día. Después contó cómo Charlie y ella habían mantenido aquella pequeña discusión durante la cena.

—Estábamos un poco trastornados por el asunto de McGrady. Cenamos y bebimos, quizás más de la cuenta. Y Charlie empezó a hablar de nosotros. Bueno, creo que el único que no está al día de las cosas es Bram.

—¿Charlie y tú? —dijo Bram—. Bueno, tengo ojos en la cara...

—En fin —prosiguió Carmen—. Tuvimos una discusión muy tonta y él se marchó por la puerta. Pensé que solo iba a darse un garbeo.

Por eso se tumbó frente al fuego a esperarle y allí se había quedado dormida. Y esa mañana, Charlie seguía sin aparecer y Amelia estaba tirada en el suelo, de bruces, y como inconsciente o profundamente dormida.

—¿Lo dices en serio? —la interrumpió Amelia.

—¿No recuerdas nada?

—La verdad es que no —dijo ella—. No recuerdo nada de la noche pasada... Bueno, tuve un sueño sobre Frank. Pero no sé exactamente cuándo me fui a dormir. Aunque estaba vestida al despertarme... Eso sí me ha parecido raro.

—He sido yo la que te ha metido en la cama —dijo Carmen.

—Has dormido más de quince horas —dijo entonces Bram—. ¿Has tomado algo? ¿Hay algo que pueda explicar ese sueño?

—No, nada.

—Bueno, sigue con lo de Bram —dijo Amelia—. ¿Qué pasó después?

Carmen narró entonces la escena de McGrady y el resto de los pescadores. Explicó cómo se habían enfrentado a Bram y no se ahorró ni un detalle sobre los puñetazos de McGrady o el golpe en la cabeza de un pescador que no había podido reconocer porque llevaban todos «esas gabardinas de pesca, como si fueran un uniforme».

Amelia se tapó los ojos con las manos en un gesto de horror e incredulidad. Didi se encendió otro cigarrillo y Bram bebió de la botella. Carmen contó entonces cómo los pescadores habían asaltado el estudio de Bram y la parte final, en la que McGrady había regresado un momento y se había dirigido a ella, «como si pudiera olerme».

—Eso es un buen resumen —dijo Bram cuando Carmen hubo terminado su relato.

—Joder, espero que los empapelen por eso —dijo Didi.

—No te quepa duda de que así será —respondió Amelia levantándose.

—¿Adónde vas?

—A la radio. Esto se ha salido de madre. Voy a llamar a Thurso.

Carmen recordó que la antena se había caído la tarde anterior.

—Podría subir al tejado y comprobar la antena —dijo Carmen.

—¿Con este día? Ni se te ocurra, bajaremos al pueblo y utilizaremos la radio del Club Social. Es diez veces más potente que esta y tiene una antena a prueba de bombas.

—Pero ¿qué dirá Nolan?

—Que se le ocurra decirnos algo.

—Yo os acompaño —dijo Didi.

—No, Didi, prefiero que te quedes aquí, cuidando de este viejo carcamal —dijo Amelia—. ¿O prefieres quedarte tú, Carmen? Quizás no tengas cuerpo para ir al pueblo después de lo de esta mañana.

—No —dijo Carmen—. Quiero ir.

—Vale, entonces haz el favor de subir al desván. Dentro del baúl de mimbre hay una vieja escopeta de caza de Frank. Debería haber una caja de cartuchos, espero que no estén demasiado húmedos.

—Esperad —dijo Bram—. ¿Qué vais a hacer con la escopeta?

—Defendernos si hace falta —respondió Amelia.

Esta vez fue más fácil arrancar el coche. Lo habían dejado aparcado en cuesta y Didi, además, tenía la fuerza de un buey. Según cogió un poco de velocidad, Carmen embragó la segunda marcha y el motor se puso en funcionamiento. Amelia iba sentada a su lado, con la culata de la escopeta apoyada en el suelo del coche y los cañones apuntando al techo.

—Vamos directos a Main Street —dijo.

Carmen se alegró de estar haciendo aquello. Haciendo *algo* y no escondiéndose como antes, en la casa de Bram. «Podían haberle matado mientras tú te escondías como un ratón.»

Pero en los primeros metros de Main Street, con aquel viento huracanado y la lluvia danzando alocadamente en el asfalto, volvió a notar ese terror en la boca del estómago. ¿Y si volvían a toparse con los pescadores?

«Pero debemos pedir ayuda. Alguien tiene que venir a ayudarnos.»

En el horizonte, un frente de color azul oscuro se cernía sobre St. Kilda, prometiendo más electricidad para esa noche. Carmen y Amelia, en silencio dentro del coche, fueron notando los empujones de la ventisca. El limpiaparabrisas iba a toda velocidad, apartando las gotas que les venían de frente, de lado, de arriba y de abajo. Ni un alma, nadie, ni una luz iluminando las ventanas que iban pasando de largo. ¿Dónde estaba la gente?

Aparcaron justo enfrente de la puerta del Club Social.

—Deja el motor en marcha —dijo Amelia—. No creo que pueda empujar el coche después.

Salieron del Defender, Amelia usando la escopeta como un bastón. Empujaron la puerta y entraron. La gran sala de eventos, bailes y celebraciones estaba completamente vacía. Tomaron las escaleras y subieron a la primera planta, y según lo hacían notaron un fuerte olor a lejía, como si alguien acabara de pasar una fregona por allí, aunque el suelo estaba seco.

—Parece que no hay nadie —dijo Carmen.

—Mejor —dijo Amelia—. Menos explicaciones que tendremos que dar.

Empujaron la siguiente puerta acristalada y entraron en la sala de espera, que también estaba vacía y olía muchísimo a lejía. Al fondo, la puerta del despacho estaba cerrada a cal y canto. Carmen se imaginó, por un instante, que Charlie estaría allí, discutiendo con Lowry o hablando por la radio. ¿No era eso lo que había dicho que iba a hacer? El bueno de Lomax, tan cabezón como infantil. En cuanto lo encontrase, lo llevaría a un aparte y le diría cuatro cosas bien dichas. «Tú no necesitas una novia, Charlie. Lo que necesitas es echarme otro polvo y olvidarte un poco de Jane.» Y no saldrían de debajo del edredón hasta que la tormenta pasara de largo y el ferry volviera a funcionar. Y se largarían de allí para siempre.

Carmen llamó a la puerta. Esperaron unos segundos pero nadie respondió, así que giró la manilla y entraron.

El despacho de Lowry y Nolan, el centro de la Ley y el Orden en St. Kilda, estaba vacío. Y allí el olor a lejía era todavía más fuerte. Sin poner siquiera un pie dentro, Carmen y Amelia se dieron cuenta de que allí había sucedido algo extraño. La mesa estaba torcida y había unos cuantos papeles por el suelo.

—Cuidado —dijo Amelia inmediatamente—. Sujeta esto.

Le pasó la escopeta a Carmen, que la cogió con cuidado, apuntando hacia las ventanas. Amelia fue directa hacia la radio mientras Carmen montaba guardia.

—Por el amor de Dios —dijo Amelia.

—¿Qué?

—Acércate.

Carmen se apresuró hasta allí. La caja de la radio estaba ligeramente deformada por arriba, como si alguien la hubiera golpeado con un martillo o algo parecido. Al acercarse un poco más, vieron que el cobertor frontal estaba hecho trizas. De hecho, estaba prácticamente separado de las tripas del aparato.

—Alguien la ha destrozado a golpes.

Amelia cogió uno de los diales y tiró un poco de él. El panel de mandos se cayó como la fachada de una casa de cartón piedra. En ese instante escucharon un ruido en el almacén contiguo. La puerta se abrió y vieron salir a Lowry armado con una fregona y un cubo.

—¡Lowry!

—Baja eso —dijo señalando los cañones de la escopeta que Carmen mantenía a media altura.

—¿Qué demonios ha pasado aquí?

—Alguien ha saboteado la radio, eso es lo que ha pasado.

Lowry no dejaba de mirar la escopeta.

—¿A cuenta de qué viene traer ese arma?

—Han agredido a Bram hace una hora. Le han abierto la cabeza y le han propinado varios puñetazos. Han sido McGrady y los suyos. Carmen ha sido testigo.

—Y le han robado su equipo de soldadura —añadió Carmen.

Lowry hizo algo extraño entonces. Apoyó las manos en la mesa y se quedó pensativo, con la mirada perdida.

—¿Lowry?

—¿Qué? —dijo él.

—¿No piensas hacer nada?

—¿Hacer qué? La radio está rota y además he dimitido como miembro del consejo.

—¿Cómo que has dimitido? No se puede dimitir cuando a uno le viene en gana. Sobre todo en esta situación. Hay que tener un poco de sentido de la responsabilidad.

—Charlie Lomax ha desaparecido —dijo Carmen—. ¿Le has visto hoy? ¿O ayer por la noche?

—Lomax, Lomax, Lomax... —dijo Lowry.

—¿Qué?

—¿No os ha contado lo del informe? Pensaba que erais buenos amigos.

—¿De qué estás hablando? —dijo Amelia.

—¿Aún no sabes lo que han decidido los políticos de la capital? Que nos sacarán de aquí, poco a poco, en el plazo de cinco años. St. Kilda se convertirá en un parque natural o una base del ejército, pero nadie más vivirá aquí. Somos los últimos. Ve despidiéndote de tu hotel, Amelia.

—¿Qué? —Amelia miró a Carmen—. ¿Tú sabías eso, Carmen?

—Yo... No sabía que hubiera un plazo.

Amelia se quedó un segundo en silencio.

—Ayer por la noche hubo una asamblea especial —dijo Lowry—. Me han pedido que dimita. Vamos a crear un nuevo comité. Vamos a luchar, ¿entendéis? Esta es la última infamia que estamos dispuestos a soportar.

—De acuerdo —dijo Amelia—. Yo estaré en esa lucha contigo, Lowry, pero en cualquier caso aquí están pasando cosas muy graves. Casi matan a Bram hoy. Y Didi nos ha contado que anoche también sufrió un ataque. Alguien apedreó su café. Siento mucho decirte que tu esposa estaba entre la multitud.

—He oído eso —dijo Lowry—. Didi se mofó de ellos primero.

—¿Qué? ¡Permíteme que lo dude!

—Hubo testigos, Amelia. Theresa solo fue a invitarla a la oración y ella salió riéndose de ellos. Les dijo que se podían ir al infierno. A alguien le calentó demasiado y pasó lo que pasó. No se puede jugar así con los sentimientos de la gente.

—Pero ¿de qué hablas, Frank, joder? ¿Estás en tus cabales? —Amelia no había podido remediar un grito—. Acabo de coserle la cabeza a Bram Logan hace diez minutos. Le han golpeado y robado en su propia casa. Como no hagas algo ahora mismo, te juro por mi vida que te denunciaré a ti también.

Esa amenaza consiguió por fin la atención de Lowry. Volvió el rostro hacia Amelia y le dedicó una mirada llena de furia.

—Es el final, Amelia. ¿No lo ves? Todo, todo en esta isla está sentenciado. Y esa caja es la última oportunidad de mucha gente, incluso la tuya. ¿Por qué os oponéis? La verdad es que a mí también me cuesta entenderos...

—¿Oponerse a qué, Gareth? ¿Estás en tus cabales?

Lowry levantó la mano y la puso delante de la boca de Amelia, como si quisiera callarla. Como si otro Gareth Lowry más agresivo dentro de él le estuviera pidiendo cerrarle la boca a aquella anciana respondona.

—Solo digo... —Se interrumpió para tomar aire—. Solo digo que os conviene olvidaros del tema, ¿entiendes, Amelia? Refugiaros en el hotel hasta que todo esto haya pasado. Será cosa de unos días, y entonces...

—Entonces ¿qué...?

Lowry abrió los ojos de par en par. Algo le había hecho sonreír.

—Entonces ya no habrá más preocupaciones, para ninguno, Amelia. Yo no sé cómo explicártelo... Volved al hotel. Y no salgáis.

—De acuerdo —dijo Amelia—. Eso es precisamente lo que pienso hacer. Volver al hotel, arreglar mi antena y llamar a todo el mundo. La policía, el rescate marítimo, todos. ¿Entiendes lo que te estoy diciendo?

En ese momento se abrió la puerta del despacho. Fue algo tan repentino y brusco que Carmen se asustó y se volvió con su escopeta. Keith Nolan entró muy despacio. El agua de la lluvia se resbalaba por encima de su capa impermeable de pescador.

—¡Nolan! —dijo Amelia como si estuviera llamándole al orden, pero en su voz había algo de duda y desesperación también. Como una maestra intentando poner un poco de orden en una clase de niños asesinos.

—Entrégame esa escopeta —dijo Nolan—. Vamos, no hagas ninguna locura.

Carmen estaba petrificada.

—No —dijo Amelia—. Solo estábamos hablando, Keith. Y hay una buena razón para llevar una escopeta. Si nos escuchas...

Entonces Lowry dio un paso al frente.

—¡Vienen aquí amenazándome con eso, Keith!

—Ya veo. Vamos, la escopeta.

Keith había dado un paso en dirección a Carmen, con la mano extendida y casi tocando el cañón. Amelia se interpuso entre ellos dos y levantó los cañones de la escopeta.

—No estábamos amenazando a nadie. Hemos venido a denunciar una agresión y un asalto en la casa de Bram. ¿O tú también has dimitido de tu cargo, Nolan?

Había algo en el rostro de Keith Nolan que inmediatamente las dejó entrever que así era.

—Dadme la escopeta y hablaremos.

—Nos vamos de aquí —respondió Amelia—. Y la escopeta se viene con nosotras. Carmen, sal muy despacio.

Carmen empezó a caminar hacia la puerta y Amelia fue detrás. Los dos hombres se quedaron donde estaban.

—Somos vuestros vecinos, Amelia —dijo Lowry—. ¿Es que no os dais cuenta? Todo esto es por el bien de la comunidad.

—Sois una panda de locos —respondió ella—. Esto no va a quedar así. De ninguna manera. Si protegéis a McGrady seréis cómplices de todo esto.

El Defender seguía en marcha cuando salieron. Entraron y solo entonces se dieron cuenta de la situación. Estaban huyendo de la oficina de Keith Nolan y Gareth Lowry, por imposible y surrealista que eso pudiera sonar. Era como si el último atisbo de la ley de St. Kilda acabara de irse por el desagüe.

—Llevaba una de esas gabardinas —dijo Carmen.

—Lo sé —respondió Amelia—. Me he dado cuenta. Creo que hemos hecho lo correcto.

—Yo también lo creo.

—Vamos, quita el freno y salgamos de aquí.

Carmen metió la marcha atrás y salió dibujando una curva en sentido al puerto. Entonces embragó la primera para maniobrar. Fue a meter la marcha atrás cuando sus ojos percibieron una especie de luz a través del parabrisas.

Y ante lo que vieron, Amelia dejó escapar un «cielo santo»; Carmen también habría dicho algo si no se hubiera quedado sin aire.

Las puertas de la capilla de St. Mikas estaban abiertas de par en par y, por lo que se veía en la distancia, su interior estaba iluminado por decenas de velas. Y había gente allí, veinte o treinta personas sentadas en los bancos de madera, aunque también vieron a dos mujeres tumbadas en el pasillo. No había música, ni rezos, ni nadie dando un sermón en el altar. Sencillamente estaban allí, escuchando el silencio.

—El día de la oración —dijo Carmen—. El Sabbath.

—Vamos, nena, arranca —respondió Amelia.

Pero Carmen estaba como hipnotizada por aquello. ¿Había algo que ellas dos no veían? ¿Había algo allí que ellas dos eran incapaces de percibir por alguna razón? La visión de las velas y la gente en silencio la subyugó. ¿Y si en realidad estuvieran equivocadas? ¿Y si en realidad debieran salir del coche e ir a rezar?

—¡Vamos! —repitió Amelia Doyle—. Saca este maldito coche de aquí.

Carmen embragó la marcha atrás y, entonces, desde uno de los laterales del portón vieron aparecer a Theresa Sheeran. La mujer se quedó quieta en el centro exacto de la entrada, mirándolas en silencio, como si con sus ojos pudiera decir: «Arrepentíos, aún estáis a tiempo».

El Defender salió proyectado hacia atrás sin demasiado control cuando Carmen pisó el acelerador. De haber habido un coche aparcado en los aledaños del Club Social, lo hubiese embestido sin duda. Pero tuvieron suerte, esa mañana no había ninguno en los alrededores.

SEXTA PARTE

EL ALMA DE LA TORMENTA

Mary Jane

El bote de Neprozam estaba sobre la mesa, junto a los útiles de escribir. No una pastilla suelta ni dos (la dosis que tomaba cuando le aquejaban aquellos horribles dolores de cabeza), sino todo el bote. Y ella lo observaba sentada en la cama, mientras Klaus y Kira jugaban a destrozar su almohada preferida.

Normalmente les hubiera gritado que parasen, pero esa mañana le daba todo igual. Que rompieran la almohada, las cortinas. Que rompieran toda la maldita casa si querían.

No estaba para dar gritos.

Anoche tuvo que tomar tres pastillas después del sueño. Pero ¿había sido un sueño? No, ningún sueño es tan real. Ningún sueño hace que quieras destrozarte la ropa o llorar hasta perder el aliento.

Primero estaba en la cama, pero no en aquel catre de su *cottage* de St. Kilda, sino en la cama de Morning Star Avenue, 14, North Circular Road, en Dublín. Y ella no estaba tumbada, sino de pie. Quien estaba en la cama era *ella*, su madre: Ronda Blackmore. Una anciana de ochenta años, arrugada, con una piel que parecía cuero viejo, hundida en las cavidades de sus viejos huesos. Estaba dormida, porque roncaba ligeramente. Ese ronquido tan molesto, tan irritante cuando uno es insomne y no puede pegar ojo.

No había dormido en cuatro días y estaba irritada. Tenía los ojos enrojecidos y la sensación de que alguien había clavado grapas metálicas en un lado de su cabeza. Estaba deprimida, irascible, paranoica... Y, a pesar de todo, esa noche había tratado de escribir algo. Craso error. Cualquier escritor con un poco de experiencia sabe que ese, precisamente, es el peor momento para intentarlo. La depresión y la ira solo destrozan más las malas novelas. Y mientras corregía y corregía una frase incorregible, escuchaba el ronquido de su madre en la habitación de al lado. Y aunque la puerta estuviera cerrada y hubiera un pasillo de por medio, el ronquido parecía ser capaz de atravesar todos esos obstáculos y llegar hasta ella para molestarla, ¡para molestarla! ¡No se conformaba con destrozar su vida estando despierta! También tenía que hacerlo mientras dormía. Entonces, desde alguna parte de las entrañas de esta tormenta mental, surgió la idea de taparle la boca con algo. Con una almohada, ¿por qué no?

Y allí estaba —seguimos en el sueño—, con aquella almohada entre las manos mientras Ronda dormía plácidamente. En algún momento se iba a despertar preguntando por Jack, su marido, o gritaría que la tenían encerrada y pediría auxilio. O se mearía... o algo peor.

Primero apoyó la almohada suavemente en su nariz, pensando que el contacto haría que el ronquido cesara, pero el sonido continuó y entonces ella siguió apretando. Y de pronto se vio a sí misma apretando aún más. Las manos casi pensaban —y actuaban— por sí solas. Y lo que pensaban era: «Hace tiempo que todo esto dejó de tener sentido. Hace cinco años exactamente, y pensaste que ella no duraría, y por eso querías acompañarla. Pero, joder, la muy... tiene una salud de hierro. Hasta es posible que caigas tú antes que ella. Y mientras tanto, ¿qué vida estás teniendo? Has destrozado tu carrera literaria. Has espantado al único hombre que parecía tener algún interés por ti. No duermes. Te pasas el día lavando ropa y sábanas, y tu casa huele a mierda y a enfermedad. Y de acuerdo con que en esta vida estamos para ayudarnos unos a otros, pero ¿hasta qué punto? ¿Hasta qué punto debemos sacrificarnos por alguien que no tiene solución? ¿Hasta qué punto debemos destrozarnos la vida por alguien que está en la recta final?».

Y mientras pensaba en todo esto, sus manos seguían apretando y apretando, y Ronda Blackmore debió de despertarse cuando empezó a faltarle el aire e intentó moverse, cosa que fue del todo imposible porque las sujeciones de la cama tenían atrapadas sus muñecas. Joder, era una señora de ochenta años, pero empezó a vibrar y a botar en la cama como si fuera una cobra. Aunque solo durante medio minuto... Después cedió y su cuerpo descansó. Hizo un ruido muy largo, como AUMMMMMFFFFF, debajo de la almohada, y ese fue su último estertor. Había muerto asesinada por su hija, aunque posiblemente ya ni sabía quién era. Seguramente pensó que aquellos carceleros que la tenían atrapada se habían cansado de cuidarla. Y, en parte, tenía razón.

Todavía con las manos en la almohada, ella se dio cuenta de lo que acababa de hacer y rompió a llorar. Pidió perdón, perdón, perdón, pero no podía evitar sentir cierta liberación en la boca del estómago. Como si el asesinato no fuera algo tan tan tan absolutamente horrible. O, al menos, el asesinato en aquellas circunstancias. (Ahora podría salir de casa más de dos horas seguidas, ¿te lo imaginas? Comerse un *bagel* en la tienda de la esquina y leer el periódico toda la mañana acompañada de un *latte* bien lleno de espuma. Y viajar... Dios mío, ¡podría pasarse un fin de semana fuera!) Entonces, después de la culpa, sobrevino el miedo. Comenzó a pensar en cómo manejar aquello, aunque en el fondo sabía que sería fácil. La chica del servicio de atención doméstica le había advertido de algunos casos de asfixia que podían ocurrir si los cinturones de sujeción se colocaban erróneamente, o si el paciente sufría algún tipo de ataque mientras dormía...

Todavía en su sueño, en el recuerdo más preciso que jamás había tenido sobre la noche en que acabó con su madre. Y lo que aconteció entonces fue que llegó el momento de retirar la almohada y ver el rostro de la anciana, la mueca de la muerte. Primero pensó que no debía hacerlo, pero después se convenció a sí misma de que no tenía sentido posponerlo. Y fue una imagen que la perseguiría de por vida. En primer lugar, su madre tenía los ojos tan abiertos que parecía que le habían recortado los párpados. Eran como dos huevos cocidos a punto de saltar de sus órbitas. Pero esto, que por sí mismo ya era horrible, solo fue un detalle escabroso comparado con su boca. Su boca... Ronda tenía la lengua fuera, aplastada contra los dientes. Al no poder defenderse con las manos, había luchado con su lengua por respirar, y ahora esta era como un gigantesco tentáculo muerto que reposaba sobre la comisura de los labios.

En la vida real, ella vomitó en ese instante. Después se recuperó y pasó todo lo demás: mover el cuerpo de su madre, comprimir su pecho con la cinta de sujeción y dejarla así durante horas. Pero ahora estábamos en su sueño, y allí mamá abría los ojos y la miraba fijamente.

«¿Qué has hecho, cariño? ¿Por qué?», dijo. «¿Es esto lo que recibo después de toda una vida cuidando de ti?»

Ella ya sabía que debía de encontrarse en un sueño, pero no obstante era incapaz de despegarse de esa mirada, de esos dos ojos en los que danzaba una negra espiral.

«¿Crees que yo no di mi vida por ti? ¿Crees que me gustó parirte? Me desgarraste entera y sangré durante días. Sequé mis pechos para alimentarte. Y también tuve que renunciar a otras cosas... ¿Crees que no hubiera sido fácil ahogarte con una almohada cuando llorabas por las noches y no me dejabas dormir? Eras un bicho incansable y Jack me dejó porque nunca quiso tener niños. Tú fuiste la maldita razón. Tú, maldita asesina.»

«No...», sollozó ella. «Por favor, yo pensé que tú ya...»

«¿Que no sentía? ¿Que no pensaba? ¿Y si te dijese que sentí cada segundo de aquella tortura? Sentí cómo me quedaba sin aire, cómo me ardían los pulmones y cómo apretabas con furia para quitarme de en medio. Para quedarte con todo lo que yo gané honradamente mientras tú, parásito, ni siquiera pudiste abrirte camino en la vida.»

Mamá siguió con aquello. Diciendo verdades horribles que la dañaron permanentemente, como una aguja destrozando un disco de vinilo para siempre. Ella se despertó llorando y siguió sollozando incluso al darse cuenta de que todo había sido un sueño. Jamás había recordado tan bien los acontecimientos. Su mente había hecho un esfuerzo por borrar las imágenes, por suprimir las emociones, pero de pronto todo había vuelto con una fuerza inusitada. ¿Por qué ahora precisamente? No lo sabía y era incapaz de razonar demasiado. Había comenzado el invierno con una ligera sensación de tristeza, de melancolía. Cumplir cincuenta años, se decía a sí misma, le había sentado terriblemente mal. Y quizás estaba ya en la ruta de una depresión, desde hacía tiempo. Eso explicaría su llanto, el llanto incontenible e imparable con el que se despertó en medio de la noche.

Kira y Klaus saltaron encima de la cama para observarla en silencio, y ella intentó decirles algo hermoso para relajarlos, pero ni siquiera pudo articular palabra.

Estuvo así durante dos o tres minutos, hasta que finalmente consiguió relajarse un poco. Era de noche y la tempestad estaba en su apogeo, cosa que a ella jamás le había importado. De hecho, esa era una de las cosas que le encantaban de vivir en St. Kilda, esa sensación de vivir en una pequeña celda monástica que a veces era engullida por las tormentas del océano. Pero esa noche, después de ese sueño, se sintió como electrificada. Tensa. Se levantó a tomar un vaso de agua y entonces se le ocurrió tomarse también una de sus pastillas para la jaqueca y tratar de volver a dormir.

Estaba en la cocina cuando escuchó aquel ruidito. Como si algo se arrastrase por la madera de la puerta. ¿Había alguien ahí fuera? Intentó atisbar algo desde la ventana, pero no fue capaz. Solo se veía la noche negra y tormentosa.

—¿Hola? —dijo.

El ruido cesó durante un rato y fue sustituido por el sonido del viento empujando la madera. Pero entonces, al cabo de unos segundos, regresó. Un roce. Una especie de largo recorrido sobre la madera. Algo —¿alguien?— que rascaba la superficie de la puerta.

Se acercó y se aseguró de que la llave estuviera echada.

Después puso el oído sobre la madera y entonces... ¿lo temió?, ¿lo supo?

Su disco rayado se lo dijo. Emitió un chirrido a través del viento (¿de su viento mental?) y le dijo que al otro lado de la puerta estaba Ella. Mamá. Ronda Blackmore. Que de alguna manera había regresado desde el mundo de los muertos que fallecieron antes de tiempo.

Los dedos rascaron la madera otra vez.

Le caían las lágrimas de nuevo, pero ni se daba cuenta. Tampoco fue consciente de que se le movían los ojos muy rápido, ni de que se le había escapado un chorrito de orina sin querer. Solo cuando abrió la boca y su voz sonó como si fuera la de otra persona, se dio cuenta de que quizás, solo quizás, se estaba volviendo loca.

—¿Mamá? —dijo con la voz temblorosa—. ¿Eres tú?

Y al otro lado de la puerta, una lengua chasqueó dentro de una boca sin dientes.

—Abre, hija mía.

Carmen

Carmen estaba en el almacén donde descansaban todas aquellas herramientas que había aprendido a utilizar desde que se había mudado a St. Kilda (y que, para ser honestos, había ODIADO en mayúsculas, como la desbrozadora, que siempre se resistía a arrancar, o el indómito escobón de paja).

Estaba haciendo leña. Golpeando con el hacha y reduciendo un gran tronco de arce a pequeños trocitos consumibles en la chimenea del salón. Mientras tanto, en su cabeza se arremolinaban los últimos acontecimientos. La visita al pueblo, Nolan, Lowry... Pero, sobre todo, el pequeño enfado de Amelia.

—¿De verdad el informe de Charlie decía eso? —le había dicho nada más llegar al hotel esa mañana—. ¿Cuándo pensabas decírmelo?

Amelia estaba irritada tras la conversación con Lowry. Era lo que Carmen había pensado. Que estaba tan alterada por todo lo que estaba ocurriendo que había decidido enfadarse por una razón cualquiera.

Ella respondió que «Charlie le había pedido discreción».

Y entonces Amelia dijo aquello tan hiriente:

—Pensaba que éramos amigas.

Carmen había estado a punto de responderle a Amelia que su relación de amistad resultaba un tanto asimétrica. A fin de cuentas, ella era la jefa. Y, «ya que estamos poniendo las cartas boca arriba», su anuncio en Work-Away no decía nada sobre segar hierba, desbrozar maleza o podar arbustos, cosas que había hecho sin quejarse desde que llegó. Tampoco mencionaba tareas como lijar y barnizar madera, rellenar tanques de queroseno, pintar paredes, arreglar bicicletas, recortar maderos e incluso subirse a un tejado a recolocar un pararrayos.

TRABAJA EN UN HOTEL EN LA REMOTA ISLA DE
ST. KILDA
LAS TAREAS COMPRENDEN:
LIMPIEZA, RECEPCIÓN, HACER LA COMPRA
Y DAR CONVERSACIÓN A UNA ANCIANA
ABURRIDA

Cuando Carmen leyó aquel anuncio por primera vez, en febrero de ese mismo año, se ilusionó pensando que había encontrado ese refugio perdido que buscaba. Esa misma tarde llamó a Amelia Doyle por teléfono, que le confirmó que nadie había solicitado el puesto de trabajo todavía, algo que no la sorprendió. En Work-Away había anuncios para trabajar en el archipiélago de las Fiyi, hoteles de Tailandia y ranchos de la Pampa, así que ¿quién demonios querría irse a vivir a uno de los lugares más oscuros de la Tierra? Una isla de cien habitantes perdida en el mar del Norte, con electricidad generada con gasolina y un ferry que no siempre era capaz de llegar.

Algo así como viajar veinte años al pasado. Tenías que estar mal de la cabeza, huyendo de algo o completamente desesperada para querer vivir allí.

Exactamente su caso.

Carmen decidió hacer una visita de prueba a primeros de marzo. Viajó hasta Inverness y desde allí a Thurso en un autobús, rodeada de hinchas de rugby. Un ferry hasta Mainland y después otro hasta St. Kilda. Nunca olvidaría el momento en que vio la isla aparecer a lo lejos, sola en aquel vasto océano, y la sensación de que aquel era el sitio adecuado para ella. Perdida. Lejos de todo.

Para cuando pisó el puerto, el cielo era de una oscuridad cenicienta. No obstante, su corazón celebraba el hallazgo. Los sonidos del puerto. Los barcos de pesca amarrados, con sus complicados cuerpos de poleas, redes y antenas. El olor de los motores mezclado con el salitre. El capitán del *Gigha* le indicó cómo llegar al hotel: «Suba la única calle, todo recto. Al final hay una gran casa de dos plantas y un mirador de cristal. Es allí».

Amelia Doyle la recibió con una taza de té, un trozo de tarta y la chimenea cargada de troncos. Se sentaron en la salita de cristal, una frente a otra, se miraron a los ojos y ella fue muy clara desde el principio: «Me quedé viuda hace un año. Mi compañero durante cincuenta y cuatro años se marchó de pronto, sin avisar. Se fue de una manera rápida y elegante, pero a mí me hizo la mayor cabronada de mi vida. Me ha dejado sola, artrítica y helada en un hotel de dos plantas. No me oirás llorar, pero a veces suelo maldecir a Frank en voz alta».

Amelia le dijo que necesitaba alguien para hacer el trabajo duro y que además tampoco tenía demasiado dinero para pagarle, pero que sería muy flexible con el horario. «Eso sí, necesito que me cuentes algo de ti. Tienes las manos de porcelana y la cara de alguien que posiblemente tiene estudios. Tendrás que explicarme por qué quieres venirte a vivir a esta isla del demonio.»

Entonces, quizás por aquella chimenea o por los ojos azules de Amelia que parecían no aceptar otra cosa que la verdad absoluta, Carmen terminó hablando de Álex y Daniel por primera vez en mucho tiempo. Y ahí fue cuando Amelia sacó una botella, echó otros dos troncos a la chimenea y abrió la veda para romper a llorar. Y después, directamente, Carmen dijo que quería quedarse allí. Que empezaba al día siguiente. «¿De verdad, nena? ¿De verdad no quieres reflexionarlo un poco?» Fue un auténtico cruce de cables cerebral, pero Carmen se dio cuenta de que había sido más sincera con aquella mujer en dos horas que con muchos de sus presuntos amigos en años.

Jamás hasta entonces se había arrepentido de su decisión. Pero esa tarde, mientras dejaba caer el hacha con fuerza —cada vez con más fuerza—, habría deseado viajar en el tiempo y cambiarlo todo. Haber dejado a Amelia en su hotel. Haber vuelto a Londres y aceptar, quizás, la oferta para cuidar una isla privada en las Fiyi.

¿Acaso se estaban volviendo locas? ¿Iban a enfadarse ahora, cuando más se necesitaban la una a la otra?

Regresó al hotel con una cesta llena de leña partida. Cebó la chimenea del salón y después se dirigió al apartamento de Amelia. Allí, Bram, Didi y Amelia estaban rodeando la radio.

—¿Mando naval de Thurso? Aquí Bram Logan desde el hotel Kirkwall. ¿Thurso?

Bram estaba sentado frente al escritorio, con los auriculares puestos. Amelia, mientras tanto, manipulaba la radio en busca de una frecuencia. Didi vio entrar a Carmen y negó con la cabeza.

—¿Rescate marítimo? —repitió Bram—. ¿Hay alguien ahí?

Pero nada. Solo nieve y ruidos distorsionados.

—¿Thurso? ¿Me oye?

Carmen entró y el crujido de los tablones la delató. Bram y Didi se dieron la vuelta. Por primera vez desde que los conocía, Carmen creyó ver una sombra de recelo en esos rostros.

—¿Cómo va eso?

—Nada —dijo Bram—. Hemos intentado mover la antena con una cuerda, pero parece que hay algo más roto. Quizás un cable.

Amelia seguía pugnando por encontrar una frecuencia.

—¿De verdad decía eso el informe de Charlie? —preguntó Didi.

—Vale, aclarémoslo de una vez —respondió Carmen—. Amelia, no puedo seguir enfadada contigo ni un minuto más. Ni con ninguno de vosotros.

—Yo no estoy enfadada —dijo Didi—. Solo sorprendida.

—Yo sí estoy enfadada —dijo Amelia.

—Charlie me contó lo del informe durante la cena. No me dio demasiados detalles, esa es la verdad, aunque sí mencionó que el plan de la relocalización había ganado enteros tras la decisión de Edimburgo.

—Podrías haberlo mencionado. En el desayuno de ayer por la mañana, por ejemplo. ¿Sabes lo que significa eso para la gente del pueblo? Lo van a perder todo.

—Lo sé, Amelia, lo sé, pero han pasado tantas cosas que no volví a pensar en ello —sollozó—. Lo siento de verdad, perdóname...

—Vamos —dijo Amelia cogiendo la mano de Carmen—. Ven aquí. Perdóname tú a mí, nena. Soy una vieja idiota.

Entonces Didi la cogió por la otra mano.

—Estamos juntas, ¿vale? No podemos separarnos ahora.

—No —dijo Carmen aguantándose el llanto—. Yo... Estoy asustada. Encerrémonos en el hotel hasta que todo esto pase, ¿vale?

Entonces Bram dio un paso hacia ellas tres.

—Lo siento —dijo con el rostro muy serio—. Pero antes hay otra cosa que debemos hacer...

Dave

—Deberíamos matarle, cortarle los huevos y hacérselos comer.

A través del ojo que me quedaba medio sano podía ver al gran John y Lorna, el Sapo Traidor, cada uno a un lado de la cama. Zack, supuse, estaría curándose la pierna.

—Tenemos toda la vida para eso, John. Lo primero es lo primero.

Joder, a Zack su hermano le había volado un buen trozo de espinilla y creo —por lo que vi antes de que me empezaran a golpear en la cara— que también le había arrancado uno de los dos gemelos. Con suerte se quedaría cojo y, si la cosa se torcía, igual habría que amputarle la pierna a la altura de la rodilla.

En cuanto a un servidor, bueno, me habían dado bastante bien. Una paliza como Dios manda, sí, señor, aunque nada roto más allá de un diente que Lorna me había sacado de un palazo (el oído derecho todavía me pitaba por esto mismo;

quizás lo hiciese durante el resto de mi vida). John, por su parte, había desatado su furia a patadas en mi vientre... Después hubo tortazos, tirones de pelo... Nada había pasado de ser un dolor superficial, pero había cosas más preocupantes. Mi pie derecho estaba cada vez peor. Lo notaba hinchado debajo de las vendas, como si estuviera a punto de reventar. Claramente infectado, y eso era lo que más me preocupaba. La gangrena no iba a tardar en aparecer. Y los remedios contra eso eran los mismos que hacía cien años... Por otro lado, mis pulmones eran como dos calderas de vapor. Ardían y dolían al respirar, como en una buena neumonía. Y no tenía perspectivas de que esos granjeros fueran a hacer nada por ayudarme, no después de la que les había liado la noche anterior.

Mientras tanto, me preparaba para el siguiente capítulo de Dave y sus Amigos de La Granja. Porque sabía que habría un siguiente capítulo, y que no iba a ser precisamente una conversación educada, al estilo de las tertulias culturales del Aspen Club. Esos sueños, esas cosas que estaban ocurriendo en mi cabeza, me habían aclarado muy bien el asunto. No sabía cómo, ni por qué, pero lo sabía: yo era lo único que se interponía entre esos paletos y el contenido de La Caja. Y ese *contenido* estaba de alguna manera trabajando activamente en su liberación. Dentro de mi aturdimiento, había llegado a algunas locas conclusiones, como por ejemplo que mis sueños a bordo del avión también habían sido obra de *eso* que salía como tentáculos negros de los ojos de Chloe Stewart. Incluso el accidente de nuestro C-17 podría estar relacionado con los deseos de *eso*, que me avisó de lo que estaba a punto de ocurrir porque lo tenía todo planeado. *Eso* necesitaba que alguien con las manos libres y el cuello en su sitio pudiera abrir el portón de carga, liberarlo y dejarlo flotando en alta mar como una botella con un mensaje dentro, esperando a ser rescatado, tal como había terminado ocurriendo. Dicho de otra forma, muy resumida: Dave Dupree era el responsable de que ese como quieras llamarlo hubiera salido de donde nunca tenía que haber salido. Dave Dupree, que prefirió sobrevivir a cumplir sus órdenes. Y ahora comprendía por qué el doctor Akerman me había pedido que lo hiciera estallar. Lo que viajaba dentro de esa caja era muy listo y muy fuerte, y no quería ni imaginar lo que pasaría si lograba salir y campar a sus anchas.

Y comprender todo esto me dolía casi igual que el palazo en mi cara.

—Eh, soldadito, ¡eh!

Noté que alguien me daba unos ligeros tortazos. Eso hizo que mi encía huérfana soltase un poco de sangre, que escupí por la comisura de los labios.

—¿Estás despierto?

Moví la cabeza para decir que sí.

—Bien, porque tenemos que hablar.

—¿Hablar?

—Sí, vamos a hablar. Bueno, de hecho, eres tú el que va a hablar. Ha llegado el momento de dejarse de bobadas. Lo de anoche fue una idiotez por tu parte. Y ahora Zack quizás ya nunca vuelva a caminar bien. Por tu culpa, señor soldado.

—Lo siento mucho —dije, aunque sonaba más como: «Lo ziento muzzzo».

—Sentirlo vale de poco.

—Escuchadme...

—Escúchame tú —me interrumpió Lorna—. Está a punto de ocurrir algo milagroso, ¿entiendes?

—Sí.

Lorna Ojos de Sapo pareció sorprendida por mi respuesta.

—¿Lo entiendes?

—Es La Caja, ¿no?

—De eso se trata, precisamente. El reloj está corriendo y estamos intentándolo con todas nuestras fuerzas. John se ha dejado las manos dándole con un mazo. Mira, enséñale las manos, John.

Abrió las palmas ante mí y vi que en efecto las tenía completamente peladas y llenas de ampollas rotas.

—Y ahora los muchachos están allí, probando con un soplete, pero ese jodido acero se resiste. Lo sabes, ¿no? Es una aleación increíblemente dura. Tengo la sensación de que es imposible hacerle un agujero.

Yo trataba de seguir el hilo, asintiendo con la cabeza.

—Vale, y ahora llega la parte interesante de verdad. Hemos encontrado algo. Una especie de calculadora escondida debajo de una tapa de color rojo. ¿Sabes lo que te digo?

—No.

—Miente —dijo John—. ¡Miente como un perro!

—No miento —respondí con toda la tranquilidad que pude—. Ya os lo dije: soy como un repartidor de pizzas. Llevo cosas de un sitio a otro, no sé nada más.

—Piénsalo bien, soldado. Es un teclado con botones. Nos pide una contraseña. Creo que es la forma de abrir la caja. Escríbela en un papel, y te dejaremos vivir. Así de fácil. John te llevará a tierra en su barco. ¿Verdad, John?

—Sí —dijo él.

Si hubiera podido, me habría reído por aquella mentira tan infantil. Ellos jamás me dejarían salir de allí con vida. Me iban a matar antes o después (o dejémoslo en que lo iban a intentar; ¡mente en positivo!).

Pero había algo cuando menos interesante en lo que decían. Ellos querían la contraseña, la misma contraseña que la Chloe Stewart «mala» había intentado sonsacarme en mis sueños. Pensaban que eso abriría La Caja. No tenían ni idea de que en realidad la haría volar por los aires, así que empecé a pensar en cómo podría aprovecharme de esa situación. Bueno, la primera idea era lógica: «Dásela, que la tecleen y salten todos por los aires. Estoy seguro, por la pinta que tiene esa caja, de que el explosivo ni les hará daño. Será como si alguien encendiera una luz y en menos de un ¡zam! se habrán descompuesto en pequeños trocitos de carne quemada». Vale, esa parecía la solución más fácil, pero tenía un fallo fundamental. Yo no podía prever cuántas y qué víctimas provocaría esa explosión. Yo sabía (¿por un sueño o porque me lo habían dicho ellos?) que tenían esa caja almacenada en un lugar del pueblo. Y eso significaba un montón de gente inocente, niños y ancianos que el explosivo podría hacer pedazos mientras yo moría cómodamente atado en aquella cama, por culpa de un problema que nunca habría existido si yo hubiese cumplido mis órdenes —«¿eh, doctor Akerman?»—. No, tenía que destruir La Caja, pero hacerlo yo mismo, comprobando el terreno de primera mano.

—¿Un teclado rojo? —pregunté.

Pude ver una expresión lunática en sus rostros.

—¡Sí! —afirmaron al unísono.

—Puede... Puede que se trate del ordenador. La cerradura de ese bicho es electrónica.

—Vale, hasta ahí ya hemos llegado nosotros, soldado —dijo Lorna—. Dale un papel y un lapicero, John, y que apunte...

—No, no... —la interrumpí—. Ya os he dicho que no tengo ni idea de la contraseña, pero podría intentar ayudaros.

—¿Cómo?

—He manejado ordenadores militares del mismo estilo. —Aquellas últimas palabras sonaron a verdad—. Dependiendo del software, pueden manipularse. Abrir una puerta trasera que nos permita saltarnos la contraseña. Pero tendría que ir allí. Sería imposible explicaros aquí todo lo que tendríais que hacer.

—No —me interrumpió John—. Es una trampa.

—Es todo lo que puedo ofreceros, intentarlo. Pero tendríais que llevarme allí.

Lorna me miraba con suspicacia.

—Podríamos llamar a Ngar y a McGrady, que vengan a ayudarnos. Zack fue un idiota, pero con una escopeta y dos tíos grandes no creo que haya nada que temer. Además, este ya está medio molido a golpes.

—No me fío, ¡está planeando algo! —protestó John—. Y se mueve como una jodida culebra. ¡Tú no le has visto!

Lorna se volvió y me miró fijamente.

—¿Vas a intentar jugárnosla otra vez?

Cerré los ojos y volví a abrirlos, muy despacio, compungido.

—Yo solo quiero salir de aquí. Intentaré abrir La Caja, os lo juro. Después podéis llevarme a tierra y os doy mi palabra de que nadie volverá a buscaros. Podéis quedaros con ese maldito botín si prometéis no decirle a nadie que os ayudé. Yo, por mi parte, diré que se hundió en el mar, tal y como debió ocurrir. Y fin de la historia.

Lorna y John se miraron en silencio. Creo que por fin había hablado en un idioma que ellos entendían perfectamente.

—Ok, vamos a pensar lo que dices, pero déjame que te avise de algo: si se te vuelve a ocurrir revolverte o pegar o salir corriendo, quiero que sepas que John es el castrador de la familia. No tenía cabeza para estudiar, así que desde niño le enseñaron a cortar huevos. Es algo que se hace para que el ganado engorde. ¿Creciste en el campo, soldado?

—No —dije—. Soy un chico de asfalto.

—Bueno, pues John sabe un montón de técnicas. Incluso sabe castrar a una oveja con los dientes. En Laponia lo llaman *Gaskit*.

Abrí los ojos y miré a John. De hecho, le miré los dientes. Las paletas, para ser precisos.

—Todo esto te lo digo a modo informativo, ¿vale? ¿Me prometes que vas a controlar esa agresividad tuya? Porque como vuelvas a darnos el más pequeño problema, te juro que John se divertirá con tus pelotas.

—Te las cortaré —añadió él— y dejaré que te salga toda la sangre del cuerpo hasta que te quedes como una pasa.

—Ok, vale —dije—. No hace falta ponerse así.

—Vale, volvamos al hangar —dijo Lorna—. Quizás esa hubiera sido la mejor idea desde el principio. Quizás, si él pudiera *verlo*, comprendería lo que está en juego...

—¿Ver el qué? —pregunté.

Entonces sucedió algo en los ojos de aquella mujer. Su cara, que parecía llevar una vida entera arrastrando una pesada carga de mezquindad e ignorancia, se iluminó de pronto.

—Oh, es imposible explicarlo con palabras...

—Cállate —dijo John entonces.

—¿Qué?

—¡Silencio!

Por primera vez era John quien mandaba callar a Lorna.

Entonces él corrió a la puerta y en ese mismo instante escuché el ruido de un motor. ¡Un coche se acercaba!

—Es un Defender —dijo John mientras miraba a través de la ranura de la puerta—. Creo que son esos gilipollas del hotel.

—Pero ¿vienen hacia aquí? —preguntó Lorna.

—Han parado frente a la casa.

Lorna fue a reunirse con John en la puerta. Mientras tanto, yo trataba de pensar lo más rápido que era capaz. Estaba claro que esa visita inesperada había puesto a los hermanos en alerta. ¿Habían dicho algo de un hotel? «Los gilipollas del hotel.» ¿Es que había un hotel en esa miserable roca perdida en el mar? Un hotel significaba un teléfono, al menos...

—Saldré yo —dijo Lorna—. Tú quédate con el soldado.

—Cuidado —dijo John—. Esta mañana hubo gresca en casa de Bram. Quizás vengan con ganas de fiesta.

—Pues la tendrán.

Lorna salió cerrando la puerta tras de sí. Vale, mientras tanto yo había recibido un montón de información interesante. Lorna, Zack y John tenían, al menos, otros dos compinches llamados McGrady y otro nombre que me había sonado como «Gar». Y, por otro lado, había una «gente del hotel» y un tal Bram en cuya casa había habido una pelea.

John se había quedado junto a la puerta, vigilante. Por alguna razón, ni él ni Lorna habían contemplado la posibilidad de que yo decidiera gritar pidiendo auxilio. Claro que eso podría ser una «nueva idiotez» y Lorna ya me había alertado sobre lo que podía pasarles a mis partes nobles si volvía a las andadas.

¿Debía gritar?

Carmen

Estaban las dos dentro del coche, Carmen al volante y Didi con la escopeta (descargada) de Frank Doyle entre las piernas. El plan era que bajase y llamase al timbre de los Lusk, pero al llegar allí, frente a aquel *cottage* que parecía a punto de caerse a trozos, era como si Didi se hubiera rajado un poco.

—Joder, ¿alguien puede vivir aquí?

—Parece que sí —dijo Carmen.

—No puedo imaginarme ninguna razón por la que Charlie viniera hasta aquí.

—Yo tampoco, pero hemos acordado revisar casa a casa.

—Ok.

Didi abrió la puerta y se apeó del Defender. Dejó la escopeta apoyada en el asiento del copiloto, no era cuestión de llamar a la puerta de nadie armado con dos cañones. Pero Carmen ya no se fiaba ni de su sombra y se la puso sobre el regazo por si tenía que usarla.

Aunque creía que no le había visto esa mañana en casa de Bram, Zack Lusk pertenecía a la cuadrilla de McGrady, y esa era la razón por la que Carmen permanecía en el coche. Bram se había ofrecido a ir en su lugar, pero ella no podría permitir que saliera con esa herida, por mucho miedo que le diera abandonar la protección del hotel.

Sin embargo, también tenía muy claro que la desaparición de Charlie Lomax no era producto de ningún paseo mañanero. Era lo que Bram les había dicho: «Puede que esté extraviado o herido. Debemos al menos intentar encontrarle». El plan era echar un vistazo en todos los *cottages* habitados al norte de la isla, «escopeta en mano», y hacer preguntas. «Esto es un trozo de roca con cuatro costados. Alguien tiene que saber algo.»

Como ya era tarde —cerca de las cinco cuando salieron del Kirkwall— decidieron ir directamente a los más alejados de Portmaddock: el de los Lusk y el de Mary Jane Blackmore, la escritora local, para aprovechar la última hora de luz. En esa zona, además, estaban los acantilados y Layon Beach. No es que esperaran encontrárselo allí, obviamente, pero estaba claro que si Charlie Lomax todavía estaba en St. Kilda, debía de haber una razón de peso por la que no podía o no quería volver al hotel.

Didi llamó al timbre y se quedó quieta, con los focos del Defender proyectando su sombra sobre la casa. A ella tampoco le apetecía demasiado la idea de charlar con los Lusk. Pasó un minuto y nadie venía a abrir. Didi volvió a llamar y entonces se oyó un grito que la estremeció.

—¡QUE TE JODAN!

Bueno, esa respuesta parecía la de alguien muy malhumorado a quien estuvieran molestando gravemente. Después del improperio, Didi se volvió hacia Carmen y se encogió de hombros como diciendo: «¿Y ahora qué?».

Estaban a punto de irse cuando pasó otra cosa. Se oyó un ruido que parecía proceder de una especie de establo que quedaba aproximadamente a cien metros del *cottage*. Miraron hacia allí y vieron a Lorna Lusk cerrando la puerta tras ella. Vino caminando a toda prisa, con sus ropajes oscuros y sus dos botas de goma, que parecía tener fundidas a los pies.

—¿Qué os trae por aquí? —preguntó Lorna según llegaba a su altura.

—¡Hola! —dijo Didi tratando de ser jovial—. Vaya, no queríamos molestar.

Lorna miró a ambas mujeres rápidamente, como si no se acabara de fiar de sus intenciones. Carmen pensó: «Esta tía está nerviosa por alguna razón». Y en ese instante volvió a oírse a alguien quejarse desde el interior de la casa.

—¿Todo bien?

—Es mi hermano Zack —dijo ella—. Solo tiene una gastroenteritis, pero se queja como una niña. En fin, ¿se os ofrece algo?

Carmen se bajó del coche y se acercó a Didi. Hubiera preferido quedarse cerca del Defender. Allí dentro estaba su escopeta (descargada), de la que había decidido no alejarse demasiado el resto del día, pero tampoco quería parecer un ratón asustado. Por mucho que así fueran realmente las cosas.

—Pues estamos buscando a Charlie Lomax —dijo al llegar a la altura de las dos mujeres—. Lleva desaparecido una noche y, bueno, estamos preocupadas.

Lorna la miró con un gesto de desprecio.

—¿Lomax? Sí, claro, vino anoche a cenar y se quedó a

dormir —dijo, y después sonrió mostrando una hilera de dientes amarillos y torcidos.

Didi y Carmen intercambiaron una mirada rápida.

—Vale, Lorna, esto va en serio, pero supongo que no le habéis visto y punto.

En ese instante escucharon un grito que claramente procedía del establo, algo así como «SOC...», pero que se mezcló con el viento y no llegó a quedar del todo definido.

—¿Y eso?

—¿El qué? —respondió Lorna.

—Alguien ha gritado allí.

—¡Ah! Será John. Está capando carneros. Algunos chillan como si fueran humanos... —dijo riéndose.

Y echó la vista atrás como para asegurarse de algo.

—Ahora, si no tenéis nada más que preguntarme, tengo que volver para echarle una mano.

—Si ves a Charlie dile que le estamos buscando —dijo Carmen.

Lorna no respondió a eso. Carmen y Didi regresaron al Defender, cerraron las dos puertas y Carmen revolucionó el motor para evitar que se le pudiera calar durante la maniobra.

—¿Qué te parece? —dijo Didi—. Aquí pasa algo raro.

—¿El qué?

—Ese grito cuando has llamado a la casa. Y lo del establo...

—Bueno —dijo Didi—. Es cierto que los carneros chillan así.

Carmen se dio cuenta de que estaba mordiéndose los labios con mucha fuerza. ¿Era posible que Charlie Lomax estuviese allí encerrado por alguna razón? Pero este pensamiento no tenía ningún sentido. ¿Por qué? ¿Para qué? Aunque era cierto que había algo en la cara de Lorna Lusk.

Esa especie de mirada feliz, atontada, enloquecida. ¿No era la misma que tenía Lowry ese mediodía cuando dijo que debían «refugiarse en el hotel»?

«Será cosa de unos días, y entonces ya no habrá más preocupaciones.»

Volvía a llover cuando alcanzaron la carretera. Didi le dijo que siguiera hasta las viejas ruinas de la Torre Knockmanan para pasar por la casa de Mary Jane Blackmore.

La torre era solo una vieja pared circular, medio derruida, elevada en un promontorio con unas espectaculares vistas. A esas horas apenas quedaba luz en el cielo, cubierto por un techo negro de nubes bulbosas, preñadas de electricidad, que se extendían hasta donde llegaba la vista. Ya con los faros encendidos, se acercaron allí y observaron las tripas del torreón, vacías, sin ningún signo de vida («¿Qué pretendías? ¿Encontrar a Lomax acampando en este lugar?»). Abajo se abría la playa de Layon Beach, batida por un vivo oleaje.

—¿Y la casa de la playa? —preguntó Carmen señalando la blanca fachada de un pequeño edificio que se veía desde allí.

—¿La de los McMurthy? Debe de estar cerrada, solo vienen en verano —explicó Didi—. ¿Quieres que bajemos a echar un vistazo?

Carmen no era capaz de ver ninguna carretera.

—¿Cómo se baja?

—Por un caminito de tierra —dijo Didi señalando uno de los bordes del barranco—. ¿No te acuerdas?

Carmen no frecuentaba esa playa (en los pocos días de buen tiempo de St. Kilda prefería la arena de Little Greece y el hecho de que estaba mucho mejor resguardada del oleaje), pero el verano anterior acompañó una vez a Didi a Layon Beach siguiendo la pista de unos surferos franceses, básicamente porque Didi estaba colada por uno de ellos. Esa casita frente al mar le había parecido entonces casi de ensueño.

—Pero ¿cómo entran y salen los dueños de esa casa?

—Por mar.

—¿Cómo?

—¿No te habías dado cuenta? Antes había un *cottage* y los McMurthy se gastaron una fortuna en renovarlo y construir una casa en la playa, pero el ayuntamiento jamás quiso darles servicio y no construyó una carretera alegando que sería carísima. Así que tienen que llegar y salir en velero. Creo que también tienen un bote.

—Entonces ¿estás segura de que no hay nadie?

—Veríamos un barco fondeado.

—Bueno, entonces sigamos. No tiene sentido que nos juguemos la vida bajando por este camino si la casa está cerrada.

El *cottage* de Mary Jane Blackmore estaba situado un kilómetro tierra adentro, cerca de una pista que confluía, como todo, en el Bealach Ba.

El bardo local de St. Kilda era el arquetipo de la «solterona que vive con sus gatos». Ese día, según paraban frente a su puerta, descubrieron que también era de ese tipo de personas a las que les gustan los jardines recargados, con cierto toque de fantasía (como las libélulas de plástico, los enanitos de colores o las casitas de madera para pájaros).

—Madre mía, qué horterada —dijo Didi.

—Bueno, la verdad es que le pega un montón —respondió Carmen—. ¿No?

Didi dio un corto bocinazo y se quedaron las dos dentro del coche, esperando que el ruido de su motor fuera suficiente para llamar la atención de la señora Blackmore. Digamos que no era muy apetecible salir justo en ese momento, con el viento y el agua cayendo a plomo sobre la hierba que rodeaba la casita. Pero los visillos con bordados que decoraban las ventanas de Mary Jane Blackmore ni se movieron durante un minuto.

—¿Habrá ido al pueblo a rezar también?

—Vamos, esta vez me toca a mí —dijo Carmen abriendo la puerta.

Se dirigió confiadamente hacia la casa. Aquello no era el sucio y destartalado terreno de los Lusk, que parecía la morada de una bruja de cuento. Conocía un poco a Mary Jane, y era una mujer afable, sonriente, quizás con ese toque extraño propio de algunas personas que viven solas. Pensó que posiblemente estaría enfrascada escribiendo alguno de sus libros, ensayando canciones o dando de comer a sus gatos.

Llamó a la puerta y esperó con su mejor sonrisa. Seguía mordiéndose los labios con fruición, pero por un instante se le cruzó un pensamiento cómico: ¿y si se encontraba a Charlie allí? ¿Y si Lomax, en plena decepción amorosa, se había topado con la Blackmore en el Club Social del pueblo y, después de unas cuantas cervezas, habían decidido seguir discutiendo sus asuntos al calor de unas buenas mantas? Incluso eso sería un alivio gigantesco. Una explicación a su ausencia. Tal vez la única que tendría algo de sentido.

Escuchó algunos maullidos y recordó que Mary Jane, en efecto, tenía gatos. No era solo el cliché. Tenía dos gatos y lo sabía porque en una ocasión, durante el verano, le pidió a Amelia que les diera de comer mientras ella iba a pasar tres días a la casa de una amiga en Londres. Miró a través de uno de los visillos y los pudo ver en el suelo de la cocina. Uno negro con babero blanco y el otro atigrado, de color miel. Maullando y maullando. Claramente, la panda felina se había dado cuenta de su presencia, y aquellos maullidos tan insistentes fueron el primer signo de que algo no iba bien.

Carmen le hizo un gesto a Didi para que bajase del coche y al mismo tiempo se puso a rodear la casa.

—¡Mary Jane! ¡Eh! ¡Señora Blackmore! ¿Está por ahí?

Los gatos respondieron a esos gritos maullando todavía más fuerte.

—¿Qué pasa? —preguntó Didi.

Carmen no dijo nada, pero ya había comenzado a temerse algo terrible. Rodearon la casa mirando a través de las ventanas. El *cottage* constaba de una sola planta y no tardaron en encontrarse la ventana del dormitorio de Mary Jane Blackmore.

—¡Está ahí! —gritó Didi.

En efecto, a través de la tela de los visillos se podía distinguir a una persona tumbada en una cama.

—¡Mary Jane!

Pero el cuerpo, que atisbaban sobre un colchón, no se movió.

—Hay que entrar.

—¿Cómo?

—Rompamos una ventana, ¡yo qué sé!

Didi cogió un ladrillo de una hilera que delimitaba un parterre bajo la ventana del dormitorio. Miró a Carmen por un instante, como si necesitara su aprobación para hacer lo que iba a hacer, y Carmen asintió. Entonces Didi golpeó al cristal con todas sus fuerzas. Una, dos, tres veces, hasta que lo rompió en trozos grandes y puntiagudos. Después se protegió la mano con la manga de su parka y la introdujo a través del hueco. Encontró la manilla y abrió la ventana.

Carmen ayudó a Didi a encaramarse en la repisa.

—Ve a la entrada —dijo Didi antes de saltar dentro—. Te abriré la puerta.

Carmen corrió a la parte delantera de la casa. Pensó que Didi haría lo mismo, pero su amiga tardó medio minuto en abrir la puerta. Cuando lo hizo, tenía una cara horrible.

—Creo que está muerta, Carmen.

Los dos gatos de Mary Jane Blackmore se arremolinaron a los pies de las mujeres, maullando desesperados por el hambre. Carmen caminó con cuidado de no pisarlos y siguió a Didi hasta el dormitorio, que tenía la luz encendida. A medio camino ya se empezaba a notar un tufo a rancio flotando en el aire de la pequeña casa.

Mary Jane estaba tendida en su cama, con la cabeza apoyada en un almohadón. Vestía unos pantalones de pijama de color gris y una chaqueta de lana de *patchwork* con muchos colores. Tenía sus gruesas gafas rectangulares puestas y las manos en una posición apacible, recogidas sobre el vientre. El color pálido de su rostro y el tacto casi congelado de su piel ya hubieran sido suficientes para declararla muerta, pero Carmen le buscó el pulso. Nada.

—Mira —dijo Didi recogiendo algo del colchón, a uno de los lados de Mary Jane.

Era un bote de pastillas.

—Neprozam. Vacío.

—Tiene todo el aspecto de habérselas tomado a propósito.

—Sí —dijo Didi, y se santiguó casi sin darse cuenta.

Carmen quiso volver a apoyar la mano de Mary Jane sobre la otra y dejarla así, como alguien que se ha ido a echar la siesta para no despertarse jamás. Entonces se fijó en que había algo debajo de la otra mano.

—Es una nota —dijo mirando a Didi.

—Sería mejor dejarlo todo como está. Ya sabes, es lo que dicen en las películas. La policía...

Carmen lo meditó durante un instante. En otras circunstancias seguramente hubiera hecho caso a Didi y no se le habría ocurrido alterar la escena, pero, a fin de cuentas, ¿a quién iban a comunicar la muerte de Mary Jane Blackmore? ¿A Nolan, a Lowry? Sintió un tremendo escalofrío al recordar sus caras enloquecidas de esa mañana. No, allí no quedaba nadie con sentido común, o los que quedaban estaban recluidos en sus casas. Además, quizás esa nota les daría alguna información importante...

Cogió la nota y la desdobló.

Asfixié a mi madre, Ronda Blackmore, en el año 2007. Por favor, cuidad de mis gatos. Mary Jane.

Carmen sintió que sus manos comenzaban a temblar tanto que el papel se le escaparía de entre los dedos.

—Jo-der. Léela tú, yo no estoy segura de haberlo entendido bien.

Didi leyó la nota. Su rostro palideció.

—Has leído bien —dijo—. Joder, creo que voy a echarlo todo.

Didi se acercó a la ventana rota, apoyó las manos en la repisa y tomó aire.

—¿Mató a su madre? —preguntó Carmen—. ¿Cómo es posible?

—Alguna vez la oí contar que su madre había sufrido alzhéimer. Vivían juntas en Dublín antes de que muriera y Mary Jane se mudara aquí. Ahora se explica que viniera a perderse al fin del mundo.

—Dejemos esa nota en su sitio, Didi. Y vayámonos de aquí también.

—Sí, por favor. Pero ¿vamos a dejar este cadáver así?

—Pues lo tapamos con una sábana. Yo no pienso llevármelo en el coche.

Así lo hicieron. Sacaron una sábana de uno de los armarios de Mary Jane y se la extendieron por encima del cuerpo. Después Didi echó las contraventanas en aquella ventana cuyo cristal había roto para entrar. Estaban a punto de salir cuando los gatos se arremolinaron en sus pies.

—Joder... ¿Qué hacemos con los gatos?

—Lo único que ha pedido es que alguien se ocupe de ellos —dijo Didi—. Vamos, coge uno y yo cogeré el otro.

Los pusieron dentro de una caja vacía en el maletero y montaron en el coche, pero los gatos seguían maullando sin parar, así que Didi entró y rebuscó en la cocina hasta que encontró unas latas de comida. Las abrió y se las puso cerca, lo que hizo que los gatos se concentraran en comer. Después volvió a sentarse junto a Carmen y se quedaron las dos en silencio. El viento, fuera, aullaba como un fantasma enfadado, trayendo lluvia como un espray sobre las lunas del Defender.

—¿Qué está pasando? ¿Qué demonios está pasando aquí?

—No lo sé, Carmen. Ojalá termine la jodida tormenta esta noche.

—La tormenta no puede durar para siempre, ¿no? Podremos irnos... Nos marcharemos juntas y montaremos ese hotel en Siem Riep —respondió Carmen.

—Vale, prométeme que será lo primero que hagamos. El uno de enero.

—El uno de enero nos vamos, Didi. Te lo juro por mi vida.

Los gatos comían con voracidad en el maletero. Carmen sacó el coche de allí con furia y lo enfiló hacia la montaña pelada de Bealach Ba.

Cuando llegaron al hotel, antes de bajar del coche, Carmen le pidió a Dios que Charlie estuviera allí de regreso con una buena explicación, o una mala, le daba igual. La visión del cadáver de Mary Jane Blackmore le había hecho pensar, por primera vez muy en serio, que Lomax podría haber sufrido el mismo destino.

Pero después se ordenó callar a sí misma. Mantener el control. Didi era solo una niña. Se suponía que era ella la que debía conservar la calma y la cabeza bien fría.

Y eso empezaba a resultar difícil de verdad.

Aparcaron junto a la cocina y Didi llevó la caja con los dos gatos a la despensa. Mientras tanto, Carmen entró en el hotel. La cocina olía a carne estofada y eso le recordó que no había probado bocado en todo el día.

Encontró a Amelia y a Bram sentados a la mesa junto al mirador. El fuego de la chimenea estaba encendido y una botella de vino abierta. Solo había dos copas y eso fue la gota que colmó el vaso.

Charlie no estaba.

Se derrumbó sobre un sofá. A duras penas, entre sollozos, les contó que Mary Jane se había suicidado y que habían encontrado el cadáver tumbado en la cama.

Amelia y Bram escucharon todo aquello con cara de incredulidad.

—Pero ¿seguro que estaba muerta? —preguntó Bram.

—Seguro —reiteró Carmen—. Le tomé el pulso y comprobé que no respiraba. Estaba fría como un pez.

—Jesús... —dijo Bram llevándose la mano a la herida de la cabeza.

En ese momento entró Didi. Le explicó a Amelia que los gatos de Mary Jane estaban en el hotel. Después se sentó. Los cuatro se habían quedado mudos, y así estuvieron hasta que Bram rompió el silencio:

—Hace solo un par de días tocó en la asamblea. No parecía especialmente triste. ¿Tú notaste algo, Amelia?

—Nada, además de ese aire medio depresivo que siempre tenía. Bueno, ya sabes a lo que me refiero... Era la clásica mujer que termina sola rodeada de gatos. Dicen que vivía con su madre hasta que esta murió.

—Ella la mató —balbució Didi.

—¿Qué?

—Había una nota —aclaró Carmen—. Parece que Mary Jane había asfixiado a su madre... Era una nota de confesión.

Bram silbó al escuchar aquello e intercambió una mirada con Amelia.

—¿Qué hacemos? ¿Avisamos a...? —Carmen titubeó—. ¿A alguien?

—Creo que, hasta que amaine esta tormenta, no se puede hacer mucho más.

—Además... —comenzó a decir Amelia. Y se interrumpió un segundo.

—Además, ¿qué? —preguntó Didi.

—Hay algo que Bram tiene que deciros —continuó—. Yo traeré algo de cenar.

—¿Cenar? —dijo Carmen—. ¿Cómo puedes pensar en cenar?

—No has probado bocado en todo el día —respondió Amelia, casi como una sentencia, antes de señalar a Didi con un gesto—. Y esa niña tampoco. Además, es Nochebuena.

Carmen la miró sorprendida. ¿De verdad era Nochebuena? ¿De verdad que a esas horas, en Madrid, estaban sus hermanas abriendo el champán y posiblemente criticando su decisión de quedarse en Escocia? Parecía un sueño. Como si la vida real hubiera dejado de existir más allá de los límites de St. Kilda.

—Quería haberos dicho esto antes —empezó a explicar Bram una vez que Amelia se hubo marchado a la cocina—, cuando Didi nos ha contado lo que pasó en el café, y su visión... Pero estábamos todos demasiado nerviosos. Ahora, con esta noticia sobre Mary Jane, creo todo encaja mucho mejor.

Carmen, todavía abrumada y en un estado de shock, no acababa de entender nada.

—¿Qué quieres decir?

Bram tardó un poco en responder.

—¿No ves la relación? Amelia y Frank. Didi y su bebé. Mary Jane y su madre. De pronto todo el mundo es presa de visiones, de profundas melancolías.

Carmen seguía aturdida, incapaz de conectar los puntos.

—Anoche yo también tuve una experiencia insólita —dijo Bram con la vista perdida más allá del mirador—. Hago el mismo ejercicio de meditación desde hace diez años. Nunca es igual, siempre ocurren cosas nuevas, diferentes, pero lo de ayer fue algo extraordinario. Llevaba media hora sumergido en mi respiración cuando noté algo. Una idea, una imagen, presionando.

—¿Presionando?

—Sí, me di cuenta de que había algo, una especie de corriente que presionaba por hacerse un hueco en mis ideas. Primero me dije a mí mismo que sería alguna cosa que me obsesionaba, pero cada vez que intentaba centrarme era imposible. Lo estuve intentando durante al menos una hora, pero no se iba. Era algo fuerte, algo invasor, algo que quería tomar el control. Un ojo.

—¿Un ojo?

—Sí, como si hubiera un gran ojo pugnando por mirar dentro de mí. ¿Habéis estado alguna vez en una tienda de discos viejos?

—Unas cuantas —dijo Didi.

—¿Sabes esa forma de ir pasando discos a toda velocidad, con los dedos, buscando el que te interesa? Eso es lo que hacía ese *ojo* si yo le dejaba: entrar en el almacén de mi memoria y buscar cosas interesantes. Recuerdos, traumas, imágenes terribles...

—¡Charlie dijo lo mismo! —exclamó Carmen.

—¿Qué?

—Lo había olvidado, pero anoche, antes de tener nuestra discusión idiota, Charlie contó algo que le había pasado al acercarse al hangar de los pescadores el día de la pelea. Dijo que se encaramó a unas cajas para ver el interior del hangar, y que por un instante algo cruzó su mente, la imagen de un ojo que podía verle.

—Joder —dijo Bram—. Está claro. Solo puede ser eso.

Carmen le miró sin decir palabra, asintiendo levemente.

—Un momento —dijo Didi—. ¿Nos estamos volviendo locos?

—¿Por qué locos? —dijo Bram—. Piénsalo. Los problemas eléctricos, el largo sueño de Amelia y todas esas visiones... Por no hablar de la actitud de los pescadores, de Lowry y Nolan... Todo desde que esa caja llegó a St. Kilda.

Carmen recordó el aspecto de aquella caja sobre el malecón del puerto. Aquel acero de «un material extraño» (tal como había dicho Charlie), con sus luces y aparatos eléctricos dispuestos de forma compleja a un lado. Y aquella congregación de pescadores rodeándola como si se tratase de un pequeño milagro.

—Podría ser otra cosa... Solo un detonante... —dijo Didi.

—¿Un detonante? —preguntó Carmen.

—La disculpa que toda esa gente necesitaba para dejar salir la MIERDA con mayúsculas que habitaba dentro de ellos. Los pescadores piensan que van a llenarse los bolsillos con un montón de dinero fácil. Sheeran y las otras chochas beatas ya tienen su soñado Apocalipsis. Además está el informe de Lomax, que ha llegado en el momento exacto para que los ánimos salten por los aires. Este pueblo está podrido desde hace mucho tiempo, y lo sabes, Bram. Yo creo que La Caja solo ha sido la palanca para que todo explote.

Amelia apareció desde la oscuridad del pasillo, empujando un carrito de servicio con una gran cazuela encima.

—Quizás esa caja esté provocando todas las averías —opinó Carmen—. El resto, esta especie de histeria colectiva, podría ser algo como aquello que me contaste una vez, Bram. ¿Cómo se llamaba esa enfermedad? ¿El mal de los isleños?

Bram asintió en silencio.

—Bueno, es cierto que se han descrito casos de histeria colectiva en pequeñas poblaciones atrapadas en temporales de nieve. En Alaska, un pueblo amaneció prácticamente diezmado por una revuelta...

—Todo eso suena mucho como McGrady y los pescadores soltando puñetazos a diestro y siniestro —apuntó Amelia mientras apoyaba la cazuela sobre la mesa.

—Sí —dijo Bram—. O Sheeran y el resto de su rebaño viendo la llegada de un Apocalipsis redentor.

—Joder, ¿y nosotros? —preguntó Carmen—. ¿No estaremos volviéndonos locos también?

—Bueno, sea lo que sea, ya lo ha probado conmigo —dijo Bram—. Y con Didi y con Amelia...

—¿Contigo? —preguntó Carmen.

—Sí —dijo Amelia levantando la tapa de la cazuela y dejando escapar un aroma delicioso—. Y si no llega a ser porque estoy artrósica, quizás yo también hubiese desaparecido como Lomax.

Amelia llenó los platos y Carmen, Didi y Bram comieron en silencio —a fin de cuentas, se morían de hambre—. Amelia contó su historia con el ruido de la tormenta y el crepitar del fuego como sonido de fondo.

—Esta noche pasada soñé que Frank venía a verme. Estaba a los pies de mi cama, vestido con el traje azul con el que lo enterré. Me dijo que me levantara y le acompañara. Y creo que lo hice.

—Por eso te encontré en el suelo —dijo Carmen—. ¿Crees que eso le ha podido pasar a Charlie? ¿Que ha salido caminando como un ratón de Hamelín? ¿A dónde? ¿Y qué le han hecho?

—No lo sabemos —respondió Bram—, pero debemos prepararnos para todo. Y cuando digo *todo*...

Amelia le miró con un gesto de reproche y le murmuró algo como «Bram, por favor...».

—Lo siento, pero estando las cosas así, se acabaron las bobadas —dijo él—. Esta mañana me han abierto la cabeza y podría haber sido mucho peor. ¡McGrady ha amenazado a Carmen! McGrady, Ngar, los Lusk... ¿Te has fijado en que todos vestían de la misma guisa, con esas gabardinas de alta mar?

—Sí, también Nolan la llevaba hoy en el pueblo. Es como si fuera un uniforme.

—El uniforme de un batallón de locos. Y si Charlie tuvo la mala suerte de cruzarse con ellos, puede que...

—Esté muerto —terminó por decir Carmen—. Es eso, ¿no?

De nuevo un silencio aterrador. Algo que el viento habría arrancado de su sitio golpeó a lo lejos.

—Esto ha dejado de ser un juego —dijo Bram— y esta tarde no deberíamos haberos dejado marchar. Es evidente que no podemos contar con Lowry ni con Nolan para protegernos. Y con esa pandilla de locos suelta, debemos pensar en nuestra seguridad.

—Tenemos que arreglar la antena —dijo Carmen dispuesta a volver a la carga con ese asunto.

—La antena es una posibilidad, pero no pongamos demasiadas esperanzas en ella. Puede que la radio no funcione por culpa del bajón eléctrico que estamos sufriendo.

—Dios... —Didi suspiró—. Entonces ¿qué?

—Tenemos que trazar un plan para protegernos. Y otro, en último caso, para escapar.

—¿Escapar?

—Sí. Escapar de St. Kilda, si es que la ayuda no llega a tiempo.

—¿No crees que estás exagerando?

—No —dijo Bram—. Y os pido que no subestiméis la situación.

—Yo solo digo que quizás baste con esperar aquí encerrados, y cuando digo «encerrados» lo hago en sentido literal. La tormenta tampoco durará para siempre. En algún momento llegará un ferry y...

—Pero ¿y si es demasiado tarde? ¿Y si esa panda de fanáticos toma la iniciativa? Este hotel tiene demasiadas ventanas como para vigilarlas todas.

—¿Y por qué crees que vendrían a por nosotros? —respondió Carmen—. Yo creo que nos dejarán en paz si no interferimos en sus planes. Es lo que ha sugerido Lowry, ¿no? Mientras no nos metamos con ellos...

—Eso mismo pensaban los judíos en la Alemania nazi.

—Joder, Bram, ¿de verdad crees que...? Además, ¿cómo piensas sacar un barco del puerto sin que nos vean? Por no hablar de lo peligroso que sería hacerse a la mar...

—Si me lo preguntas, te diré que no necesito bajar al puerto.

—Entonces ¿cómo?

—Dos personas podrían intentar llegar a Thurso en una zódiac y dar el aviso.

—¿En una zódiac? —dijo Didi—. ¿Y de dónde vamos a sacar una zódiac?

—Yo lo sé —dijo Amelia—: de Layon Beach.

—Exacto —dijo Bram—. Ed McMurthy tiene una zódiac allí. Suele utilizarla para hacer los recados en el pueblo, en vez de mover su velero. Yo he pasado unas cuantas veces por delante de la casa este invierno, cuando voy a por las algas. Tienen un candado no muy robusto echado en la puerta del garaje. Podríamos romperlo con una cizalla.

Carmen recordó la casa que Didi y ella habían avistado esa misma mañana.

—A ver si lo entiendo —dijo—. Tu plan es ir a Layon Beach, robar la zódiac de los McMurthy y hacerte a la mar. Eso será si el motor arranca, para empezar... Mira el Defender.

—Bien dicho —dijo Bram sonriendo—, pero eso también lo he contemplado. Si nuestra teoría sobre La Caja es cierta y ese cacharro actúa como una especie de pulso electromagnético, es posible que la distancia atenúe su efecto.

—Bufff... —Carmen agitó la cabeza—. Vale, incluso así. ¿Cómo piensas cruzar el mar hasta Thurso?

—Por increíble que parezca, una zódiac está mucho mejor preparada para surcar un mar embravecido que un ferry de mil toneladas. Por supuesto, solo lo podría hacer alguien que sepa navegar, así que me ofrezco voluntario.

—Espera un poco —dijo Amelia—. Tú no vas a ir a ninguna parte.

—Exacto. Ya hemos tenido suficientes suicidios por una temporada —dijo Carmen.

—Creo que lo lógico es probar primero a arreglar nuestra antena. Me parece muchísimo menos arriesgado que hacerse a la mar en una zódiac.

—Será lo primero que hagamos mañana por la mañana, con la primera luz del día. Pero ahora es de noche y propongo que aseguremos bien el hotel. Amelia, Carmen, vosotras conocéis el edificio de arriba abajo. ¿Por dónde empezamos?

Carmen miró a Amelia. Por primera vez, iluminada por

el resplandor del fuego, le pareció distinguir una sombra de temor en su rostro.

—Supongo que el mirador de cristal, pero hay una forma de cerrarlo. En el año 2007 Frank compró paneles de madera para una tormenta parecida.

—¿Dónde están?

—Fuera, en el almacén.

—Pues hagámoslo. Cubramos las ventanas con eso.

—¿De verdad crees que es necesario? —dijo Amelia—. ¿Qué crees que va a pasar, Bram Logan?

Él perdió la mirada en alguna parte. Después alzó la vista y se encontró a las tres mujeres esperando su respuesta.

—Nada bueno —respondió.

Theresa

Lenguas de mar y espuma lamían las rocas, invadían el asfalto, preñaban el aire de humedad. Toda la zona del puerto estaba envuelta en aquella especie de espray denso e inacabable que las ráfagas de viento se encargaban de mover de un lado para otro. Aquel viento huracanado y extraño, que al rozar las rocas emitía sonidos vibrantes, como acordes de una guitarra muy grave.

El viento subía como una riada por Main Street y se colaba bajo el portón de la iglesia de St. Mikas, agitando la llama de todas esas velas, que eran la única fuente de luz y calor.

—¡Babilonia la Grande, Madre de todas las Rameras y las Abominaciones de la Tierra!

La voz reverberaba entre las viejas paredes. Entre las velas encendidas. Entre las cabezas que yacían pegadas a la piedra. Nadie la veía, caminando de un lado al otro con el cabello erizado. Sus ojos enrojecidos por la lectura permanente, sin descanso.

—Yo soy el Alfa y el Omega, dijo el Señor... El Principio y el Fin.

Sus pasos nerviosos. Sus pequeñas carcajadas. Pero casi ninguno apreciaba esto. Los demás estaban todos inmersos en ese gran acorde. El acorde del viento.

—Vi a la mujer ebria de la sangre de los santos... ¡ELLA! La puta.

Algunos hombres con sus gabardinas puestas escuchaban desde el fondo de la iglesia. En pie.

—Dadle a ella como ella os ha dado... ¡Dadle tormento y llanto!

—¡Tormento y llanto!

—Respondamos con su misma moneda... ¡A los que dieron a Dios razones para castigarnos! ¡A los que han estado adorando a la Bestia a nuestras espaldas!

Theresa alzó su libro y leyó algunas frases subrayadas con un bolígrafo rojo.

—¡Hagamos que se arrepientan!

—¡Castiguémoslos!

—¡Sí! ¡Castiguémoslos! —gritaron al unísono.

McGrady

«Eh, eh, llamando al señor McGrady. Llamando al señor McGrady. Despierta, pedazo de pajillero.»

McGrady abrió los ojos. ¿Qué hora era? Bueno, eso daba igual, era de noche. Había caído rendido después de un duro día de trabajo. ¿Y los demás? Miró a su alrededor. En el hangar de TransArk no se oía un alma, pero el aire todavía olía a quemado. Se habían pasado las últimas cuatro horas intentándolo con el soldador por los cuatro costados de La Caja. Pero nada. Habían gastado las dos bombonas de gas en vano. Y nada.

«Levanta ese culo gordo, Tom», dijo la voz.

—¿Quién coño...? —gruñó McGrady. Pero enseguida se dio cuenta de que esa voz no pertenecía a ninguno de sus amigos.

Esa voz... La reconocería entre un millón de voces. Cálida. Amigable. ¿Era posible?

Entonces se dio cuenta de algo más. La voz había surgido de La Caja. Y no solo eso: había también un resplandor, una especie de luz violeta que se proyectaba como un rectángulo en el suelo del hangar.

TOM MCGRADY, PASE POR LA CAJA NÚMERO 1

¡La Caja estaba abierta!

Pero ¿qué demonios? ¿Habían conseguido abrirla al fin? ¿Quizás McRae había dado con la clave y no había dicho nada? Miró otra vez a su alrededor. A excepción de ese ruido y las luces que provenían del interior de La Caja, en el resto del hangar no parecían haberse operado grandes cambios. La gente seguía adormilada por las esquinas, protegiéndose del frío con mantas. Tratando de resguardarse del tremendo frío que aquello emanaba.

Pero ¿es que nadie se había dado cuenta de que estaba abierta? ¿O quizás...?

«¡Joder!», pensó. «McRae y MacMaster la han abierto y se lo han llevado TODO mientras los demás dormíamos. O quizás los demás también estén compinchados. ¡Quizás me han dejado a mí solo con las manos vacías!»

Ese pensamiento le hizo espabilarse nerviosamente. Se apoyó en la pared para ponerse en pie. Después se dirigió apresuradamente a La Caja. Desde el ángulo en el que se estaba acercando no podía ver aún gran cosa, pero entonces, al encarar la puerta abierta, vio de dónde salía toda esa luz, y esa visión, bueno...

Le hizo reír.

Se trataba de un fantástico bar. Un fantástico bar de cócteles como hacía siglos que no pisaba. Un barra de plata y oro y un muro (literalmente), un muro de botellas de todos los colores.

¿Eso era lo que había dentro de La Caja? Por supuesto

que no. Solo lo estaba soñando, aunque fuera uno de los sueños más macanudos que había tenido en toda su jodida existencia. Podía sentir la luz, la música y el calor del bar igual que sentía sus calzoncillos (bastante usados) apretándole las pelotas. O el olor a quemado del soplete. O el frío y la humedad del hangar.

Entonces vio a alguien, un tipo de espaldas a él, sentado en un taburete. Vestía una americana de color borgoña y un sombrero de ala corta. Joder, pero si era... Bueno, se parecía un buen montón de montones a...

—¿Tío? ¿Tío Gus?

—Ven *p'aquí*, pedazo de mierda. Te invito a un trago. Es tu cumpleaños, ¿no?

—¿Qué? —dijo McGrady mientras sentía que los labios se le estiraban hasta formar una perfecta sonrisa.

—Entra y aparca ese gigantesco culo en un taburete, Tom, tenemos que hablar.

Su tío Gus, el hermano de su madre. Una de las pocas personas que alguna vez le mostraron algo de afecto en su vida. Alguien a quien McGrady había admirado como un ejemplo a seguir.

Gus era algo así como un liante profesional. Un día vendía relojes y al siguiente estaba con el negocio del cobre. Siempre llevaba un fajo de billetes bien gordo en el bolsillo. Y él, bueno, era su único sobrino. En cierta ocasión, ahora que lo recordaba, le llevó a un bar de cócteles muy parecido (¿o era el mismo?) a este que había surgido casi como por arte de magia dentro de ese contenedor.

¿Cómo se llamaba ese antro? Algo así como El Pato Borracho. Era el día de su decimosexto cumpleaños y el tío Gus le llevó a ese lugar. Había unas cuantas mujeres en la barra, todas amigas suyas. Mujeres de gran calibre y con mucho maquillaje. Y después de tomarse un par de copas —¡oh, sí!— subieron por unas escaleras y el tío Gus dijo que pagaría gustoso porque su único sobrino se desvirgara. ¡El tío Gus! La única persona que alguna vez le trató con amabilidad hasta que unos gitanos irlandeses lo mataron de un navajazo. Pero ¿qué hacía allí, vivito y coleando?

—¿Qué bebes, Tom?

—No sé, una cerveza.

McGrady se dio cuenta de que su voz sonaba joven. A unos dieciséis recién cumplidos.

—Estás en un jodido bar de cócteles, Tom. Aquí no se bebe cerveza. Mira la carta.

McGrady cogió la carta y la abrió. Estaba a punto de decirle al tío Gus que tomaría «cualquier cosa» o «lo mismo que él». Le avergonzaba un poco tener que admitir que leía tan despacio... Pero en ese instante pasó algo curioso. Sus ojos se fueron directamente a uno de los combinados que poblaban la zona central del menú.

—Sex On The Beach.

—¡Buena elección, Tom! ¡Que sea un Sex On The Beach, entonces!

De pronto el bar se había agrandado y había gente, camareros, incluso una nube de humo de tabaco flotando en el aire. Sonaba música. McGrady *notaba* todo esto pero no podía verlo. Sus ojos se habían quedado quietos, observando a su tío: su elegante chaqueta de terciopelo, su corbata y sus botas de piel de lagarto.

—Recuerdo este día.

—Claro que lo recuerdas. Fue el único día memorable de tu, por otra parte, miserable y patética existencia.

Gus dijo aquello con una fantástica sonrisa en los labios y McGrady sonrió también.

—Bueno, al menos lo fue hasta que lo jodiste ahí arriba con Nancy la Piernas Locas. ¿Qué fue lo que pasó, Tom? ¿Problemas con el ascensor?

—¿Qué? ¡No!

—Pues Nancy me dijo que...

—Nancy es una puta mentirosa.

—Una puta, sí —dijo el tío Gus—. Pero mentirosa, lo que se dice mentirosa... Me explicó que tu golosina no respondía a los estímulos normales. ¿Tal vez necesitas otro tipo de gasolina...?

—Bueno... Qué... ¿qué demonios quieres, tío Gus?

—No, Tom, lo que realmente importa aquí es lo que TÚ quieres.

—¿Yo?

—Sí, Tom. Lo que más quieres en el mundo, ¿qué es?

—Dinero.

Entonces Gus le soltó un tortazo sin venir a cuento.

—¡No! ¡No es el puto dinero! Bebe, joder, me parece que voy a tener que deletreártelo.

De pronto el cóctel había aparecido a su lado. Era una copa muy extraña con un líquido violáceo en su interior, tocado con la cáscara de una fruta multicolor que McGrady no había visto en toda su vida. Tomó la copa y se la llevó a los labios. Y, según bebía, la vio. A ella, a la mujer española. De pronto tenía su sabor en la boca. El sabor de un rico ya-sabes-qué.

—¿Ahora sabes lo que quiero decir?

McGrady sonrió, avergonzado.

—Sí...

—No, no creo que lo sepas. Vuelve a beber, y esta vez cierra los ojos.

Lo hizo y entonces la vio. Vio a Carmen semidesnuda, tiritando en el rincón de una habitación donde solo estaban ellos dos. Y McGrady notó que algo se despertaba ahí abajo.

—Vale, vale —dijo el tío Gus—. Abre los ojos, todavía no he acabado.

McGrady volvió a ver los ojos de su tío. Ojos que daban vuelta tras vuelta, como una noria de esmeraldas.

Carmen

Se despertó jadeando y entre lágrimas.

—¡No!

Era una pesadilla, aunque tardó un poco en darse cuenta. Casi un largo minuto en el que estuvo sentada sobre el colchón, respirando a toda prisa.

Esa imagen terrible de McGrady estuvo un rato más en su cabeza. Ella y él, a solas en una habitación. Él se acercaba sonriendo y ella no podía moverse.

Pero ¿qué era peor? ¿La pesadilla o la realidad? Despertarse en el hotel Kirkwall en plena Nochebuena y recordar que Mary Jane Blackmore estaba muerta por una sobredosis de pastillas, y que Charlie posiblemente también (en alguna parte, muerto)... Lowry y Nolan enloquecidos, Theresa Sheeran y su iglesia de fanáticos. Y las amenazas de McGrady, que posiblemente le habían provocado esos horribles sueños.

Habían pasado las últimas horas del día colocando tablones en las ventanas del mirador y del resto del hotel. No habían visto a nadie acercarse por el camino de la colina, y abajo, en el pueblo, apenas se veían luces. Era como si se los hubiera tragado un agujero negro. A todos. Pero Bram seguía con su oscura teoría sobre lo que *podría* ocurrir. Había subido al desván y no había parado hasta encontrar unos viejos cartuchos. Después había salido afuera y disparado unas cuantas veces en la oscuridad para asegurarse de que no estaban húmedos y de que funcionarían llegado el caso. ¿Llegado el caso de qué? ¿Qué demonios estaba esperando que pasara?

¿Quizás Bram también estaba perdiendo un poco la cabeza?

Carmen pensó en su hermana y en la cena de Nochebuena a la que con tanto regocijo había decidido faltar. Ahora, en cambio, le parecía el mejor plan sobre la Tierra. Langostinos, jamón y paté hasta reventar. Su cuñado dando su opinión sobre alguna noticia. Y después los polvorones, algún villancico mal cantado y una buena copa de ese ron cubano que llevaba todo el año esperando en el mueble bar. Había una virtud en todo este asunto, pensó Carmen, y es que ahora solo quería volver a Madrid una vez más (antes de Siem Riep, claro), darse un paseo por el Retiro, leer un libro al sol y que alguien muy maleducado le robara un taxi en plena calle.

Pero la realidad es que seguía en St. Kilda y el viento no paraba. Y aquello ya no era viento, sino un huracán. ¿Cómo describir todo el espectro de sonidos que podía escucharse a esas horas? Era como un orfeón titánico. Un mantra (ommm) que a veces sonaba como un violonchelo rasgado en su cuerda más grave. Un rumor eterno que se mezclaba con silbidos, finos como agujas de hielo, que rodeaban la casa como un batallón de brujas, como un batallón de arpías de rostros verdes y harapos negros, montadas en unas larguísimas escobas y gritando «¡Muerte!».

MUERTE. MUERTE. MUERTE.

Vaya.

Qué ideas...

Entonces, de entre todos esos sonidos, su mente se concentró en uno. Una especie de acorde ululante y patético que al principio apenas lograba hacerse un hueco en la atronadora mezcla de sonidos. Se parecía a un gemido. Era como el gemmmmido de una voz dulce y pequeña.

Una voz de niño.

Y el gemmmmido decía mmmmammá. Mamá. Mamá. Mamá.

—¿Daniel?

¿Qué harías si una bruma cayera sobre ti repentinamente, apagando toda luz, cualquier imagen reconocible del mundo, y solo escuchases una voz familiar llamándote desde alguna parte? ¿La seguirías? Sí, la seguirías. El poder más fantástico de aquel sonido era que Carmen desechó rápidamente cualquier otra consideración. Escuchar esa voz después de todos aquellos años era algo tan adictivo y desesperante como tratar de calmar la sed lamiendo un trozo de hielo. Algo tan frágil y escurridizo como un anillo perdiéndose en una alcantarilla.

La voz también se perdió de pronto. Por un instante volvió a ser solo eso: viento.

—¡No!

Se sentó en la cama con las sábanas cogidas en los puños. Dejó de respirar y se quedó escuchando aquel viento que rodeaba la casa. Llevaba casi cuatro años sin escuchar la voz de Daniel (exceptuando la que sonaba en unos viejos vídeos caseros que había visto millones de veces durante los primeros meses), pero era capaz de soñarla perfectamente. Reconocería la voz de su cachorro entre un millón de voces. Y entonces el viento regresó con aquel extraño acorde.

«MMMMAMMÁ.»

—¡Daniel!

Carmen empezó a llorar sin darse cuenta. Una parte de ella intentaba quedarse en el lado racional de las cosas, pero la otra estaba siendo arrastrada por una fuerza irresistible. Ese pequeño hilo de voz que sonaba afuera, en alguna parte, la hizo levantarse de la cama. Aquel fenómeno, real, auténtico, fue superior a todo. Como poder olerle de nuevo. De hecho, ¿no era así? Olía su cabello recién lavado (que él odiaba que le lavase con champú, porque le picaban los ojos) y recordaba sus preciosos ojos castaños enfadados porque ella había tardado demasiado en aclarárselo. O porque el agua estaba fría. O porque...

De pronto le dolió intensamente el estómago y se dobló en dos. Era como si le hubieran arrancado las tripas, el hígado, los riñones y el corazón, pero sorprendentemente seguía viva. Viva pero muerta al mismo tiempo.

No había sufrido aquel dolor (que un psiquiatra dijo que era una somatización) desde el aeropuerto de Beijing. En aquel lugar especial para familiares donde se había pasado tres días sin cambiarse de ropa, sin ducharse y alimentándose de chucherías que compraba en una máquina de *vending*. «Creemos que lo mejor es que regresen a sus hoteles. Les informaremos puntualmente de cualquier progreso en la búsqueda, pero no tiene ningún sentido que ustedes sigan aquí. No tenemos recursos para atenderlos dignamente.»

Carmen no fue la única en negarse. Hubo unas cuantas personas que se amotinaron, sobre todo las que estaban solas como ella. Las que no tenían nada a lo que agarrarse (su hermana no estaba allí en ese preciso instante). Irse de allí, de la sala de crisis, era como aceptar algo inaceptable: que el avión podría no estar secuestrado o volando en alguna dirección errónea, o que hubiera aterrizado de emergencia en alguna pequeña isla del Pacífico. Aceptar que podía no haber «progresos en la búsqueda».

Se agarró a los bordes de aquel asiento de plástico y dijo que no se marcharía a ningún hotel. Que se quedaría allí hasta que alguien le diera una explicación. «Una explicación que pueda entender. No sé si estoy siendo suficientemente clara», dijo. «Están hablando de mi niño de seis años. Se llama Daniel. Iba en su avión, en su maldito avión. Y NO ACEPTO que puedan perder un avión así como así, ¿me entienden?» Y entonces sufrió aquel ataque de dolor terrible. Como ahora. Y se cayó al suelo. Como ahora.

La voz volvió a surgir de alguna parte:

«Mamá, mami. ¡Estamos aquí abajo!»

Dejó de llorar de golpe. ¿Había oído lo que había oído? ¿Era posible?

«¡Carmen!» Y esa otra voz surgió entonces.

Una risa, una carcajada maravillosa.

Avanzó hasta la ventana. Aquello no era un sueño, era imposible pero no era ningún sueño. El suelo estaba helado y reinaba un extraño silencio. Ecos de cristal y una penumbra azul más propia de una noche de luna llena. Se acercó aún más. Las voces sonaban ahí abajo. Descorrió las gruesas cortinas y abrió las ventanas hacia dentro. Ya no llovía y reinaba una extraña calma. El océano era una bella línea de diamantes en el horizonte. ¿Adónde se habían ido todos los sonidos de la tormenta?

Las dos sombras estaban paradas a los pies de la ventana, iluminadas tenuemente por los farolillos del hotel. Sus chicos. Apenas si pudo abrir la boca para decir nada. Allí estaban, de carne y hueso.

—El avión. Lo encontraron... Lo encontraron. No se había estrellado.

«Claro que no. Estuvimos perdidos mucho tiempo, pero por fin nos encontraron. Todo está relacionado, Carmen, hay una relación profunda... ¿Te acuerdas de lo que dijo aquel doctor de nombre improbable? El doctor Platanian dijo que a veces existen factores que somos incapaces de imaginar. Como si una nueva dimensión se cruzara de pronto en nuestro camino, no tendríamos herramientas para comprenderla, para decodificarla, para medirla... Pero, como seres vivos, la sentiríamos. Nuestra intuición como habitantes del universo nos haría sentir su presencia, su magnitud, su importancia.»

El doctor Platanian dijo aquello en otro contexto, claro, pero Carmen no lo recordó en ese instante. Lo único que sintió es que todo eso cobraba un sentido extraño, inexplicable, pero de una vasta profundidad lógica. Como si hubiera rozado con los dedos los nudos que atan la física cuántica y gravitatoria en el fondo del universo. Todo estaba relacionado. Todo estaba relacionado con La Caja. Daniel, Álex, St. Kilda, el vuelo MH7010, el hotel. Todo estaba perfectamente diseñado para terminar aquí y ahora.

«Mamá.»

Corrió a la puerta y se olvidó de abrigarse para salir. En invierno siempre dormía con un grueso *hoodie*, calcetines de lana y un pantalón de chándal, pero le hubiera dado lo mismo ir con una camiseta de tirantes. Ni siquiera se le ocurrió avisar a nadie, a Amelia, Bram o Didi. De hecho, prefería que así fuera. Aquella magia podía ser frágil. Un hechizo que alguien podría estropear. Y ellos eran sus chicos. Su familia. Ya no necesitaba seguir en aquella celda fantasma de la isla. Podía volver a Madrid a hacer pizzas caseras los domingos por la tarde, a pasear por el Retiro con ellos dos. Hacer todas esas cosas que antes le parecían casi aburridas hasta que un día se las robaron y se dio cuenta de que eran su centro, los pilares de su vida.

Bajó las escaleras a todo correr, como una niña que está a punto de descubrir los mejores regalos de Navidad que nadie le podría haber hecho jamás. Abrió la puerta y allí estaban ellos dos, quietos a unos diez metros de la puerta.

Incluso el cielo se había aclarado. Unas preciosas estrellas formaban nuevas constelaciones. Un cielo como el que jamás había visto.

—¡Álex, Daniel!

Corrió hasta ellos y se lanzó de rodillas a por su cachorro, casi cegada por unas lágrimas de euforia. Henchida de una felicidad tan intensa que pensó que le estallaría el corazón. Sus manos rodearon el pequeño cuerpo de Daniel y lo estrujó contra su pecho. A pesar de los años no había crecido mucho más. Seguía teniendo aquel maravilloso y achuchable cuerpecito de niño de seis años, y vestía con la misma ropa que Carmen recordaba haberle visto por última vez: unos pantalones muy cómodos para el avión, su camiseta preferida de Ben 10 y una sudadera de Spiderman. Lo abrazó durante ¿cuánto tiempo?, lo besó ¿cuántas veces? Estaba helado, el pobre niño. Helado... Ahora le explicarían qué hacían allí, cómo habían llegado en medio de la noche, pero lo primero sería darle un baño de agua caliente. ¡Un baño de agua caliente, otra vez! Y después les cocinaría una cena riquísima. Harían una auténtica cena de Nochebuena como Dios manda. Oh, Dios, pero deja de llorar, Carmen. Por favor, deja de llorar y di algo.

«No hace falta que digas nada», dijo Álex acariciándole la cabeza. «Sabemos muy bien lo que sientes.»

—Ha sido terrible —acertó a decir entre gemidos—. Intenté suicidarme una vez. Solo quería estar con vosotros, me daba igual la vida.

«No debes preocuparte. Ahora estaremos juntos, otra vez. Volveremos a hacer pizzas. Nadie nos separará. Jamás.»

Así que tenían razón, a fin de cuentas. Tenían razón los que dudaron de que la desaparición del MH7010 fuera un accidente. «Vivimos en el siglo XXI y un avión con 193 personas no puede desaparecer así como así.» ¡Tenían razón! Y el doctor Platanian... ¡Lo que daría Carmen por ver su cara ahora mismo! Con sus grandilocuentes frases sobre procesar el luto. «Ha pasado un año, Carmen. ¿De verdad crees que si estuvieran en alguna parte no habrían conseguido ponerse en contacto contigo?», le explicó entonces.

«Vamos», dijo Álex. «Debemos regresar. Hay alguien esperándonos abajo, en el puerto.»

Pero Carmen no podía soltar a Daniel. Levantó la vista y miró a su marido. Era ese hombre alto que le había gustado por «cómo llenaba su chaqueta» aquella tarde que lo conoció en una terraza de Madrid. Aquellas facciones finas y bellas. Pero no alcanzó a ver nada en el interior de sus ojos. Era como si no estuvieran allí.

—Entrad en el hotel. Poneos ropa seca, hay que bañar a Daniel...

«Escucha, querida, escúchame. Ahora hay que apresurarse un poco. Algunas personas nos están ayudando y no podemos hacerlas esperar. Vamos. Coge mi mano.»

A Carmen le costó un gran esfuerzo soltar una mano del cuerpo de Daniel y coger la que Álex le ofrecía. Sintió el tacto rugoso de una piel extraña y muy muy fría —¿cómo podía estar tan fría?—, pero eso no le importó. Todo se explicaría en algún momento, como todo lo demás. Cómo pudo desaparecer el avión, cómo pudieron estar cuatro años incomunicados. Había soñado muchas veces que ellos lograban sobrevivir, que llegaban a nado, ayudándose de un madero, hasta una pequeña isla y que allí seguían, cazando, pescando y haciendo la vida de los pequeños robinsones.

«Así fue, mamá. Vivíamos en una choza, en la playa. Fue divertido.»

«Pero ahora debemos irnos, Carmen.»

Álex tiró de su mano y Daniel cogió la otra. Tenía la manita fría y pequeña. También tiró de ella.

«Vamos, mamá. Nos esperan. Debemos irnos.»

Carmen empezó a caminar con ellos, pero de pronto se volvió y miró al hotel. Hubo un pequeño matiz, como una grieta en toda la situación. Al observar el Kirkwall y recordar su vida reciente, se dio cuenta de que aquello no tenía demasiado...

¿Sentido?

«Ya no hace falta que sigas en este hotel, escondiéndote del mundo, de la vida. Hemos vuelto. Ya no hace falta que seas amiga de esa gente. Volveremos a casa.»

Ella seguía caminando. Miraba el pelo de Daniel. Podía

ver su cabello, pero... ¿podía ver su cara? Era como si no estuvieran completos.

«Hay una razón. Una razón profunda, Carmen. Vamos. Olvídate de esa vieja chocha. En el fondo se aprovecha de ti. Ni siquiera te paga un sueldo acorde con todo el trabajo que haces.»

«Vamos, mamá. Cuanto más rápido, mejor.»

Entonces oyó un grito a su espalda.

—¡Carmen!

Sintió que las dos manos le apretaban de pronto y tiraban de ella, que comenzaba a andar más deprisa.

«¡Corre, mamá!», la urgió Daniel. «Corre.»

«Quieren separarnos. Eso es lo que siempre han querido», dijo Álex. «Retenerte en este lugar, lejos de nosotros.»

—¡Carmen, para! —volvió a gritar esa voz a su espalda.

Ella se detuvo un instante. Álex y Daniel miraban hacia delante, en dirección al puerto. La noche era plácida, maravillosa. ¿Cómo era posible?

—Carmen, por el amor de Dios.

Notó que alguien la sujetaba por los hombros. Se volvió y vio que era Bram.

No solo eso. El rostro de Bram vino acompañado de una ráfaga de viento terrible. Y lluvia. La lluvia llevaba cayendo sobre ella un buen rato, porque estaba empapada. No había estrellas en el cielo, sino unas negras nubes que descargaban litros y litros de agua. Y hacía frío. Carmen estaba tiritando.

Bram la asió por los brazos y la zarandeó.

—Carmen, ¿estás bien? ¿Sabes dónde estás?

—Yo...

Carmen se giró hacia la colina. Ellos no estaban. En el

fondo —ahora comenzaba a darse cuenta— nunca habían estado allí.

Pero sintió un dolor insoportable, como si los hubiera vuelto a perder.

Solo pudo gritar y desmayarse.

SÉPTIMA PARTE

CRUCE DE CAMINOS

Carmen

Cuando volvió a abrir los ojos estaba dentro de una bañera, desnuda y sumergida en el agua caliente. ¿Qué hora era? ¿Dónde estaba? Eso último fue fácil de responder: Era el baño del apartamento de Amelia, lo reconoció al instante por su colección de cremas y los jabones franceses, una de las pocas sofisticaciones en la ascética existencia de Amelia Doyle.

Pero ¿qué hacía allí? Fuera se escuchaban las voces de Amelia y Bram. Estaban hablando entre ellos. ¿Qué hora era? Entonces vio la puerta abrirse y apareció Didi con un cubo de metal en la mano.

—¡Eh! —dijo al verla—. ¡Ha despertado!

—Sí.

Didi se acercó y, muy lentamente, vació el cubo en la bañera. Era agua caliente, casi hirviendo, pero a Carmen le encantó notar cómo se elevaba la temperatura del agua.

—¿Cómo te encuentras?

—Pues no lo sé... ¿Qué ha pasado?

—Bram te encontró en la calle. Estabas empapada y tiritando de frío. Amelia y yo te quitamos la ropa y te metimos debajo de un kilo de mantas. Pero seguías helada, así que nos pusimos a calentar agua.

—Bram... —dijo Carmen mientras trataba de distinguir unas imágenes en su cabeza. Lo de Álex y Daniel, ¿era un sueño o un recuerdo?

—Sí —dijo Didi—. Debes agradecerle que se tomara en serio lo de vigilar la casa.

Bram había decidido pasar la noche junto a la chimenea, le explicó Didi, con la escopeta cargada y una botella como única compañía. Se había dormido a la hora en que Carmen bajó las escaleras y salió del hotel, pero la fría corriente de aire que se colaba por la puerta abierta le despertó.

—Ver la puerta abierta lo alarmó —siguió contando Didi—. Empuñó su escopeta y se acercó a echar un vistazo. Entonces te vio caminando bajo la lluvia muy despacio. Pensó que eras sonámbula. Bueno, era algo parecido, ¿no?

—Estaba soñando... —dijo Carmen—. Con Álex y Daniel, pero era más que un sueño, Didi.

—Debía de serlo.

—Era... una experiencia tridimensional. Ellos *estaban allí* y yo me sentía eufórica, borracha de alegría. Creía que habían vuelto realmente.

—¿A dónde ibas? ¿Lo sabes?

—Ellos me decían que había gente esperándonos abajo, en el puerto. Dios mío, ¿qué hubiera pasado si Bram no me llega a despertar?

—No lo sé, cariño. Suena muy parecido a lo que contó Amelia.

—Sí, yo era la única que faltaba, y ya ha ocurrido.

Didi no dijo nada. Le acarició el cabello y la besó en la frente.

—Si esa es la forma en que actúa... No me extraña lo que le pasó a Mary Jane, no me extraña que la gente del pueblo... ¡Theresa Sheeran! Con ella habrá utilizado el mismo truco.

—Descansa, Carmen —dijo Didi—. Intenta dormir un poco. Has estado a punto de pillar una pulmonía.

Eso era cierto, Carmen tenía escalofríos incluso dentro de aquel agua hirviendo. Notaba su cuerpo febril y caliente, pero la bañera logró relajarla. Todo lo que hizo fue recordar esas sensaciones tan físicas, tan sensoriales, sobre Daniel. El olor de su cabello... ¿Era posible que algo así hubiera quedado registrado en su memoria? No cabía otra explicación, pero, por un instante, pensó que le gustaría ser capaz de navegar por sus recuerdos y destapar esos frascos de aromas de vez en cuando. La vida sería mucho más fácil con una droga de ese nivel. Después se quedó adormilada y, cuando volvió a abrir los ojos, el agua se estaba empezando a enfriar y por el ventanuco del baño se colaba el resplandor del amanecer.

Salió de la bañera, se secó con una gran toalla que alguien había dejado allí, junto a un montón de ropa limpia que Amelia o Didi debían de haber sacado de su armario. Se vistió. ¿Dónde estaba todo el mundo? Entonces volvió a escuchar voces fuera de la casa. Se enrolló la toalla en la cabeza y salió por la puerta independiente del apartamento de Amelia. Rodeó el edificio en busca de las voces y las encontró en la parte trasera. Amelia y Bram miraban a Didi, que, con un casco de moto puesto en la cabeza y una cuerda atada a la cintura, estaba subida al tejado.

—Pero ¡¿qué hace?!

Bram y Amelia se volvieron al ver llegar a Carmen. Ella se dejó abrazar por los dos.

—¡Nena! ¿Estás bien?

—Sí —respondió Carmen—. Creo que he dormido un par de horas. Gracias, Bram, te debo una.

—No me debes nada, preciosa —respondió Bram—. Pero creo que deberías volver a casa y meterte en la cama. Anoche estabas a un paso de la congelación cuando te encontré.

—No, en serio, estoy bien.

—Bueno, entonces ayúdanos a convencer a tu amiga la Albañil Loca para que se baje de ahí.

Didi acababa de llegar a uno de los faldones del tejado principal. Se agarró al canalón y miró hacia abajo. Un paso mal dado significaría caer rodando desde una altura de tres metros, eso sí, sobre la hierba (eso era todo lo positivo de la situación).

—Pero ¿qué pretende? —dijo Carmen.

Aunque estaba claro, de alguna manera: intentaba alcanzar la antena de radio que coronaba uno de los extremos del tejado principal. Pero ¿cómo? En ese momento, Didi empezó a tirar de la cuerda y Carmen vio que había atado algo al extremo: un azadillo.

—Va a intentar enganchar la chimenea con el azadillo —explicó Bram.

—¿No hay una manera más fácil? Podríamos asomarnos por uno de los luceros con una cuerda...

—Si tuviésemos una más larga, sí —dijo Bram—, pero hemos registrado todo el hotel y ese es el trozo más largo que hemos encontrado.

—Yo juraría que había un buen rollo en alguna parte —añadió Amelia—, pero no hemos dado con nada mejor.

Didi siguió sujetándose del canalón con una mano mientras con la otra comenzaba a columpiar el azadillo, que pendía bajo unos dos metros de cuerda. La chimenea estaba a esa distancia más o menos. El plan de Didi era lograr enganchar una esquina y después... ¿trepar por el tejado? Eso si el azadillo no cedía y ella se rompía la crisma primero.

Antes de que Carmen pudiera manifestar su opinión, Didi lanzó el azadillo, que rebotó contra la chimenea. El impulso además hizo que resbalase y perdiera el equilibrio. Se sujetó al canalón, arrancando un buen trozo, y se quedó sentada sobre las tejas.

—¡Joder!

—¡Casi te matas, Didi! —gritó Carmen—. Baja de ahí ahora mismo.

Didi se levantó la visera del casco y respondió desde arriba:

—No hay otra forma, Carmen. Y tenemos que alcanzar la antena.

—Pues habrá que pensar. Podríamos atar unas sábanas...

—Incluso así sería peligroso encaramarse ahí arriba —dijo Bram—. Y además puede que no sirviera de nada. Si la antena está rota es muy posible que necesitemos un equipo de soldadura. Y aquí no hay ninguno, que yo sepa.

—¿Entonces?

—En mi casa tengo material —dijo Bram—, incluso una cuerda lo suficientemente larga...

Se hizo un silencio que dejó paso al viento. Estaba claro lo que eso suponía: salir de la protección del Kirkwall y volver a la casa de Bram.

—De acuerdo —dijo Carmen—. Hagámoslo.

—¿Segura?

—No hay otra —dijo Carmen—. Y cuanto antes arreglemos esa antena, antes podremos enviar el maldito mensaje a Thurso.

Se montó en el Defender y dejó que Didi y Bram empujaran hasta que empezó a bajar la pendiente. Después, cuando ganó suficiente velocidad, metió la segunda marcha y soltó el embrague de un sopetón. El motor explosionó, una, dos, tres veces y terminó arrancando.

—Buen chico —susurró Carmen acariciando el salpicadero—. Ahora no te vuelvas a parar en todo el día, ¿eh?

Si alguien, alguna vez, le hubiera dicho que iba a terminar hablándole cariñosamente a un coche le habría tildado de loco, pero ahora la loca era ella. ¿De verdad estaba a punto de salir del hotel otra vez?

Bram bajó la cuesta y se montó en el coche. Llevaba la escopeta y esta vez no era solo un farol. Tenía dos cartuchos dentro, y otros diez que había seleccionado de entre los que parecían más secos.

—¿Podrías matar a alguien con eso? —preguntó Carmen.

—Si le das muy cerca y en un punto vital, puede —dijo Bram—. Pero son cartuchos de caza menor. Como mucho te abrasan la piel y te crean una infección de varios pares de narices.

—Espero que la antena funcione —murmuró Carmen al llegar al pie de la colina.

Allí tomó la carretera del norte y también esperó no encontrarse con nadie esa mañana. Era muy pronto, de madrugada, ¿quién podría estar despierto a esas horas?

Todo fue bien hasta más o menos el cruce de caminos que rodeaban Bealach Ba (a la derecha para la Torre Knockmanan y Layon Beach, a la izquierda para los acantilados Kildanam y la casa de los Lusk), en el mismo sitio donde estaba el gran cartel metálico de ARTE RARO DE BRAM erigido junto a un viejo refugio de pastores. Allí, después de unas cuantas curvas, llegaban a la gran extensión de terreno en el centro de la isla. La gran montaña aparecía en la penumbra de la madrugada como un monstruo calmo y poderoso, y en sus faldas, como un punto blanco todavía, el *cottage* de Bram Logan. Pero entonces vieron algo más.

Un par de luces moviéndose a lo lejos, por la carretera: un coche.

Carmen frenó casi en seco, derrapando. No hizo falta decir nada más. Bram y ella cruzaron una mirada de pánico.

—Aparca detrás del refugio —dijo Bram.

—¿Qué?

—No creo que nos hayan visto todavía. Mételo ahí. ¡Vamos!

Carmen ni se lo pensó. Giró a toda velocidad, enfilando el pequeño edificio de piedras, y aceleró sacando el coche de la carretera. Dieron un par de buenos botes, pero el Defender tenía las ruedas grandes y aguantó el trote. Después, ya sobre la mullida alfombra de hierba, Carmen aparcó el coche de modo que quedara oculto tras el cartel de ARTE RARO y las paredes del refugio, al menos desde la perspectiva de ese coche que se acercaba.

—Pero si miran hacia atrás al pasar nos verán de lleno —dijo Carmen.

—Bueno, en ese caso les daremos los buenos días con esto —dijo Bram moviendo el cañón de la escopeta.

Esperaron en silencio, Carmen con el pie en el acelerador, pensando en cómo podría sacar el coche de allí a la mayor velocidad posible. Recordó la furgoneta cargada de pescadores que había invadido el *cottage* de Bram. Si eran tantos, quizás alguno fuera subido en la parte trasera. Los verían, y la única opción sería correr más rápido que ellos.

Oyeron el ruido del motor aproximándose lentamente y las luces de los faros destellando en los bordes del cartel. Y entonces vieron pasar la vieja furgoneta grúa de los hermanos Lusk. Carmen no pudo ver quién conducía pero distinguió claramente el pelo color rojizo de Zack y su brazo apoyado en la ventanilla del copiloto, fumando.

La GMC color cereza pasó de largo a gran velocidad, en dirección al pueblo, y tanto Carmen como Bram respiraron aliviados.

—Por poco...

—Eran los Lusk, ¿no? —preguntó Bram.

—Sí —dijo Carmen—. Es curioso...

—¿Curioso por qué?

Carmen tenía el ceño fruncido y tardó unos segundos en responder.

—Ayer Lorna nos dijo que Zack estaba muy enfermo, aunque ni siquiera me lo creí entonces, y hoy resulta que iba fumando tan tranquilo...

—Lo siento, nena —dijo Bram—, pero tendrás que explicarte un poco mejor.

—Cuando fuimos en busca de Lomax pasamos por la granja de los Lusk. Y allí ocurrió algo raro. Lorna estaba nerviosa. Dijo que estaban trabajando, pero ni yo ni Didi nos lo tragamos, aunque después, con lo de Mary Jane Blackmore, lo olvidamos por completo. Sin embargo, era obvio que pasaba algo raro en esa casa. De hecho, oímos quejarse a alguien, como gimiendo de dolor, y Lorna nos dijo que era Zack. Pero Zack no tenía pinta de estar muy mal hace un minuto.

Antes de terminar su frase, se quedó callada y miró a Bram con los ojos abiertos de par en par.

—Joder. ¿Y si tienen a Charlie allí?

—¿Qué?

—Lo que has oído —dijo Carmen—. ¿Y si retienen a Charlie ahí dentro, en ese establo suyo? Recuerdo que oímos un ruido y Lorna miró hacia atrás... ¡Claro!

—Pero ¿para qué tendrían allí a Charlie?

—Yo qué sé. Se habrán vuelto locos como el resto del pueblo. O quizás piensen en pedir un rescate...

—Eso no tiene mucho sentido.

—No lo tiene, lo reconozco —dijo Carmen—. Pero creo que el sentido se marchó de esta isla con el último ferry. Quiero ir allí.

—¿Qué? —dijo Bram—. ¿Ahora?

—Esos eran Zack y otro, quizás Lorna o John. Dos de los tres Lusk fuera de casa... Yo digo que es ahora o nunca.

Bram se quedó en silencio un instante, pensando en eso.

—Joder, Carmen, ¿entre todas las malditas casas de esta isla tiene que ser *esa* precisamente? Además, ¿cómo piensas hacerlo?

Carmen encendió las luces y empezó a maniobrar. Por primera vez en mucho tiempo, se sentía la dueña de la situación y tenía, además, una respuesta para eso. Aceleró y el Defender empezó a botar entre las rocas hasta alcanzar la carretera.

—Tengo una idea.

Dave

—¿A cuántos has matado en tu vida?

John estaba sentado en una silla, a dos cautelosos metros de mi cama, con aquella escopeta cargada apoyada a un lado.

—En serio, un soldado como tú habrá matado a muchos, ¿no?

Me había despertado dándome un par de bofetadas y por lo menos me había dado algo para desayunar (un pan mojado en leche fría). Me lo había metido en la boca y se había divertido viendo mis intentos por comerlo sin atragantarme, y teniendo que escupirlo un par de veces hasta que finalmente conseguí trocearlo y engullirlo.

Había luchado por comer algo porque esa mañana era importante para mí. Era la mañana en la que íbamos a salir de paseo y yo «intentaría abrir» La Caja.

Sí, la mentira seguía en pie, y Lorna y sus amigos se la habían tragado hasta el fondo. Al menos eso podía deducir por lo que había escuchado esa mañana al otro lado de la puerta. Le dijeron a John que volverían en una hora «con McGrady y Ngar». Al parecer, eran los dos hombres más fuertes de la banda, los tipos cachas que traían para asegurarse de que yo no intentaba nada raro durante mi trayecto a la lonja. Lo primero de todo sería evaluar bien a esos dos «alfiles».

A John ya le tenía calado. Era lento. Lento como un jodido elefante. Podía sacarle los ojos y metérselos en los bolsillos de su peto de granjero antes de que pudiera alcanzarme con uno solo de sus puñetazos. El primer problema era que sus puñetazos hacían mucho daño y el segundo, que John ya no se fiaba un pelo de mí. Me había visto moverme como una culebra y, al menos en eso, era sabio y se mantenía a una distancia bastante prudente. Mis esperanzas, por lo tanto, estaban puestas en ese viaje que parecía que íbamos a hacer. Era hora de jugar a imaginar cosas. ¿Podemos utilizar la esquina de una puerta para sacar un ojo? ¿Asfixiar a alguien con un cinturón de seguridad? El cinturón de seguridad tenía muchas posibilidades. Podía incluso quitarme unas esposas con él. Pero todas esas oportunidades las iría viendo en su momento. Por ahora, todo lo que sabía es que me iban a llevar ante ese *reefer* y querían que introdujese el código. ¿Cuánto tiempo de retardo tendría el explosivo? Cinco o diez minutos a lo sumo, dependiendo del tipo de explosivo que llevase. Y la gran pregunta era: una vez activado el sistema, ¿se enterarían los que estaban allí de que iba a explotar?

Noté algo impactando en mi cara. Algo líquido y tibio. Un escupitajo.

—¿O me dirás que eres uno de esos mariquitas que se alistaron para traer la paz al mundo?

—Entre otras cosas —dije—. Y para salvar a las ballenas.

John Lusk se rio. Se diría que estábamos desarrollando algún tipo de relación.

—John, necesito más analgésicos, por favor.

Él se revolvió en su silla.

—No, ya te lo hemos dicho. No habrá más de nada hasta que hagas lo que has prometido. Después...

Se quedó pensativo.

—¿Qué pasará después, John? —le pregunté.

—No lo sé. Supongo que te enviaremos a un hospital en Thurso.

«Thurso», pensé, «por fin un nombre.»

—¿Thurso? —me apresuré a decir—. ¿Qué es eso? ¿Una ciudad?

—Sí —dijo John—. Allí hay un buen hospital. Ya verás...

John mentía muy mal. Joder, mentía tan terriblemente mal que era para sentirse ofendido. Estaba claro que planeaban liquidarme en cuanto metiera aquel código en su jodida caja. Quizás por eso no le importaba seguir hablando.

—¿Esa ciudad, Thurso, es donde vamos a ir hoy?

—No, claro que no. Thurso está en el continente. Aunque no deja de ser otra isla —se rio—, pero más grande.

—¿Y está muy lejos?

—A unos cuarenta minutos en ferry. Solo que el ferry no funciona. Hay muy mala mar.

—¿Quieres decir que estamos incomunicados?

—Sí, hombre, llevamos así varios días. —Entonces se dio cuenta de que eso contradecía la historia de que me dejarían salir de allí—. Bueno, basta de cháchara, ¿eh? Se acabó el hablar.

Vale. Me quedé callado y reflexionando sobre esa nueva información. Así que estábamos en una isla no muy grande (ir y volver a la otra punta no suponía más de una hora en coche) y que llevaba varios días incomunicada. Y el punto civilizado más cercano era Thurso, pero ¿cómo podría llegar hasta allí incluso si lograba liberarme de esos tipos?

«La gente del hotel», pensé.

Entonces oímos a lo lejos el sonido de un motor aproximándose. ¿Ya estaban aquí? No es que mi reloj mental estuviera demasiado fino, pero me parecía que solo habían pasado unos quince minutos desde que escuché a Zack gritar de dolor mientras lo acomodaban en el asiento («Lo llevaremos al pueblo a que le echen un vistazo, creo que se le está infectando la pierna») y oí el coche alejarse de la granja.

A John también debió de parecerle muy raro. Al principio se le torció un poco esa sonrisa de hijo de puta ignorante y malvado que había llevado puesta toda la mañana, y un rato después, creo que al mismo tiempo que yo, debió de darse cuenta de que ese motor sonaba diferente. No era el tres válvulas gasolina de su vieja furgoneta, no. Era un coche más moderno y, además, se había parado lejos del establo, quizás frente a la casa.

—Pero ¿qué...? —balbució John Lusk.

Yo me hubiera apostado mi paga de Navidad a que se trataba otra vez del vehículo del día anterior, el de la gente del hotel, y eso me dio aliento. ¿Qué estaba ocurriendo con ellos? ¿Qué clase de rivalidad? ¿Cómo podía yo aprovecharme de todo esto?

John se levantó y se apresuró al pequeño ventanuco. Por la maldición que soltó, estuve seguro de haber acertado. Se quedó en la ventana, pensando en qué hacer. Después vino directamente a la cama. Dejó la escopeta apoyada en la silla y cogió un rollo de papel de cocina. Empezó a hacer una bola de papel.

—Abre la boca —dijo cuando tuvo una bola de tamaño considerable formada en la mano—. Abre la maldita boca y no se te ocurra hacer nada.

La superstición de John sobre mí era tal que quizás pensaba que un tipo atado de pies y manos y con una cuerda al cuello podría matarle de una dentellada (¿o quizás con mi aliento?). Bueno, lo hice. Abrí la boca y el cabrón me metió aquella bola de papel hasta la campanilla. Eso me provocó arcadas y tosí hasta conseguir liberar un poco de espacio para poder seguir respirando bien (tenía un orificio de mi nariz lleno de sangre seca). Después cogió una de las cuerdas que me atrapaban el cuello y la colocó encima de mi boca, apretando con fuerza.

—Así te quedarás calladito —dijo antes de regresar al ventanuco.

En ese momento alguien hizo sonar un claxon.

—Se va a enterar ese hijo de la gran puta —dijo John al tiempo que cogía la escopeta—. ¡SE VA A ENTERAR!

Llegó a la puerta y la empujó con fuerza, pero el viento, casi como una broma, se la devolvió en toda la cara, a lo que John Lusk replicó con una maldición que me hubiera hecho reír si no estuviera sintiendo unas terribles arcadas por aquel bolón de papel que me había metido en la boca. De hecho, al intentar moverla con la lengua empeoré la situación. Tosí y sentí ganas de vomitar, pero si lo hacía, atado como estaba, me provocaría una asfixia de libro. Y lo malo es que tras toser respiré fuerte y me la incrusté aún más en la garganta. Joder, había sobrevivido a un accidente aéreo, a un naufragio en aguas heladas, al cautiverio en la casa de los primos escoceses de Charles Manson y ahora iba a morir asfixiado con una bola de papel.

No, joder. Por puro amor propio tenía que seguir vivo.

Me concentré en respirar por la nariz y tratar de liberar algo de espacio en la boca, pero lo cierto es que, atado de pies y manos, y con el cuello rodeado por una soga, corría un riesgo bastante real de ahogarme.

Bram

Según lo vio salir por la puerta de aquel establo, Bram supo que John Lusk venía con muy malas pulgas. Demasiadas malas pulgas. Llevaba una escopeta en las manos y se acercaba dando zancadas, enfadado como si lo hubiera interrumpido en medio de una tórrida cita sexual con alguna de sus ovejas. Bram decidió prevenir antes que curar. Sacó él también su escopeta del Defender y descansó el cañón sobre su antebrazo, como diciendo: «Si se trata de una guerra de pollas, aquí está la mía».

Al verlo, John Lusk templó un poco sus andares mastodónticos hasta quedarse a unos cinco metros de distancia.

—Hola, John. —Bram alzó el cañón de la escopeta a modo de saludo.

—¿Qué quieres? —fue todo el saludo de John.

—Vengo a deciros que Mary Jane Blackmore está muerta.

Eso le pilló por sorpresa.

—¿Quién? ¿Qué?

—Mary Jane, la mujer que vive en...

—Ya sé quién es, la pelirroja loca —dijo John.

Bram se tragó su opinión sobre aquella respuesta. En realidad era culpa suya por no haber podido inventarse otra excusa, pero ¿cuál podía haber usado para ir a una casa a la que no se había acercado en los veinte años que hacía que vivía en la isla?

—Parece que se ha suicidado.

—¡Vaya! —dijo John riéndose—. ¿Se tiró por los acantilados?

—No, lo hizo con tranquilizantes.

—Bueno, el invierno es muy jodido y la gente se vuelve loca. ¿No pretenderás que vaya a cavar un agujero por esa vieja? El suicidio es un pecado. Por mí que se pudra.

«De hecho, eso está haciendo», pensó Bram.

Después se quedó un segundo en silencio. No parecía que la noticia le hubiera impactado demasiado. «¿Y ahora qué? Siguiente pregunta.»

—Otra cosa, John... ¿Va todo bien con tu hermano Zack? —continuó—. Me dijeron que se había puesto enfermo.

John Lusk no era tan rápido como su hermana. Compensaba su falta de agudeza mental con unos buenos bíceps y su malhablada boca.

—¿Enfermo? Bueno, pero ¿a ti qué coño te importa?

—Joder, pues me importa —dijo Bram—. No hay ferry ni médicos en la isla. Si es grave, puedo echarle un vistazo. ¿Está en casa?

—Sí... —empezó a decir—. No.

De nuevo, Bram pudo colegir que estaba cortocircuitando el cerebro de John Lusk, que posiblemente jamás había tenido un reto creativo tan difícil ante él.

—¿Sí o no?

John Lusk movió la cabeza como si una mosca estuviera zumbando en sus oídos.

—Tengo un buen botiquín en casa —se apresuró a decir Bram—. He oído que es algo del estómago. Hay unas hierbas que podrían sentarle muy bien...

—¡No necesita hierbas! —dijo John Lusk—. Ni nada de nada. Oye, Bram, estoy un poco ocupado, ¿vale? Hasta luego.

Bram se quedó quieto donde estaba, mirando cómo John Lusk daba media vuelta en dirección al establo. Aprovechó ese instante para echar un largo vistazo a los alrededores del *cottage*, al terreno que quedaba tras la casa, delimitado por un muro para guardar las ovejas, y a la zona de roca y hierba que quedaba justo al este, por donde se suponía que Carmen iba a intentar avanzar. ¿Lo habría conseguido ya? Tenía que seguir ganando tiempo.

—Oye, Lusk —dijo—. Otra cosa.

John estaba ya prácticamente girado de cara al establo. Se paró y Bram pudo ver cómo se le movían los hombros, arriba y abajo.

—¿Qué quieres, joder?

—Escucha —dijo—, es que tengo algunas cosas en casa de las que me quiero deshacer y pensaba que, bueno, puede que os interesaran. Os las daría gratis, claro.

Eso consiguió, al menos, que se diese la vuelta.

—¿Cosas? ¿Qué cosas?

Carmen

No recordaba haber corrido tanto y tan rápido en mucho tiempo. En junio había intentado retomar su hábito de correr por las mañanas y aprovechaba los madrugones que su insomnio le provocaba para echar una carrera hasta Bealach Ba o por el camino de los acantilados. Pero después se aburría, o el clima ya no era tan benigno, y dejó de entrenar, y esa fría mañana se estaba arrepintiendo bastante de haberlo abandonado.

«Maldito culo de plomo.»

Su primera carrera había sido desde el camino hasta unos peñascos que cerraban los terrenos de los Lusk, a unos quinientos metros. Había llegado jadeando. Allí, agazapada entre las húmedas rocas, había esperado a que Bram llegase con el coche a la casa.

Vale, esa era una cuestión importante. Había dos edificios: el *cottage* y el establo (o granero, o taller o lo que fuera), y la pregunta era: ¿dónde tendrían a Charlie Lomax?

El día anterior habían visto salir a Lorna de ese establo...

Lo observó con cuidado y se fijó en una pequeña chimenea de hojalata que sobresalía por uno de sus costados. De ella partía un fino hilo de humo.

Vio el Defender aparecer por el camino, muy despacio (Bram le había dicho que iría en primera para darle tiempo). El claxon era la señal acordada, pero esperó a ver a alguien salir del establo. Era John.

Salió disparada hasta un pequeño muro de piedra que servía como cerca para una veintena de ovejas. Allí volvió a pararse y comprobó que Lusk le daba la espalda, mientras que Bram improvisaba cualquier tema de conversación. Bien.

Corrió medio agachada, como un soldado en la guerra, con el muro a un lado y el acantilado al otro. Abajo, un mar negro y embravecido se batía contra un infierno de puntas de pedernal, pero el trecho de hierba era maravillosamente verde y plano. Llegó al final de la cerca, se paró y volvió a echar un vistazo. El bueno de Bram seguía haciendo su trabajo a las mil maravillas y Lusk seguía de espaldas. ¿Qué le estaría contando?

Desde allí estaba a menos de cien metros de las dos edificaciones y podía ver la parte trasera de ambas. El establo era una construcción vieja y rudimentaria, con pequeños ventanucos a los lados y rodeada de un pandemónium de basura y objetos. De entre todos ellos, había uno que llamaba poderosamente la atención: una especie de lancha redonda de color amarillo chillón. Era un objeto que destacaba sobre todo por su color, pero también porque parecía nuevo. Y de alguna manera, en la profundidad de su mente, especuló con que eso también hubiera llegado del mar.

Igual que La Caja.

Bram seguía charlando con John Lusk, pero ¿cuánto

tiempo más podría distraerlo? Había que actuar, o mejor dicho, correr. Y jugarse el todo por el todo a que Lusk no miraría hacia atrás.

Al menos, el viento y el ruido del océano le darían cobertura.

Contó hasta tres y salió como un cohete.

Bram

—¿Un equipamiento completo de escalada? —dijo John Lusk frunciendo el ceño—. ¿Y para qué coño me iba a servir eso?

—Bueno —dijo Bram—, podríais utilizarlo para bajar a las cuevas de Kildanam, por ejemplo...

Entonces, por el rabillo del ojo, vio una figura aparecer en el fondo. Una figura que corría veloz entre el muro de piedra y la pared trasera del establo.

«¿Todavía ahí?»

«¡No, no la mires!»

Devolvió su mirada a los ojos mezquinos de John.

—Yo lo compré para eso, pero si te digo la verdad, lo he utilizado solo una vez. El equipo está nuevo y me costó casi sesenta libras...

—¿Y esta escopeta? —preguntó entonces Lusk—. ¿No la venderás también?

—¿Esta? —dijo Bram.

En ese instante Carmen acababa de ganar la parte trasera del establo. Todavía necesitaría un largo minuto para hacer lo que había ido a hacer allí.

—Bueno, no lo había pensado, pero quizás podamos hacer un trato. Veamos...

Dave

Miraba el techo y me concentraba en el hilo de aire que lograba meter por el agujero de la nariz que aún estaba libre. Inspirar, espirar, solo se trata de eso, Dave, nada más.

¿Qué estaría pasando ahí fuera? El motor de ese coche seguía al ralentí y podía percibir el eco de una conversación a lo lejos, pero no se trataba de una discusión, que era lo que yo hubiera deseado. Algún tipo de conflicto que pudiera dejar a John Lusk fuera de combate.

Entonces algo me hizo pestañear. Oí un ruido de pasos a la carrera aproximándose por la parte trasera. Y no era John, ni Lorna, ni mucho menos Zack. Los andares de estos tres los conocía sobradamente. No... Esa persona que se aproximaba era alguien de menor peso, más ágil y rápido.

¿Quién?

La cosa se iba poniendo interesante por momentos. Ese *corredor*, fuera quien fuera, llegó hasta la parte trasera del establo y se frenó en seco. Básicamente, eso significaba que había esprintado desde alguna parte para ponerse a cubierto tras la fachada, tal vez para que John no pudiera verle.

Caminó con discreción, pegado a la fachada, aunque pisó algunas cosas que había por el suelo y eso le delató. El intruso no era demasiado profesional. ¿Quizás un ladrón de gallinas? Aquello renovó mis esperanzas de que *algo* fuera de guion estuviera a punto de ocurrir, y yo pudiera aprovecharme de ello.

Volví el cuello en esa dirección y miré por el ventanuco que había sobre la estufa. Allí no tardó en aparecer un rostro. Una mujer. Ponía las manos a modo de visera sobre los ojos intentando distinguir algo en el interior. Desde fuera, este lugar debía de resultar muy oscuro.

No era necesario ser muy listo para comprender que esa aparición estaba relacionada de alguna manera con el coche que acababa de llegar y tampoco hacía falta ser Isaac Newton para darse cuenta de que se trataba de algún tipo de adversario, y que su propósito, fuera cual fuera, iba en contra de los intereses de los hermanos Lusk. Lo cual le convertía automáticamente en mi aliado.

Empecé a mover las piernas y las manos, intentando que la cama hiciese algún tipo de ruido, o que ella pudiera distinguirme en la penumbra. Entonces vi cómo esa bonita cara se pegaba aún más al cristal. ¡Sí! Me había visto. Y entonces dijo algo, una palabra...

Carmen

—¿Charlie?

Carmen no veía del todo bien, pero la lumbre de una estufa que estaba pegada a la ventana le permitió percibir algo moviéndose en una especie de camastro. Un hombre que parecía estar atado ahí dentro. ¡Ella tenía razón!

Aunque el ventanuco hubiera estado abierto era demasiado pequeño para colarse por ahí. No, necesitaba encontrar la puerta de ese lugar, así que siguió adelante. Pasó junto a aquella gran balsa de salvamento, donde ahora pudo leer PROPIEDAD DEL EJÉRCITO. De dónde demonios habrían sacado los Lusk semejante souvenir era algo que Carmen dejó para más tarde.

Llegó hasta la siguiente esquina y se asomó con cuidado, pero no había nadie. Solo un tocón con un hacha clavada y un montón de trozos de leña alrededor. Caminó hasta la siguiente esquina. ¿Seguiría Bram liando a John Lusk? Se asomó y vio que efectivamente así era. Y a menos de dos metros, un portón de madera medio abierto. No tendría que dar más de dos pasos para entrar pero, claro, una vez dentro estaría en la boca del lobo. Si John Lusk regresaba, ella ya no tendría escapatoria.

Tragó saliva y pensó.

«Podrías volver por donde has venido, encontrarte con Bram y explicarle que crees haber visto a Charlie en el establo. Y podríamos volver todos juntos y pedirles a los Lusk que...

»¿Qué exactamente? La próxima vez que vuelvas por aquí puede que él esté muerto. O que Lorna, Zack y vete tú a saber cuántos más os den para el pelo.»

—No —dijo en voz alta, volviendo a pegarse contra la pared—. Debes hacerlo ahora.

Cogió el mango rojo del hacha y lo arrancó del tocón. Tenía el filo limpio y brillante. ¿Y qué iba a hacer con eso? Ni idea, pero se sintió mejor llevándola en la mano. Después, sin pararse a mirar, corrió hasta el portón, lo abrió un poco y se coló dentro. Cerró la puerta con cuidado.

—¿Charlie? —susurró—. ¿Estás ahí, Charlie?

El lugar estaba en penumbra y sus ojos tardaron en reaccionar, así que lo primero que percibió fue el olor a cochambre y estiércol mezclado con algo que podría ser sudor o medicinas, que le recordó a la habitación de una persona enferma.

—Soy Carmen, Charlie...

Tropezó con algo. Había objetos ordenados en el suelo de madera. Distinguió una pistola —¿de bengalas?—, un par de rectángulos de color plata, como mantas de las que llevan las ambulancias y un botiquín con el símbolo de una cruz roja. ¿Qué era todo eso? Entonces pensó que debían de ser cosas de esa lancha de salvamento, pero ¿qué coño hacían allí?

Y al mismo tiempo escuchó a alguien gimiendo desde el fondo de aquella estancia.

—¡Charlie!

Corrió hasta allí, ya con los ojos más acostumbrados a la poca luz. Había una gran estufa de hierro donde ardían los restos de algo de leña, y ese resplandor iluminaba a un hombre que estaba tumbado en un catre, atado de pies y manos, vestido con una especie de uniforme militar hecho jirones. A pesar de que su rostro estaba magullado y cubierto de heridas, y de tener un ojo hinchado, Carmen se dio cuenta inmediatamente de que no se trataba de Charlie Lomax.

—Pero ¿qué...? ¿Quién eres?

El hombre la miraba con los ojos abiertos como platos, pero sin decir nada. Tenía una soga en el cuello y otra pasada por encima de la boca, en la que asomaba el borde de algo blanco. El hombre hizo un ruido, como pidiendo parlamento.

—¡Espera!

Carmen se acercó y dejó el hacha a un lado del colchón. Hubo uno o dos segundos en los que dudó si debía quitar la mordaza a aquel hombre. ¿Y si se ponía a gritar? Pero no parecía que eso fuera a ocurrir. Y además ese uniforme, la lancha... Eran piezas de un puzle que encajaron rápidamente en la cabeza de Carmen.

Retiró la cuerda y sacó una bola de papel de la boca del tipo. El soldado respiró profundamente un par de veces y después, sin darle a Carmen tiempo de decir nada, espetó:

—Córteme la cuerda del cuello. Rápido.

—¿Quién es usted?

—No hay tiempo. Ellos van a volver con refuerzos. Corte la cuerda.

Carmen no acababa de entender eso de los refuerzos, pero el soldado parecía tenerlo todo muy claro, como si hubiera estado esperando siglos a que alguien viniera a ayudarle.

Carmen cogió el hacha, pero el soldado volvió a hablar, muy rápido:

—Con eso no. Vaya por donde ha venido. Hay una pila de objetos en el suelo. Debería haber un pequeño cuchillo en una funda de color negro. ¡Dese prisa!

Pese a que el hombre parecía haber sido arrollado por una apisonadora, su voz era directa y autoritaria, y eso fue precisamente lo que hizo actuar a Carmen sin hacerse preguntas.

Se apresuró al lugar de los objetos alineados y se agachó en busca de ese cuchillo. No tardó en encontrar una pequeña funda de color negro. En su interior, tal y como el tipo había dicho, había un cuchillo de tamaño medio y una hoja muy fina. Se puso en pie y ya regresaba al catre cuando oyó un par de bocinazos afuera. Dos laaaargos bocinazos que le parecieron provenir del Defender.

Paró un segundo, miró por un ventanuco que tenía justo al lado y vio a Bram montado en el Defender y a John Lusk regresando al establo. Bram hacía como que se despedía (y dio un tercer bocinazo) y volvió a decirle algo a John Lusk, pero este respondió con un gesto y siguió caminando en su dirección.

Carmen sintió que le faltaba el aire. Por un instante pensó en salir corriendo por la puerta, pero el soldado pareció leer ese pensamiento.

—Suélteme y yo me encargaré de él.

Carmen corrió junto al catre. Le temblaban las manos

como si se hubiera tomado veinte cafés de golpe. No obstante, y por increíble que pareciera, el soldado mantenía cierta templanza en su voz.

—Corte primero la del cuello, por debajo.

Carmen lo hizo. El cuchillo recién afilado traspasó la cuerda como si fuera mantequilla.

—Ahora mi mano derecha, ¡corra!

Carmen lo hizo. El corazón había comenzado a latirle muy rápido.

—Deme el cuchillo y escóndase ahí debajo —dijo señalando una mesa llena de trastos que estaba pegada a la pared contraria a la estufa—. Póngase algo encima, una chaqueta o lo que sea.

—Vale, ¿y si me ve?

—Yo atraeré su atención. Usted escóndase bien y no se mueva. Ni respire.

Carmen miró a los ojos de ese tipo, que le devolvió una mirada dura pero confiada. Se dio la vuelta. Lusk estaba a punto de llegar a la altura del establo. Cogió el hacha y se metió debajo de la mesa. Había una especie de saca de material plástico que resultó ser de estiércol. Estaba medio vacía, así que Carmen la arrastró un poco y se la colocó delante. Entonces oyó el portón abrirse y cerrarse, y los pesados pies de John Lusk empezaron a caminar sobre la madera del suelo.

Carmen dejó de respirar.

Dave

Antes de que John Lusk abriera la puerta liberé la otra mano de un tajo muy rápido. Después cogí la bola de papel que aquella mujer tan bonita me había sacado amablemente de la boca y me la volví a meter con suavidad entre los dientes. Cogí el tramo de cuerda y lo enrollé encima, de modo que pareciera que todo seguía igual. Hice lo mismo con la mano izquierda y después bajé la derecha hasta colocarla sobre el colchón. Si John se acercaba por mi lado izquierdo (y eso es lo que yo esperaba), no podría detectar el corte en la cuerda, y mucho menos que yo estaba empuñando el cuchillo. No obstante, escondí la hoja bajo mi muslo.

La puerta se abrió y se volvió a cerrar. Entró John, caminando muy despacio.

—El puto loco de Bram Logan —dijo asomándose por el ventanuco—. ¡Viejo hippy drogadicto!

Se quedó un rato mirando por la ventana, como si quisiera asegurarse de que ese tal Bram se marchaba con el coche.

Después caminó muy despacio, bordeando el montón de objetos, donde ahora faltaba un cuchillo pequeño (cosa que él pasó por alto). Avanzó pensando en algo que le hacía sonreír y cuando solo le restaban dos metros hasta mi catre, me eché el farol: cogí aire, abrí los ojos de par en par y dejé de respirar al mismo tiempo.

Yo estaba muerto.

Es una técnica entrenada, aunque hay poco que entrenar. Había ensayado esto alguna vez. Sabía que los ojos empezarían a llorar en algún momento y que tendría que ir soltando CO_2 lentamente. Pero lo difícil sería mantener los ojos abiertos y sin parpadear, y ese detalle era muy importante: John no debía pensar que me había dormido.

—Ya estoy de vuelta, mariquita.

El truco funcionó. Lusk me observó en silencio durante unos interminables segundos.

—Qué demonios... —murmuró.

Se acercó, pero se paró a medio metro. Debió de imaginarse que aquello podía ser algún tipo de truco, pero su cabeza no le dio tanta cancha como para pensar que alguien podría haberme soltado las manos y regalado un cuchillo de once pulgadas. Aun así, no soltó la escopeta, que era uno de mis objetivos, pero bajó el cañón.

Se acercó por la izquierda (la chica ahora estaba justo detrás de él) y se agachó a cierta distancia para mirarme a los ojos.

—¿Te has muerto? —me preguntó—. No me jodas que te has muerto.

Extendió la mano hacia mi boca, posiblemente con la idea de sacarme la bola de papel, y en ese instante yo afiancé el cuchillo entre mis dedos. John ni siquiera tuvo tiempo de tirar de la cuerda. En el momento en el que tuve su mano a tiro, la cogí con la fuerza de una tenaza y tiré de ella hasta que conseguí inclinarlo un poco y que me ofreciera su ancho lomo. Al mismo tiempo, proyecté toda la fuerza desde el vientre y moví mi brazo derecho en el aire, en un rápido arco que cayó en el centro de su omóplato, ligeramente a la izquierda. Le metí la hoja hasta la empuñadura. «Este es mi cuchillo y tú eres la funda.» El bendito acero se deslizó adentro casi con magia, y Lusk ni siquiera gritó. Hizo algo como soltar aire y baba al mismo tiempo, y después se apartó de mí bruscamente.

Se golpeó contra la mesa donde se escondía la mujer. Tornillos y cajas cayeron por los bordes y Lusk se quedó allí parado un segundo, mirándome incapaz de decir una palabra, posiblemente se preguntaba DE DÓNDE COÑO había sacado yo ese cuchillo.

No le había acertado el corazón —en ese caso se hubiera desplomado directamente—, pero la falta de aire significaba que le había atravesado un pulmón, lo cual era una herida insuficiente. Un pneumotórax era doloroso y posiblemente lo apartaría de mí unos segundos, pero solo eso (a menos que le hubiera acertado en alguna arteria grande). La cuestión era lo que podría hacerme cuando volviera en sí, puesto que yo seguía atado por los pies y con poco margen de maniobra.

Empecé a quitarme las cuerdas de encima. Había perdido el cuchillo, pero quizás podría desatar el nudo que mantenía mis tobillos pegados a ese colchón. Mientras tanto, Lusk se movió hacia un lado, sin caerse, intentando arrancarse el puñal, pero estaba demasiado centrado en su espalda. A la vista de esto, optó por vengarse. Levantó la escopeta y me apuntó directamente. Estaba a solo un metro de mí, joder, y yo todavía estaba atado por los pies. Me tumbé otra vez, para ofrecer una menor exposición al disparo, y me protegí el torso y la cara con los brazos (mejor sin brazo que sin cara), y entonces escuché una terrible explosión. ¡BAM!

Noté que me caía y cerré los ojos. Cuando los abrí, estaba rodeado de humo y trozos de tela ardiendo. Briznas de algodón revoloteaban a mi alrededor. John Lusk había fallado el tiro a menos de un metro y le había dado a la esquina del catre, destruyéndolo y haciendo que el somier se viniera abajo conmigo atado a él.

Ese gigante con un puñal clavado en la espalda todavía tuvo fuerzas para arrastrarse hasta el lado izquierdo de la cama, que estaba inclinada sobre las patas que aún quedaban en pie. Me puso el cañón a unos centímetros de la cara y yo intenté atraparlo con la mano, pero John Lusk, dentro de su atontamiento general, fue lo suficientemente rápido y retrocedió un paso. Vale. Hasta aquí hemos llegado, pensé cuando alzó los dos cañones. Ahora no iba a fallar.

Carmen

Seguía debajo de la mesa, viendo tambalearse a John Lusk. Solo podía ver sus piernas, pero estaba segura de que el soldado había acertado con el cuchillo. No obstante, también creía que Lusk había matado al pobre hombre con aquel primer disparo, de modo que su pensamiento lógico fue: «Sal de aquí cagando leches».

Se arrastró a espaldas del granjero y pudo ver las cachas del puñal sobresaliendo por su espalda, y un reguero de sangre oscureciendo la tela de su peto vaquero hasta el culo. Al mismo tiempo, vio que el soldado seguía de una pieza, pero no por mucho tiempo. Lusk dio un paso y otro más y se situó justo delante de él apuntándole a medio metro de la cabeza. El soldado intentó atrapar el cañón, pero Lusk fue más rápido.

Carmen actuó sin pensar. Recogió el hacha del suelo y se puso en pie.

—¡Eh!

John Lusk estaba como una peonza, apuntando al soldado pero sin disparar. Sin decir una palabra. Era como si estuviera a punto de venirse abajo en cualquier instante. Carmen no sabía nada sobre anatomía humana y mucho menos sobre cómo utilizar un hacha contra una persona, pero cortando leña en el hotel había aprendido que el golpe más fuerte se conseguía cargando con los dos brazos a la vez. Y eso hizo. Con toda la vocación del mundo, sin dudarlo.

La cara roma del hacha le acertó a John Lusk en la base del cuello. Algo crujió y John dejó escapar la escopeta, que cayó pesadamente en la madera. Después comenzó a girarse pero se derrumbó antes de llegar a ver a su agresora.

—¡Coge la escopeta! —gritó el soldado.

Carmen rodeó a Lusk e hizo eso mismo, pero no parecía que fuera a necesitar mucho más para morirse. Se quedó de rodillas, sangrando en silencio, y pudieron escuchar su agónica respiración.

—Se muere —dijo Carmen mirándolo.

—Sí, y no me da mucha pena el maldito bastardo —dijo el soldado.

—¿Quién eres? —dijo Carmen.

Entonces escucharon el motor de un coche a lo lejos.

—Joder, rápido —dijo Dave—. Necesito el cuchillo.

Carmen se puso en pie y fue hacia John. Cogió la empuñadura del arma que sobresalía de su espalda y tiró con fuerza, arrancándolo de aquella carne muerta. Después lo limpió en las mangas del jersey verde botella del muerto antes de regresar junto a Dave.

—Echa un vistazo mientras me suelto.

Carmen se acercó a la ventana y vio el Defender entrando en el terreno de los Lusk, o mejor dicho, invadiéndolo.

—¡Es Bram! —gritó nerviosa—. Es un amigo.

El coche se dirigió directamente a la entrada del establo y dio un frenazo tan fuerte que derrapó sobre la hierba. En lo que Carmen tardó en llegar a la puerta, le oyó pegar dos bocinazos. Cuando ella salió, Bram estaba parapetado tras el Defender y con la escopeta apoyada sobre la ventanilla.

—¡Eh! ¿Qué ha pasado? He escuchado tiros...

Carmen apenas tenía palabras. Le hizo un gesto para que entrara y cuando Bram se acercó, le dijo que no había encontrado a Charlie.

—Es otra persona. Un soldado.

Bram se acercó al desconocido.

—Dave Dupree —dijo el hombre, al que encontraron ya completamente liberado de sus cuerdas—. ¿Y vosotros sois...?

Carmen y Bram le dijeron sus nombres.

—¿La gente del hotel? —preguntó el soldado.

—Sí, pero ¿cómo lo sabes?

—Es lo poco que sé —dijo Dave—, además de que esto es una isla y de que lleváis unos días incomunicados. ¿Habéis oído hablar de una gran caja de color negro?

—Joder, ya lo creo que sí —respondió Bram.

—Bien... También tengo algo que ver con ella.

—¿Cómo?

—Ya hablaremos de eso —respondió el soldado—. Ahora hay que darse mucha prisa.

En ese instante, Bram miró por encima de los hombros de Dave Dupree y vio el cadáver de John Lusk desparramado en el suelo, en un charco de sangre perfectamente circular que parecía una alfombra redonda.

—Joder, ¡está muerto!

—¿Qué distancia hay hasta el pueblo? —preguntó Dave por toda respuesta.

Bram estaba en shock. Tardó un poco en responder.

—Unos quince kilómetros —dijo—. ¿Por qué?

—Lorna y Zack han ido al pueblo a buscar a dos tipos. McGre... algo así.

—¿McGrady? —dijo Carmen.

—Sí.

—Nos los hemos cruzado hace bastante poco.

—Ok. Vamos a necesitar algunas cosas —dijo el soldado—. La escopeta de John, para empezar. Creo que guardan la munición en la alacena. Y todo eso de ahí —añadió señalando los objetos alineados en el suelo—. Bram, ¿podrías ir metiéndolo todo en la furgoneta?

Carmen ayudó a Dave a sentarse en la parte trasera del Defender. Después entró para terminar de recoger los utensilios que Dave les había indicado. Bram tenía la escopeta de John Lusk en la mano y estaba registrando la alacena.

—Aquí están —dijo al encontrar una gran caja de cartuchos—. ¿Serán estos?

—Sí —dijo Carmen.

—Oye, lo de John Lusk...

—Fue en defensa propia, Bram.

—Pero esto es una declaración de guerra. Lo sabes, ¿no? Sabes lo que significa todo esto, ¿verdad?

Carmen llevaba unos veinte minutos sin pensar demasiado. Decidió que todavía no era el momento.

—Vámonos antes de que vuelvan.

OCTAVA PARTE

FUEGO REDENTOR

Dougan

El granizo cada vez más duro. El viento cada vez más fuerte. El frío cada vez más frío.

Ahí fuera ya ni siquiera podías ver a diez metros de la ventana. Las farolas que hacían la labor de marcar la calle ni siquiera se habían encendido esa mañana. Los barcos se zarandeaban en el puerto como equilibristas en la cuerda floja.

Y mientras el mundo se acababa en el exterior, en su pequeña casita del número 6 de Main Street, Ray Dougan llevaba casi treinta y seis horas dormido y con una sonrisa dibujada en el rostro.

Soñaba.

En su sueño, Ray estaba con sus dos hermanos mayores, Julian y Rob. Estaba sentado entre los dos mientras se dedicaban a pegarse collejas y a vacilar sobre Laura Kelly, la belleza de pelo dorado que los traía de calle y que estaba sentada unas filas más adelante.

Era una antigua imagen, algo que su memoria había reconstruido casi milagrosamente. Aquel cine de Glasgow, el Green's Playhouse, con sus butacas rojas. El ambiente cargado de una tarde de invierno... Aquella tarde echaban *Robin de los bosques*, con Errol Flynn en el papel estelar, pero nadie le hacía demasiado caso. Llevaban toda la semana con la misma película y los chavales de Rock Road —que los días de lluvia se refugiaban en el cine echasen lo que echasen— ya se la habían aprendido de pe a pa. Así que volaban las palomitas, la gente se pegaba chicle en el pelo y se cocinaba alguna que otra pelea a la salida del cine, lo que fuera por calentarse de alguna manera.

La delantera de Laura Kelly era el tema de conversación central aquel invierno de 1938. Julian, de diecisiete, y Rob, de dieciocho, no paraban de hablar de ello, o mejor dicho, de «ellos». Y Ray, que solo tenía once añitos, entendía que el asunto era de «envergadura». No podía ser menos cuando la *tetalogía* ocupaba tantas horas de conversación con sus hermanos. «No pueden ser tan grandes, debe de haber trampa», «Pues para mí tienen la forma perfecta, tío, como una copa de champán grande», «La forma perfecta es que cuelguen un poco, joder», «¿Crees que lleva relleno?», «¡Claro que no! ¿Tú la has visto corriendo para llegar al autobús?».

¿Cuántas horas llevaba soñando con eso? El calor de la gente, el humo del tabaco que hacía que te picaran los ojos, el sabor de los caramelos y, sobre todo, estar sentado entre sus dos hermanos mayores, protegido, amado, muerto de la risa cuando Julian ponía las manos sobre su pecho y tomaba una medida a distancia de la delantera de Laura Kelly.

Esa misma tarde, antes de *Robin de los bosques*, habían proyectado en el cine el informativo con las siniestras imágenes que venían de Alemania. Los desfiles con tambores y ese histriónico líder «del bigotito» dando un discurso a gritos para unas enfervorizadas multitudes que respondían a todo con un «¡SÍ!». Y, por un instante, eso logró acallar a todos los presentes. Durante unos segundos, la gente dejó incluso de comer palomitas. Hasta que algún gracioso se puso a imitar a ese personaje gritón y a hacer gracias y todo el mundo rompió a reír y, de alguna manera, todo aquello quedó como algo que «se pasaría». Un tipo que «aparentaba mucho pero que no haría nada», como decía Julian para calmar a Ray —que esa misma noche tuvo pesadillas con los tambores—, «porque a nadie le interesa volver a empezar una guerra». Y todo el mundo pensaba lo mismo, posiblemente. La mitad de ese cine, chicos de diecisiete, no podía imaginarse que en unos pocos años estarían inmersos en un infierno. Ni que Laura Kelly y toda su familia iban a morir aplastados por toneladas de escombros durante un bombardeo. Ni que Julian moriría despedazado por la ráfaga de un Spitfire que lo confundiría con un alemán, en un charco de barro holandés. Ni que Rob se ahogaría lentamente, lastrado por su mochila, frente a la costa de Francia.

Ray, que cumplió dieciocho el mismo año en que acabó la guerra, jamás pudo cobrarse la venganza que tantas veces se había prometido. Matar a los nazis que acabaron con sus dos hermanos, que lo habían sido todo para él y que lo dejaron terriblemente solo, en un valle de lágrimas del que jamás se recobró, ni él ni sus padres. Y el resto de su vida —de la larga vida de Ray Dougan— casi cada noche soñó con Rob y Julian. En sus sueños podía verlos, tan jóvenes y tan perfectos, siempre haciendo algo: arreglando una motocicleta, pasándose un balón de rugby en Rock Road, poniendo la mesa o bailando con su madre al ritmo del «Boomps-a-Daisy» de

Annette Mills. Y entonces, de un plumazo, desaparecían. Se volvían invisibles, como si se disolvieran en el aire. Mamá se quedaba sola bailando con un fantasma, o el balón se caía al suelo, o la motocicleta se oxidaba en el garaje... Y Ray gritaba, gritaba desesperadamente sin entender del todo por qué sus queridos hermanos tenían que volverse invisibles para siempre. Cada noche, durante más de sesenta años, gritó cuando sus hermanos se volatilizaban. Pero esta vez era diferente.

Este sueño era para siempre. La película de Errol Flynn jamás terminaba. Robin Hood siempre tenía algo nuevo que hacer y las palomitas parecían rebrotar mágicamente en el fondo de su cucurucho. Y Ray estaba tan feliz, sentado sobre Julian, tirándole de la oreja a Rob y mofándose de algo, que pensó que debía de estar muerto. Porque eso es lo que siempre había pensado que sería el paraíso: un momento dorado que jamás terminaba.

Afuera habían pasado treinta y seis horas. Y en el número 6 de Main Street, Martha Dougan, la esposa de Ray, también dormía, tumbada junto a su marido. Lo había velado durante una noche, preocupada por aquel sueño tan extraordinariamente largo, y después ella había caído también en esa especie de hechizo. Y como ellos había otros tantos, en otras casas de la calle. ¿Cuántos en total?

Carmen

Se habían esperado muchas cosas menos oír el timbre de la puerta. Sonó una vez, después descansó, luego volvió a sonar. Y todos guardaron silencio.

—No abras —dijo Amelia—. Primero asómate por la ciento seis.

—¿Está abierta? —preguntó Carmen.

—Sí —dijo Amelia—. Están todas abiertas.

Carmen hizo exactamente eso. Salió al pasillo, miró a un lado y al otro, después caminó hasta la habitación. Entró y se acercó muy despacio a la ventana, que estaba cubierta de gotas de agua que vibraban nerviosamente aplastadas por el viento.

Abajo, frente a la puerta, había dos personas. Una de ellas iba totalmente cubierta con una de esas gabardinas; no obstante, lo reconoció: Nolan. El otro era Lowry.

Verlos llamando educadamente a la puerta del hotel Kirkwall produjo sensaciones encontradas en Carmen. Por un lado era como si, dentro de aquella pesadilla, algo hubiera vuelto a recobrar la normalidad. «Vendrán a decirnos que tenemos razón.» Pero, por otra parte, la gabardina calada de Nolan no presagiaba nada bueno.

—Lowry y Nolan —dijo de regreso a su habitación, donde estaban todos reunidos y expectantes.

—¿Solos? —preguntó Bram.

Carmen asintió.

—¿Estás segura? —insistió Dave.

El soldado estaba tumbado en la cama, desnudo y tapado con dos gruesas mantas. Didi estaba sentada a su lado. Había pasado la tarde curándole diferentes heridas por todo el cuerpo (aunque para las más importantes, las de su «monstruoso» pie derecho, iban a necesitar algo más que algodón humedecido con antiséptico).

—Hasta donde llega la vista parece que sí —respondió Carmen—. Parece que vienen en son de paz.

La campana volvió a sonar en ese instante.

—Yo no me fío un pelo —dijo Bram cogiendo la escopeta.

—Yo tampoco —dijo Dave.

Dicho esto, se puso a toser. Era una tos cavernosa que terminaba en una aspiración asmática. Levantó la mano como diciendo: «Esperad a que se me pase».

Después de unos segundos, pudo volver a hablar:

—Es mejor que no parezca que los estamos esperando. Bram, quédate donde no te vean, pero en un lugar que puedas disparar si hace falta. Carmen, abre la puerta. Didi, tú acompáñala y ten las manos libres para ayudar a cerrar la puerta por si intentan algo.

Las órdenes rápidas y precisas de Dave lograron amortiguar un poco el miedo que todos sentían.

Carmen se apresuró por el pasillo, andando casi como un

robot. Aún le dolían las manos y las muñecas del brutal golpe que le había propinado a John Lusk. Pero, sobre todo, seguía conmocionada por el hecho de haber matado a ese hombre.

«Asesina.»

Enfiló las escaleras y en ese instante sintió que se mareaba, como si estas se retorcieran igual que un tobogán. Se agarró a la barandilla y bajó muy despacio. Era como si su mente no pudiera más pero su cuerpo se empeñara en llevarle la contraria.

«Fue en defensa propia. Defensa propia. Repítelo mil veces, a ver si dejas de sentirte como una asesina.»

Bram la seguía detrás. Una vez abajo, dio un rodeo hasta situarse en la recepción, con la espalda pegada en la pared y la escopeta apoyada en el mostrador. Didi se puso al otro lado, en el costado contrario al sentido de la puerta. La campana sonó una vez más y Carmen los miró a los ojos por un instante. Los dos estaban tan muertos de miedo como ella. Después tragó saliva y tiró del pasador.

Nolan y Lowry esperaban al otro lado, en silencio, bajo la llovizna. Nolan con su impermeable amarillo y la capucha puesta. Lowry no parecía haber caído en esa moda de los impermeables; vestía una parka de color caqui con la que Carmen ya le había visto en un montón de ocasiones.

Entreabrió la puerta y la bloqueó con la puntera de su pie izquierdo. No hizo ningún ademán por invitarlos a entrar.

—¿Sí? —preguntó, y notó que su voz sonaba muy poco hospitalaria.

Nolan alzó la vista e intentó mirar por encima de su hombro. Carmen percibió que sostenía algo con las manos, debajo de su gabardina. ¿Un arma?

—Hola, Carmen... —empezó a decir Lowry—. Verás, esto... ¿Cómo va todo? ¿Podemos entrar?

Parecía muy nervioso. Le temblaba la voz.

—Déjanos pasar —dijo entonces Nolan, mucho más templado.

Carmen casi pudo sentir cómo Bram apretaba la culata de su escopeta al escuchar aquello, pero hizo oídos sordos a esa última petición. Nolan hablaba sin separar mucho los labios y de todas formas nunca le había logrado entender del todo.

—¿Qué es lo que queréis? —les preguntó.

—¿Cuánta gente hay en el hotel? —dijo Nolan sin dejar que Lowry abriera la boca.

—Estamos Amelia, Bram, Didi y yo. ¿Por qué?

El sheriff seguía con la vista clavada en el fondo del pasillo de la entrada, donde nacían las escaleras, intentando atisbar algo.

—¿Sabéis algo de Charlie Lomax? —preguntó entonces Carmen.

Le pareció que era una pregunta lógica dentro de su «actuación». Esta vez fue Lowry el que se hizo el sueco y siguió con lo suyo:

—Verás, Carmen, ha ocurrido algo esta madrugada. Algo bastante terrible.

—Han asesinado a John Lusk —agregó Keith Nolan.

Aquello fue un alivio para Carmen. Nolan y Lowry, a juzgar por su forma de expresarse, no traían ninguna acusación... Al menos, no todavía.

—¿John?, ¿el hermano de Lorna? —dijo ella intentando hacerse la sorprendida.

Gareth Lowry asintió.

—Alguien lo mató a cuchilladas en su propia casa. Creemos que fue un hombre, un extraño que después escapó.

—¿Un extraño?

—Alguien que ha llegado a la isla no sabemos muy bien cómo... Puede que escondido en el último ferry. Creemos que es un fugado de la justicia o algo así. Lorna nos dijo que le sorprendieron robando en su establo y que lo habían retenido allí, pero ha debido de soltarse. Ha matado a John y ahora no sabemos dónde puede estar.

Dijo todo aquello sin apartar sus ojos de los de Carmen, que se las arreglaba para mantener su rostro absolutamente inmóvil. No quería ni pestañear. Notaba que Lowry estaba escudriñando cada uno de sus gestos.

—Lorna dice que alguien debió de ayudarle —dijo entonces Nolan en un tono mucho más directo y acusatorio—. Había marcas de neumáticos.

—Sí —dijo Lowry—. Eso...

—¿Qué?

—Verás, Carmen, Lorna y Zack encontraron un rastro de roderas en su terreno. Era muy reciente, hierba aplastada esta misma mañana, y dicen que no es de su coche. Y, bueno, en la isla solo hay tres vehículos en activo, quitando el tractor de Brosnan (pero reconoceríamos el grosor de sus ruedas). Los otros son la grúa de los Lusk, mi coche (que no arranca) y el vuestro.

—Que tampoco arranca —replicó Carmen.

—Pues Lorna dice que ayer estuvisteis en su casa —replicó Nolan.

—Ayer arrancaba, sí. Pero hoy...

—¿Lo habéis conducido hoy? —inquirió Nolan.

Carmen se dio cuenta de que se había metido ella sola en un atolladero. Y lo notó en los rostros de Lowry y Nolan. Ambos sabían que ella mentía. Y su cara se descompuso momentáneamente.

«Asesina.»

—Por cierto —dijo a continuación—, creo que a los dos os conviene saber que Mary Jane Blackmore ha muerto. Si es que nadie os ha avisado ya.

Carmen consiguió que al menos Lowry reaccionase a eso.

—¿Cómo? —dijo el alcalde.

—Ayer salimos a buscar a Charlie Lomax por el norte de la isla. Sigue sin regresar y estoy bastante preocupada por él. Pues bien, pasamos por el *cottage* de Mary Jane y la encontramos muerta sobre su cama. Parece que se ha suicidado.

—Dios mío —dijo Lowry—. Eso es terrible.

—Volvamos a lo del coche —dijo Nolan—. ¿Estás segura de que nadie lo ha cogido esta mañana? ¿Bram o Didi?

—Nadie, estoy segura. Pero ¿es que no os preocupa nada más? Mary Jane, Charlie... ¡Os digo que lleva desaparecido dos días!

—Y yo te digo que hay un asesino suelto en la isla —respondió Nolan—. Puede que todo esté relacionado.

—¿Qué?

—Que nadie sabe lo que ese tipo pudo haber hecho hasta que los Lusk lo detuvieron en su granja. Quizás estuvo antes en la casa de Mary Jane o se topó con Lomax...

Las tripas de Carmen quisieron gritar «¡Eso es imposible! ¡Es un soldado y los Lusk lo tuvieron maniatado desde que llegó a la isla!», pero se dio cuenta de que decir eso sería lo mismo que confesar. Y el plan era mentir y esconderse hasta que la tormenta amainase.

—Carmen —intervino Lowry—. ¿Te importa dejarnos pasar y que hablemos con el resto? Este es un asunto bastante serio, ¿comprendes?

A Carmen se le fue la vista hacia Didi.

—¿Hay alguien ahí contigo?

—No, el hotel está cerrado. Lo siento, Lowry. No puedo ayudaros.

Empezó a cerrar la puerta y entonces vio que Nolan daba un paso y metía su pie en el umbral.

—Escúchame un segundo, muñequita, esta actitud no es buena.

«Muñequita.» La palabra resonó en el aire.

Carmen empujó la puerta hasta que topó con su pie y vio que Didi se preparaba para echarle una mano. Le aplastarían el pie si hacía falta.

—No nos pongamos a hablar de actitudes. Ni siquiera me habéis preguntado cómo se suicidó Mary Jane. Esa es vuestra actitud.

—Así no vais por el buen camino, te aviso.

—¿De qué me estás avisando exactamente, Keith?

—En el pueblo, la gente ya se ha montado su historia con esto, ¿comprendes? —dijo Nolan—. Solo hay tres malditos coches en la isla y, además, tengo la sensación de que nos has mentido. ¿Estás dando cobijo a ese hombre?

—Te he dicho que no.

—Lo siento, pero nos cuesta creerte. Permítenos registrar el hotel.

En ese momento Carmen notó un movimiento a su espalda. Era Bram. Salió por detrás del mostrador y apareció ante Lowry y Nolan, apuntándolos con su escopeta de caza.

—Os ha dicho claramente que aquí no hay nadie.

—Hombre, Bram... ¿A qué viene esto?

De pronto, Nolan se movió hacia atrás y levantó su gabardina. Debajo había otra arma de dos cañones. Carmen soltó un pequeño grito.

—Quieto ahí —dijo Bram.

—Baja el arma ahora mismo —respondió Nolan alzando su escopeta.

—Empieza por bajarla tú —replicó Bram.

—¡Por favor! —dijo Lowry elevando la voz—. ¡Ya hemos tenido suficientes muertos!

—¿Te preocupan los muertos, Gareth? —dijo Bram—. Ayer me abrieron la cabeza, una brecha de dos centímetros, y me robaron en mi propia casa. Y ni tú ni el grandilocuente sheriff Nolan habéis tenido la vergüenza de mover un dedo, tal como ha dicho Carmen. Así que, en lo que a mí respecta, no tenéis ninguna autoridad aquí.

—Está bien, está bien, Bram —dijo Lowry—. Baja esa escopeta, por favor.

—Lo haré cuando os vea desfilar en dirección al pueblo.

—Si protegéis a ese hombre, sois igual de culpables que él —respondió Nolan— y se hará justicia. Creedme que se hará justicia.

—Carmen, cierra la puerta —dijo entonces Bram—. Estos señores ya se van.

Y Carmen lo hizo. La última cosa que vio fueron los ojos inertes, casi inhumanos, del sheriff Nolan mirándola desde el fondo de su oscura capucha.

Dave

Amelia había mantenido la puerta abierta y habíamos podido escuchar casi toda la conversación, al menos las frases de Carmen y Bram. Entonces los oímos subir las escaleras.

—Saben que estás aquí —dijo Carmen según entró en la habitación.

La seguían Bram y Didi. Los tres parecían preocupados.

—¿Han encontrado a Lusk? —preguntó la anciana Doyle.

—Sí.

—Bueno, era cuestión de tiempo.

—Nolan ha amenazado con que «se hará justicia». No sé a qué se refiere, pero ha sonado muy mal.

—Entonces debemos prepararnos para hacerles frente —dije.

—¿Hacerles frente? ¿Qué quieres decir, Dave?

Me refería a algo tan simple y desagradable como una pelea en estado puro, que era a lo que parecían apuntar todos los pronósticos. Llevaba solo tres horas en aquella habitación de un hotel perdido en medio del mar, pero ya me había hecho una composición de lugar: desde el rescate de La Caja (por parte de los pescadores del *Kosmo* y el *Arran*) hasta el estado de euforia asesina que ese objeto parecía haber traído consigo. Todo eso concordaba con lo que había visto, oído y principalmente sentido en mis días de cautiverio en el establo de los Lusk.

—Vendrán a por mí —dije—. Estoy seguro. Y no se van a rendir tan fácilmente.

—¿Cómo lo sabes?

Suspiré mirando al techo. Pensé que era el momento de desvelar algo de esa información que había sujetado con la lengua y la cabeza durante varios días.

—Esa caja lleva adherido un explosivo. Ignoro cuánta potencia tiene, pero seguro que es la suficiente para neutralizar lo que sea que lleve dentro. Y yo sé cómo activarlo. Memoricé la contraseña como parte de mi misión.

—¿Una contraseña? —preguntó Carmen.

—Espera un instante —dijo Bram antes de que yo pudiera seguir—. ¿Para qué demonios querrían ellos destruir su preciada caja?

—Hay un aspecto que desconocen. Ellos creen que la contraseña sirve para abrir La Caja, no para destruirla.

—¡Oh! En ese caso, se la daremos cuanto antes.

—¡Claro, que revienten! —exclamó Didi.

—No es tan fácil. Esa explosión podría barrer medio pueblo. Incluidos un montón de inocentes.

—¿Inocentes? No creo que queden muchos ya —dijo Carmen.

—De todos modos, es culpa mía que ese objeto haya llegado a vuestra costa. Tuve la oportunidad de destruirlo en el momento adecuado, pero me fallaron las fuerzas. Ahora es mi responsabilidad y me enfrentaré a ella.

—¿Cómo?

—Puede que lo mejor sea entregarme.

Se hizo un silencio muy pesado en la habitación.

—De eso nada —dijo Amelia Doyle—. Las cosas ya han ido demasiado lejos y, para bien o para mal, estamos todos juntos en esto. Además, no creo que los dos Lusk que han sobrevivido nos perdonen por haberte ayudado a matar a John.

—Estoy de acuerdo —dijo Bram—. Ya es tarde, ahora estamos juntos...

Yo miré a Carmen y a Didi.

—¿Vosotras pensáis igual?

Las dos asintieron.

—Entonces —dije— creo que debemos prepararnos para un ataque. Ellos posiblemente ya saben que estoy aquí. Y yo soy la clave para abrir esa caja. No van a dejarme ir tan fácilmente.

—Vale —dijo Carmen—. ¿Y qué hacemos?

—Dejadme que lo piense un poco.

Permanecí en silencio durante un largo minuto, observando a mi equipo. ¿Qué veía? Bram era un tipo de unos sesenta que quizás se sobrevaloraba físicamente, pero los tenía bien puestos. Haría frente al miedo, aunque de una forma puede que atolondrada. Didi parecía menos entera. Si había órdenes firmes, ella seguiría al grupo, pero no tomaría ninguna iniciativa. Y era una potencial víctima del pánico, había que colocarla siempre junto a alguien más decidido. En cuanto a Amelia, apenas podía caminar sola. No serviría para un eventual choque físico, pero tenía nervios de acero y conocía el terreno mejor que nadie. Desde una posición privilegiada podría manejar la estrategia y ser el último bastión si hacía falta una acción definitiva. Y, por último, estaba Carmen, una mujer claramente aterrorizada y cansada, pero que había demostrado algo muy importante en la situación en la que nos encontrábamos: a la hora de la verdad, era capaz de asestar un hachazo a un tipo de metro noventa. Era la persona con más sangre fría de todo el grupo. Física y mentalmente aguantaría hasta el final. De los demás no estaba tan seguro.

En cuanto al equipo rival, tras reunir un poco de información sabía que los tipos fuertes, una vez eliminado John Lusk, eran cinco: MacMaster, McRae, McGrady, Nolan (que ahora sabíamos que tenía una escopeta) y una mole negra de dos metros con el nombre de Ngar. Ese grupo ya los había atacado en un par de ocasiones y existía la velada teoría de que podían haber acabado con la vida de un tal Charlie Lomax. En cuanto al resto de la manada, estaban el alcalde Lowry (que nadie creía que pudiera ser realmente peligroso), un pareja de ancianos (los Dougan), un granjero rechoncho llamado Iriah Brosnan y unas seis o siete mujeres, encabezadas por Theresa Sheeran, que parecían haber sucumbido a una suerte de obsesión fanática dentro de su iglesia. Por último, mis queridos Lorna y Zack, a quienes ya conocía sobradamente. Su instinto asesino y torturador debía de estar en efervescencia tras la muerte de su hermano.

Didi se sentó otra vez a mi lado y siguió limpiándome las heridas del pie con cuidado. Amelia había traído todas las «drogas legales» de las que disponía en el hotel. Analgésicos, antiinflamatorios y whisky. No obstante, Bram, que sabía algo de heridas, dijo que aquello tenía mal aspecto.

—Te llevaste todas las bacterias del arrecife. No ha gangrenado todavía, pero lo hará si no aplicamos una inyección de penicilina cuanto antes. Y en esta isla, que yo sepa, solo podríamos encontrar eso en la oficina de protección civil, en el pueblo.

—Demasiado arriesgado —dije—. Creo que eso tendrá que esperar... De todas formas, preveo un desenlace rápido.

—¿Rápido?

—Sí, y además contamos con algunos ases.

Íbamos a recibir el ataque de un grupo más numeroso, pero lo cierto es que nuestra posición elevada y las posibilidades de defensa de aquel edificio eran bastante afortunadas. Bram había previsto muy sabiamente los problemas que estaban por llegar y ya habían desplegado una serie de tablones de madera en las ventanas de la primera planta, convirtiéndola en una fortaleza. En cuanto a la segunda, la única protección eran los cristales y unas contraventanas en su fachada norte. Pregunté a Amelia por más tablones, pero me dijo que los debían de haber quemado en la chimenea durante los pasados inviernos, de modo que estábamos al descubierto en los tiros altos.

Por lo tanto, lo primero que había que hacer, dije, era colocar todas las camas pegadas a las ventanas. Por lo demás, tras un rápido inventario, contábamos con dos escopetas de caza y sesenta cartuchos; una pistola de bengalas y cuatro cargas; los cuchillos de supervivencia y un *neck-knife* que me había colgado del cuello nada más recuperarlo. El resto era todo cacharrería doméstica del hotel. Amelia mencionó un hacha afilada, un viejo arpón y un machete para trocear pescado como buenas candidatas a ser armas blancas, además de los cuchillos de carnicería y algún destornillador. Pero todo eso eran armas de cuerpo a cuerpo, y sabiendo a quiénes nos enfrentábamos, debíamos evitar llegar a eso a toda costa. De modo que continué preguntando por otros elementos, más relacionados con la química. Amelia dijo que teníamos algunas botellas de alcohol de bastante pureza, aceite de cocina, queroseno y gasolina. Pero la estrella de la tarde fueron los sacos de fertilizante de jardinería y huerta que Amelia Doyle almacenaba.

—¿Fertilizante? —dijo cuando le pregunté—. Tengo toneladas. Frank compró como para abonar nuestro jardín hasta el fin de los tiempos. Pero ¿qué piensa hacer? ¿Matarlos con el mal olor?

—No, mi querida señora, tengo otros planes...

Hace muchos años que se prohibió la venta de determinadas mezclas de nitrato de amonio por su uso en la fabricación de explosivos en Irlanda del Norte y, aunque estuviéramos en Escocia quería asegurarme. Mandamos a Didi a buscar una de esas sacas y apuntar la composición, y cuando regresó dijo que la mezcla de nitrato de amonio llevaba un 35% de nitrógeno.

—Tiene usted un fertilizante exquisito, señora Doyle.

Hablemos por un momento del TM31-210, el nombre clave del «Manual de Munición Improvisada» que cualquier Cabeza de Chorlito tiene que empollarse, sobre todo cuando le lanzan a uno a una tierra hostil con su cepillo de dientes como único equipaje. Y lo que el manual te enseña es que puedes hacer explotar casi cualquier cosa siempre y cuando tenga nitrógeno. Tu meada, un bote de pintura o la tierra de los cementerios. Cualquier elemento «nitrogenado», bien mezclado con otras cosas, te puede ayudar a hacer unos bonitos fuegos artificiales. De todas estas mezclas, el ANFO (*Ammonium Nitrate Fuel Oil*) es la opción favorita en un escenario como el mío y, desafortunadamente, también la de muchos terroristas. Es fácil de conseguir y relativamente seguro de preparar. Solo hay que desgranar bien el fertilizante, mezclarlo en una proporción (creía recordar que eran quince medidas de nitrato por una de gasolina) y embutirlo en un recipiente lo más compacto y cerrado posible. Una sección de tubo metálico taponada con metralla era lo ideal, aunque también valdría una botella de Coca-Cola. Para detonarlo a distancia, bastaba con un filamento de bombilla, una pila y un cable lo bastante largo.

—¿Le importaría destrozar unas cuantas lámparas de mesa?

Didi y Amelia se pusieron a buscar todo por el hotel. Mientras tanto, Carmen se apostó en la ventana de la 106, que tenía la mejor vista para atisbar cualquier movimiento en la base de la colina. En ese ínterin, le pedí a Bram que me dibujase un mapa de la isla, marcando claramente la ubicación del puerto, a donde los pescadores habían llevado La Caja.

—No estarás pensando en bajar ahí, ¿verdad?

—No hoy —respondí—. Pero llegado el momento...

Bram hizo un dibujo bastante preciso del pueblo, la calle principal y los pasos adyacentes. Una abrupta pared de roca que descendía desde unas antiguas ruinas me pareció interesante. Y después le pregunté por el tipo de edificios que componían ese laberinto de hangares y antiguas lonjas. Bram me advirtió que casi todo el complejo estaba cerrado y semiabandonado desde hacía años.

—La mejor manera de llegar a TransArk y sortear a cualquier guardián sería por mar. Nadie se esperaría a alguien llegando desde el agua en ese punto, pero hay una buena zona para arribar en lancha.

—¿Una lancha?

Bram tenía la idea de conseguir una zódiac y un motor, y tal cosa me pareció correcta. Incluso podría servir como vía de escape de la isla.

—Aquí —dijo señalando un punto en el mapa—. Esto es Layon Beach. Hay una sola casa y los dueños tienen una zódiac para realizar los desplazamientos hasta el pueblo.

Opinaba que la lancha podría sortear las malas condiciones del mar. No estaba mal pensado, pero con el tipo de oleaje que había visto días atrás, aquello seguía siendo una idea arriesgada. Comenzando por superar la barrera de arena que provocaban las fantásticas olas de la playa, aunque Bram dijo que había un truco para ello.

—Yo he salido muchas veces con una piragua y sé cuál es la mejor zona para superar la barrera. Después de eso, en línea recta, a plena potencia hacia el sur, llegaríamos a cabo Gertrudis en noventa minutos. Es una playa perfecta para desembarcar.

—A menos que el oleaje nos tumbe —opiné—. Cinco personas es un peso excesivo.

—En efecto. El número perfecto es tres o cuatro —replicó Bram—. Quizás alguien podría ir en busca de ayuda. A menos que se le ocurra otra idea.

—¿Uno de los pesqueros del puerto?

—En cuanto arrancara usted uno, tendría a dos o tres pescadores abordándolo con un arpón. Y tendría que ir muy despacio hasta la bocana. Le atraparían.

—La otra opción es que la tormenta amaine y llegue un ferry. ¿Qué opina de eso?

Bram se quedó mirando su mapa de St. Kilda, dibujado a boli en un cuaderno, que en ese momento descansaba sobre el colchón.

—No se ve el horizonte desde hace tres días. Eso solo ocurre en contadas ocasiones. Aunque podría ser que mañana saliera un día azul...

—Yo tengo la sensación de que estos tipos nos atacarán antes. Las cosas se les han ido de las manos, ahora solo les queda correr hacia delante. No pueden permitirse el lujo de esperar.

—¿Cree que podrían intentarlo esta noche?

Por toda respuesta, arqueé las cejas.

—Hay otra cosa, Dave —dijo Bram—. Algo que ha estado ocurriendo a la par de todos estos acontecimientos. No sé si tendrá alguna importancia, pero debería estar usted al tanto.

No profundizó demasiado sobre ello, pero Bram habló de «cosas» que parecían estar sucediendo en las cabezas de todos. Dijo que la noche anterior tuvo que despertar a Carmen de «una especie de sueño». Y que no había sido la única.

—¿Sabe usted si el contenido de esa caja puede tener algo que ver con...?

—¿Sus sueños?

Yo recordé los míos. El Viejo, Chloe Stewart...

—No tengo ni la menor idea de lo que viaja dentro de ese *reefer*, pero le diré lo que sé. Sea lo que sea ese objeto, llevaba mucho tiempo oculto en un agujero de hielo. Lo sacaron de allí por una razón que desconozco, aunque me pareció uno de esos tratos entre gobiernos. Incluso una forma de pagar deudas. A veces se montan misiones así, confidenciales hasta la paranoia. Los dos científicos que pusieron a vigilarlo iban más cagados que un tío en su primer salto en paracaídas. De modo que estoy dispuesto a contemplar esa opción —dije—. Y por si le sirve de algo, yo también he sentido cosas, sueños...

Quería encontrar una palabra mejor para definir aquello. Quizás la palabra era «mirón» y el verbo era «hurgar», pero en ese momento oímos a Carmen pegar un grito desde su habitación.

—¡Viene alguien! ¡Alguien se acerca!

Carmen

No tardó en reconocer a Lowry. Su pelo blanco y su parka caqui le delataron en la distancia. Bram llegó corriendo desde la habitación del soldado.

—¿Qué parte del «lárgate de aquí» no habrá entendido? —dijo.

—No lo sé.

—Está bien —dijo Bram—. Ya me encargo yo.

—Espera —dijo Carmen cogiéndole de la manga de su chaqueta—. Hay algo en todo esto que me escama.

Se quedaron un instante en la ventana, viendo a Lowry caminar con bastante prisa. En un par de ocasiones se dio la vuelta, como para comprobar que nadie le estuviera siguiendo.

El alcalde de Portmaddock llegó al frontal del Kirkwall pero no se dirigió a la puerta, sino que comenzó a rodear el edificio por la derecha.

—¡Viene por la cocina! —dijo Bram saliendo de la habitación a toda mecha.

Carmen salió al pasillo. Didi venía en ese momento con un montón de bombillas y cables y se había quedado paralizada. «Tranquila», le dijo Carmen. Después, al pasar por la 103, se asomó. Dave sostenía la escopeta con las manos.

—Es Lowry. Viene solo.

—¿Qué opinas? —dijo Dave tras mirarla en silencio durante unos segundos.

—Es raro, viene como a escondidas.

—Ok —respondió el soldado—. Por ahora es mejor seguir con el engaño. Dejadle que hable.

Carmen asintió y salió de la habitación. Didi seguía allí.

—¿Qué hago yo? —preguntó.

—Entra y quédate con Dave.

Didi entró en la 103 y Carmen siguió escaleras abajo. Según enfilaba el segundo tramo de escaleras, escuchó unos gritos procedentes de la cocina y, cuando llegó allí, vio a Bram encañonando a Lowry desde detrás de la mesa de madera. Amelia, que le había abierto la puerta, se había apartado por completo, y Lowry gritaba con las manos en alto.

—¡Vengo en son de paz! ¡Joder, lo juro!

—Baja el arma —le dijo Carmen a Bram.

—Hazlo, Bram —dijo Amelia—. Pasa, Lowry, y siéntate.

Gareth Lowry, el orgulloso exalcalde de St. Kilda, entró en la cocina dando tímidos pasos. Tomó la silla que Amelia le señalaba y se sentó en ella. Después entrecruzó los dedos y dejó caer la mirada.

—Nadie sabe que estoy aquí —empezó—. Le he dicho a Nolan que iba un momento a casa y me he dado la vuelta. Tengo que advertiros... La gente en el pueblo está como enloquecida.

—Ya nos hemos dado cuenta de eso, Lowry —replicó Amelia.

—Sigue —le apremió Carmen.

—¿Tenéis algo de whisky? Estoy congelado.

—Sírvele —ordenó Amelia.

Carmen le puso un vaso delante y lo llenó. Lowry lo cogió con las manos, medio incapaz de sostenerlo bien, y dio un largo trago como quien bebe para quitarse un dolor.

—Dios —dijo observando a través del cristal.

Carmen volvió a llenárselo y esta vez Lowry bebió un poco menos. Después se puso a hablar:

—Lorna ha aparecido por la iglesia anunciando que alguien había asesinado a su hermano. Después nos ha explicado que tenían a ese hombre preso en su casa. Un ladrón o algo por el estilo. Debió de herir a Zack con una escopeta.

Carmen, Bram y Amelia se cruzaron una mirada y siguieron en silencio.

—No sé quién es esa persona ni me importa, tampoco si lo escondéis aquí —dijo Lowry—. Conozco a Lorna y a sus hermanos, y estoy seguro de que nadie ha ido a robar nada a su miserable cueva. Algo traman, pero el caso es que la noticia ha caído en el momento idóneo. Ayer Theresa Sheeran se pasó toda la noche leyendo el Apocalipsis y hablando de la llegada de la Bestia y de otro montón de profecías sobre el fin del mundo. Y ahora todo el mundo piensa que ese «extraño» es, por lo menos, la encarnación del diablo. Y peor que eso: creo que Nolan no va a dudar en decirles que está aquí arriba.

—¿Y qué crees que harán?

—No tengo ni idea, pero me esperaría cualquier cosa de ellos. Están como idos.

—¿A qué te refieres?

—No lo sé, es muy difícil expresarlo. Al principio pensé que serían las noticias que trajo Lomax, pero hay algo más. Es como si todo el mundo estuviera cegado por el odio. Incluso mi mujer...

Gareth se llevó una mano a los ojos y se masajeó la frente.

—Ayer por la noche intenté que Elsa volviera a casa. Se había pasado el día en la iglesia y le dije que cenáramos juntos. Ella me miró como si yo fuera, no sé, el pecador supremo. Se revolvió entre mis manos, me soltó un par de barbaridades. Me preguntó cómo podía estar pensando en comer en *ese* momento, y yo le pregunté qué momento era *ese*, pero ella no pudo juntar dos palabras para explicar nada. Se pasan las horas metidos en la iglesia, llorando y pidiendo perdón, esperando algo...

—Algo... —dijo Amelia.

—Algo relacionado con esa caja. Un milagro. No me preguntéis el qué.

—¿Y qué hay de ti, Gareth? —le espetó Amelia—. Hace dos días parecías estar muy de acuerdo con todo el asunto, y ahora vienes aquí y nos cuentas todo esto. ¿Qué ha cambiado?

Gareth Lowry le devolvió una mirada a Amelia y se quedó un instante pensando.

—No lo sé, realmente no lo sé. Es como si hubiera estado contagiado desde que vi ese objeto en el puerto. A todos nos embargó una sensación maravillosa, creíamos que traería un montón de soluciones. Ha sido como una gran borrachera de la que yo he despertado por alguna razón. Pero Nolan.... Le he visto hablando con los pescadores y me temo que planean algo. Quieren a ese soldado y harán lo que sea. Además, hay algo que...

Lowry dejó la mirada perdida.

—¿Qué? Habla, vamos.

—El día que vinisteis a la oficina municipal, el día en que la radio amaneció rota... Pasó algo más.

Gareth Lowry bajó la cabeza y el volumen de su voz al mismo tiempo, como si no se atreviera a decirlo.

—¿Qué pasó, Lowry?

—Había sangre —dijo al fin, levantando la cabeza—. Cuando llegué a la oficina esa mañana, había un rastro de gotas de sangre. Era como si hubiera habido una pelea. Entonces apareció Nolan. Llevaba puesta esa gabardina y no pareció sorprenderse por nada. Me ordenó fregar el suelo.

—¿Y no le preguntaste nada?

—Me dijo que alguien había entrado esa noche y había roto la radio. Dijo que debió de herirse mientras lo hacía. Pero yo no lo creí. Allí había pasado otra cosa. Había rastros de una pelea, una silla estaba rota. Y era como si alguien hubiera subido al escritorio y revuelto todos los papeles. Allí, por cierto, había un buen montón de sangre también.

Según Lowry iba contando todo eso, Carmen recordó el fuerte olor a lejía que habían notado aquella tarde en la que Amelia y ella habían acudido a la oficina municipal. Al mismo tiempo, una terrible inquietud había comenzado a formarse en la boca de su estómago.

—Charlie.

—¿Qué?

—Charlie Lomax.

—¿Crees que tuvo algo que ver?

—Esa tarde había intentado comunicarse con Thurso desde el hotel, pero no lo consiguió. Cenamos, tuvimos una pequeña discusión y le oí marcharse. Quizás pensó en llamar desde la radio de la oficina municipal y alguien le sorprendió antes de que pudiera enviar ningún mensaje. Tal vez le golpearon y después destrozaron la radio para asegurarse de que nadie más volvía a intentarlo...

—¿Crees que pudo pasar eso, Lowry? —preguntó Bram.

—Puede ser, aunque os juro por la memoria de mis padres que no he visto a Lomax desde el día en que estuvimos juntos en la cabina de generadores.

Se hizo un silencio.

—Ahora solo caben dos posibilidades —dijo Carmen—. Que Charlie esté herido pero vivo, en alguna parte, o que lo mataran esa noche. En cualquier caso, han tenido que llevar su cuerpo a algún sitio.

—¿Has estado en esos hangares, Lowry? —intervino Bram.

—No, ahí no van más que los pescadores.

—¿No podrías inventarte alguna excusa para acercarte?

—Dios mío, no lo sé... Ya os he dicho que esa gente está enloquecida. Mira lo que te hicieron a ti, Bram.

—Escucha, Gareth —dijo Amelia—. Tú sabes tan bien como yo que esta tormenta no va a durar para siempre. Algún día aclarará el cielo y el ferry de Thurso aparecerá por aquí cargado de gente. ¿Entiendes lo que te digo? Ahora mismo ya hay dos personas muertas en la isla, quizás tres. ¿Cómo piensas que acabará esto? Limpiaste un rastro de sangre y eso te convierte en cómplice.

—¡Nadie sabe de quién era esa sangre! Además, esa teoría sobre Lomax es solo eso, una teoría. Puede que ese extraño que mató a John Lusk también destrozara la radio. ¿Y si se topó con Lomax y lo mató?

Carmen vio que Bram abría la boca para contestar, pero enseguida la cerraba.

—¿Para qué los mataría? —objetó ella—. ¿Para qué destrozaría la radio?

—Pues... ¡quizás su objetivo sea esa caja también! No lo sé.

Lowry estaba claramente alterado, apuró el resto del whisky y se puso en pie.

—Yo ya os he advertido. Era cuanto quería hacer. Ahora me voy, quiero estar junto a Elsa. No voy a dejarla sola.

—Lowry, ¿a dónde vas?

Gareth Lowry se acercó a la puerta. Antes de abrirla, se dio la vuelta y los miró una vez más.

—Lo he hecho por nuestra vieja amistad, Amelia, Bram... Solo por eso. Nadie quiere haceros daño, pero si protegéis a ese hombre...

—¿Qué, Lowry? —preguntó Bram.

—Les daréis una razón para venir a buscarlo.

Dave

Las palabras de Lowry fueron el último empujón que todos necesitaban para convencerse de que se enfrentaban a algo terrible e inminente. Creo que les di la puntilla cuando les dije que se esperasen un ataque esa misma noche.

—¿Un ataque? —dijo Didi—. ¿Como qué? ¿Vendrán con catapultas?

—No lo sé —respondí mientras comenzaba a incorporarme— pero, como suele decirse: *Si vis pacem, para bellum.*

Didi había hecho ya todo lo humanamente posible por limpiarme las heridas y proteger mi pie. Lo envolvió en vendas y después confeccionó una funda aislante con varias bolsas de plástico y esparadrapo. Me levanté despacio y, al incorporarme, me di cuenta de dos realidades: la primera, que las cosas se habían puesto muy feas para mi pie; solo con pisar el suelo notaba un castigo de mil agujas de cristal subiéndome casi hasta la rodilla; la segunda era que no quería entrar en combate vestido con un bañador.

—Hay algo de ropa en la habitación de Charlie —dijo Carmen—. Creo que tenéis una talla parecida.

Carmen salió y regresó al cabo de un rato con una muda: pantalones, una camisa y un jersey. Vi en su rostro una expresión de dolor y preocupación cuando me lo dio, y me di cuenta de que todo eso era por el tal Charlie.

—Gracias...

—Bueno... es de Charlie.

Bram le puso la mano en el hombro.

—Ya le daremos las gracias cuando le encontremos.

Con la ayuda de un bastón que Amelia me prestó, repasamos las habitaciones. Carmen y Bram habían hecho un buen trabajo y todas las ventanas estaban tapadas con colchones, sobre los que Didi, Bram y Carmen habían apoyado armarios, mesas o los propios armazones de las camas. Perfecto. Después bajé a la planta principal y eché un vistazo a los tablones de madera que protegían los grandes cristales del mirador. Bueno, servirían para contener a alguien que quisiera acceder al interior, pero no eternamente. El resto de las ventanas, con sus contraventanas de madera, ofrecían dificultad pero no eran impenetrables. La única ventaja era que desde ahí arriba podríamos descargar todo tipo de «regalos de bienvenida». Y yo me iba a encargar de prepararlos.

Los dejé apostados en las cuatro fachadas del hotel, vigilantes y con cara de terror. Después bajé las escaleras y me dirigí al «almacén» (como ellos lo llamaban), donde tenía bastante trabajo que terminar. Amelia y Didi habían dispuesto allí todo lo necesario para montar unos buenos fuegos artificiales: fertilizante, gasolina, botellas de cristal, latas y trozos de tubería. Además habían rescatado cincuenta paquetes de cerillas del hotel Kirkwall (con un pequeño mapa de la isla de St. Kilda serigrafiado en un lado), pilas, bombillas y un larguísimo cable de decoraciones navideñas que Amelia había desmontado del tejadillo frontal.

En cuarenta minutos ya había rellenado y ensamblado diez botellas de gasolina, cada una coronada con un cabezal detonador de cerillas y un trapo trenzado bien empapado en aceite y gasolina. Después pasé a mayores.

Primero desgrané bien el fertilizante sobre una tabla hasta convertirlo en un polvillo. Después, con cuidado, lo mezclé con la gasolina.

Monté un par de cubos para hacer las mezclas y, cuando el agua se convirtió en un barro denso, empecé a rellenar unas viejas latas de pintura vacías. Era como hacer galletitas de Navidad, solo que estas te reventaban en pedazos. Con una cuchara sopera fui rellenando las latas de pasta explosiva, tornillos y clavos, cosas destinadas a hacer cuanto más daño, mejor. Esta parte había que acometerla con cuidado y sin espesar demasiado la mezcla, ya que eso podía fastidiar la combustión. Llené tres latas, que era el número de detonadores que había calculado que podría confeccionar con el tiempo que tenía. Un detonador era básicamente una bombilla rota montada en su casquete. Su filamento se introducía en la pasta y se detonaba con el mismo interruptor de la lamparilla. Eran inmediatos, así que necesitaba unos cuantos metros de cable por invento. Finalmente solo conseguí montar dos latas completas, hasta que un disparo me sacó de esta especie de trance creativo en el que me encontraba.

Miré afuera y vi el destello de una bengala en el aire.

«Joder, pues sí que han tardado poco en venir.»

Había ido colocando las latas terminadas sobre una manta, bien rodeadas de un mullido plástico de burbujas que había encontrado por allí. Así que al oír la señal de alarma, cogí las cuatro puntas del hatillo y me lo eché a la espalda con el cuidado de alguien que está apostando su vida todo al rojo. Me acerqué a la puerta y me asomé con cuidado, no fuera que la bengala llegase demasiado tarde. Todo lo que vi fue un cielo gris oscuro, casi sin luz, y ese eterno rumor de un viento incansable. De modo que crucé deprisa (dolor, dolor, dolor) la distancia entre el almacén y el hotel. Abrí la puerta de la cocina y la cerré a mi espalda, dándole todas las vueltas que pude a la cerradura con la llave.

El interior del hotel estaba en silencio, pero no tardé en escuchar las voces de mis vigías en la planta de arriba.

—¿Por dónde vienen? —gritó Carmen.

—Por la carretera —respondió Bram, también a gritos.

—Voy —dijo Didi.

—¡No! Quédate donde estás.

Ya estaba cundiendo el pánico, demasiado pronto tal vez. Me dirigí a las escaleras con mi saco de regalos navideños, como un Santa Claus de película de terror. Empecé a subir, muy despacio pero no lo suficiente. Al llegar arriba, me había quedado sin aliento.

—¡Dave! —dijo Amelia al verme—. Ya están aquí, menos mal que has llegado.

La mujer estaba claramente nerviosa y yo tuve que alzar la mano para pedir tiempo muerto y respirar.

—Tranquilidad —dije. Después volví a tomar aire y elevé la voz—: Tenemos una posición mejor y estamos armados. Podemos ganar esta pelea, pero hay que estar concentrados, ¿vale?

—¡Vale! —gritó Bram desde la 103.

—¡Ok! —dijo Carmen.

Y un poco más tarde oí a Didi gritar:

—¡Entendido!

—Que todo el mundo se quede donde está y aguce bien la vista. Si veis algo moverse por vuestro flanco, gritad.

Aparqué mi saco de regalos en la entrada de la habitación 101 y lo desplegué allí. Cogí uno de los cócteles y se lo mostré a Amelia.

—Si llega el caso, gritaré «molotov». Usted arranca una cerilla y enciende el resto —le dije señalándole el paquete de fósforos pegado con celo al morro de la botella—. El trapo prenderá y estará listo para usar. Láncelo con fuerza y al suelo, a los pies de quien quiera freír. ¿Ok?

Ella cogió la botella sin dejar de mirarla.

—¿De verdad hemos llegado a esto? —dijo.

—Espero que no haga falta, Amelia.

Pasé por la 103, donde Bram estaba mirando con sus prismáticos. Llevaba la escopeta cruzada en la espalda, presta para disparar. Me acerqué y le palmeé el hombro.

—Todo recto —dijo cediéndome los binoculares.

Los cogí y observé. La bengala estaba cayendo e iluminaba a un grupo de personas que ascendía por el camino. Había un coche con los faros encendidos. Lo reconocí inmediatamente como la grúa de los Lusk. Encaramados a un costado y otro, se podía distinguir a cuatro tipos vestidos con gabardinas oscuras. Otros dos caminaban al lado del vehículo.

Detrás de ellos, a cierta distancia, venía más gente. A la luz blanca de la bengala distinguí por lo menos una decena de hombres y mujeres que estaban quietos mirando la bengala. Posiblemente temían que fuese algún tipo de arma y eso los había frenado.

Lo último que pude avistar antes de que la luz de la USA-

MIT se extinguiera fue la silueta de una mujer que parecía arengar al resto. Portaba una gran cruz en la mano, cuyos ornatos dorados destellaron un instante a través de mis prismáticos, y la elevaba contra el cielo, como un escudo.

«Joder... Vaya panorama», pensé.

Le entregué a Bram otro molotov y le expliqué cómo usarlo. Después le devolví los prismáticos y le dije que siguiera de cerca el progreso del grupo, que parecía venir de frente y sin trucos.

Carmen estaba en su habitación, de rodillas, atisbando a través de un hueco. Tenía la otra escopeta de la casa, pero a diferencia de Bram, ella la había apoyado sobre el secreter de la habitación, junto con un montón de cartuchos.

—¿Cómo va todo? —le dije—. ¿Me dejas que le eche un vistazo?

Ella se apartó sin decir palabra y yo me asomé. El recorte de la colina estaba levemente iluminado por las luces del comedor. No vi a nadie. Pero había un tejadillo (el de la cocina) que podría ser una buena entrada para alguien dispuesto a trepar un poco.

—No le quites los ojos a ese tejadillo, ¿vale?

—¿Ya vienen? ¿Cuántos son?

—Solo son una pandilla de aficionados —respondí con mi mejor sonrisa.

Ella hizo también por sonreír.

Me levanté y fui a por mi última vigía, Didi, que estaba de pie, con los dos brazos sobre la cabeza, pegada a la ventana.

—¿Se ve algo por ahí?

—Qué va. Nada. Solo un jodido atleta podría subir por ahí —dijo al respecto de la escarpada cuesta que se abría al este del hotel—. ¿Los has visto? ¿Son muchos?

—Unos pocos —dije yo—. Estarán aquí en un par de minutos. Todo saldrá bien.

—Me tendría que haber marchado —dijo Didi.

—¿Qué?

—Estuve a *esto* de subirme a ese ferry e irme con mis sobrinos. Joder, me quedé solo por hacer una miserable caja en Nochevieja. ¡Y porque odio que mi hermana sea tan pija! Supongo que me merezco que me pase esto.

—No digas eso —repuse, acariciando su bonita cara.

Ella me sonrió dulcemente y yo pensé: «Si salimos de esta con vida, te invitaré a una cerveza, Didi Moore. Y quizás a cenar también».

Después le mostré la botella y le expliqué, igual que había hecho con los demás, la forma de utilizarla. A esas alturas ya se podía oír claramente el motor del vehículo de los Lusk aproximándose por el camino.

—Suerte —le dije antes de dirigirme a la puerta.

Volví donde Bram, que ahora tenía la escopeta en las manos.

—Están frente al hotel. Se han parado. ¡Atenta, Carmen, creo que dos van por tu lado!

—Ok, Bram, déjame ver.

Cogí el puesto de vigía y observé la entrada del hotel. La GMC color cereza de los Lusk estaba parada a menos de diez metros de la puerta, con el motor al ralentí y proyectando sus focos sobre el edificio. Alrededor se habían desplegado algunos de esos pescadores que, con sus gabardinas caladas, parecían alfiles de color amarillo. Dos de ellos, como bien había dicho Bram, estaban rodeando la casa por el lado oeste, pero a cierta distancia de la casa, como si no se acabaran de fiar del silencio y la oscuridad con los que los habíamos recibido.

Supongo que la bengala les había hecho pensar.

Entonces vimos cómo una persona se desprendía del grupo y caminaba hasta acercarse a unos pocos metros de la entrada del hotel. Hubiera podido reconocer su silueta y sus andares sin la ayuda de los focos, que proyectaron una larga sombra de Lorna Lusk sobre la tierra.

—¡Amelia Doyle! Si me escuchas, este mensaje es para ti.

El silencio entre los presentes, solo quebrado por el ruido del motor y el viento, era sepulcral.

—Me han dicho que escondes al asesino de mi hermano John en tu casa. ¿Es cierto? ¡Ten la valentía de dar la cara!

Le gente respondió casi como a un salmo. Hubo gritos, insultos... Dos pescadores palmearon el morro de la GMC como si se tratara de un tambor. Yo tenía los ojos puestos en esos dos «líberos» que seguían a la derecha de la casa. Desde esa posición podían ver el pequeño tejadillo de la cocina y quizás estarían pensando en escalarlo.

Lorna seguía gritando:

—Lo ha sacrificado como a un cordero. Le ha clavado un cuchillo en la espalda y se ha desangrado sobre el suelo de nuestro establo. ¿Crees que mi hermano se merecía morir así?

—¡Hijos de puta! —gritó una voz de entre la retaguardia de Lusk.

—Y mirad lo que hizo con el pobre Zack —dijo otra voz—. Le reventó media pierna de un disparo mientras entraba a robar.

Me volví para mirar a Bram, que me observaba en silencio. Por un instante temí que aquellos locos pudieran convencerle de lo que estaban diciendo. Pero entonces vi cómo se formaba una media sonrisa en su rostro.

—Joder, los has dejado para el arrastre.

Yo también sonreí y volví a concentrarme en la escena. Había desatendido la ventana durante solo diez segundos, pero al volver la vista me di cuenta muy rápidamente de que los dos exploradores de la derecha habían desaparecido.

—Mierda —dije—. Quédate aquí. No hagas nada.

Salí de la habitación y vi a Amelia en el fondo del pasillo, sentada en su silla junto a la ventana pero sin mirarla. En cambio, estaba prestando atención al discurso de Lorna.

Llegué donde Carmen. Estaba de rodillas y creo que acababa de ver algo. Sin decir una palabra, cogí la escopeta, lo abrí, metí dos cartuchos y me acerqué a la ventana.

—Déjame sitio.

—Me ha parecido ver...

—Sí, yo también los he visto.

Levanté la guillotina de la ventana y asomé la cabeza. El tejadillo de la cocina quedaba a unos tres o cuatro metros de la habitación. Solo tuve que esperar medio minuto para ver una cabeza asomarse por ahí. Saqué el cañón de la escopeta por la ventana y apunté alto, pero asegurándome de que las postas pasaran muy cerca de la cabeza de aquellos dos zapadores de pacotilla.

Apreté el gatillo y la escopeta vomitó plomo y humo en la oscuridad. El estruendo fue atroz, dada la relativa calma de la noche. Y pude ver cómo esa capucha puntiaguda desaparecía del horizonte. Acto seguido, cogí aire y grité con fuerza:

—¡Alejaos o abriremos fuego! ¡Y la próxima vez tiraré a dar!

Supuse que habíamos ganado unos minutos de paz. Cerré la ventana y volví a la habitación. Carmen tenía los ojos abiertos de par en par.

—¡He disparado al aire! —grité para que me oyeran ella y los demás—. ¡Seguid atentos!

Dicho esto, apoyé la escopeta en el escritorio y regresé donde Bram, que seguía sólidamente pegado a su puesto de vigilancia.

—¿Qué tal por aquí?

—Lorna ni se ha movido —respondió él—, aunque has conseguido callarla, gracias a Dios. ¿Has herido a alguien o era solo una advertencia?

—Una advertencia.

—Vale —respondió Bram—. Será mejor que mires esto.

Volví a asomarme y vi que otro hombre se le había acercado y traía consigo una escopeta.

—Es el alguacil Keith Nolan —aclaró Bram.

Entonces escuchamos aquella voz elevarse contra el zumbido del viento:

—A la gente del hotel: os habla Keith Nolan, el alguacil de St. Kilda. Tenemos razones para pensar que estáis dando cobijo al asesino de John Lusk. También, posiblemente, al hombre que mató a vuestro amigo Charlie Lomax, cuyo cuerpo ha aparecido hoy cerca de los acantilados...

—Hostias —soltó Bram.

—No sabemos qué razón os está impulsando a protegerle —continuó Nolan—. Solo me queda pensar que quizás tenga secuestrado a alguno de vosotros. Así que, a menos que nos abráis la puerta en los próximos dos minutos, voy a pedir a estos hombres que me acompañan que me ayuden a entrar por la fuerza en el hotel.

Nolan se calló y al mismo tiempo oí unos pasos corriendo por el pasillo. Alguien —podía imaginarme quién— había dejado la guardia.

Carmen entró en la habitación con el rostro desencajado y el fusil en la mano.

—¿Ha dicho que han encontrado el cuerpo de Charlie? ¿Eso es lo que ha dicho?

—Me temo que sí, Carmen —respondió Bram.

Por un instante me quedé observándola. Unas horas antes, cuando me pasó la ropa de Lomax, había llegado a percibir que ese hombre quizás era algo más que un simple amigo para ella. Ahora me quedaba claro. Sus ojos se habían llenado de lágrimas.

—Puede que sea un truco —dije yo, aunque algo me decía que no lo era.

Desde abajo, volvimos a escuchar la voz de Nolan:

—¡Minuto y medio!

—¿Qué hacemos?

La noticia de esa muerte me había sentado bastante mal. Por muchas posibilidades que tuviéramos de ganar esa pelea, ¿a qué precio sería?

—Me marcho —dije de pronto.

—¿Qué? —dijo Bram—. Estás loco. Tú no vas a ninguna parte.

—Ya habéis hecho suficiente. Me habéis curado y protegido, pero no os puedo pedir más. Escuchadme, haremos como si ese Nolan tuviera razón. Decid que había secuestrado a Didi o lo que sea. Me escaparé por la parte trasera. Ahora estáis mejor preparados para defenderos, al menos hasta que amaine la tormenta.

—No —dijo Carmen—. De ninguna manera.

—¡Treinta segundos!

Eché a andar en dirección al pasillo y noté las manos de Carmen en mi manga.

—Dave, no te equivoques. Ellos son los asesinos de Lomax, estoy segura de eso. Y sin ti no creo que sobrevivamos a esta noche. Quédate.

—Pero todo ha sido culpa mía. Nunca debí dejar que esa caja...

—¡Veinte segundos!

Escuchamos el motor de la GMC acelerando. Quizás planeaban embestir la puerta o el mirador con la grúa, y eso, claramente, pondría en peligro la protección de la primera planta.

Debía bajar y recibirlos con un abrazo de fuego.

—Carmen, trae tu botella. Bram, un disparo de advertencia —dije—. Ahora.

Bram se apresuró a hacerlo. Sacó la boca de la escopeta por la ventana apuntando al aire. Pude escuchar el clic del percutor, pero se quedó en eso, en un clic.

—Mierda —dijo Bram—. El cartucho. Húmedo.

Nolan elevó su voz ahí abajo:

—¡Diez segundos!

Carmen

Ella fue la primera en saber lo que pasaba. Cosas que tiene haber vivido en el Kirkwall durante los últimos meses. Estaba saliendo al pasillo para ir en busca de su botella explosiva cuando oyó el sonido de las campanas de viento tibetanas en la planta de abajo.

—¡Alguien ha abierto la puerta principal! —gritó.

Entonces miró al fondo del pasillo y vio que el puesto de vigilancia de Amelia estaba vacío.

—¡Amelia!

Echó a correr con la escopeta en la mano mientras escuchaba a Dave gritándole algo. Pero no quiso detenerse. Bajó la escalera a grandes zancadas y notó el frío de la calle casi antes de poner el pie en la alfombra de color borgoña del pasillo distribuidor.

Dave le dio alcance antes de que pudiera acercarse.

—Iré yo —dijo.

—Tú no —respondió Carmen a Dave, poniéndole la

mano en el pecho—. Quédate escondido. Eres nuestra mejor baza y no estás para hacer esfuerzos.

Dave la miró y ella notó casi un atisbo de sorpresa en su rostro. Quizás ese inteligente y hábil soldado se sorprendía de que una mujer en la treintena, sin demasiada musculatura ni entrenamiento, tuviera los ovarios de darle una orden así. Pero la noticia sobre la muerte de Charlie, que no por temida había dejado de sorprenderla, había conseguido dar una última vuelta de tuerca en su cabeza. Era como si a Carmen, ya, definitivamente, todo le importara una santísima mierda.

Se dirigió al umbral de la puerta y vio a Amelia caminar en la noche, muy despacio, apoyándose en su bastón.

—Amelia —la llamó Carmen.

Ella no respondió. Levantó su mano, como diciendo: «Déjame».

Después se plantó a unos metros de Lorna y Keith Nolan, que aparecían como dos siniestras siluetas obstruyendo la luz de los focos de la GMC. Al fondo, Carmen reconoció a algunas mujeres del pueblo, comenzando por Theresa Sheeran. También, para su sorpresa, estaba Gareth Lowry acompañando a su mujer, Elsa.

—Bien —dijo Amelia—. Pues me alegro de que hayáis venido unos cuantos, Nicoleta, Elsa, Neph..., porque tengo algo que deciros a todos. Habéis venido a la puerta de mi casa amenazando con la fuerza. Y yo os voy a responder con otra clase de fuerza: la de la verdad y la razón.

La imagen de esa mujer frágil y pequeña enfrentándose al resto pareció invocar al viento, que paró en seco por un instante.

—Sí, estoy dando cobijo a un hombre, es cierto. Y también es cierto que ese hombre mató a John Lusk. Lo que su hermana Lorna no os ha contado es que fue un acto en defensa propia.

—¡Lo veis! —gritó Lorna dirigiéndose a su público—. ¡Lo veis! ¡Teníamos razón!

—¡No he terminado de hablar! —gritó Amelia, sacando unas impresionantes fuerzas de su pequeño cuerpecito—. Ese hombre es inocente. No es ningún asesino. Es un soldado y su misión era custodiar esa caja que los pescadores encontraron a la deriva en alta mar. Venía con ella en un avión y sufrieron un accidente. Yo misma escuché su llamada de auxilio por radio hace unas cuantas noches, pero nadie quiso creerme. Este soldado fue el único superviviente y logró llegar a St. Kilda a bordo de una lancha hinchable que, cuando se os bajen un poco los ánimos, podría enseñaros. Lorna la tiene oculta en su *cottage*.

La gente permanecía callada.

—Los hermanos Lusk lo sacaron de los acantilados, pero lo han tenido secuestrado literalmente, atado de pies y manos a una cama, hasta que esta mañana Carmen y Bram lo han descubierto y liberado. Desafortunadamente, John ha resultado muerto, pero lo que me dicen es que ha intentado asesinar al soldado mientras permanecía atado a la cama.

—¡Mentiras! ¡Mentiras! —gritó Lorna—. Lo atrapamos robando en el establo. Quizás buscaba comida, pero es mentira eso de...

—¡Cierra tu maldita boca de serpiente, Lorna Lusk! —exclamó Amelia—. ¿Quién se va a creer que alguien vendría a esta isla a robar nada?

—Puede que no se trate de eso —dijo Nolan—. Quizás sea un huido de la justicia.

—Ese hombre es un soldado —dijo Amelia— y se quedará en mi hotel, bajo mi protección, hasta que amaine esta tormenta y pueda llamar a Scotland Yard yo misma. Que vengan ellos y lo aclaren todo. Y os garantizo que tendrán mucho que aclarar: de entrada, el ataque a Bram en su propio *cottage*. McGrady y sus amigotes lo dejaron herido e inconsciente en el suelo y se llevaron un equipo de soldadura.

Los pescadores permanecían inmutables, con sus rostros ocultos en aquellas gabardinas, pero Carmen vio las caras de algunas mujeres del pueblo. Se miraban entre sí, dubitativas.

—Y el asesinato de Lomax. Que es físicamente imposible que lo hiciera el soldado, pues estaba malherido y atado a una cama en el *cottage* de los hermanos Lusk cuando todo eso sucedía. Además, tenemos evidencias de que pudo ocurrir en la oficina municipal.

Eso pilló a Nolan absolutamente desprevenido.

—¿Qué?

—Lo que oyes, Keith.

—¿Cómo sabes lo de Lomax? —preguntó una de las mujeres, desde el fondo. Era Elsa Lowry—. ¿Cómo puedes saber dónde lo mataron?

El tono de voz de la esposa de Lowry delató que Amelia había logrado sembrar la duda, al menos entre las mujeres. Carmen se imaginó que su marido estaría apretando el culo en ese mismo instante.

—¡Es todo una maldita mentira! —gritó Lorna—. ¿Es que no veis que están intentando manipularnos? ¡Theresa, por favor, di algo!

—Rápida e ingeniosa es la lengua de falso profeta... —empezó a decir Theresa Sheeran, pero las propias mujeres que venían tras ella la mandaron callar.

—Dejadla hablar —opinó alguien.

Amelia esperó un instante a que la multitud se apaciguase. Alzó la mano como para pedir parlamento, pero en ese instante ocurrió algo que detuvo bruscamente su palabras. Algo que silbó por el aire, bastante rápido y que impactó en Amelia Doyle.

Su cabeza se ladeó violentamente y soltó un quejido echándose las manos a la cara. Todos pudieron ver su bastón tambaleándose unos instantes antes de caer al suelo. Y Amelia fue detrás de él. Se derrumbó en el suelo de gravilla con las manos aún sobre su rostro.

—¡No! —gritó Carmen.

Aterrorizada, arrancó a correr hacia su amiga, que se había quedado inmóvil sobre el sendero de la entrada. Carmen aterrizó allí con las rodillas. Amelia estaba boca arriba con las manos protegiéndose el rostro. Comenzó a gemir de dolor mientras Carmen intentaba apartarle las manos, pero ella se resistió. Finalmente Carmen consiguió mover una de las manos y vio la herida, terrible, oscura... un amasijo de carne y un ojo triturado, en ruinas...

—Pero ¿qué habéis hecho? ¿Qué...?

Entonces distinguió una bola metálica en el suelo, junto a la cabeza de Amelia. La recogió. Era una rodadura y estaba bañada en sangre. Alguien debía de haberla lanzado con algo, un tirachinas posiblemente.

—¡Socorro! —gritó Carmen.

Entonces notó la mano de Amelia sobre la suya.

—Llévame a mi casa —le dijo con un hilo de voz—. Llévame al hotel.

Nadie de los presentes se movió. Ni siquiera Keith Nolan, que estaba a muy pocos metros de Amelia. Pero entonces Carmen oyó a alguien corriendo sobre la gravilla a su espalda.

Era Dave.

La aparición provocó una consternación general entre la docena y media de personas que habían sitiado el Kirkwall aquella noche.

—¡Es él! —gritó Lorna al verle—. ¡El mismísimo diablo que mató a mi John!

Nolan alzó su escopeta, pero al mismo tiempo se oyó un fuerte disparo desde lo alto. La gravilla saltó por los aires a unos pocos metros del sheriff.

—¡Que nadie se mueva o le vuelo la cabeza! —exclamó Bram desde la ventana.

Dave llegó junto a ellas. Observó a Amelia.

—No puedo llevarla yo solo —dijo señalándose el pie—. La cogeré de las manos, tú de las piernas, ¿vale?

Carmen lo hizo. Al alzarla, vieron que Amelia ni siquiera respondía al movimiento. Su cabeza cayó hacia atrás como un objeto inanimado.

—¡Mirad cómo va vestido! —gritó Lorna Lusk—. ¿Os parece un soldado? ¿Theresa?

—¡Ellos verán su rostro y su nombre estará en su frente! —vociferó Theresa Sheeran—. ¡La bestia y su marca!

—El demonio eres tú, maldita zorra —le replicó Carmen.

Se apresuraron hasta el hotel y, cuando llegaron a la puerta, los pescadores ya habían comenzado a caminar tras ellos muy lentamente, encabezados por Nolan y por Lorna Lusk. Theresa Sheeran fue la única que se despegó de la fila de los fanáticos, y lo hizo blandiendo su cruz, convencida de estar enfrentándose al mismísimo Satán. Nicoleta McRae, el matrimonio Lowry y otras dos mujeres ni se movieron.

Carmen y Dave entraron a Amelia en el hotel. Carmen apoyó los pies de la anciana en el suelo y fue a cerrar la puerta. Al hacerlo, vio a Lorna señalándola con una sonrisa enloquecida.

—Vamos —gritaba la horrible mujer—. Demos a esos hijos de Satán su merecido.

Dave

Los ataques comenzaron casi antes de que llegáramos a las escaleras. Oí fuertes impactos en las ventanas y las paredes, pero sin detonación alguna. Después comprendimos que no habíamos sido los únicos en improvisar armas y munición durante la «tregua»: los pescadores llevaban algún tipo de tirachinas y oímos algunas bolas de acero rompiendo los cristales del mirador.

Habíamos subido las escaleras cuando además escuchamos un terrible impacto en la parte delantera del hotel. No me cabía ninguna duda de que aquello debía de ser la GMC de los Lusk estrellándose contra el mirador de la casa. Y descontando la poca eficacia de semejante maniobra (el mirador solo era una extensión de cristal y la casa seguía bien protegida con una puerta) eso me dio una idea del grado de furia o de absoluta locura con el que íbamos a ser atacados.

Llegamos a la primera planta, entramos en la 101 y tumbamos a Amelia suavemente en el suelo. Ella estaba inconsciente desde hacía un rato. Allí, bajo la tenue luz de la casa, pudimos ver el terrible golpe que había reventado el globo ocular derecho. La mujer había comenzado a sangrar profusamente por el boquete y yo le grité a Carmen que fuera corriendo a por algo para taponar la herida.

—Amelia, ¿me oye? ¿Puede oírme? —dije palmeándole suavemente las mejillas.

Pero la mujer ni hizo amago de responder. Y entonces comencé a temerme lo peor. Un impacto fuerte en la parte frontal del cráneo no era mortal necesariamente, pero una hemorragia intracraneal en una mujer de su edad, sí.

—¡Amelia, respóndame! —repetí.

Pero la mujer no reaccionaba a nada. Tenía su ojo sano perdido en el techo de la habitación. Carmen llegó, se arrodilló y con mucho cuidado le colocó un trapo en la cuenca ocular derecha. Aquello era como un grifo abierto de sangre, y esta se seguía escapando por los lados.

—Dios mío —sollozó Carmen—. Dios mío.

Mientras tanto, los golpes continuaban alrededor de la casa. Cristales rotos, sonidos de palancas desgarrando los tablones de madera. Había que responder con furia y espantar a ese montón de moscas que se habían adherido a las fachadas del hotel como si fuera un tarro de miel.

—Tengo que irme —dije.

—¿Qué hago con ella?

—Compruébale el pulso. ¿Sabes practicar la reanimación cardiopulmonar?

—Sí, creo que sí.

—Es lo único que podemos hacer ahora mismo.

Dejé a Carmen allí, cogí la escopeta y salí al pasillo al

tiempo que escuchaba una detonación procedente de la habitación de Bram. El hombre había abierto fuego.

—¡Encended los cócteles y lanzadlos sobre ellos! —grité yo.

Cogí el molotov que Amelia había dejado en su puesto de guardia y me acerqué a una de las ventanas, cuyos cristales acababan de romperse en grandes pedazos por efecto de una de esas diabólicas rodaduras. Saqué una cerilla, la prendí y encendí el paquete entero de fósforos, que a su vez encendió el trapo. Entonces me asomé por la ventana y vi a dos hombres abajo, manejando un largo arpón contra una de las protecciones de madera dispuestas sobre las ventanas. La explosión fue una puta maravilla. La lengua de fuego se elevó unos tres metros en el aire y pude ver a esos dos hijos de la gran ramera saltando como ranas. El charco de fuego había prendido sus chaquetas por debajo y se las estaban quitando como podían.

—¡Bien!

Pasé por la habitación de Bram y vi que otra lengua de fuego se estaba elevando desde el frontal de la casa. Pero entonces oí el ruido de cristales rotos abajo y me imaginé que alguien estaba a punto de colarse sin pagar su entrada.

—¡Didi! —grité hacia el fondo del pasillo—. En cuanto veas a alguien asomarse por allí, lanza el cóctel.

—¡Sí! —gritó ella.

De camino a las escaleras vi a Carmen incorporada sobre Amelia, con las dos manos en su pecho.

«Mal», pensé.

Pero no tenía tiempo para detenerme y sí para responder a lo que habían hecho esos vándalos. Bajé las escaleras apoyándome en los cañones de la escopeta. Podía oír cómo alguien estaba terminando de romper unos cristales y enseguida comprendí que era en la cocina. Llegué justo a tiempo de ver la fea cara de uno de esos pescadores trepando a la repisa. Le solté una descarga de perdigones en todo el costado. La ventana voló por los aires y el pescador también, pegando el mismo grito que un cerdo en su San Martín.

—¡Cuidado! —gritó alguien al otro lado. Y vi a varios tipos corriendo hacia la parte trasera, en dirección al tejadillo.

Me hubiera gustado gritar para avisar a Carmen, pero según me giraba para hacerlo vi algo nuevo en la puerta. Eran los cañones de una escopeta, que ese tipo, Keith Nolan, apuntaba hacia mi cara, mientras se apoyaba en el marco de la puerta como para asegurarse el tiro.

No me dio tiempo ni a pestañear. Me lancé detrás de una mesa de madera y justo entonces sonó la explosión de un disparo. Noté que algo me mordía el zapato. Explotó un mueble y se hicieron añicos las patas de una silla. Yo gateé por detrás de la mesa mientras mentalmente esperaba alguna señal de dolor, pero no vino nada. Después resultó que el bueno de Nolan me había acertado en la puntera vacía de uno de los zapatos de Charlie Lomax, que gracias al cielo me quedaban un poco grandes. Vale, mientras todo se llenaba de humo, Nolan lo intentó desde el mismo ángulo, y todo lo que hizo fue romper una vajilla en mil pedazos y quedarse sin munición. Bueno, saqué la escopeta por el borde de la mesa y lo intercepté justo cuando estaba a punto de caer sobre mí con su culata en lo alto. Los perdigones del 16 de John Lusk le acertaron en pleno torso y lo empujaron con todo el peso hacia atrás, cayendo sobre una persona que había aparecido a su espalda.

—¡No! —gritó Zack Lusk mientras apartaba el cadáver de Nolan y levantaba las manos—. No me mates.

Yo me puse en pie, sin munición pero apuntando al peli-rrojo.

—Lárgate antes de que te reviente a ti también.

Zack salió de allí cojeando a toda velocidad por el salón y pude ver que tanto él como Nolan debían de haberse colado por una de las ventanas que daban al mirador. Crucé el come-dor detrás de Zack, que huía como un conejo, dando saltitos sobre su pierna sana. Le apunté mientras volvía a salir y me miraba, pensando quizás en lo buen tipo que era por haberle dejado con vida.

A través de la ventana pude ver el destrozo causado por la GMC. Todo el mirador se había derrumbado sobre el vehícu-lo, cuyo motor milagrosamente seguía encendido. Alguien debía de estar todavía al volante, ya que nada más montarse Zack, el coche salió marcha atrás, pero para ese entonces yo estaba subiendo con bastante prisa las escaleras.

De pronto me había acordado de esos hombres que había visto correr por la ventana, en dirección al tejadillo del que an-tes ya había ahuyentado a otros de sus colegas. Solo que ahora Carmen no se encontraba en su puesto para proteger el flanco. Y estaba seguro de que iban a intentar colarse por ahí.

A toda leche, subí los escalones y casi en el mismo instan-te en que llegaba, oí un grito desde el fondo del pasillo. Bram había abandonado su habitación y estaba allí con la escopeta en ristre.

—¡Soltadla! —gritó.

De refilón pude ver a Carmen gritando a Amelia, que ya-cía inerte, con un ojo abierto y el otro cubierto por un trapo empapado en sangre.

Me apresuré cojeando hasta donde estaba Bram, doblé la esquina y pude ver lo mismo que él.

Didi estaba allí, con cara de auténtico terror. Un brazo grueso y musculoso le pasaba por la garganta. Un brazo negro. Era ese tipo del que ya había oído hablar, Ngar. La tenía cogida como si fuera un pequeño muñeco, sobre las puntas de sus pies. Y con la otra mano le había metido el extremo de un destornillador en la oreja.

Retrocedían lentamente, por aquel estrecho pasillo, con Didi como escudo. No había nada que hacer.

—Soltadla, hijos de la gran puta —repitió Bram.

—¡Baja el arma, viejo! —gritó otro tipo que caminaba detrás de Ngar—. O le metemos esto hasta el cerebro.

—Bájala, Bram —dije yo.

Observé al grupo. El que había hablado llevaba un machete en la mano y era otro tipo de envergadura. Didi se dejaba arrastrar, muda y con los ojos como dos huevos cocidos.

—Como le toques un solo pelo te mataré, McGrady —dijo Bram.

«McGrady», pensé yo, «así que es él».

—No le pasará nada —gritó el pescador—. La cambiaremos por el soldado.

—¡De acuerdo! —exclamé yo—. ¡Aquí me tenéis!

Dije eso mientras dejaba la escopeta en el suelo. Por supuesto, aún tenía una daga en la pantorrilla y mi cuchillo «medallón» (el *neck-knife*) colgando de una cadena.

—Aquí no —dijo el tipo—. Baja al pueblo. Sin armas.

—¿Por qué no solucionamos esto ya? —respondí—. Aquí y ahora.

Pero no me hicieron caso. Supongo que ya había recibido un buen baño (McGrady parecía herido y tenía parte de su capa humeando, supuse que por efecto de un molotov) y querían ponerse a cubierto. Siguieron caminando hacia una de las habitaciones y, al mismo tiempo, pudimos escuchar el motor de la GMC rodeando el edificio.

Si pudiera correr, podría intentar rodear el hotel a toda leche e interceptarlos a la salida. Pero eso tampoco sacaría ese destornillador de la pequeña y bonita oreja de Didi. Después eché mano a la daga... Quizás pudiera alcanzar alguno de esos cuellos a distancia... Pero pronto deseché la idea: demasiado arriesgado.

Entonces el grupo desapareció por la puerta de la habitación. Sonó un portazo.

—¡Joder, se la llevan! —gritó Bram.

Corrió hasta allí, pero al llegar se encontró la puerta bien cerrada por dentro. Le vi correr lleno de frustración hasta el fondo del pasillo.

—¡No dispares, Bram! ¡Tienen a Didi!

Bajamos hasta el comedor y salimos por la misma ventana destrozada por la que Zack Lusk había salido antes. Frente al hotel ya no había nadie. Las locas beatas, Lowry, todos habían desaparecido... ¿Habrían huido al ver el cariz que tomaba el asunto?

Vimos pasar la GMC como una bala, con ese grupo encaramado sobre ella. Didi posiblemente iría en la cabina. Entonces frenaron un instante y vi a ese tipo, McGrady, encaramado en lo alto de la furgoneta. Me señaló con el dedo.

—¡Si no has aparecido de madrugada, le cortaremos las orejas!

Después la furgoneta arrancó. Quería lanzarme sobre ellos y comenzar a hundir mi acero en sus pulmones, cortar sus cuellos... Pero eso iba a ser imposible y, además, era una estupidez.

Bram y yo, quietos junto a los restos de un fuego provocado por nuestros molotov, vimos aquella furgoneta desaparecer colina abajo.

En ese instante tomé dos decisiones. La primera fue que rescataría a Didi a cualquier precio.

Carmen

Amelia había dejado de respirar, así que Carmen decidió intentar reanimar su corazón. Había asistido a un cursillo de primeros auxilios hacía años, pero como suele ocurrir, solo recordaba la mitad de la mitad. ¿Cuántas presiones deben hacerse antes de insuflar aire? ¿Y cuánto aire insuflar? Al menos recordaba perfectamente el ritmo de las presiones: el «Stayin' Alive» de los Bee Gees. Tenían que ser los Bee Gees precisamente, el grupo favorito de Amelia.

«¡Ah! -¡Ah! - ¡Ah! - ¡Ah! - ¡Staying Alive!»

Estuvo —¿cuánto tiempo?— repitiendo aquello, pero el cuerpo de Amelia no respondía.

—Carmen —dijo alguien de pronto. Una voz amable.

Dave se situó frente a ella y le colocó las manos en los hombros.

—Descansa, déjame a mí.

Estaba agotada, sobre todo sus brazos, que eran ya como dos extensiones de hierro que salían de su cuerpo. Pero no podía parar. Dave se situó delante.

—Vamos —insistió.

Carmen se apartó, agotada y cubierta de sudor, y se quedó sentada en el suelo de la habitación. El soldado se puso a ello. Carmen había estado presionando con cuidado, casi con miedo de hacer daño a Amelia, pero Dave empezó a hacerlo con una fuerza tremenda. Amelia parecía un muñeco que se encorvaba ante las embestidas de aquellas fuertes manos. Estuvo así varios minutos. Se acercó a su boca y le insufló aire un par de veces. Después pasó de las presiones directamente a golpearle con el puño cerrado en el pecho.

Al cabo de dos minutos, el tipo volvió a agacharse para escuchar su aliento. También puso los dedos en su cuello.

—No —dijo Dave—. Ya está.

—¿Qué quieres decir con «ya está»?

—No hay nada que hacer. Ha muerto.

Carmen notó como si los dos oídos comenzaran a silbarle a la vez. Notó náuseas y un cosquilleo por todo su cuerpo. Sintió que levitaba y que salía volando a miles de kilómetros por hora. Pero sobre todo y ante todo, sintió una absoluta desconfianza ante aquello.

—Solo le han dado un golpe en la cara —dijo Carmen—. Nadie se muere por...

Con mucho tacto, el soldado cerró el único párpado sano que le quedaba a Amelia. Después se quedó sentado frente a ella, respirando con dificultad.

—Era como un proyectil —dijo—. Ha debido de causarle una hemorragia interna muy rápida. Lo siento.

Entonces Carmen alzó la vista y vio a Bram apoyado en la puerta. Jamás, desde que lo conocía, había visto en él una expresión como la que tenía en aquel momento. Ese hombre tan entero se vino abajo, literalmente, al escuchar la funesta noticia. Resbaló por el marco de la puerta y se quedó en cuclillas, como si así pudiera evitar la horrible realidad. No lloró, no dijo nada. Solo se quedó mirando a Amelia en silencio, apoyado en su escopeta como si fuera el cayado de un anciano.

—Quedaos aquí —dijo Dave poniéndose en pie—. Yo bajaré a vigilar.

Al salir, Dave le palmeó el hombro a Bram, que se había quedado congelado, tapándose la boca con la mano y con los ojos hundidos en sus cuencas como si de pronto hubiera envejecido diez años.

Se quedaron solos en aquel terrible silencio. Amelia... Si no fuera por la horrible herida que mostraba en su ojo, se diría que estaba apaciblemente dormida en el suelo de la habitación.

—Igual ha entrado en coma —dijo Carmen—. Igual es cosa de ese extraño sueño... Nadie se muere por un golpe en la cara.

Bram la miró con un gesto casi de reproche. Se levantó, un tanto agresivo, y dejó que la escopeta cayera al suelo. Después se arrodilló junto a Amelia y le tomó el pulso. En la muñeca. En el cuello. Y acercó el oído a sus labios.

—No, no tiene pulso. Pobre mujer. ¡Dios!

Ese «Dios» hizo temblar los muebles de la habitación.

—Ayúdame a ponerla en una cama.

—¿Qué?

Carmen todavía estaba atontada. Era como si no se diera cuenta de nada.

—Vamos a tumbarla en la cama —insistió Bram.

Todas las camas estaban puestas de pie para proteger las ventanas, pero Dave había dicho que no volverían, así que Carmen se levantó y bajó al suelo la de esa habitación. Después, con mucho cuidado, levantaron a Amelia y la colocaron sobre el colchón. Durante la maniobra, el trapo que velaba su terrible herida se movió y volvió a dejar al descubierto aquella especie de fractal de sangre y tejidos en el que se había convertido su ojo. Carmen se apresuró a ponerlo en su sitio.

—Pero ¿estás seguro de que...?

—Está muerta —dijo Bram—. Joder, Carmen... Está muerta.

Carmen sintió que le entraban unas ganas desesperadas de llorar.

—¿Quién lo hizo? ¿Lo viste?

—No lo sé —respondió Carmen—. Alguno de los pescadores... Solo vi a Amelia agitarse por el golpe.

—Malditos hijos del diablo —murmuró Bram—. Los mataré a todos, aunque sea lo último que haga.

La ventana estaba rota y se colaba un viento muy frío. Carmen, casi sin darse cuenta, cogió una de las mantas que se habían quedado sobre una silla y arropó el cuerpo de Amelia. Todavía estaba caliente. Todavía tenía color en las mejillas. Dave y Bram parecían estar tan absolutamente seguros de que estaba muerta, pero, que ella supiera, ninguno de los dos era médico.

Se sentó en la cama, junto a su amiga, y le tomó una mano.

—Amelia —le susurró.

Bram salió de la habitación y Carmen pudo oírlo gemir ahí fuera, alejándose por el pasillo, como si le diera vergüenza hacerlo delante de ella.

—Amelia —volvió a decir Carmen.

Olía a gasolina y a pólvora, a cosas quemadas. Se le cruzó por la mente que quizás el hotel estaba ardiendo por alguna parte. En ese caso la lluvia vendría muy bien. El fuego se apagaría y todo ese terrible momento sería historia. Nada podía ser tan terrible. La muerte no podía aparecer así, sin avisar, de un momento para otro, y segar una vida cuando le diera la gana.

Charlie, Amelia... Lo poco que había logrado construir, devastado en cuestión de días.

Estuvo sentada hasta que, en algún momento, se dio cuenta de todo. Fue como un golpe. Se lanzó sobre el vientre de Amelia Doyle. Inspiró como si necesitara todo el aire que había en esa habitación, en ese hotel.

Soltó un gemido que incluso a ella misma le pareció extraño, gutural. Después soltó otro. Parecía una leona gimiendo en la soledad de la noche. Luego afloró una lágrima y, a continuación, otra. Hundió su rostro en la manta que cubría el vientre de Amelia y rompió a llorar desconsoladamente.

Dave

Quizás no quería pensar en nada. Quizás era eso.

Me puse manos a la obra.

Registré los alrededores del hotel para asegurarme de que no quedaba allí nadie más aparte de nosotros tres. Así era.

Fui adentro, agarré al sheriff Nolan por los zapatos y lo saqué a rastras de la casa. La propia gabardina que llevaba puesta me sirvió para tapar su fea cara sin vida cuando lo aparqué en la parte de atrás. Después cogí algunas herramientas y volví a asegurar los dos tablones que habían arrancado los pescadores durante su ataque. De pasada, vi algunos barriles apilados junto al tejadillo. Ngar y McGrady los debían de haber utilizado para encaramarse ahí arriba. Les di una patada y salieron rodando en todas direcciones.

Y de paso me hice mucho daño.

Todo había ocurrido por mi culpa. Amelia seguiría viva. Lo mismo que ese tal Charlie. Y a saber cuántos más... «Si hubieras hecho tu maldito trabajo, Dave.»

Tendría que volver sobre ello, ¿vale? Delante de una botella («oh, sí, Dave, no te hagas el remolón») o sentado frente a un tribunal militar, pero ahora estaba ocupado pensando en otra cosa; concretamente, en cómo convertir toda esa frustración en energía destructiva.

Antes de cerrar la casa, coloqué un par de trampas aquí y allá. Cosas que debían sonar si alguien se acercaba. Finalmente entré, encajé una silla contra la puerta y fui sembrando de cristales el espacio que había junto a cada ventana. La idea era descansar un poco antes de pasar al capítulo final, y no quería que nadie me cortara el cuello mientras dormía. De paso, coloqué una lata explosiva en el recodo de las escaleras, con el detonador acordonado en uno de los pomos de madera de la barandilla. Si alguien tenía la mala educación de regresar a por nosotros, le oiría a tiempo de salir corriendo y prender el detonador.

Hecho esto, cogí el resto de los bártulos y monté el puesto de guardia en la 103. La habitación que daba al tejadillo era claramente el punto débil de la casa, el que había que defender más, pero al mismo tiempo era una buena salida de emergencia, tal como habían demostrado McGrady y Ngar al llevarse a Didi a través de ella.

Bram apareció por allí. Dijo que quería «hacer algo». Le respondí que siguiera vigilando desde la ventana frontal y que tuviera a mano la pistola de bengalas.

—¿Crees que pueden volver? —me preguntó.

—No, se han llevado una tunda. Además, saben que terminaré bajando.

Bram asintió y se quedó muy quieto. Le observé. Era como si el tipo que yo había conocido unas horas antes se hubiera convertido en una versión deprimida y melancólica de sí mismo.

Lo dejé sentado en una silla. Tenía los ojos fijos en la ventana, hacia la colina, pero ¿de verdad se daría cuenta si alguien venía? Estaba ido, y yo reconocía ese estado: cansancio, depresión... No podía dejar que esa sensación creciera demasiado. Hay quien podía llegar a suicidarse o, sencillamente, a dejarse matar.

Salí de allí y pasé por la 101, donde Carmen estaba sentada en el suelo, apoyada la espalda en la cama, mirando una fotografía. Tenía los ojos rojos de haber llorado. Esta vez, al verme, no hizo ningún esfuerzo por ocultarla. De nuevo, yo obvié mi curiosidad.

—Conoces bien el hotel, ¿no?

—Sí.

—¿Me ayudas a buscar algo de comer?

Eso pareció ser un buen motivo para moverse de allí. Se levantó y me dijo que la siguiera. La vi guardarse esa fotografía en el forro polar. Era un retrato de familia. ¿La suya?

Bajamos juntos a la primera planta y, por primera vez, vio el destrozo que la cuadrilla de pescadores había causado en el mirador. Pero estaba tan dolida que ni siquiera tuvo fuerzas para componer un insulto. Fuimos a la despensa y de allí sacó unas cuantas latas de conserva.

—Podemos poner agua al fuego y hacer una sopa.

Pensé que no estaría de más calentarse un poco. Con la mitad de las ventanas rotas, pese a que la caldera seguía encendida, echábamos vaho por la boca al hablar.

Fuimos a la cocina. Yo había sacado de allí el cadáver de Nolan, pero había un rastro de sangre en la ventana. Era del pescador al que yo había disparado en un costado.

—¿Has matado a alguno? —preguntó Carmen.

—A Keith Nolan como mínimo. Y quizás a alguno más.

Estimé que habíamos diezmado al equipo rival. A Nolan había que añadir un herido de cierta consideración (el tipo de la ventana) y dos quemados. Eso dejaba al bando enemigo con los dos tipos grandes (Ngar y McGrady) y Lorna como únicos elementos cien por cien sanos.

Carmen había puesto a hervir agua en un puchero.

—¿Qué pasará ahora?

Le expliqué mi plan, que todavía era solo un borrador en mi cabeza. Ella lo escuchó mientras daba vueltas al caldo con una cuchara de madera. Cuando terminé mi *briefing*, ella miraba al fondo de la sopa.

—¿Crees que eso funcionará?

—Creo que sí. Bram sabrá llevar la zódiac a ese punto.

—¿Y cómo te las vas a arreglar tú solo ahí abajo? Yo podría ayudarte. Ahora tenemos tres escopetas. Podría llevar una.

Negué con la cabeza.

—Pero gracias por el ofrecimiento —añadí.

—Siguen siendo un montón —insistió ella—. Y vas medio cojo.

Reconozco que hubo un instante de tentación. Carmen estaba de una pieza y en sus ojos se leían claramente sus ganas de vengarse. Y era una buena asesina si se lo proponía. Pero no iba a permitir que nadie más arriesgara su pescuezo por mis malditos errores.

—Prefiero ir solo, de verdad.

Subimos a la habitación de Bram con tres tazas de sopa caliente. Nos sentamos en círculo y bebimos en silencio. Le dije a Bram que se tumbara («He colocado trampas por toda la casa y alrededores. Si alguien se acerca, le oiré y le meteré un tiro en las tripas»), pero él se negaba a dormir, aunque terminé convenciéndole de que al menos descansara un poco.

Regresé a la 103 y me aposté en la ventana. Estuve allí por lo menos media hora hasta que comencé a oír unos fuertes ronquidos. Parecía que Bram había cedido al sueño. En ese momento apareció Carmen por la puerta. Llevaba una botella de whisky en la mano.

—Bram lo ha conseguido, pero no creo que yo pueda dormir. ¿Cuánto queda?

—Tres horas —dije volviendo a mi silla—. Inténtalo, anda.

Carmen sonrió. Tenía las mejillas coloradas y era obvio —por su aliento— que había bebido bastante.

—Si tuviera un porro... Eso es lo único que me ha funcionado últimamente.

Cogió una almohada y se sentó en el suelo de madera, con la espalda apoyada en la pared.

—¿Y tú? —me preguntó—. También necesitarás dormir, digo yo.

—Yo estoy más acostumbrado. O entrenado, llámalo como quieras.

—Yo también soy una profesional del insomnio, ¿eh? —dijo como si se hubiera acordado de algo—. Ahora que lo pienso, deberíamos tener cuidado.

—¿Cuidado con qué?

—Creo que esa caja puede hacerte dormir, ¿sabes? Amelia llegó a dormirse diecisiete horas ayer. Y había un hombre en el pueblo, Dougan, que también dormía sin parar... Quizás Bram...

—¿Crees que deberíamos despertarlo?

—No lo sé. Lo cierto es que llevamos tres días sin parar.

—De acuerdo —dije—. Lo intentaremos sobre las cuatro y media. Si no despertase, ¿crees que podrías llegar tú sola a Layon Beach?

—Bueno —dijo Carmen—. Me conozco el camino, y supongo que puedo cortar cualquier cadena con las cizallas. Lo de arrancar un motor y llevar la zódiac hasta la cala de Monaghan ya me parece más complicado...

Se suponía que el mar que mediaba entre Layon Beach y la pequeña cala de Little Greece era la parte más resguardada de la isla. Bram me había explicado que en el mes de agosto se celebraba una travesía a nado por esa razón. No obstante, con ese mar tan violento que yo había sufrido en mis carnes, un navegante inexperto podría terminar clavado contra la piedra. Le mencioné a Carmen el truco que Bram me había contado para superar la barrera de arena de Layon Beach, que debía de tener su punto débil en el centro.

—El resto se supone que es más fácil. Navegar contra corriente, con la ayuda del motor, llegar a la playa y esperar. Pero no adelantemos acontecimientos... Esperemos que Bram despierte.

No lo dije, pero en caso de que no pudiéramos despertarlo, tampoco íbamos a llevarnos a Bram en la lancha. Era imposible cargar con nadie en aquellas circunstancias.

Carmen se quitó la almohada de la nuca y la puso en el suelo. Después se aovilló como un perro y apoyó la cabeza en ella.

—Pero vete a una cama, por Dios.

—No —dijo ella—. Estoy más tranquila aquí, contigo.

—Bueno, vale.

Entonces vi cómo sacaba esa foto del bolsillo trasero de sus vaqueros.

—¿Tu familia? —pregunté—. ¿España?

Ya me había dado cuenta de que era española. Una mujer que ya no era tan joven, pero que, incluso con el cabello revuelto y la piel pálida, era tremendamente atractiva. Costaba creer que estuviera sola en el mundo.

—Me sienta bien concentrarme en ellos —dijo mirando la foto—. Es lo único que logra relajarme.

«Cada uno tiene sus trucos», pensé recordando a Chloe Stewart.

—¿Están en España? —pregunté después, como para seguir la conversación un poco.

—No, están muertos —dijo sin apenas emocionarse.

—Vaya... Lo siento.

Me preguntaba qué había pasado. Ella lo adivinó.

—Fue hace tres años. Un accidente de avión.

—Mierda...

—El vuelo MH7010. Singapur-Sidney. ¿Te suena? Uno que desapareció sin dejar rastro.

—¿Desapareció?

—Se lo tragó el mar. Ciento noventa y tres pasajeros y diez tripulantes. Mi marido y mi hijo iban en él.

Yo me quedé callado. Me sonaban historias similares. Casos que parecían sacados de una revista de temas paranormales.

Ella siguió hablando:

—Antes de cortar leña, hacer camas y vivir en una roca en el fin del mundo, yo tenía un trabajo de oficina bien pagado... Soporífero pero bien pagado.

Se rio sin despegar los ojos de la foto.

—Estaba en Australia para una convención. Habíamos planeado reunirnos allí y hacer un viaje conduciendo por todo el país. Pero el avión nunca llegó a su destino. Primero dijeron que sufría un retraso, durante una hora insistieron en lo mismo... Después vino un pequeño ejército de hombres trajeados a buscarnos. Nos dijeron que se había «perdido el contacto» con la nave y que lo sentían mucho. Todo fue... como un mal sueño. Unas horas más tarde, se dijo que podía ser un secuestro. Eso consiguió que pasáramos la primera noche con algo de esperanza en el corazón. Los secuestros suelen salir bien, ¿no? Pero a la mañana siguiente se empezaron a oír otras cosas. La palabra «accidente».

—¿No llegaron a aparecer los restos?

—Nada, ni un mísero chaleco salvavidas. Se destinaron bastantes medios, al menos mientras la noticia acaparó el interés de la prensa. Un submarino de la armada australiana recorrió la línea imaginaria del vuelo. Un satélite japonés, lo mismo. Un avión de reconocimiento de la armada china... Pero al cabo de cincuenta días aquello empezó a declinar, ¿sabes? Vimos un mapa del océano y alguien había dibujado las áreas que se habían podido rastrear. Eran como cagadas de una hormiga en un campo de fútbol. Casi invisibles. Todo ese tiempo estuvimos viviendo en un hotel, con psicólogos a nuestra disposición, psiquiatras que nos recetaban drogas para que pudiéramos dormir. Pero entonces se cortó el grifo. Nos dijeron que debíamos regresar a nuestros hogares. Aceptar la realidad. Yo y algunos más nos negamos. Hablamos con la prensa y entonces nos declararon la guerra, ¿sabes? Me echaron de su país, eso fue todo lo que conseguí: que me arrestaran por desorden público y me devolvieran, hasta las cejas de tranquilizantes, en un avión a Madrid. Técnicamente sufría una enajenación mental transitoria. Buuufff... Vaya historia te estás tragando, ¿no?

—¿Es así como terminaste en esta isla?

—Primero intenté vivir en Madrid, unos meses, aunque

fue un desastre. En mi trabajo era absolutamente incapaz de hacer nada. Me largué antes de forzarlos a echarme. Después viví una temporada en Bilbao con una amiga. De allí a Londres... No sé por qué a Londres. Quería perderme yo también, supongo. Entonces el dinero comenzó a agotarse y pensé en el campo. Así fue como llegué a St. Kilda. Mi último psiquiatra dijo que era un mecanismo de evasión.

—Vaya chorrada.

—En fin... Llegué aquí, conocí a Amelia y...

Soltó un largo suspiro.

—Aquí me quedé. Esa es toda la historia.

Se dio la vuelta y se quedó mirando a la pared.

—No había conseguido llorar por nada en una buena temporada... Y hoy, por fin...

Se quedó en silencio y yo decidí no preguntar nada. Nos quedamos callados un buen rato.

—¿Dave?

—¿Sí?

Ella tardó un poco en responder. Como si el sueño estuviera ganándola de una vez por todas.

—Didi y yo... Hemos casi decidido montar una pensión en Camboya, ¿sabes?

—Buen sitio —respondí.

Vi cómo se le caían los párpados. Pero se resistía.

—Tenemos que conseguirlo... Se lo prometí...

—Lo conseguiremos. No lo dudes, Carmen.

Está vez tardó unos segundos en responder:

—... te haremmmmmosssss un buen prrrrrecio...

Y no dijo nada más. Empezó a respirar muy fuerte y yo me levanté, abrí el armario y le coloqué una manta encima. Esa bella y dura mujer se había quedado roque en el suelo.

Después volví a mi silla. Saqué las tabletas de analgésicos de Amelia Doyle y me tragué un par. Me senté y coloqué la escopeta abierta sobre mis muslos. Miré por la ventana. El muro de nubes que había cubierto el cielo durante todo el día parecía haberse resquebrajado de pronto. ¿Amanecería despejado?

Estuve allí no sé cuánto tiempo y noté que un sopor se instalaba también sobre mí. De hecho, me sorprendí a mí mismo cerrando los ojos.

—¡Vamos! —murmuré recostándome—. En pie.

Fui al lavabo y me mojé la cara con agua helada. Luego regresé a la silla. No iba a dormirme en medio de una guardia. No lo había hecho jamás y no iba a comenzar esa noche precisamente. Me senté en el borde mismo del asiento, para caerme de culo si me volvía a pasar. Después fijé los ojos en el tejadillo, en el cielo, en el lejano borrón del horizonte y el resplandor intermitente del faro. Tejadillo. Cielo. Horizonte. Faro. Tejadillo. Cielo. Horizonte...

Carmen

No iba a recordar ese sueño hasta más tarde, ni tampoco sabría cuándo lo soñó con exactitud, pero fue justo entonces.

Charlie bajaba por Corbbet Hill un poco borracho, vestido como la noche en que desapareció. Se alejaba del Kirkwall hasta quedarse parado a medio camino y miraba atrás, hacia las luces de la cocina que podían verse desde la distancia.

«Deberías volver y pedirle perdón», pensaba. «Sabes por todo lo que ha pasado y, aun así, te atreves a presionarla. Eres un idiota. Un maldito idiota.»

Carmen podía ver sus pensamientos y sus emociones entremezcladas, casi como una experiencia lisérgica. ¿Era una fantasía u ocurrió realmente así? En esa isla, donde las voces se entreveraban con los sueños, ya nadie podía estar seguro de nada.

Con una mezcla de excitación y de miedo —convenientemente amortiguado por la autoconfianza que le brindaba la sobredosis de Talisker—, Charlie emprendió su camino a Portmaddock.

Aún tenía algo que hacer. A fin de cuentas, nadie le iba a pasar por encima, darle dos tortazos y humillarlo gratuitamente, como esa mañana frente a la lonja de TransArk. Esa era una parte de la personalidad de Charlie Lomax que raras veces salía a la superficie, pero el ingeniero tenía su orgullo, como cualquier hombre, y esa noche estaba dispuesto a ejercitarlo aunque eso significara arriesgar el pellejo un poco. Que Carmen le hubiera dado esa respuesta tan fría también ayudaba bastante, claro. A veces un hombre necesita restaurar su dignidad de cualquier manera, aunque sea haciendo una tontería.

Y eso era lo que Lomax estaba a punto de hacer.

El Club Social tenía las luces apagadas y la puerta cerrada, pero Charlie conocía algunos trucos a esas alturas. Por la parte de atrás, a través de unas escaleras, se accedía al pequeño almacén municipal, donde Nolan guardaba las señalizaciones especiales, las vallas y un centenar de sillas de madera que se utilizaban para los raros eventos al aire libre del pueblo. Y del almacén al despacho del sheriff solo se interponía una puerta bastante fácil de abrir, sobre todo porque la llave estaba escondida en la caja de los plomos.

«Ellos han roto su promesa», pensaba Lomax, «así que yo puedo romper la mía.»

El despacho del alguacil estaba a oscuras, pero Charlie no necesitó luz alguna para manejarse en su interior: había estado allí esa misma tarde, sin contar un buen número de reuniones con Nolan y Lowry.

Tomó asiento en la cómoda butaca de cuero de Nolan y se giró sobre su eje, que chirrió indiscretamente en el silencio de la noche. Buscó a tientas los auriculares de la radio y se los colocó sobre los oídos. Después apretó el interruptor, un botón negro en un lateral de la máquina, y se iluminaron unas cuantas luces, incluyendo el panel del dial, indicando que estaba en el canal 6.

—¿Thurso? —dijo en voz baja—. ¿Hablo con rescate marítimo?

En ese momento, al escuchar su propia voz rompiendo el silencio de aquella habitación, pensó por primera vez en la locura que estaba cometiendo. ¿Es que no había tenido suficiente con ver la cara de locos de McGrady y los demás?

—¿Hay alguien ahí? —repitió.

Era el mismo dial por el que había visto hablar a Nolan esa misma tarde, pero lo único que pudo escuchar cuando soltó el botón de interlocución fue... nieve...

—Mi nombre es Charlie Lomax, les hablo desde St. Kilda. ¿Me oye alguien? Necesito comunicarme con el mando naval o la policía. ¿Hola?

Soltó el botón otra vez y la radio solo devolvió esa especie de zumbido fluctuante, como si un pequeño demonio se dedicara a tocar una flauta desafinada dentro de esa caja negra.

La caja negra. Su ojo. La intensa sensación de que alguien «le había visto».

Un ruido al otro lado de la puerta le sobresaltó. Algo se había estrellado contra el suelo en el almacén. Una de esas malditas sillas de madera, seguramente.

Hizo un ruido muy fuerte y después Charlie se quedó callado, esperando oír algo más. Joder, ni se había planteado que Nolan o algún otro parroquiano pudiera estar montando guardia ahí fuera. Se levantó de la silla y fue a mirar. Abrió la puerta y observó la sala de espera. Nadie. No contento con eso, la cruzó y se asomó por las escaleras. Tampoco, ni un alma.

Regresó entonces a la pequeña sala y volvió a tomar asiento frente a la radio, que seguía encendida, emitiendo nieve y más nieve. Adelantó la mano para coger los auriculares pero no los encontró. Entonces palpó a lo ancho de la mesa en busca de ellos... ¿Dónde estaban?

Percibió un movimiento en la oscuridad, pero apenas le dio tiempo a reaccionar.

Algo rodeó su cuello y notó un brazo sujetarle por detrás. O dos, o tres. En realidad nunca lo iba a saber.

Eso que se movía frente a él resultó ser una silueta emergiendo desde la penumbra.

Un hombre vestido con esa gabardina de pescador.

—¡Socorro! —logró gritar en su última interlocución por la radio. Entonces alguien le atrapó la mano y la sostuvo con fuerza.

Rodearon su cuello con el cable del transmisor y tiraron de él con una fuerza increíble. El aire dejó de correr por su garganta.

Lo intentó con todas sus fuerzas, pero era como si lo hubieran enterrado en hormigón. En medio minuto sintió que los pulmones le abrasaban. El dolor del cable en su garganta se convirtió en la última cosa que iba a sentir en su vida.

Carmen gritó en sueños, en la oscuridad en la habitación. Pero no llegó a despertarse. De todas formas, la pesadilla acabó en cuanto Charlie dejó de agitarse en ese nudo de brazos que lo sujetaban.

Dave

Un ruido me sacó de la letanía. ¿Me había dormido?

Algo. Alguien andaba por ahí. Dejé de respirar, como para cerciorarme de que había oído lo que había oído. Después, con mucha suavidad, me levanté.

Fuera quien fuera, había conseguido saltarse todas mis pequeñas tretas y subir hasta la primera planta. Y ni siquiera estaba disimulando su presencia. Respiraba muy fuerte.

Con los cañones por delante, me asomé. Allí estaba. Una sombra plantada al final del pasillo. Demasiado a tiro, a menos que fuera un jodido suicida o una trampa.

Barrí el aire a mi alrededor con los ojos pegados en la mira del arma. Al otro lado, el pasillo era una boca negra, pero pude ver la luz del faro iluminar la parte oeste. No había nadie más. Volví la vista a la silueta. Un tipo corpulento. ¿Ngar? ¿McGrady?

—Dave...

Bajé el cañón de la escopeta o, mejor dicho, lo aparté un poco.

—Es la última llamada, hijo.

Como siempre, no podía ver su rostro, su cara o sus ojos. Todo eso se desdibujaba en una especie de oportuna sombra. Aunque apostaría mi pellejo a que era él. El Viejo. Olía como siempre: a miseria, a pobreza, a desorden.

Y su voz.

Era SU voz.

—Dave... Tú mismo lo has reconocido. Fuiste un cobarde. Quisiste salvar tu vida por encima de todo. ¿Por qué no lo aceptas y seguimos adelante? ¿Por qué insistes en esa faceta de héroe que no te pega nada? Carmen y Bram... ¿Qué posibilidades crees que tienen? Los llevas a la muerte.

—Déjame en paz, Viejo.

«No le llames Viejo, sabes que no es él.»

—Escúchame, hijo. Hablemos un poco, ¿no? Basta ya de castigarme. ¿No tuve bastante con morirme solo en una litera?

«No es él.»

—¿Y tú qué? ¿Estás tan seguro de que no hay una litera esperándote? ¿Qué crees que te espera si logras salir de aquí? Un tribunal militar, como mínimo. Yo he visto a muchos como tú... Como yo... Lo llevamos dentro. La semilla del perdedor. Por mucho que intentes luchar contra ello, terminará imponiéndose. Es el destino. Lo has sabido siempre, ¿no? Al menos yo podría darte algo a cambio de lo que los demás llaman defectos. Por algo soy tu padre.

Estuve a punto de decirle que se callara. Que él no era mi padre. Entonces dio un paso, y otro más, y se plantó ante mí.

—Observa esto un instante, Dave.

Sus ojos habían comenzado a girar y eran como dos tubos

de una aspiradora industrial. Hacían que no pudieras mirar a ninguna otra parte.

—En el fondo eres un privilegiado, Dave. Tú lo empezaste todo, así que es justo que sepas de qué va esto.

Esos ojos se abrieron y, bueno, reconozco que por un momento miré. Era una sensación compleja y difícil de combatir. Por un lado, había algo casi sexual que te atrapaba. Un placer chispeante que te recorría de arriba abajo. Por otro, era esa intensa curiosidad por ver lo que había «al otro lado». Y aunque sabía que era capaz de despegarme de aquello en cualquier momento, noté que me llevaba. Era como una de esas veces que le dices a tu madre: «No me alejaré de la orilla», pero terminas metido hasta la cintura.

Mi madre.

Hubo un tiempo...

—En que fuimos una familia, ¿no, Dave?

«Antes de que tú lo jodieras todo.»

—Es la vida la que te jode, Dave. Era ese maldito trabajo o los genes. ¿Sabes lo que es no poder más? ¿Sabes lo que es no poder seguir adelante? No podía seguir tragándome el olor de la fábrica de neumáticos. Ni combatiendo a esos jefes que solo perseguían arruinarme la vida.

«Un hombre hecho y derecho tendría que haberlo soportado, papá. Tenías una familia. Haber buscado otra cosa. Cualquier cosa hubiera valido. Pero rendirte...»

—Estaba enfermo, Dave.

«Eras un borracho, un cobarde.»

—Un cobarde, sí. ¿Y no lo has sido tú también? ¿Por qué te sientes tan culpable? ¿Qué era lo que debías de haber hecho con La Caja? ¿Qué era lo que te dijo Akerman?

De pronto vino a mí la cara de Akerman a punto de aho-

garse sin remedio en la bodega del avión. Yo seguía mante-
niendo mis cosas en su sitio. La contraseña. La función del
teclado rojo. Pero aquello seguía trepanando mi cabeza.

—¿No crees que ya van demasiados muertos por tu culpa,
David? Vamos...

«Quizás.»

—Vamos, David... Habla conmigo. Habla con tu padre.

Noté aquellos grandes brazos rodeándome. Yo tenía doce
años y estábamos en esa playa en la que yo prometí que no
me alejaría de la orilla. El cielo era azul y mi madre estaba en
alguna parte, porque podía oler a su crema solar. Y papá era
un tipo genial. ¡Mi padre! Había venido a buscarme con una
toalla porque, joder, yo estaba helado después del baño. Y
entonces me rodeó con ella, me dio todo su calor, y yo... bueno... me dejé abrazar.

¿Quién no necesita un buen abrazo de su viejo de vez en
cuando?

McGrady

—¡Eh! Abre los ojos.

Tom McGrady notó aquella mano golpeándole en la nuca y movió su brazo rápidamente para asestarle un codazo. ¡A él nadie le daba esas collejas!

Pero cuando abrió los ojos fue toda una sorpresa. Solo por un instante.

No estaba acurrucado en una de las esquinas del hangar, donde se había sentado a curar sus heridas y quemaduras, sino en la barra de El Pato Borracho. Y el que le había soltado aquellas impertinentes collejas no era otro que su tío Gus.

No obstante, el cuerpo le dolía igual. Esa tarde, durante el asalto al hotel, uno de esos disparos que los sorprendieron mientras intentaban alcanzar el tejadillo le había rozado y metido una pequeña posta en el hombro. Y después, no contentos con eso, los muy hijos de la grandísima puta le habían prendido fuego con una botella de gasolina. Pero había logrado apagar pronto las ropas y solo se había chamuscado un poco los tobillos.

Su tío Gus le miraba de arriba abajo, con una mano apoyada en la barbilla.

—Menudo baño que os han dado hoy, ¿no, Tom? Dos viejos y dos niñas contra todo un ejército de hombretones.

—Tenían al soldado —dijo Tom—. Ha sido cosa suya. Pero nos hicimos con un rehén.

—Escucha, Tom. El tiempo se acaba y esto no marcha, ¿entiendes? La tormenta no durará mil años y en cuanto el ferry vuelva... Ya sabes lo que pasará.

Tom asintió.

—Pero todo puede cambiar. Podemos hacer que el mundo cambie a nuestro favor, y que en ese nuevo mundo tú tengas lo que te mereces. Sabes a lo que me refiero, ¿no?

La fugaz imagen de una mujer indefensa y semidesnuda le provocó un cortocircuito en sus partes nobles y un agradable escalofrío. ¡Ya ni siquiera sentía dolor!

—Yo necesito el mar, Tom. Necesito que me abráis la puerta y me dejéis donde pueda *extenderme...* ¿entiendes? Y entonces habremos cambiado las cosas, joder que sí. Y todos los que me ayudasteis tendréis vuestra recompensa, Tom. Y la tuya... Bueno, si quieres puedes beber otro poco más y te mostraré un sueño fantástico. Te dejaré a solas con tu perrita. ¿Es lo que quieres?

—Sí —dijo Tom McGrady hablando solo, en sueños, en aquel oscuro y silencioso hangar—. Por favor, tío Gus.

NOVENA PARTE

LA CAJA

Carmen

La vomitona le llegó en el punto más glorioso de la mañana. Estaban arribando a lo alto del Bealach Ba y Carmen gritó:

—¡Bram, esper...!

Pero apenas pudo terminar su frase: lo echó todo allí mismo.

Al menos fue un alivio poder descansar, aunque fuera en el último y escarpado tramo del Bealach Ba. Porque ese era el punto que debían alcanzar antes de su descenso hacia la Torre Knockmanan. Era el camino más seguro, el que debían tomar para no acercarse demasiado a ninguna casa o caminar por la carretera. Y no querían ninguna de las dos cosas, ¿verdad? En teoría todas estaban vacías, pero... ¿quién estaba seguro de nada a esas alturas?

Hasta ese punto, cerca de la cima, Bram había ido delante, con la escopeta cruzada a la espalda y una mochila colgando del hombro. Agua y galletas. Los pertrechos idóneos para una excursión por el campo de no ser por una lata explosiva que Dave le había entregado a Bram. «Por si la casa de los McMurthy se os resiste.»

Carmen cargaba con otra escopeta, las cizallas y un bidón de gasóleo. No sabían si encontrarían combustible en la casa de Layon Beach y no podían permitirse el lujo de llegar allí y quedarse con cara de idiotas ante un motor que no arrancaba.

Así que, con el fardo a cuestas, habían avanzado a buen paso. Bram estaba bien entrenado en subir y bajar las empinadas faldas del Bealach, pero ella...

Esas náuseas la martirizaban desde la mañana, cuando abrió los ojos. Tenía el estómago revuelto por el horror, el hambre y suponía que también por la media botella de Talisker que había necesitado ingerir para conciliar el sueño.

Nada más despertarse fue a ver a Amelia Doyle, como si eso también pudiera ser parte de un sueño. Pero el cadáver seguía allí, aún más blanco y endurecido. El ojo cerrado, una venda sobre el otro. La mitad de la cara tapada con la manta. Carmen le acarició el cabello y le sorprendió porque estaba helado. Jamás se había dado cuenta del calor que reside en el cuero cabelludo de alguien vivo.

Bram y Dave ya estaban despiertos en la cocina, tomando té y galletas y repasando el plan. Bram calculaba una hora y cuarto hasta Layon Beach (irían por la ruta más larga, como Caperucita en su cuento). Y media hora más para conseguir la zódiac, montar el motor, arrancarlo y hacerse a la mar. Todo esto le pareció a Carmen demasiado optimista. ¿Y si la casa era más difícil de abrir de lo que habían pensado?

—Entonces usáis esto —dijo Dave entregándoles una de esas bombas caseras—. Cuando lleguéis a la playa —prosiguió— os parapetáis en la misma zódiac y esperáis a que llegue yo con Didi. Tened las escopetas preparadas, y a cualquiera que se asome lo recibís a tiros, ¿vale?

Terminaron el desayuno y prepararon las mochilas. Hubo un momento, justo antes de partir, en el que Bram subió arriba para «despedirse» de Amelia. Sus sollozos pudieron oírse desde el comedor, donde Dave estaba repasando la munición que Carmen se llevaría en su mochila.

Salieron del hotel cuando todavía era de noche. Lo más aterrador habían sido aquellos primeros minutos tan pronto como abandonaron el hotel. ¿Y si alguno de esos malnacidos había pasado la noche haciendo guardia en los aledaños?

Llegaron al primer muro de piedra, que lindaba con los terrenos de Brosnan, lo saltaron y se apresuraron por la planicie. Bram tenía muy claro el camino: era el mismo que había recorrido tantas veces con su bicicleta, entre su *cottage* y el Kirkwall. Caminaba a toda prisa y Carmen le pudo seguir el ritmo durante un buen rato, incluso con los diez litros de combustible a la espalda. Saltaron otros dos muros de piedra y caminaron por terreno salvaje, siempre a una distancia suficiente de cualquier *cottage* o de la carretera.

En treinta minutos llegaron al refugio de piedra junto al cual se alzaba la señal turística del *art-cottage*. Allí, Bram aprovechó para quitarse un momento la mochila.

—Joder, esta maldita cosa me está poniendo de los nervios.

La abrió en el suelo y volvió a revisar la lata explosiva. A modo de seguro, Dave había quitado la pila que completaba el «circuito» (montado sobre una tablilla) del detonador y la había metido en otro bolsillo. Pero Bram parecía no fiarse. No era para menos. Llevar una bomba en la espalda podía con los nervios de cualquiera.

—Toma, hazme un favor —le dijo a Carmen, entregándole la pila—. Llévala tú.

Estuvieron unos cinco minutos oteando en la noche. No había luces a la vista, a excepción del resplandor del Faro de Monaghan, pero esa luz no llegaba hasta allí. La planicie era toda oscuridad.

—¿Crees que alguien ha podido seguirnos? —preguntó Carmen.

—Creo que no —respondió Bram—. Pero tampoco nos daríamos cuenta si así fuera.

Tomaron una zanja que discurría paralela a la carretera y patearon un buen trecho por allí hasta los aledaños del *cottage* de Bram. La zanja estaba encharcada y se les llenaron las botas de agua y barro helado.

Entonces, antes de que la carretera comenzara a curvarse para rodear el Bealach Ba, Bram salió de la zanja y siguió en línea recta hacia la montaña, sorteando rocas y bajantes de agua como buen conocedor del camino.

Ahí es donde empezó a hacerse un poco duro para Carmen, con sus diez kilos extra en la espalda, las botas empapadas y el cuerpo deshecho después de varios días sin parar, poco sueño y, para colmo, una mala borrachera con los restos de una botella de whisky.

Tiró como pudo detrás de Bram, que parecía estar hecho de alambre duro, pero cuando llegaban al primer hombro del Bealach ella se paró un instante. Pensó en decirle algo como: «Eh, Bram, ¿podemos ir un poco más despacio?», pero al final no abrió la boca. Apoyó las manos en los muslos, se agachó y sintió una especie de agrio sabor en la boca del estómago. Intentó contenerlo, pero su desayuno había decidido que quería salir a ver mundo.

—¡Bram, esper...!

La parte positiva fue que se pudo hincar de rodillas, apoyar las manos en la hierba y vomitar a gusto mientras descansaba las piernas, que a esas alturas eran como dos cables que hubiese estirado más allá de sus posibilidades.

—Oh, Dios —dijo Bram, dándose cuenta del desaguisado.

Carmen vació su estómago en tres o cuatro espasmos y luego, tras apartarse unos cuantos metros de la vomitona, se sentó en la pelada y húmeda hierba a descansar. Bram apareció a su lado con una galleta y una cantimplora.

—Ánimo, ya no queda nada.

El viento era fuerte y frío allí arriba. Desde su posición se podían ver el hotel Kirkwall, la luz del faro a lo lejos y algunas casas de Portmaddock. En la otra dirección, muy lejos, el *cottage* de los Lusk y la Torre Knockmanan. Todavía faltaba una hora y media para el amanecer y aún se podían distinguir unas estrellas sobre el horizonte.

—Espero que ese buen tiempo esté viniendo hacia aquí —dijo Bram.

—Dios, yo también.

—Venga. Démonos prisa.

Carmen se puso en pie, un poco recuperada gracias al azúcar de la galleta. Bram echó a andar montaña arriba.

Dave

¿Qué había pasado... exactamente?

Me volvía loco tratando de recordar, pero era incapaz. La noche anterior, cuando desperté de aquel sueño, seguía sentado sobre la silla, con la escopeta en los muslos. Carmen hecha un ovillo en el suelo, la casa en silencio, a oscuras, y yo jadeando como un perro.

El reloj decía que no me había dormido demasiado: sesenta minutos a lo sumo. Pero ¿qué había ocurrido durante ese tiempo? Había estado con mi Viejo, eso era todo lo que podía recordar. Habíamos hablado de todo un poco, de los buenos tiempos. Freud diría que era normal que tales cosas aparecieran en mis sueños. Entonces ¿de qué preocuparse? Bueno, no estaría tan preocupado si el maldito sueño hubiera sucedido en otro momento y lugar.

Además tenía algunos recuerdos borrosos de algo más. Algo que asomó por esos ojos en espiral, por esos dos remolinos succionadores, cuando El Viejo me dijo que quería mostrarme «algo». Y yo miré... Ganado por la curiosidad, miré. ¿Y qué fue lo que vi?

Durante el desayuno, por supuesto, no quise mencionar nada a Bram y a Carmen. Suficiente tenían con sus propias preocupaciones. Esa mañana tenían una misión de campo en toda regla y me sentí orgulloso al verlos saltar el murete y alejarse del hotel como un par de auténticos valientes. Pero no podía quitarme de encima la preocupación por ese sueño que apenas recordaba. En el que había hablado y hablado de cosas que no podía recordar. ¿Habrían logrado arrancarme algo esos dos tubos de aspiradora industrial?

Eran las 4.00 horas aproximadamente cuando me quedé solo en el hotel. Si todo iba según el plan, a las 6.00 habría un «punto de extracción» listo en una caleta llamada Little Greece. Y para entonces yo tendría que haber terminado mi trabajo.

Una de las últimas cosas que le había pedido a Carmen era algo de betún. Me lo apliqué como una mascarilla por toda la cara y las manos. Después preparé aquella lata de explosivo en una mochila. Puse los cuchillos en su sitio, cogí los prismáticos y salí afuera.

Empecé a toser otra vez. El dolor en mis pulmones era ya algo casi insoportable y solo esperaba que los analgésicos que había desayunado (un cóctel de casi tres gramos mezclados con zumo de melocotón) empezasen pronto a hacer efecto. Al menos para el dolor de pecho y el tembleque. Ya ni siquiera tenía sentido tomarme la fiebre (que seguramente sobrepasaba los cuarenta grados). Y el pie no tenía arreglo. Vaya piltrafa. Estaba como para echar a correr.

El clima, al menos, nos acompañaba. Todavía era de noche pero se podía adivinar un cielo más abierto para el día que comenzaba. Y la marea, si Bram no se equivocaba, debía de estar casi a punto de bajar completamente.

Me senté en uno de esos barriles que había pateado el día anterior y me puse a revisar el mapa de Bram. Ya que no estábamos como para derrochar energía física, al menos debía intentar minimizar errores en el desplazamiento. Me dediqué a observar un punto en el papel y después a intentar ubicarlo con los prismáticos. Una hilera de patéticas luces iluminaba la arteria principal, llamada Main Street. Vi el campanario de una pequeña iglesia emerger de entre las casas. Enfrente debían de encontrarse el Club Social y la oficina de Nolan. Allí era donde estaba la penicilina, pero eso lo había descartado del todo. Seguí hacia el oeste y detecté la luz del Faro de Monaghan. A sus pies debía de estar esa pequeña playa donde Carmen y Bram esperarían con la zódiac, no muy lejos de los hangares.

Siempre y cuando lograsen sacarla de esa casa y arrancar el motor.

Volví al mapa, a repetir el ejercicio. Cualquier cosa con tal de no pensar en ese sueño de la noche pasada. ¿De qué serviría regocijarse en las dudas y el temor? Lo que estaba hecho estaba hecho, y me había dormido durante mi jodida guardia. Y había hablado más de la cuenta. Pero ¿qué fue exactamente lo que dije?

Carmen

Quitando un leve dolor de rótula por el constante martilleo de los saltitos y un par de engorrosas caídas en las que Carmen terminó de embadurnarse de barro y cagadas de oveja, bajar el Bealach fue pan comido. Llegaron a la base de la montaña en el punto más cercano a la Torre Knockmanan, y desde allí era solo andar recto hasta el barranco de Layon Beach. Aquel era, tal como le explicó Bram a Carmen, el camino que solía utilizar para ir a buscar las *Lithothamnion corallioides*, las algas que ya nunca más recogería para Amelia.

Según enfilaban el llano, Carmen percibió el blanco *cottage* de Mary Jane resplandeciendo en el oscuro paisaje. Pensó en esa mujer muerta en su cama, descomponiéndose lentamente. Por un instante le pareció una especie de broma absurda, como si todo fuese ridículo e imposible. «Esto no puede estar pasando. Pero ¡si hace tres días estábamos todos bebiendo cerveza en el club!»

Al llegar al barranco, pararon un instante para observar la

playa y asegurarse de que eran los únicos visitantes de esa mañana. A esas horas ya había comenzado a amanecer y el aire estaba preñado con una luz débil y cenicienta. Bram había acertado con la marea, que estaba baja, y el mar era como una gran Guinness de color negro, con una corona blanca que relamía la arena en cada batida. Por lo demás, el buen tiempo que se atisbaba desde lo alto del Bealach Ba no parecía haber llegado aún al mar que golpeaba la playa. Olas bastante grandes se abatían ruidosamente sobre la arena y Carmen se preguntó si eso no volcaría la zódiac al primer intento. Pero dejó esas preocupaciones para Bram, que era el que sabía navegar.

Bajaron por el sendero, con cuidado, y la casa de los McMurthy apareció arrinconada en uno de los costados de la playa. Un tejado negro, de una sola sección, que cubría un pequeño edificio de planta rectangular. Aquel soleado día del pasado junio, cuando Didi y ella fueron a la playa con aquellos surferos franceses, Carmen se había llegado a preguntar cómo sería por dentro... Y esa horrible mañana, según se acercaban al nivel de la arena, tuvo un acceso de grave humor al pensar que estaba a punto de descubrirlo.

Según pusieron los pies en los primeros metros de la playa, los recibió una ráfaga de granos de arena. Bram se dio la vuelta para ver si Carmen le seguía el paso.

—¿Qué hora es?

Carmen consultó el reloj de pulsera que había sincronizado con Dave antes de salir. Tuvo que esperar a que sus ojos encontrasen las dos manecillas en la débil luz del amanecer.

—Las cinco y veinte.

—Ok —dijo Bram—. Vamos bien de tiempo.

Caminaron por la parte más pegada al barranco hasta llegar a la vivienda. Cuando estaban a unos diez metros de la primera fachada, Bram le hizo un gesto para que esperara. Carmen entendió que quería echar un vistazo. Bram cogió la escopeta por la culata y se lo apoyó en el antebrazo mientras salía caminando en dirección a la casa. La rodeó en un radio de varios metros, lo que a Carmen le pareció una precaución quizás un tanto exagerada.

—¡Ok! —gritó Bram en la distancia.

Carmen entendió que eso significaba algo así como «luz verde». Y estaba a punto de salir caminando cuando notó algo por el rabillo del ojo. Algo de un color furiosamente amarillo que contrastaba con ese paisaje de tonos grises y apagados de la arena y el mar de esa mañana. El objeto estaba varado en la misma orilla de la playa a unos cinco metros de ella. Y por un instante se quedó mirándolo. ¿Qué era?

—¡Carmen! —llamó Bram.

De no haber sido por la terrible prisa que llevaban, Carmen hubiera bajado de inmediato a observarlo. Pero lo cierto es que tenía toda la pinta de la típica basura que se acumula en todas las playas del mundo, ya le echaría un ojo más tarde.

El *cottage* de los McMurthy estaba edificado sobre unos cimientos de granito, que a su vez se habían construido sobre las antiguas vetas de roca. La puerta del garaje estaba pegada al cierre de la playa, a unos cinco metros del agua (en marea alta quizás fueran dos) y había una rampa de botadura. El frontal de la casa exhibía dos grandes ventanas protegidas por un enrejado de metal.

Bram la esperaba en la misma entrada del garaje, revisando un grueso candado que daba cierre a la pequeña portezuela.

—Tal y como nos dijiste —advirtió Carmen.

—Sí. No es tan pequeño como recordaba, pero creo que no habrá problemas.

Carmen dejó caer la mochila al suelo. Sacó la cizalla y por un momento pensó en pasársela a Bram, pero después decidió que bien podía intentarlo ella misma. Se acercó y mordió el arco del candado con las zapatas de la cizalla. Luego imprimió todas las fuerzas sobre los brazos de la herramienta, pero aquello se le resistió. Después de apretar durante diez segundos, todo lo que consiguió fue hacer una pequeña mella en el cierre del candado.

—Espera —le dijo Bram—. Es mejor que apoyes un brazo contra la puerta. Mira, así...

Bram le indicó cómo hacerlo. La cizalla quedó apoyada en la puerta del garaje.

—Vamos, empujaremos entre los dos —dijo Bram agarrando el extremo libre—. Una, dos...

Rebotaron dos veces, pero al tercer impulso oyeron un fuerte sonido. La cizalla se cerró de golpe y el candado salió volando.

—¡Bien!

Bram se aprestó a abrir la puerta. La poca luz de la mañana iluminó los primeros metros del garaje, que emanaba un fuerte olor a humedad.

—¡La zódiac! —dijo Bram señalando a un gran bulto, que resultó ser el morro de la lancha—. Tú quédate aquí vigilando.

Bram entró dentro y Carmen se giró escopeta en mano. Estuvo un buen rato mirando hacia el mar, hasta que se dio cuenta de que el peligro, de haberlo, vendría por el barranco. Entonces caminó hasta la esquina de la casa. Desde esa posición podría detectar a cualquiera que intentara bajar, con el tiempo suficiente de apuntarle y darle de lleno si hacía falta.

Volvió a ver ese objeto amarillo en la orilla. Parecía ¿un chaleco salvavidas?

Entonces oyó unos fuertes ruidos metálicos y a Bram maldiciendo un par de veces. Regresó a la entrada del garaje, donde Bram estaba plantado con los brazos en jarras, como calculando mentalmente.

—¿Qué?

—Algo con lo que no había contado. La puerta grande está cerrada con un candado de suelo. ¡Cómo he podido ser tan idiota!

—¿No es posible romperlo?

—No —dijo Bram—. Es un candado de suelo. No hay manera de cortarlo con la cizalla.

Carmen entró a ver y, efectivamente, allí estaba: una gruesa pieza metálica, como un gran tornillo, fijada al suelo a través de un agujero en la puerta.

El garaje estaba helado y el ambiente apestaba a condensación. La zódiac, tapada con una lona negra, ocupaba casi todo el espacio. Había un mueble de estanterías donde se apilaban cajas de herramientas, botes de barniz... Y después había una puerta, a la izquierda, que probablemente conectaba con la casa.

Salió afuera y vio a Bram sacando el detonador y desenrollando el cable.

—¿Qué haces?

—Para eso lo hemos traído, ¿no? —respondió Bram alterado—. Vamos, dame la pila y aléjate. Ponte al otro lado de esa pared.

Carmen no estaba ni mucho menos tranquila, pero en ese instante supo que estaba muchísimo más relajada que Bram Logan. Le miró las manos, mientras desenrollaba el cable del detonador, y vio que tenía un tembleque considerable.

—Espera, Bram —le dijo.

—¿Qué? —replicó el otro fuera de sí—. ¡Dame la pila, joder!

Carmen se sacó la pila del bolsillo de los vaqueros y se la entregó.

—Hay otra opción —dijo Carmen entonces—. Busquemos la llave.

—¿Buscar la llave del candado? Los McMurthy no están aquí. Se la habrán llevado.

—Seguro que hay una copia en alguna parte —respondió Carmen.

Bram negó con la cabeza.

—Eso sería como buscar una aguja en un pajar. Esto —y Bram alzó el pequeño detonador— es más rápido.

—Pero has dicho que íbamos bien de tiempo, ¿no? Además, esa explosión podría reventar la zódiac. Y podrían oírla en el pueblo.

Ese par de buenos argumentos lograron que Bram se parase un instante a recapacitar. Volvió a preguntarle la hora y Carmen volvió a decírsela.

—Dame solo diez minutos —dijo Carmen—. Buscaré por aquí. También hay una puerta que parece conectar con la casa.

—Diez minutos —dijo Bram.

Carmen volvió al garaje y se dirigió a la puerta. Estaba cerrada pero era de madera.

—Apártate —dijo Bram entrando en el garaje con su escopeta—. O mejor, sal afuera.

Carmen lo hizo y en cuanto salió por la portezuela, escuchó un par de detonaciones. Al regresar, todo era humo y olor a pólvora, pero Bram había conseguido destrozar la zona de la cerradura, que ahora estaba astillada, aunque todavía seguía cerrada. Empezaron a darle culatazos y patadas hasta que lograron hacer saltar el cierre.

—Joder... —dijo Carmen cuando por fin cedió la puerta—. Y parecía poca cosa.

Al otro lado encontraron un largo pasillo que recorría la casa de punta a punta, hasta la puerta principal. Carmen entró y caminó hacia el fondo, escrutando cada habitación que se encontraba. A la derecha había una cocina y un salón, las dos con ventanas a la playa. A la izquierda, un baño y dos dormitorios. Todo estaba vacío y recogido, como suelen quedar las casas de veraneo en invierno.

Al regresar, vio que Bram traía la mochila del explosivo. La colocó sobre la mesa de la cocina y sacó el detonador. Después colocó la pila a un lado.

—Quince minutos —dijo—. Después reventaré esa puerta como me llamo Bram Logan. Entretanto trataré de arrancar el motor.

La lluvia comenzó a tamborilear en el tejado de la casa y los cristales pronto se llenaron de gotas. Carmen decidió probar a buscar la llave en los sitios habituales donde la gente de cualquier raza y religión deja sus llaves: un llavero colgante, una cómoda llena de «cositas», un cenicero en la cocina. Se dirigió en primer lugar al salón, que quedaba en el extremo contrario del garaje. Era una estancia agradable (o debía de serlo con la chimenea encendida). Había un par de sofás tapizados con tela escocesa verde, una alfombra de piel y una estantería llena de libros. Se fijó en una serie de trofeos dorados que coronaban lo alto de la librería y que emulaban las velas de un barco. Tuvo un rápido reflejo de imaginarse a los McMurthy como una familia bien, con su velero, su casita a pie de playa, su chimenea, sus libros... Y pensó que algún día le gustaría poder pedirles disculpas por haberles destrozado la puerta. Seguro que hasta eran gente simpática.

No había ningún colgador de llaves a la vista y el único mueble con cajones que encontró estaba destinado a guardar botellas de licor, vasos, un Risk, un Monopoly y un Trivial Pursuit. Al mismo tiempo, desde el garaje comenzó a escuchar los gruñidos mecánicos del motor.

«Solo faltaba que ahora no pudiéramos arrancarlo», pensó. «Eso terminaría con la misión de un plumazo. A menos que Bram diga que se puede llegar remando.»

Salió de allí y entró en el primer dormitorio que quedaba a la izquierda. Era el de un matrimonio. Armarios con ropa de cama. Decoraciones baratas y suelo de moqueta lleno de manchas de humedad. Sobre una de las mesillas de noche había otro grueso trofeo de vela. «Jesús», pensó, «deben de ser buenos en lo suyo.» Carmen miró dentro de la copa. Había un reloj de pulsera parado, cuatro peniques y un caramelo. Después levantó la pesada base de granito por si podían haberlas escondido debajo. Nada. Registró los cajones de las mesillas, donde solo encontró libros, recibos y unas gafas de lectura.

Salió del pasillo y se saltó el siguiente dormitorio, pensando que la cocina era su mejor baza.

En ese mismo instante se oyó un ruido fortísimo desde el garaje. Una explosión. Bram había conseguido arrancar el motor. «¡Bien!», pensó Carmen oyendo cómo Bram le daba un par de acelerones mientras gritaba victoria.

«Ya está hecho. Solo falta que encuentres la llave y salgamos limpiamente de este sitio.»

Escrutó la encimera, pero estaba desierta a excepción de

un *kettle* y un horrible juego de tazas de té. Después se puso a abrir cajones. Cubiertos, servilletas, trapos... ¿Dónde tenían los McMurthy ese clásico cajón o recodo que sirve para todo un poco? Pasó a los armarios, donde encontró platos, vasos, jarras, sartenes, cazos... «¡Eh! Un momento...», se dijo al abrir un armario largo que contenía escobas, fregonas y los útiles de limpieza. En el fondo había un ¡cuadro de colgantes con un llavero! Lo cogió y lo observó. Contenía tres llaves. Dos grandes y una pequeña. Y estuvo casi cien por cien segura de que había dado con ello.

No iban a necesitar esa endemoniada bomba para nada. Se volvió con el llavero en la mano y justo en ese instante vio una silueta moverse a través de la ventana. ¿Bram?

Y antes de que desapareciera del todo, Carmen pudo atisbar el brillo de la gabardina que llevaba puesta.

Era una gabardina de pescador.

Dave

5.25 horas.

El amanecer es la hora perfecta para lanzarse al ataque. Es cuando aprieta el frío y el enemigo se arrebuja en su catre. Y cuando sobreviene el más profundo de los sueños.

Además, una densa bruma llegó como un aliado de última hora y, arropado por ella, me lancé.

Descendí por una de las faldas laterales del Kirkwall y corrí en paralelo a uno de esos muretes de piedra que cruzaban la isla como cicatrices. Igual que un fantasma, me alejé del pueblo, de las casas y de las posibles miradas de algún vigilante despierto. El viento solo se había atenuado ligeramente y el banco de niebla pasaría pronto, así que me la jugué un poco. Bien envuelto en aquella bruma, caminé por un prado llano sin apenas obstáculos de ningún tipo. Vi los cuerpos de algunos animales arremolinados en una esquina: ovejas. Un tanque de agua y lo que posiblemente era una pequeña caseta donde se almacenaba leche o lana. Pensé en la posibilidad de cruzarme con algún perro, pero no se dio el caso. Llegué al muro que delimitaba aquel *patch* verde esmeralda justo cuando la niebla comenzaba a abandonar la isla. Estaba ya bastante cerca del mar y no había tenido que cortar ninguna garganta, lo cual era intrínsecamente bueno. Además, los analgésicos y la adrenalina me mantenían distraído del dolor, aunque mi pie estaba ya tan aturdido que a veces fallaba al posarse y se torcía contra el tobillo. Más dolor. Pero estaba muy cerca. Ya casi no quedaba nada.

Llegué a unos ciento cincuenta metros del Faro de Monaghan, que era una torre de unos quince metros, apostada oportunamente en el promontorio de mayor altura de esos alrededores. La hierba terminaba allí comida por un mordisco, dando paso a un alto barranco de piedra negra sobre la pequeña playa que iba a ser el punto de encuentro si todo salía bien. Tumbado entre piedras y hierbajos, eché mano de los prismáticos y observé un poco. Por supuesto, aún no había rastro de la zódiac. A esas alturas de la película, Bram y Carmen debían de estar llegando a Layon Beach y haciendo frente a la dificultad de sacar la lancha de ese garaje. Observé el pequeño camino que descendía hasta la playa y que discurría en paralelo a las ruinas de un antiguo monasterio, según me había explicado Bram. Ahora solo quedaban en pie algunas paredes de piedra, pero eran suficientes para montar una última línea de defensa. Esperé un minuto, gocé de un poco de descanso y después me puse en marcha. El acantilado tenía un pequeño escalón por el que avancé cómodamente durante un rato. Después, cuando no quedó más remedio, salí otra vez a campo abierto y eché una carrera hasta las ruinas. Elegí una de las paredes más grandes y me aposté allí, para asegurarme de que seguía siendo un loco solitario al alba.

Después dejé la escopeta cargada y algo de munición escondida en un hueco entre las piedras.

«Si logro volver hasta aquí ya sería todo un maldito éxito», pensé al colocar la última piedra.

La luz del faro era un tenue y patético resplandor. La seguí con los prismáticos en busca de algún vigía en el faro, pero allí no había nadie. Ni un alma. ¿Para qué, en el fondo? No esperaban un golpe, ni por mar ni por tierra. Estarían agazapados como una araña, con una trampa bien tendida a su alrededor, esperando la llegada de su deliciosa mosca.

Rodeé el promontorio como pude. El último tramo lo hice arrastrándome, hasta el camino que llamaban, según el mapa, «la senda de los monjes». Viejas piedras, hierba húmeda y un camino trazado muchos siglos atrás que terminaba en el puerto natural de la isla.

Lloviznaba. Llegué a un pequeño receso en el camino, una suerte de mirador antiquísimo hecho de piedras. Me paré un instante a descansar y a echar otro vistazo. El puerto era relativamente grande si lo comparábamos con el tamaño de la isla. Un largo muelle, hangares, incluso una vieja grúa. ¿Cuál era el secreto económico de aquel islote? Se lo preguntaría a Bram en nuestra siguiente charla, cuando llegásemos a cabo Gertrudis, en unas horas, y pudiésemos tomarnos un buen whisky. Oh, sí. Un buen vaso de whisky mientras nos curábamos las heridas.

Con los prismáticos en la mano barrí los tejados de aquel laberinto de lonjas. No había mucha actividad que se dijera. Una pequeña carretera, que circunvalaba la población, desembocaba allí mismo, en una avenida que servía de arteria principal entre los pabellones. El de TransArk estaba marcado claramente en el mapa. Era uno de los más grandes. Situado junto a un muelle de carga, de color rojizo, como había apuntado Bram a mano.

Dediqué un minuto a medir ese muelle de carga mentalmente, ya que iba a ser la ruta de escape. Unos cincuenta metros en llano, desde la puerta del hangar hasta la base de la montaña. Después estaba aquella pendiente y, una vez ganado el promontorio, todo era una suave loma en cuesta hasta la pequeña playa.

Una especie de sabor agridulce se abrió paso en mi paladar.

Reconozco que había sido bastante imaginativo respecto a mi plan cuando se lo conté a Carmen y a Bram. En el fondo, todo lo que quería era sonar autoritario y seguro de mí mismo.

Pero al divisar aquel muelle, la pendiente y la distancia... Era demasiado terreno que abarcar con un herido a cuestas. Y las prioridades estaban muy claras. Didi tenía una oportunidad, pero yo, con mi pie en esas condiciones, tenía muy pocas.

Con la clásica deportividad y buen humor de un Cabeza de Chorlito, me dije que no debía darlo todo por perdido. Quizás hubiera un golpe de suerte inesperado ahí abajo, aunque algo me hacía dudarlo gravemente.

Solo un milagro me sacaría vivo de esa isla.

Carmen

Habrían oído el motor. O los disparos. Pero ¿cómo podían haber llegado tan rápido?

Todo eso lo pensó en un lapso de tres segundos. Los que tardó en lanzarse en una carrera desesperada en dirección al pasillo.

—¡Bram! —gritó. Tenía que avisarle—. ¡Bram!

Se lo encontró parado junto a la puerta del garaje que acababan de reventar. La miraba con los ojos fijos. Seguramente él también los había visto.

—¡Han debido de oírnos! —le gritó Carmen—. ¡Corre! ¡La escop...!

Pero entonces vio a Bram lanzar una mano hacia la pared y agarrarse a ella. Abrió la boca como para responder a Carmen, pero no llegó a decir nada. Tampoco ella lo habría escuchado. El motor de la zódiac seguía ronroneando en el garaje.

—¡Bram!

Por toda respuesta, Bram hincó una rodilla en el suelo. Se encorvó y con la otra mano intentó agarrarse a algo que no llegó a encontrar. Carmen vio lo que era.

La empuñadura de un cuchillo sobresalía de su espalda.

—¡No!

Iba a echar a correr hacia su amigo cuando vio algo aparecer detrás de él. Una gabardina de plástico empapada. Negra y brillante como la piel de una orca. Y el que la llevaba era casi tan alto como la puerta.

Se llevó la mano a la capucha y la retiró. Era Tom McGrady.

—Bueno, bueno —dijo—. Mira a quién tenemos aquí.

«Las escopetas», pensó Carmen. Todo lo demás —incluyendo a Bram en el suelo muriéndose— era secundario. Las escopetas. ¿Dónde las habían dejado? El pánico acababa de liberar una dosis excepcionalmente alta de adrenalina en su sangre y eso le impedía pensar con claridad.

¿En la cocina?

McGrady se agachó y tiró del cuchillo que Bram llevaba en la espalda como una banderilla. Lo giró en la palma de su mano hasta volver a empuñarlo con el filo hacia abajo. Levantó la mano con una rapidez inaudita y se lo volvió a clavar en espalda. Bram Logan ni siquiera gritó. Hizo un ruido soltando aire, como el que uno haría al coger algo demasiado pesado. Y después se quedó quieto.

Carmen ni siquiera gritó. Dio un paso hacia atrás. Y otro. Y McGrady se levantó y la miró fijamente.

Las escopetas. Las escopetas. Las escopetas. No había otra cosa en la cabeza de Carmen. Pero ahora que lo recordaba, las escopetas debían de haberse quedado en el garaje, detrás de McGrady. Bram solo había metido la bomba en la cocina, pero... ¡La bomba! Recordó el detonador. Recordó la pila, que ella le había dado a Bram. ¿Había llegado él a colocarla? No, señor. Se había quedado desarmada en la cocina.

Pero la cocina quedaba a mil kilómetros de distancia en ese momento.

McGrady dio una larga zancada por encima de Bram.

—¡Y ahora a divertirse!

Carmen se dio la vuelta y salió corriendo en dirección opuesta, hacia la puerta. Tenía unas llaves... No habría más de cinco metros de distancia, pero quizás, si tenía suerte, acertaría con la llave a la primera y podría salir huyendo por la playa.

Ese era todo su plan.

Llegó a la puerta como un cohete y se estrelló contra ella. Abrió la palma de la mano y miró el llavero, las dos llaves grandes. Tenía que ser una de ellas.

—¡Eh! ¿Dónde vas, preciosa?

McGrady hablaba tranquilamente, como si no tuviera prisa. Estaba muy seguro de sí mismo. Carmen tomó una de las llaves al azar. La mano le temblaba, pero logró meterla en la cerradura relativamente rápido. Entonces probó a girar, pero no funcionó. «Joder.»

Alguien gritó a través de la ventana del salón.

—¡Eh!

Se giró y vio a otro pescador ahí fuera. Llevaba la capucha quitada y por eso pudo reconocer a Zack Lusk. Hacía algo como ¿apuntarla? Casi al mismo tiempo escuchó un disparo terrible y uno de los cristales de la ventana explotó en mil pedazos. Carmen se lanzó hacia atrás y perdió el equilibrio. Dio un traspié y terminó cayéndose contra la chimenea. Una esquina de cemento se le clavó en el costado.

—Pero ¡qué haces! —gritó McGrady a través de la ventana—. ¿Quieres que te mate a hostias?

En el suelo, Carmen había perdido el aliento por un instante. Se recostó y miró esa escena entre McGrady y Zack.

—Joder... ¡Es que iba a escapar! —gritó Zack Lusk desde el hueco recién abierto en la ventana.

—¡Dispárate a los huevos! —le respondió McGrady enfurecido—. ¡La quiero enterita para mí! Sin un solo roce.

Después se plantó en medio del salón y señaló a Carmen con uno de sus gordos dedos.

Carmen lo observó. Desde las patas de sus pantalones, que estaban quemados, hasta lo alto de su cabeza, donde el pelo rizado y grasiento se le arremolinaba en la frente, era un ser asqueroso.

Entonces y solo entonces vio el atizador. Estaba muy cerca de ella, colgando de un sostén junto a una pala y unas tenazas. Entendió inmediatamente que aquello podía ser su última oportunidad.

Se había dado un golpetazo tremendo en el costado, pero en esa situación casi ni sentía el dolor. Se movió muy deprisa, pero McGrady también se dio cuenta. Pese a que era una maldita foca, fue rápido. Le dio una fuerte patada lateral al cacharro, que salió volando. Después cogió a Carmen del pelo y la arrastró, alejándola de la chimenea. Ella gritó de dolor, pero McGrady no la soltó hasta haberla llevado casi al centro de la habitación. Pensó que le iba a arrancar la jodida tapa del cráneo.

La soltó, dejándola caer en la alfombra.

—¡Fogosa y peligrosa! Zack, trae la cuerda.

Carmen estaba de rodillas, alzó la vista y vio a McGrady ante ella, apretándose la entrepierna con una mano.

«Me va a violar», pensó. «Me va a violar y después me matará.»

Tras cinco minutos de intensa violencia, la escena se pausó un instante. Carmen pudo volver a oír el ruido de la lluvia tamborileando sobre el tejado. Le dolía la cabeza por el tirón de pelo, y también el costado, pero aun así logró volver a centrarse en algo.

«Saliste del *cottage* de los Lusk», pensó. «También saldrás de aquí.»

Además, ¿qué le pasaba a McGrady? Seguía con la mano en su entrepierna, respirando fuerte, pero no había dado ni un solo paso hacia ella. Era como si la temiera de alguna forma. Y por lo menos había transcurrido un minuto. Entonces Carmen se fijó en cómo se apretaba ahí, como si quisiera arrancársela de cuajo.

«Joder, creo que no se le pone tiesa», pensó Carmen.

Entonces apareció Zack Lusk con un trozo de cuerda y la escopeta colgado del hombro, como un soldadito de cuento.

—¿Dónde lo vamos a hacer? —le preguntó—. ¿Aquí mismito?

—Tú apunta con la escopeta —respondió McGrady—. No me fío un pelo de esta tigresa.

Carmen se arrastró hacia atrás.

—¡No! —gritó Carmen—. ¡Dejadme ir!

Mientras Zack la apuntaba con los dos cañones de la escopeta, McGrady se quitó la gabardina de pescador pasándosela por encima de la cabeza. Carmen pudo apreciar su gorda barriga sobresaliendo del pantalón.

Volvió a mirar el atizador; no era capaz de imaginar otra opción en esos momentos. Se lanzó a intentarlo de nuevo y entonces se produjo una explosión. Zack había vuelto a disparar y había hecho volar el atizador y el resto de los utensilios de la chimenea.

Con el oído pitando por el estruendo, vio a McGrady venírsele encima. Carmen alzó los brazos como para defenderse, pero las poderosas manos del gigante la atraparon por las muñecas y la sacaron volando de su rincón. Lo siguiente que notó fue que algo caía sobre su cara con la fuerza de una pala, pero resultó ser tan solo una bofetada. Eso la hizo caer de rodillas al suelo. Pensaba que el castigo por su insumisión quizás acabaría ahí, pero entonces notó una patada en el culo que terminó de tumbarla. Una de esas que te hacen recordar los huesos que hay al fondo. Gimió de dolor y se quedó plantada en el suelo.

—Joder, que no me quiero follar a una muerta —oyó decir a Zack.

—Cállate —replicó McGrady.

El dolor era tan intenso, y por los cuatro costados de su cuerpo, que ya no tenía fuerzas para resistirse. Se quedó quieta mientras sentía el rugoso tacto de una cuerda alrededor de su cuello.

—Ahora tú eres mi perra, ¿entiendes? Y yo soy tu amo y señor. Vas a obedecerme o te haré mucho daño...

Le cerró el nudo tan fuerte que Carmen pensó que la iba a estrangular sin quererlo. Después tiró de ella, como para que se pusiera de pie. Carmen lo hizo, con dolor.

—¡En pie!

Carmen notó que las lágrimas estaban a punto de salirle por la boca. Notó que quería romper a llorar y pedir clemencia.

—Desnúdate —le dijo McGrady—. Muy despacio.

—¡Sí! —gritó Zack.

Carmen se encogió sobre sí misma. Puso los dos brazos sobre su pecho.

—Quítate la maldita ropa o te juro que te va a doler un montón.

Estaba paralizada, por fin el miedo había conseguido quebrarla. Medio encorvada, desesperada... Si en ese momento hubiera podido lanzarse por un décimo piso para salir de allí, lo hubiera hecho sin dudarlo. Pero no había décimos pisos, y le dolía todo el cuerpo y solo pensaba en evitar más dolor. Que no la volvieran a pegar. Se bajó la cremallera lentamente. Cada centímetro de cremallera que bajaba trataba de encontrar sus pensamientos.

¿Qué era lo que debía hacer?

Quizás nada. Quizás lo mejor era dejar que ocurriera.

Si este era el final, lo mejor sería que fuera rápido.

Dave

Pregunta: ¿qué harías si tuvieras siete horas para cortar un árbol? Respuesta: pasarte seis afilando el hacha.

Creo que la frase es de Abraham Lincoln, y sería un buen resumen de la teoría de liberación de rehenes, capítulo 11 del libro *Putadas a resolver*. Saber todo lo que se pueda saber: agujerear paredes, colar cámaras o infiltrar a un espía con comida y agua. Estudiar los planos, los desagües, la composición química de las paredes, las tuberías de gas.

Pero aquella situación daba para un anexo titulado: «Qué hacer cuando estás tú solo contra una docena de locos». Sin equipo, sudado de los pies a la cabeza, respirando como un acordeón roto y arrastrando algo parecido a un pie.

Eran las 5.35 horas y los chicos de la zódiac debían de haber partido de la playa, o estaban a punto de hacerlo. Yo había logrado arrastrarme desde la loma hasta el muelle. La cosa seguía igual de oscura y solitaria que antes, y en realidad tampoco había mucho que analizar allí. Mi misión terminaba en cuanto entrase ahí dentro. No habría trucos de magia. Tenía que lograr que Didi saliera por su propio pie y después de eso cumpliría mis órdenes.

Coloqué la lata contra una pared de hormigón, detrás de una pila de cajas. Después extendí el cable hasta la esquina del edificio y lo aparqué allí, debajo de un ladrillo para evitar que el viento me hiciese una sucia jugada de último minuto. Luego envolví el conjunto en unos papeles de periódico. La idea era cortar el paso a unos eventuales perseguidores.

Terminé con eso y preparé mi última baza. Llevaba el *neck-knife* en la chepa, bien pegado con esparadrapo. Después me enfundé la daga en un calcetín, lo suficientemente oculta para que pareciese un truco. Lo suficientemente obvio para que la vieran. Otro cuchillo en la manga, y listo. Me puse a andar, tranquilamente, hacia la puerta del hangar.

Al llegar a la esquina me tumbé en el suelo y asomé la cara. Por fin vi a mis queridos «gabardinas». Dos de ellos estaban haciendo guardia en la puerta del hangar, la que daba a esa avenida de asfalto. Estaban sentados en el suelo, adormilados. Bueno, supuse que el resto del equipo estaba dentro. Y también supuse que tendrían a Didi con ellos.

La verdad es que los tenía a huevo. Incluso con un pie a punto de explotarme por el dolor, podía correr pegado a una pared sin que se me oyera. Llegar allí y cortar un par de cuellos tan rápido que no se dieran cuenta hasta que abrieran la boca para gritar y se encontraran sin cuerdas vocales. Pero ya lo había decidido. Iba a ser algo limpio. Al menos hasta que esa muchacha hubiera podido salir de ahí.

Los adormilados guardianes tardaron un rato más en verme. Uno de ellos se llevó el susto de su vida. Pataleó en el aire. Después gritó y le dio un empellón al otro.

—¡Ha venido! ¡Joder! ¡El soldado ha venido!

Carmen

—¡Empieza la fiesta! —gritó Zack.

—Lárgate —respondió Tom McGrady.

—Pero me prometiste que...

—Que te largues. Cuando haya terminado te avisaré y podrás venir tú. Será toda para ti durante un rato largo.

—Vale, pero no me la dejes hecha un cuadro, ¿eh?

Zack se apoyó en el fusil y salió de allí cojeando de una pierna que llevaba vendada desde la rodilla hasta la punta del pie.

Mientras tanto, Carmen llegó al final de la cremallera y se abrió la chaqueta. Tenía la barbilla pegada al pecho y había comenzado a gemir. Estaba segura de que la iban a matar en aquel lugar extraño, después de violarla y quizás, también, de hacerle un montón de daño. Y el miedo se había apoderado de ella. La única cosa que se le ocurría hacer era provocar lástima...

—Por favor... Tom —le dijo.

Pero los ojos de McGrady estaban posados en sus caderas. La boca entreabierta. Dio algunos tirones a la cuerda.

—Vamos, vamos... No tengo todo el día.

Carmen siguió desvistiéndose. Era como arañar los últimos segundos de dignidad y de vida. Se quitó la chaqueta y al hacerlo vio algo sobresaliendo del bolsillo interior. Algo que había guardado allí, muy cerca de su corazón, esa misma mañana antes de salir del hotel. La fotografía de Daniel y Álex.

Solo podía atisbar su tercio superior, pero era suficiente para ver sus dos caras, sonrientes, en aquella casa de la costa.

Daniel y Álex y sus dos sonrisas. Parecían decirle: «Ya estás muerta. Lo peor que puede pasar es que nos reunamos muy pronto. Ya estás muerta. ¿Qué puede ser peor que eso?».

Y Carmen, de pronto, volvió a encontrar el hilo de su pensamiento. Recordó la frase que Dave había dicho la noche pasada en el hotel:

«Podemos ganar esta pelea, pero hay que estar concentrados.»

Tiró la chaqueta al suelo, con la fotografía de sus dos chicos bien oculta en el interior.

«Puedes ganar... pero ¿cómo?»

«Vale. Empieza utilizando tu puta cabeza.»

Alzó la vista y miró a McGrady, que seguía —supuso— intentando «endurecerse». Después pensó: «Si lograras salir, ¿podrías alcanzar el sendero?». Entonces se dio cuenta de una primera cosa: McGrady y Zack estaban solos allí. No habían mencionado a nadie más. Y McGrady le había dicho a Zack que después sería «toda para ti durante un rato largo». Estaban los dos solos en esa casa. Y eso mejoraba las posibilidades. «Solo son dos», se dijo Carmen. «Y Zack está medio cojo.»

—Sigue —dijo Tom McGrady tirando un poco de la cuerda—. ¡Vamos!

Carmen empezó a bajarse la cremallera, otra vez muy despacio. Zack estaba fuera y podría intentar golpear a McGrady con algo, pero para eso tenía que hipnotizarle primero. Al menos, para eso tenía herramientas. Se quitó el forro polar y se quedó solo con un fino jersey de lana. Notó que McGrady bajaba los ojos hasta sus pechos. Ella se encargó de resaltarlos un poco y pudo ver, con asco, que a McGrady le empezaba a caer un hilo de baba por la comisura de los labios.

—Joder, qué buena estás.

El jersey tenía cuatro botones y empezó a desabrochárselos muy despacio. McGrady parecía relamerse con todo el proceso y mientras tanto Carmen miraba hacia delante, tratando de pensar, o de encontrar algo que le diera una idea. Los libros. La puerta. La ventana rota (¿un trozo de cristal?). Se fijó en los trofeos de vela que destellaban en lo alto de la estantería. Esos estaban fuera de su alcance, pero entonces recordó el que había visto en el dormitorio. Pensó en ese gran trozo de granito de su base.

Casi al instante, en su mente se trazó un plan.

—¿Qué quieres que me quite ahora? —le dijo—. ¿La camiseta o el pantalón?

McGrady arqueó las cejas sorprendido, como si no supiera qué responder a eso. Gritar y dar órdenes a las mujeres se le daba bien, pero, en cambio, parecía un idiota si tenía que responder a una pregunta sencilla.

—Joder, no sé, la camiseta. Y despúes el pantalón.

—Vale —dijo Carmen—. Lo que tú digas.

Carmen se cogió la camiseta y tiró de ella. McGrady suspiró.

—Tu culo. Me tuvo una noche sin dormir la primera vez que te vi.

—¿Ah, sí? —Carmen rio.

—Sí, joder... Ya estaba tardando en hacer esto. ¡¡Gracias, tío Gus!!

Eso último lo dijo con la mirada perdida.

—¿Quién es el tío Gus? —preguntó Carmen, como para seguir la conversación.

—Un amigo que tengo —dijo Tom McGrady—. Un amigo que se preocupa mucho por mí. Me dijo que estarías aquí hoy... y acertó. Pero ¿por qué has parado?

Se seguía apretando «ahí abajo». Tiró de la cuerda.

—Ven aquí. Dame un beso.

Carmen lo hizo, dio un par de pasos y se enfrentó al pescador, que le apretó un seno con fuerza. Carmen tragó saliva. Después McGrady la besó. Notó su lengua intentando colarse dentro de la boca, pero ella consiguió cerrar los labios.

McGrady tiró de la cuerda.

—Ponte de rodillas... —dijo nerviosamente.

—Aquí no, Tom —dijo Carmen—. Aquí hace mucho frío...

—¿Qué?

Carmen bajó la mano hasta la entrepierna de él y acarició aquel asqueroso bulto que tenía debajo de los vaqueros.

Después, sin decir una palabra, se puso a andar hacia la habitación.

—¡Ehhh! ¿Qué haces?

—A la cama, venga —dijo ella—. Si hay que hacer esto, por lo menos quiero que sea en una cama.

Ni siquiera se volvió para ver si Tom McGrady la seguía.

Cogió el extremo de la cuerda y se la pasó por el hombro. Joder, tenía que jugárselo todo a esa carta. Si McGrady tiraba de la cuerda, si desconfiaba... Entonces se habría quedado sin ideas.

Dio tres pasos y notó que él no tensaba la cuerda. Después le oyó caminar.

«¡Bien!»

Enfiló el pasillo. No pudo evitar mirar a Bram, tumbado en el suelo, todavía con el puñal en la espalda. Eso solo le daba más ganas de hacer lo que planeaba.

Entró en el dormitorio y, con soltura, se dirigió al lado de la cama donde estaba el trofeo. De repente notó un tirón en el cuello.

—No tan rápido, tigresa. ¿Dónde vas?

McGrady la había detenido a mitad de camino. No era suficiente.

Carmen se dio la vuelta.

—A quitarme el resto de la ropa.

Entonces Carmen se desabrochó el sujetador y lo lanzó sobre la cama. A los pies de la cama, exactamente.

—Cógelo. Para ti...

Su interpretación de una mujer excitada no era muy creíble. Le temblaban la voz y el resto del cuerpo. Pero solo le quedaba jugar esa carta, ¿no?

McGrady avanzó un poco hacia la cama, pero no parecía interesado en el sujetador, sino en su desnudez. Hipnotizado por sus pechos, caminó concediendo margen a Carmen para dar un corto paso atrás. Su mano, sutilmente oculta a la espalda, tocó la copa del trofeo. La cogió por la punta y entonces McGrady se dio cuenta de que algo raro estaba pasando. Su rostro se arrugó en una expresión mezquina.

—Esper...

Carmen hizo despegar el trofeo en un vuelo de ciento ochenta grados hasta McGrady. El granito le golpeó de lleno en uno de los lados del cráneo, y McGrady giró como una peonza mientras dejaba salir un chorro de aire y sangre por sus narices. No obstante, logró mantenerse en pie y Carmen, que se hallaba al final del recorrido con su trofeo, hizo un rápido cambio de apoyo en los pies, cogió impulso y le lanzó un segundo golpe, en el lado opuesto del cráneo. Esta vez venía por la izquierda, con menos fuerza, pero la base de granito, ligeramente rotada, golpeó en el hueso temporal de McGrady con una de sus puntas, y el efecto del golpe fue mucho más devastador que el primero.

No obstante, McGrady logró tenerse de pie. Se echó las dos manos a la cabeza como si quisiera sujetar las piezas rotas del cráneo. Carmen vio que sangraba por los oídos y también por la comisura de los labios. Estaba casi muerto, pero no iba a parar hasta acabar con ese violador hijo de puta para siempre. Era como una serpiente que debía eliminar de una vez por todas. Alzó el trofeo por encima de la cabeza y proyectó todas las fuerzas que le quedaban en el cuerpo al tiempo que daba un grito ensordecedor, tanto que ella misma se sorprendió al oírlo.

En las décimas de segundo que aquella piedra tardó en golpear a McGrady en el centro de su cabeza, recordó una cosa que Álex le dijo tras el parto (al que él había asistido) de Daniel: «Joder, en tu último grito, cuando empujaste para sacar al niño, casi me muero de terror. Eras como una bestia salvaje».

El grito en la casa de los McMurthy fue parecido, solo que esta vez no gritaba para dar la vida, sino para quitarla. Y con ese mismo grito acompañó el trofeo hasta el cráneo de Tom McGrady, quebrándolo mortalmente.

El cuerpo del pescador cayó de lado aterrizando sobre el colchón. Después se deslizó un poco y McGrady quedó en la misma postura de alguien que se pusiera a rezar de rodillas antes de ir a dormir. La escena era grotesca, casi cómica, a no ser por el olor a orina que comenzó a emanar de entre los oscuros pliegues de su pantalón. Esto terminó de convencer a Carmen de que no sería necesario atizarle de nuevo, aunque le hubiera encantado verle parpadear una sola vez... Sorprendentemente, se sentía perfectamente realizada como asesina. (Y quizás John Lusk se lo había merecido también. Quién sabe.)

Entonces oyó algo. En la puerta.

—Joder.

Zack estaba allí, con la escopeta en una mano y los ojos abiertos como platos. Miraba el cadáver de McGrady como si no pudiera creer lo que estaba viendo.

—Joder. Mierda.

El pelirrojo, que tenía la pierna vendada y la cara pálida y sudorosa, parecía haber visto al mismísimo Satanás. Abrió la escopeta y comprobó que estaba cargada. Después la cerró y encaró a Carmen apuntándola a la cabeza.

—Ni te muevas. Las manos en alto.

Carmen desobedeció esa orden sin decir una sola palabra. Era como si la embargara una seguridad total. Una borrachera de poder. Si había tumbado a McGrady... ¿Qué no iba a hacerle al enano de Zack, aunque la estuviera apuntando con una escopeta? Al mismo tiempo, Zack elevó un poco la mirada y miró los dos senos desnudos de Carmen. Ella pudo adivinar cómo se alteraba el orden de prioridades en aquella mente perturbada.

—Vale. Vamos a ver cómo hacemos esto, nena. Porque vamos a hacerlo, ¿entiendes?

De veras, Zack Lusk se estaba estrujando la cabeza para pensar en cómo podría violarla sin acercarse demasiado. Carmen respiró hondo, casi sonriendo.

—McGrady ha sido un idiota, pero yo... ¡Te reventaré las tripas si intentas algo! Quiero... quiero que te ates con esa cuerda al cabecero de la cama, ¿vale? ¡Eso es lo que haremos!

Carmen negó con la cabeza. Estaba a punto de atacarle. Le iba a lanzar el trofeo a la cara e iba a salir corriendo, con las uñas por delante, dispuesta a arrancarle sus desviados ojos a Zack Lusk. Pero entonces pasó algo. Alguien gritó. Desde la cocina.

—¡Carm...!

—¡Bram!

Vio a Zack girándose con su escopeta y bajando el cañón.

—¿Qué haces, tío mierda? —dijo—. ¿A dónde coño crees que vas?

Entonces Carmen pudo oírlo claramente. Una corta frase que Bram consiguió elevar, casi como un quejido, a través de las paredes.

—... a... cubierto...

Aunque no podía ver lo que sucedía en ese pasillo, lo adivinó fácilmente: Bram había sobrevivido a las puñaladas de McGrady y, de alguna manera, había conservado un soplo de vida para llegar hasta la cocina. Allí era donde había dejado la lata explosiva, el detonador... y la pila.

Carmen se lanzó por encima de McGrady y el colchón; al otro lado de la cama, era el lugar que, según sus cálculos, quedaría más protegido de lo que estaba a punto de suceder.

Oyó a Zack decir algo como «Eh, ¿qué coño es eso?» y

después se produjo la explosión. Un estallido ensordecedor, doloroso, abrumador. Fue como si toda la casa diera un salto sobre sus cimientos. Carmen, que estaba de cuclillas, salió volando contra la pared y se golpeó todo un costado del cuerpo contra un radiador. Si tuviera que describir aquello diría que fue como un chorro de aire de una potencia absurda entrando por la puerta. Y más tarde todo se llenó de polvo, cada centímetro cúbico de la habitación. Carmen notó que se lo tragaba, que lo respiraba. Vomitó una primera inspiración y después empezó a toser como si fuera a echar los hígados por la boca. Mientras tanto escuchó un estruendo como de cascotes o de algo derrumbándose y pensó que sería una buena idea meterse debajo de algo. Pero ¿dónde estaba la cama?

Anduvo a gatas pero notó que algo tiraba de su cuello. Entonces recordó la cuerda de McGrady, su lazo de cazador. ¿Seguiría con vida? Era incapaz de verle entre aquella densa nube de polvo blanco. Finalmente se quedó apoyada en una pared. Siguió tosiendo y salivando para aclararse la boca y la garganta. Mientras tanto, solo podía escuchar un pitido, tan fuerte que al principio creyó que procedía del exterior. Pero no, el pitido estaba dentro de su cabeza. Sin embargo, pudo escuchar nuevos golpes, como de cosas cayéndose fuera de la habitación. Finalmente, al cabo de un minuto, todo pareció calmarse. El polvo se desvaneció y el caos provocado por Bram dio paso al silencio.

Se miró las piernas y los brazos. Estaba de una pieza. Desnuda de cintura para arriba y con los pantalones rotos por las rodillas, pero de una pieza y sin heridas de consideración.

¿Dónde estaba McGrady? Esa fue la primera pregunta que le sobrevino. Cogió la cuerda y tiró de ella, pero estaba firmemente anclada en algún rincón de la habitación. La siguió con la mirada y entonces detectó la cama, que se había desplazado de su posición inicial. ¿Era posible que estuviera vivo? No... ella había acabado con él para siempre. Tiró otro par de veces, con más fuerza, pero nadie parecía responder al otro lado. Entonces gateó alrededor de la cama y allí, tal y como suponía, encontró el cuerpo de Tom McGrady. Dos ojos vacíos e inertes miraban hacia la nada desde el centro de un rostro blanqueado por el polvo y surcado por riachuelos de sangre. La cuerda había quedado atrapada entre su cuerpo y la cama. Carmen apartó aquel fardo de una patada y se liberó.

Salió de la habitación en silencio, sin mirar, casi como un fantasma. Encontró a Zack tirado en el suelo, lleno de heridas y con los ojos abiertos. Una sección de techo se había venido abajo con la explosión y varios cascotes le cubrían partes del cuerpo que parecían hechas picadillo.

Bram estaba allí también, al fondo de la cocina. Lo vio solo de pasada. No quiso fijarse demasiado. Prefirió conservar la imagen del tipo sonriente que aparecía con su bicicleta por el hotel Kirkwall y le hablaba de meditación y cosas raras. El hombre que había dado su vida por salvarla.

Regresó al salón, que estaba cubierto de desperdicios y polvo. Los muebles se habían desplazado y volcado por la onda expansiva. Solo pensaba en vestirse. La camiseta, el jersey, el forro y la chaqueta.

Fue a la puerta, donde el llavero seguía colgando. Probó la otra llave. Resultó ser la buena.

Dave

Aquello había sido una explosión.

Había sonado muy lejos y el viento había desdibujado el sonido, pero nada engañaba a un oído experto como el mío. Aquello había sonado exactamente como una bomba reventando en las tripas de un edificio. Muy lejos. Más o menos a la distancia que podría encontrarse Layon Beach.

La detonación me pilló en el peor momento. Llegando, muy despacio, a la puerta del hangar. Los otros dos pescadores estaban tan absolutamente concentrados en mi aproximación que no debieron de darse cuenta.

La bomba.

¿Qué significaba eso? De entrada, que la zódiac no venía de camino, como yo había calculado. ¿Podría ser que Bram y Carmen hubieran necesitado «fuerza extra» para abrir la puerta del garaje? Joder, pero la bomba era un recurso de última instancia. Se la había entregado solo para tranquilizarlos, para darles algo que casi con total seguridad no iban a necesitar. Por eso me preocupó. La explosión podía traer todo tipo de consecuencias. Ellos podían haberse herido con la metralla. O quizás habían dañado la zódiac, o...

Para cuando llegué a la entrada, los dos pescadores ya habían logrado avisar a algunas personas, que se asomaron para recibirme. A uno lo reconocí: Ngar, el gigante senegalés.

Me paré a dos metros de la puerta.

—Quiero verla —dije—. A la chica.

Todos se volvieron para mirar a Ngar y eso me dio una pista sobre la cadena de mando rival. El pescador asintió y se sumergió en las penumbras de aquel pabellón. Al cabo de muy pocos minutos, Didi apareció por la puerta, con el brazo del negro agarrándola. Tenía cara de estar aterrorizada, pero se sostenía de pie por sí sola y no parecía herida.

—¡Dave! —dijo llorando.

Intentó zafarse, pero Ngar la sujetó fuertemente.

—¿Te han hecho algo? —le pregunté.

Didi estaba sollozando. Al mismo tiempo, dos de los marineros se habían colocado junto a mí, uno a cada lado, a una buena y respetuosa distancia, armados con dos largos arpones.

—Sá...ca...me de aquí... —respondió.

—¿Estás bien?

Ella pareció salir de su trance.

—Sí... Sí, no me han hecho nada.

Ok, Didi tenía la cabeza en su sitio. Y necesitábamos que eso siguiera así.

—Soltadla ahora —dije—. E iré con vosotros.

—No —dijo alguien.

La voz había surgido desde dentro, pero su dueña no tardó en aparecer por la puerta. Lorna Lusk cogió a Didi del otro brazo y la empujó, como diciéndole a Ngar que ya había sido suficiente.

—Cuando abras La Caja, ese es el trato.

—No habíamos acordado eso.

—El trato ha cambiado, querido. A menos que quieras a Didi sin orejas. Y créeme que así será.

Tomé aire y traté de pensar. Entrar ahí sin haber conseguido sacar a Didi podía ser un error catastrófico. Pero ¿qué opciones me quedaban? Esos dos alfiles que me flanqueaban no parecían huesos muy duros de roer, pero en mis condiciones no estaba como para hacer muchas acrobacias.

Y, por otra parte, ese lejano «pedo» que había escuchado me informaba de que, como mínimo, teníamos veinte minutos por delante.

—De acuerdo —dije—. Entraré y encenderé el teclado. Os mostraré que puedo usarlo. Pero Didi saldrá antes.

No esperé su respuesta y me encaminé al interior de aquel hangar.

Carmen

Tardó un poco en entender cómo debía quitarle el freno al patín de la zódiac. Finalmente lo consiguió y llevó la lancha, con el motor al ralentí, hasta el agua. Cargó las escopetas, el combustible y la mochila que había cargado con provisiones. Hizo todo esto mecánicamente, casi sin pensar. Se había salvado de esa pesadilla, pero su cabeza no había salido bien parada. Oía un pitido permanente. No lograba pensar con demasiada claridad, todo era... blando. Irreal.

En la playa llovía y las olas, por un momento, parecían haber cesado. Era la marea, tal y como Bram había predicho («¿Dónde está Bram?»). La marea la ayudaría a salir de allí y llegar hasta Monaghan... Dave no fallaría... Didi estaría bien... Ni siquiera sabía cómo manejar aquella lancha, pero todo acabaría bien. Volverían a estar todos juntos otra vez: Amelia, Bram, Didi, ella...

(Charlie.)

Observaba las olas, una detrás de la otra, y el tiempo se iba volando.

Era como si su cabeza también se hubiera derrumbado. Igual que el techo de los McMurthy.

Todo era blando e irreal. Como si la vida fuera un juego. Un sueño.

Como si pudiera echarse a volar como Wendy y salir de allí.

Algo le llamó la atención en la orilla. Era ese objeto que antes había logrado atisbar en la distancia. De hecho no era solo una cosa, sino varias, desperdigadas a lo largo de aquella orilla. Antes, con la oscuridad de la mañana, no había logrado verlas con claridad.

Dejó la zódiac y caminó hacia allí. Lo primero que encontró fue un chaleco salvavidas de color amarillo. Sin inflar. Lo recogió de la arena, lo miró y lo volvió a dejar en el suelo. El siguiente objeto estaba a unos cinco metros. Era el asiento de un avión. Estaba desgarrado y tenía algunas manchas y quemaduras, pero era claramente el asiento de un avión. Y un poco más adelante encontró otro.

El pitido cesó de repente y, en su lugar, resonó una especie de arañazo. Como si alguien rascara la cuerda más grave de un violonchelo. Era uno de esos extraños tonos que el viento adquiría en St. Kilda. Casi como una voz humana.

Se dio cuenta de que aquello era un gran descubrimiento. No hizo falta mirar el resto de los objetos. Aquellos eran los restos de un avión. Estaba claro. Un avión que había caído al mar, posiblemente lleno de gente. Y entonces, de pronto, sus ideas tomaron un desvío bastante extraño. Extraño pero increíblemente sólido.

«La Caja. El avión. Daniel. Álex. La Caja. La isla.»

¿Y si todo tuviera una conexión, a fin de cuentas?

Platanian. La isla. La Caja. Una isla donde esconderse.

Una conexión.

Carmen estaba caminando por la arena, mojándose los pies, pero ya no estaba allí.

La voz, el acorde del viento, le hablaba:

«Ellos nunca quisieron decirte nada, ¿no? Te echaron del país. ¡Eso es! Enajenación temporal. ¡Te deportaron! Te deportaron porque estabas a punto de descubrir la verdad. ¿Y cuál era la verdad? ¡Agárrate muy fuerte! La verdad, la verdad... es que ellos, todos ellos, fueron de alguna manera, de alguna extraña e inexplicable manera, deportados a un lugar. A una isla. Y allí están, custodiados, víctimas de algún tipo (de algún extraño tipo) de experimento. Y ese doctor Platanian y toda su cohorte de psiquiatras y recetadores de pastillas... ¿Acaso no tiene TODO EL MALDITO SENTIDO DEL MUNDO? Te los robaron. Te los quitaron. A tu niño. A tu precioso niño. Para hacer sus Experimentos de Pastillas. En una ISLA. Y el soldado, y La Caja... La Caja era la manera de hacerlo. Era la forma. El soldado es un enemigo. Te deportaron. ¿Quiénes? Soldados como él. Soldados que van por el mundo matando niños como el suyo. ¿Qué crees que ese tipo le hizo a tu precioso niño? ÉL TIENE A TU HIJO. ¿No lo ves, Carmen? Lo tienes delante de tus malditas narices...»

La voz siguió hablando de esa forma invasiva y elocuente y Carmen la escuchaba, y mientras tanto movía los labios, como si recitara cada una de esas frases ella misma.

Y sangraba por la nariz. Y por el oído. Cubierta de polvo blanco.

Si alguien, en otras circunstancias, la hubiera visto caminando así en dirección a la zódiac, seguramente habría corrido a detenerla.

Se veía claramente que era alguien que había perdido la conexión con el mundo.

Dave

Lo primero de todo fue una intensa sensación de frío. Era como si, dentro del hangar, la temperatura hubiese caído cinco grados de golpe.

Caminé a ciegas, azuzado por la punta de esos arpones que me daban pequeños toques en los costados, en el omóplato... ¿A qué olía? Era una mezcla de cables quemados, salitre y, sobre todo, el sudor de una multitud. Era como un gimnasio de instituto después de una clase. Y luego estaba esa especie de intensidad. Ese cosquilleo que te recorre las mandíbulas cuando estás cerca de una central eléctrica o algo parecido.

Todo podría ser producto de la sugestión, o de la alta fiebre que hervía en mi cuerpo, claro, pero después me di cuenta de que era todo muy real.

Me había adentrado unos cuantos pasos en esa oscuridad cuando empecé a ver algo. La claridad del amanecer se colaba por una línea de ventanucos en lo alto del hangar y proyectaba una luz mágica sobre aquel vasto espacio. Y allí estaba: La Caja, ocupando el centro casi como un objeto sagrado que debiera ser alineado sin errores.

La Caja.

Al verla de nuevo me pareció incluso bella. Le habían retirado aquellos flotadores y ahora solo quedaba un objeto oscuro e imponente, algo que emitía una poderosa resonancia. Su brillante metal negro, tan extraño, y esas pequeñas luces azules que parecían relampaguear de un lado al otro sobre su superficie. Sola, devorando la oscuridad, poseía un halo casi divino.

Durante unos segundos fue todo lo que vi. Y, al mismo tiempo, no pude evitar recordar las secuencias de mi accidente. Los minutos previos. Mi sueño. El Viejo. El doctor Akerman gritando que todo había sido «un error», que nunca debieron «sacarlo de allí». ¿El qué, doctor Akerman? ¿Qué es lo que viajaba dentro de ese *reefer* de metal blindado? De pronto, por un instante, pensé que yo también deseaba saberlo.

—¡Espera, colega! —gritó alguien a mi espalda.

Me detuve antes siquiera de notar que dos arpones se habían cruzado ante mí. Supongo que había caminado demasiado.

—Levanta las manos —dijo Lorna—. MacMaster, regístrale.

Me rodearon Lorna y otro pescador (MacMaster), a quien calculé cuarenta años y una barriga cervecera. Comenzó a palparme las piernas, por dentro, por fuera, bajo la mirada atenta de Lorna Lusk. No tardó en dar con la daga de mi bota. Bueno, para eso la había dejado en ese lugar.

—Bonito cuchillo —dijo sacándolo de allí.

Se lo entregó a Lorna. Después continuó hacia arriba,

por la cintura, los costados, hasta llegar a mi cuello. Me pasó las manos por los lados del cuello, pero no pareció prestarle demasiada atención a mi cadenita (y eso fue todo un alivio). Yo mantenía la vista fija hacia arriba, en dirección a las dos manos que sostenía en lo alto.

—Baja esas manos.

Lo hice. Entonces el pescador me revisó un brazo y después el otro. No le costó notar el cuchillo pequeño, adherido a mi antebrazo izquierdo por medio de un par de gomas.

—Muy listo, Dave —dijo Lorna—. ¿Llevas algo más?

Lorna me quitó el gorro y miró dentro. Nada. Entonces me lo devolvió e hizo una señal a los pescadores, como diciendo: «Todo ok».

—Vamos —dijo, señalando hacia La Caja.

Uno de los pescadores me empujó con la punta de su arpón.

—Camina.

Empecé a andar muy despacio en dirección al objeto. Mientras lo hacía, pude observar algunas cosas que yacían desparramadas a su alrededor. Mazos, palancas (una de ellas estaba doblada como una gran «U») y un equipo completo de soldadura. Entonces, al lado contrario, que estaba casi oculto por el contenedor, me pareció divisar un cuerpo en el suelo. Joder, lo primero que pensé es que era un cadáver a sumar a la lista, pero después vi que se movía, como reaccionando a mi aparición. Se puso de rodillas y entonces la vi. Era esa mujer delgada que portaba un crucifijo durante el ataque al hotel. ¿Theresa Sheeran? Estaba allí con sus ojos fijos sobre La Caja, meciéndose con la cruz entre los brazos, imperturbable. ¿Qué habría ocurrido con el resto de su congregación? Allí, como pude inventariar, no había mucha más gente. Estaban los dos vigías, MacMaster y el otro, que ahora me escoltaban. Lorna, Ngar y otros dos tipos sentados junto a la puerta del muelle, que parecían estar recuperándose de la paliza del día anterior. Pero ¿dónde estaba McGrady? ¿Y el estrábico Zack Lusk?

—¡Tú! ¡El hijo del diablo! —dijo Theresa Sheeran santiguándose dos veces seguidas—. El falso profeta.

Después alzó su crucifijo y lo interpuso en el aire.

—Dave ha venido a cumplir su penitencia —dijo Lorna—. A redimirse por sus errores del pasado, ¿verdad, Dave? Es solo otro perdedor que necesita una luz...

Yo me giré y vi a Lorna, que sujetaba a Didi por un brazo. Había cogido mi daga y tenía su punta apoyada en el cuello de la chica. Que me llamara «perdedor» me tocó muy adentro.

Ngar, que iba por delante, llegó a La Caja y extendió su poderosa y negra mano para acariciarla, casi como si se tratara de un animal y él, su guardián. Yo me acerqué lentamente. A esa distancia se podían apreciar mellas en el metal del *reefer*, rastros de quemaduras e incluso las marcas de una sierra metálica sobre aquella cerradura electrónica. Intentos histéricos y desesperados de los pescadores que no habían llegado a ninguna parte.

«Otro perdedor que necesita una luz.»

Entonces comenzó a suceder algo en mi cabeza. Primero pensé que era alguna reacción de mi cuerpo ante la tensión del momento, pero enseguida me di cuenta de que se trataba de algo más. Era esa conocida sensación de haber puesto el ojo en la boca de una aspiradora, esa sensación que tan bien recordaba de mis sueños, pero que en esta ocasión era cien veces más fuerte.

«Otro perdedor.»

Me detuve un instante. ¿Qué era eso? ¿Alguna clase de radiactividad? ¿Un campo electromagnético? Fuera lo que fuera, era agradable, casi sexual, algo que te impulsaba a seguir acercándote.

—Sigue —ordenó Ngar—. Camina.

No fue difícil cumplir esa orden. De verdad. Era como si mi pie me hubiese dejado de doler. Como si mi pecho volviera a poder llenarse de aire.

Me acerqué al teclado rojo, que ya estaba liberado de su tapa protectora. Era alfanumérico a prueba de todo, como los que llevan las lanzaderas de cohetes y algunos equipamientos militares. No era precisamente nuevo. Tenía unas teclas bastante altas y la pantalla era un pequeño *display* negro de letras verdes que me recordó a los ordenadores de los años ochenta.

Había un mensaje, «Introduzca comando de acción», seguido de un cursor parpadeante, esperando algo...

El cosquilleo me abrazaba ya de los pies a la cabeza. Y por un instante sentí que ese objeto era demasiado bello, demasiado hermoso e importante como para destruirlo.

¿Y me había llegado a sentir culpable por sacarlo del mar? Aquello era algo trascendental. Algo que había venido al mundo por una razón, una razón posiblemente importante... Algo que debía ser abierto...

Mi mente voló casi de forma inconsciente hasta mi litera del campamento, solo seis días antes. Pavel y los chavales estaban echando un billar después de la carrera de la mañana («Eh, jefe, ¿vienes a que te demos una patada en el culo o qué?»), pero yo tenía cosas que hacer. La carpeta naranja con el *briefing* de la misión estaba apoyada sobre el colchón y yo estaba sentado en el borde de la cama para leerla.

«Piensa en ello... ¿Y si fuera el remedio contra el cáncer? ¿Y si mostrase cómo crear energía de la nada? Alimentar a los niños esqueléticos de África. Dar de beber al sediento. Imagínatelo, tú y Chloe Stewart regalando la vida a todos esos niños pobres. Imagínate ir de la mano de esa belleza por el mundo. Ya empiezas incluso a sentir su aroma... Ese perfume extraño, cálido y embriagador, como las olas de su cabello, que parece un campo de cereal en una radiante mañana de junio...»

Pavel y los chavales se divertían. El sol entraba por las ventanas. Una mosca perezosa se golpeaba contra el cristal. Yo abría la carpeta y encontraba aquel par de folios en los que se explicaban los detalles de la misión en la que íbamos a embarcarnos al día siguiente: una entrega «especial» con ciertas condiciones. Se hablaba de un objeto que debía trasladarse desde una base científica. Habría civiles a bordo y un pequeño grupo de seguridad liderado por Dave Cabeza de Chorlito, para quien había un sobre aparte, sellado y con el sello de CONFIDENCIAL. Entonces yo abría el sobre...

—¡Dave! —dijo una voz.

¿Qué? ¿Didi?

—Dave —repitió la voz.

—¡Chisss! ¡Silencio!

Abrí los ojos (y de paso me di cuenta de que los había cerrado). No estaba en mi pabellón, y Pavel y los chicos tampoco. De hecho, ellos estaban muertos, en alguna parte del frío océano. ¿Qué había ocurrido?

Me volví y vi a Didi, que seguía junto a Lorna Lusk, con esa daga en el cuello. La mujer le tiró del pelo y le echó la cabeza hacia atrás.

—No vuelvas a abrir el pico.

«Joder...», pensé, dándome cuenta de que había caído frito. «Gracias, Didi.»

—¡Venga! —gritó Ngar.

Me giré y allí estaba la pantalla esperándome. «Vale, joder, concéntrate. No vuelvas a soñar. Esto es como echar un polvo después de mucho tiempo. Como te dejes llevar, la fiesta se acabará casi antes de empezar.»

Miré el teclado. Puse la mano encima y busqué la primera tecla. La apreté. Una «H».

Al tocar aquello noté que el cosquilleo aumentaba. Era como si una especie de corriente eléctrica de baja intensidad se hubiera transmitido a mi cuerpo. Se me erizó el cabello.

«Vamos.»

Noté que el sueño volvía. Estaba otra vez en la base. Lucía el sol y se escuchaba el ruido de los tacos de billar. «¡No! Joder ¡No estoy en mi base!» El sobre estaba abierto y tenía el papel en la mano. Eran las instrucciones. «PROCEDIMIENTO HTOP11. El Objeto dispone de un mecanismo...»

«Es todo un maldito espejismo. Concéntrate. Acaba con esto.»

Me centré en mi pie. El bendito dolor de mi pie derecho. Lo apreté contra el suelo para que doliese un poco más, y eso me permitió salir de allí. Era como si aquello estuviera intentando dormirme.

Volví al hangar. Al frío. Al olor a gimnasio después de una clase.

Detrás de mí estaba MacMaster apuntándome con su arpón. Y al lado ese mazacote negro. ¿Quizás era el momento de echar mano del *neck-knife*? Pero ¿de qué serviría? Además, Didi seguía en manos de Lorna.

«Vamos», me dije. «No hay tiempo.»

Escribí una primera secuencia de caracteres:

«HTOP11.»

Y pulsé la tecla ENTER. La pantalla respondió.

«Comando aceptado.»

Entonces ocurrió algo. Se escuchó surgir una especie de nota muy grave. Las luces azul oscuro, que antes solo relampagueaban, ahora se encendieron con intensidad. Aquello nos sorprendió a todos. Ngar y los otros tíos se echaron para atrás y escuché a uno de ellos decir: «*Mecagüen* la puta».

—¡Arrodillaos! —gritó la mujer del crucifijo—. ¡Arrodillaos y rezad!

Ngar lo hizo y creo que MacMaster también. Vi a esa beata avanzar junto a La Caja. Se apretó contra ella.

—Ya está aquí —gimoteaba—. El Día del Juicio. ¡Por fin! Mi pequeño Dick, ¡por fin volveremos a encontrarnos!

Las luces, todas dentro de la gama azul, pero más o menos claras, se movían de un lado para otro. Y estaba ese sonido grave, como si dentro de ese imponente *reefer* alguien se hubiera puesto a tocar el órgano.

Al mismo tiempo notaba el sueño apretándome las sienes. Si perdía la cabeza en él, estaría perdido... Si dejaba de concentrarme en el AHORA y, en cambio, pensaba en mi litera, con mis fotos de chicas, de chicas elegantes, vestidas de los pies a la cabeza...

«No hay nada más zafio que esas guarras del porno, con sus caras de prostituta, chupando pollas o montándoselo con tres tíos a la vez. ¿Sabes la fama que tiene Didi en esta isla? Le gustan los tríos. Lo sé, es algo desazonador... Menos mal que tienes tu sobre, tus órdenes... Léelas, por favor, Dave: LÉELAS PARA MÍ.»

«El objeto incorpora un mecanismo de...»

Con todas las fuerzas que pude reunir, di una patada en La Caja. El dolor me hizo caerme de bruces sobre el metal, pero al menos logré sacar la cabeza de ese lío en el que me estaba metiendo.

Después me aparté, cojeando.

—Soltadla —dije—. Soltad a Didi y seguiré.

Mi voz reverberó en aquella gran cavidad. Theresa Sheeran, Ngar, los arponeros, Lorna, incluso Didi, todos observaban como hipnotizados el magnífico juego de luces que emitía la superficie de La Caja.

—¿Me habéis oído? ¡Soltadla si queréis que siga!

—¡Haced lo que dice! —gritó la beata.

Lorna soltó a Didi, quien, tan pronto como se sintió libre, vino corriendo hacia mí y se me lanzó a los brazos.

—Escucha —le susurré—. Escúchame con atención.

Después me acerqué a su mejilla como si fuera a besarla y le susurré en el oído:

—Te esperan en Little Greece, ¿vale? Corre y no mires atrás.

Mis labios le rozaron la oreja. Entonces ella levantó la vista.

—Pero... ¿tú?

La separé de mí antes de que pudiera decir nada más.

—Dejad que salga por la puerta del muelle.

Nadie respondió. Después la miré a los ojos y se lo dije todo en una mirada.

—¡Vamos! —grité—. ¡Corre!

Didi corrió a la puerta y nadie la siguió. De hecho, nadie le prestó la menor atención mientras la abría y se escabullía hacia el exterior. Por allí se coló la luz del amanecer, cada vez más intensa. Sería un buen día, pensé. Solo tenía que llegar a la playa, encontrarse con sus amigos, salir de allí...

—¡Vamos! —exclamó Sheeran—. ¡Ábrela de una vez! Ha llegado el día.

—¡Sí! ¡Ábrela! —dijo MacMaster poniéndose detrás de mí con su arpón.

Alguien más gritó. Todos estaban borrachos de una especie de euforia y no me costaba entender por qué. Habían sucumbido al sueño.

Las luces de La Caja y la despedida de Didi me habrían permitido alejarme lo bastante como para matar al cuarentón de MacMaster y tratar de escapar, pero de haberlo hecho así, el problema seguiría sin resolverse.

De modo que regresé.

Volví cojeando a La Caja. Ese último homenaje de dolor autoinfligido me había ayudado a mantenerme despierto, pero muy posiblemente había empeorado mis heridas. Al mismo tiempo, creo, los analgésicos habían dejado de funcionar hacía un buen rato. Me dolía todo.

Pasé junto a Theresa Sheeran, que estaba arrodillada frente a La Caja. La mujer, que ya había perdido la cabeza hacía tiempo, se dirigía al *reefer* como si hubiera alguien ahí dentro, escuchándola.

—... y te haré tortitas... —decía mientras se dedicaba a acariciar La Caja con las manos—. ¡Una bandeja llena de tortitas!

Llegué otra vez frente al teclado y me puse a toser. Saboreé la sangre en mi paladar. Había tosido sangre y la frente me ardía. «Venga... ya no queda nada.»

La litera. Pavel y el billar.

«El objeto incorpora un mecanismo de...»

Comencé a teclear. Eran un total de dieciséis letras y números que había memorizado en grupos de cuatro. Tuve que cerrar los ojos para recordarlos, y fue inevitable recuperar una imagen del sobre confidencial al hacerlo.

«... autodestrucción. Se opera con un comando y una clave de dieciséis números y letras. Introduzca el comando HTOP11 seguido por los dieciséis números y letras, tal y como sigue a continuación...»

Me di prisa en escribir los cuatro primeros caracteres. Al hacerlo pasaron dos cosas a la vez. Las luces se aceleraron y la «música» que sonaba desde las tripas de La Caja aumentó un tono.

El nuevo zumbido, que sonaba casi como la bocina de un trasatlántico, nos hizo vibrar a todos los presentes.

Theresa Sheeran colocó sus dos manos sobre el metal, a un metro y medio de donde yo estaba.

—Ave María Purísima, llena eres de gracia...

Los siguientes cuatro vinieron fácilmente. Y el sonido y las luces siguieron acelerándose. Entonces hice una pausa para visualizar los cuatro siguientes.

«La detonación tiene un retardo de diez minutos. La activación se puede cancelar repitiendo la clave.»

—¡Espera! —gritó Sheeran a mi lado—. ¡Espera!

La miré. Se había puesto en pie y el crucifijo se le había resbalado hasta el suelo.

—¡Qué demonios estás diciendo! —gritó Lorna.

Ese grito aún resonaba en el hangar cuando me apresuré a escribir los cuatro siguientes dígitos. Estaba claro que Theresa Sheeran lo sabía.

—Algo no está bien, no... —Me miró y sus ojos refulgieron de sorpresa y furia—. ¡Algo no va bien!

Entonces vi cómo Ngar se levantaba y llegaba hasta La Caja. Colocó sus dos manos gigantescas en el acero. Le miré.

Su gran cráneo rapado exhibía unas tremendas venas a la altura de la sien. Tenía los ojos fuertemente cerrados, como si estuviera escuchando algo. Y había empezado a respirar muy fuerte.

Tecleé los últimos cuatro caracteres.

Entonces noté que Ngar se giraba hacia mí.

Todo sucedió a la vez. La Caja emitió un gran destello y un ruido terrible. Una especie de bocina ensordecedora.

Ngar se abalanzó sobre mí y descargó sus dos puños sobre mi pecho, proyectándome hacia atrás.

—¿Qué ocurre? —gritó Lorna.

—¡Nos ha engañado! —respondió Sheeran—. Este hijo de Satán nos ha engañado. ¡Todo va a explotar!

—¿Qué?

—¡La va a hacer explotar!

Yo estaba aún de pie y noté que MacMaster venía hacia mí por un flanco. Vale, estaba machacado. Joder, llevaba tres días necesitando una cama de hospital, pero había llegado el momento del baile.

Eché la mano a la espalda y busqué las cachas de mi *neck-knife*, que llevaba pegado con un esparadrapo sobre la chepa. Lo arranqué de su sitio. MacMaster levantó el arpón para golpearme con él (en vez de trincharme) y no fue difícil apartarse, deslizarme a su lado y rajarle la tráquea limpiamente. Ni se enteró. Intentó respirar y se encontró con que todo lo que entraba por su cuello era su propia sangre. Soltó el arpón para tocarse la herida y se cayó de bruces. Al mismo tiempo vi a Ngar venir hacia mí. Fui rápido. Tiré el *neck-knife* al suelo y lo cambié por el arpón que MacMaster acababa de soltar.

Lo puse entre esa mole y yo.

—Quieto o te atravieso.

Ngar se detuvo. Intentó rodearme, pero le seguí con la

punta del arma. La Caja había comenzado a zumbar con una especie de sirena de alerta. Y pensé que por lo menos ya había consumido un minuto de los diez que me quedaban para intentar salir de allí y alejarme. Al mismo tiempo noté que los hombres que estaban más lejos habían huido por la puerta. Allí solo quedábamos Ngar, Lorna Lusk y...

«Espera un momento... ¿Dónde está la vieja beata?»

Un grito vino a responder a eso. Noté el peso de un cuerpecillo saltándome en la espalda, como una amante que no te ha visto por lo menos en una semana. Sus manos me agarraron del pelo y tiraron de él.

—¡Asesino de niños! —dijo tirando de mí hacia atrás.

A duras penas logré mantenerme de pie. Ngar intentó acercarse, pero le lancé la punta y pude volver a detenerlo. No podía permitirme el lujo de tener un encuentro cuerpo a cuerpo con él. Solté la mano izquierda y empecé a darle puñetazos a la vieja. Le acerté en la cara un par de veces. Era una cara blanda y creo que le rompí un diente, pero nada más. Se cayó al suelo. Ngar volvió a correr para intentarlo por el otro flanco. Yo le seguí, pero al mismo tiempo vi a Lorna Lusk viniendo hacia mí por el lado contrario, como un ariete. Fue imposible de rechazar. Traía la daga bien baja, quizás con la intención de atravesarme el hígado, pero tuve suerte (o ella poca pericia) y la punta terminó entrando en mi muslo izquierdo. Era mi daga de supervivencia y estaba muy bien afilada. Entró por lo menos cinco centímetros, como si mi pierna fuera mantequilla. Un dolor rechinante me recorrió hasta la punta de los pelos.

—¡Hijo de puta!

Atrapé su mano y se la retorcí. Después hice justo lo que no debía, que fue soltar el arpón, pero necesitaba mi otra mano para liberarme de Lorna. Le metí un horquillazo en la garganta, que la dejó sin aire (no me hubiera importado matarla, pero no fue así). Ngar había esperado pacientemente su oportunidad y por fin había llegado. Se agachó y con su larga pierna me hizo un barrido. Con un pie podrido de dolor y un cuchillo clavado en el otro muslo, no fue nada difícil hacerme caer al suelo.

Uno o dos segundos después noté la punta del arpón en el centro de mi garganta.

—Ahora vas a parar eso —me dijo con los ojos tan abiertos que parecían dos huevos cocidos.

Yo miré La Caja. La cuestión estaba vista para sentencia, realmente. ¿Cuánto tiempo había pasado ya? ¿Seis minutos? El sonido era ensordecedor. Una cacofonía histérica. Supongo que nos acercábamos al final.

—No hay tiempo —le dije—. Vamos a morir.

El negro empujó el arpón y la punta presionó debajo de mi nuez. Un poco más fuerte y me rompería la tráquea.

—Levántate y páralo.

—No se puede.

Noté que me daba una patada... en el pie. Me revolví del dolor. Recogí la pierna instintivamente y entonces, al apoyar mi peso en la izquierda, noté el dolor de la daga de supervivencia clavada en mi muslo.

—Siempre se puede —dijo Ngar—. Vamos, haz algo.

Vale. Allí estaba yo, con aquel arpón metido en el cuello, juro por mi vida que dispuesto a morir, cuando pensé que todavía podía intentar jugar una carta más. Como decía Davis sobre los candidatos a Cabeza de Chorlito, «dame a un hombre que siempre pueda un poco más».

(¡Y ese era yo!)

Pero para seguir jugando tenía que conseguir que Ngar se alejase un poco.

—Hay que introducir la clave otra vez —dije entonces—. No sé si hay tiempo, pero eso es lo que hay que hacer.

—Bien, pues hazlo.

Ngar se apartó dando dos pasos, pero con el arpón todavía muy cerca de mi cara. Me hizo un gesto para que me levantara.

—No puedo dar un paso —dije tendiendo mi mano hacia él—. Arrástrame tú... Llévame a La Caja.

Ngar se quedó unos segundos pensando y finalmente negó con la cabeza. No se fiaba un pelo de mí.

—Vale —dije yo—. ¿Y cómo quieres que vaya?

—Arrástrate —respondió.

—Bueno... Ve a la pantalla y mírala. Dime cuánto tiempo nos queda.

El gran titán negro masticó aquella nueva orden con suspicacia. Pero de alguna manera debió de concluir que no había riesgo. Comenzó a caminar de lado, como para tener un ojo puesto en mí constantemente, mientras se acercaba al monitor. Yo me incorporé un poco. Iba a ser un tiro muy complicado, pero no imposible. Lo difícil de verdad sería apuntar con precisión después de lo que estaba a punto de hacerme a mí mismo.

Ngar llegó a La Caja y yo a la empuñadura de mi daga. Tomé aire y la removí dentro de la carne, haciendo holgura para poder sacarla sin desgarrarme. No pude reprimir un grito, pero el ruido era atroz y Ngar no lo escuchó.

—¡Tres minutos y veintisiete! —gritó.

Ngar me vio incorporarme y ponerme de rodillas. Se dio cuenta de que allí pasaba algo y se puso en acción, pero fui mucho más rápido. Cogí la punta de la hoja entre los dedos, retrocedí con el brazo y lancé la daga con todas mis fuerzas. Ngar ya regresaba corriendo, pero el dardo lo interceptó de camino. Se detuvo y se llevó las dos manos al vientre. Alzó la vista con sorpresa.

Era un tío de casi dos metros y lo ideal habría sido que se hubiera caído de bruces en ese instante, pero siguió caminando. Vino arrastrando sus grandes pies.

—Pá...ra...lo...

Empecé a arrastrarme hacia atrás y él intentó lanzarse sobre mí, atrapar mi cuello... pero no lo consiguió. En cambio se cayó de bruces entre mis piernas y se agarró a ellas.

La actividad de luces y sonido en La Caja se aceleraba. Las luces giraban y producían extrañas figuras, ¿o era todo una alucinación? Todos los que tenían dos piernas sanas ya se habían marchado corriendo de allí.

Aquello iba a volar por los aires y yo todavía podía lograrlo.

Tiré de los codos, pero Ngar me había agarrado. Empecé a darle golpes, pero el hijo de puta había decidido llevarme al maldito infierno con él. Debían de quedar tres minutos. Cogí su gran puño negro, que me atrapaba la tela del pantalón, y traté de sacar un dedo y rompérselo. Hacerle tanto daño que tuviera que desistir. Pero el tipo mantenía el puño como una jodida piedra. Había comenzado a temblar y a decir cosas en un idioma incomprensible.

Miré en el fondo de esos dos grandes ojos. Tenía cara de buena persona. Le golpeé en la nariz y entonces él escondió la cabeza. De repente vi el crucifijo de la Sheeran, tirado junto a La Caja. Vale, le rompería su gran cabezón negro con eso. Moví cada puto músculo del cuerpo, casi como una serpiente,

tratando de alcanzarlo, pero aquello estaba demasiado lejos...
Demasiado lejos, y debían de quedar solo dos minutos...

—¡Vamos!

De pronto unas manos tiraban de mí. Mierda. ¿Lorna?

—¡Tira!

Alcé la vista: Didi.

—¿Qué haces aquí?

Me cogió por las axilas y tiró con fuerza. Didi consiguió liberarme una pierna. Me di impulso y me quité a Ngar de encima. El tipo alzó la vista para vernos. Después, acabado y sin esperanza, los cerró y dejó caer su cabeza al suelo.

¿Cuánto quedaba? ¿Dos minutos? Quizás uno.

Me puse en pie y me apoyé en Didi. Ante la posibilidad de reventar en mil pedazos, todo el dolor del mundo (y más o menos eso era lo que sentía en las piernas) resultó llevadero. Pero ¿qué coño pasaba? ¿Habría encontrado a Carmen y a Bram? No había tiempo para más preguntas.

Oímos el sonido elevarse a un nuevo nivel. Era como si un organista loco hubiera decidido hacernos sangrar por los oídos presionando todas las teclas al mismo tiempo.

Llegamos a la puerta y salimos al muelle. Yo no podía ni hablar del jodido dolor. Me había quedado sin aliento. Pero necesitaba explicarle a Didi... Explicarle que solo quedaba un minuto a lo sumo. Allí no había nadie. ¿Dónde estaban Bram y Carmen? Miré a Didi como intentando preguntárselo...

Pero entonces algo se movió en el agua. Una zódiac. ¡Bien!

—Vamos —dijo Didi tirando de mí.

Nos acercamos al borde del muelle y vi que quien iba manejando la lancha era Carmen. Solo ella. Tenía el pelo revuelto, cubierto de polvo y una mirada extraña en los ojos.

Había algo perturbador en su mirada.

Entonces levantó una escopeta y, para mi sorpresa, la apuntó contra nosotros.

—¡Eh! —gritó Didi asombrada—. ¿Qué haces?

Carmen no dijo nada. Se llevó el arma al hombro.

Apuntó.

—Pero ¡qué haces! —volvió a gritar Didi.

Carmen no dijo nada.

Disparó dos veces.

Carmen

«El soldado es un enemigo. Soldados como él, que van por el mundo matando niños como el tuyo. ¿Cómo pudiste hacerte amiga suya?

»¿Y qué puedo decirte de la zorra de Didi? Una muchacha que mató a su propio bebé. Le inyectó veneno y se deshizo de él.

»¿No lo ves, Carmen? Lo tienes delante de tus malditas narices. No debes ayudarlos. NO-SON-TUS-AMIGOS. Lo llevan escrito en la frente: la palabra PECADOR. Como Platanian, como todos esos doctores que la Corporación te lanzó para cerrarte la boca con sus medicinas y sus diagnósticos de enajenación mental.

»Todos los de su calaña merecen la mayor de las traiciones. ¿Sabes lo que hicieron? ¿SABES LO QUE HICIERON? Ocultaron la verdad, Carmen. Te ocultaron a los tuyos. A tu pequeño cachorro. A tu marido. La realidad es esa. Todo formaba parte de una gigantesca conspiración. Un plan para que tú jamás supieras nada. El soldado. La gente de la isla. Todos. Todos. TODOS.»

La voz siguió hablando.

Le habló durante un largo rato.

Le dijo cosas fantásticas.

Le dijo que iba a reunirse con Daniel y Álex. ESE MISMO DÍA. Ella debía hacerse a la mar, ir sola —SOLA—, no debía preocuparse por nada. ELLOS sabrían encontrarla (irían en algún tipo de buque mercante o algo así) y después volverían a casa... A casa juntos otra vez.

A embadurnarse con crema solar.

Carmen escuchaba todo esto hasta que, en un determinado momento, la voz se fue apagando. Como si hubiera perdido su fuerza. O como si hubiera tenido que ir a atender otros asuntos.

Carmen abrió los ojos y se encontró montada en la zódiac, en mar abierto. ¿Cómo demonios había llegado hasta allí?

Miró hacia atrás y vio St. Kilda, increíblemente lejos. La isla era una roca negra al alba y ella estaba alejándose. Cabalgando sobre grandes olas. Pero ¿cuánto tiempo llevaba dormida?

Lo último que recordaba era salir de la casa de los McMurthy y tratar de llevar la zódiac al agua. Y aquellos restos de un avión... posiblemente del avión de Dave.

De alguna manera debía de haberse montado en la zódiac y se había alejado de la playa. Pero ¿cómo sorteó la barrera? Quizás siguió las indicaciones de Bram, o quizás tuvo suerte. No recordaba nada... Nada. Ni siquiera el hecho de navegar en línea recta, con la vista puesta en el horizonte. ¿En qué iba pensando? ¿Cómo podía haber ocurrido? Había tenido un sueño sobre Álex y Daniel. Era todo cuanto podía recordar.

Empujó el manillar del motor y viró por completo. Enfiló otra vez la isla. ¿Qué habría pasado con Dave y Didi? ¿Estarían esperándola en Little Greece? ¡Dios mío! Ella los había dejado colgados... Pero ¿qué hora era? En todo caso debía intentarlo.

La bajamar la ayudó a manejar la zódiac con facilidad. Además, a esas horas ya había amanecido y tuvo en todo momento una referencia visual de la isla. Circunvaló el puerto, tal como habían pactado, y comenzó a dibujar una diagonal que debía llevarla directamente al Faro de Monaghan. Entre los dos espigones pudo ver, por un instante, los hangares. No le pareció ver a nadie, pero oyó un ruido... Algo como un órgano, y una especie de flashes y relámpagos surgiendo de entre los pabellones.

Algo estaba pasando. Eso estaba claro.

Según comenzó su aproximación a Little Greece, vio a Didi aparecer por entre un escondrijo en las rocas. Corrió desesperada hacia el mar, tanto que se metió casi hasta la cintura. Carmen tiró de su mano y la subió a bordo.

—¿Y Dave?

—Se ha quedado en el hangar. ¿Y Bram?

—Muerto.

—Dios...

—Vamos. ¿Dices que Dave estaba allí?

—Escucha, Carmen. Dave lo ha conseguido... Meter la clave... La Caja va a explotar en cualquier momento.

—No podemos dejarle ahí —dijo Carmen—. No puedo.

Carmen arrancó la zódiac y la dirigió otra vez al puerto. Según atravesaban la bocana oyeron aquel terrible ruido. Sirenas que anunciaban algo inminente. Le dijo a Didi que cargara la escopeta. Después aceleró hasta el muelle. Los sonidos y las luces que surgían del hangar eran atroces, ensordecedores. Didi le señaló a Carmen unas escaleras. «Voy yo...», dijo.

Al cabo de un minuto, Didi salió del hangar con Dave a cuestas. El soldado iba cojeando, casi arrastrándose apoyado en Didi. Entonces, Carmen vio aparecer a Lorna Lusk a sus espaldas, cargando un largo arpón negro.

Carmen alejó un poco la lancha, cogió ángulo y apuntó con la escopeta. Lorna Lusk solo la vio cuando estaba ya a punto de clavarle el arpón a Dave en todo el costillar.

Dave

Nos lanzamos al suelo al primer disparo. Después escuché el otro y me di cuenta de que había alguien más detrás de nosotros: Lorna.

El primer disparo había fallado, pero el segundo le arañó la mitad de la cara. Pude ver el rastro de las postas desgarrando el ojo y los pómulos de Lorna Lusk, que cayó al suelo, malherida, con un arpón entre las manos.

—¡Vamos! —gritó Carmen desde el bote.

Había pegado la zódiac al muro del muelle. Didi me ayudó a llegar.

—Sujétate a mí.

Negué con la cabeza.

—No hay tiempo para eso. ¡Vamos!

Me lancé al agua y Didi hizo lo mismo. Joder, había echado de menos aquella heladora sensación. Pero no había tiempo para subirse a la lancha. Cogí a Didi de una mano y la hice agarrarse de la cuerda de amarre de una de las bordas. Yo me hice con la otra.

—Queda un minuto como mucho. ¡Dale a fondo! —le grité a Carmen.

—Esperad —dijo una voz desde lo alto. Era Lorna Lusk, que se asomaba por el borde del malecón—. Esto no quedará así.

Carmen tomó asiento en la popa y arrancó el bote, que tiró de nosotros tan fuerte que casi nos hace soltarnos. Vi cómo la Lusk se lanzaba al agua también, pero ya habíamos arrancado y me abracé al lateral de la zódiac con toda la fuerza que pude. Aguantamos el sifón de agua en nuestras piernas, mientras Carmen enfilaba la bocana del puerto a gran velocidad.

La explosión se produjo nada más abandonar la protección de Portmaddock. Un resplandor blanco seguido de una bola de fuego que se abrió como una flor, iluminando el cielo de aquella mañana. El anillo de la onda expansiva levantó el mar, literalmente. El hormigón del espigón, que servía para proteger el puerto de los elementos, nos defendió a nosotros en este caso. Y durante un minuto el oleaje cambió de sentido y nos ayudó a alejarnos aún más de St. Kilda.

Una campana, como una aurora boreal de fuego, se elevó sobre la isla e iluminó el cielo durante medio minuto antes de desaparecer.

Carmen

El sol asomaba entre las nubes y el mar tenía ese color verdoso y limpio de los días buenos. Las gaviotas volaban bajas y confiadas en el cielo.

Bram había asegurado (con esa confianza tan típica suya) que cabo Gertrudis aparecería en cuarenta minutos a lo sumo si navegaban en línea recta dirección al sur.

Carmen colocó el sol a su izquierda y trató de mantenerlo ahí durante todo el trayecto. Las olas, muy grandes pero mansas, no los hicieron saltar demasiado, y fue relajándose lentamente. Tardó algo así como media hora en soltar el manillar del motor y cambiar de postura. Lo llevaba apretando desde St. Kilda, como si fuera el hacha con la que mató a John Lusk, o el trofeo con el que había roto el cráneo a McGrady, o el gatillo con el que había disparado a Lorna Lusk.

Didi encontró un botiquín de a bordo y le limpió la herida de la pierna a Dave. Después se quitaron la ropa, se cubrieron con unas mantas y se abrazaron el uno al otro. Era mucho mejor que la ropa mojada, pero, aun así, era del todo insuficiente. Ambos tiritaban.

Cabo Gertrudis apareció una hora después. Una punta borrosa al principio, más tarde un brazo de roca. Una playa con un par de casas a los lados. Con suerte habría alguien allí.

—Tierra —anunció Carmen en voz alta—. Ya la veo.

Didi se incorporó y la vio también. Dave, al parecer, se había dormido.

—Dios mío.

Didi se tapó la mano con la boca. Cerró sus preciosos ojos y dejó escapar dos grandes lágrimas. Carmen también lloró pensando en esa pérdida, esa terrible y estúpida pérdida sin sentido. Y cuando sus miradas se encontraron, Didi le preguntó:

—¿Crees que superaremos esto?

Carmen no respondió a eso. No lo sabía. Aunque tenía la vaga noción de que era posible. La muerte siempre estaba ahí para destrozarlo todo, para acabar con las cosas preciadas en menos de un instante. Pero la vida era... tan terca. Siempre volvía a intentarlo. Una y otra vez.

Apretó el acelerador de la zódiac y enfiló la playa.

Epílogo

¿El resto?

Bueno, pregúntaselo a «las mentes pensantes». El comité de sabios que llevó el asunto. Supongo que si alguien, alguna vez, supo la verdad al completo, fueron ellos.

Lo que yo sé, lo que puedo contar, es que el Desastre de St. Kilda fue la primera noticia de aquel año. Ocupó un par de buenas portadas nacionales, aunque enseguida fue reemplazada por otros asuntos (por suerte para algunos, hay un montón de locos y corruptos dispuestos a copar las portadas de los periódicos). Pero la cosa, en su momento, decía más o menos así:

PUEBLO PESQUERO ASOLADO
POR UNA EXPLOSIÓN

Se especula con un almacenaje incorrecto de productos químicos como causa de la detonación.

Fuentes oficiales elevan a una docena la cifra de muertos.

Y todo esto acompañado de unas cuantas fotos y un vídeo grabado por un equipo especial del ejército británico recorriendo las ruinas de Portmaddock. La prensa no pudo poner ni un pie en la isla. Nadie podía ni debía acercarse a ese lugar maldito. Porque ahora era un suelo envenenado e incluso la pesca quedó prohibida. Químicos. Bonita historia.

Hubo supervivientes, claro. Por lo que pude saber, Gareth Lowry, su mujer y otras cinco beatas, incluida la viuda de McRae, habían sido sacados de debajo de los escombros de la iglesia. Su testimonio fue una madeja de recuerdos mezclados con sueños del que nadie pudo sacar gran cosa, aunque se supo que habían «ocurrido» algunos «hechos violentos» antes de la explosión. Admitieron que Amelia Doyle murió víctima de un enfrentamiento con los pescadores, pero no quedaba ni uno vivo para responder ante la ley. El equipo de rescate encontró más gente. Una pareja de ancianos, los Dougan, que dijeron haber estado «durmiendo» todas las Navidades. Y otra gente aseguró lo mismo. Nadie los creyó, pero tampoco hubo forma de hacerlos confesar otra cosa. Y en cuanto a las muertes que aparecieron repartidas a lo largo y ancho de la isla... sencillamente no hubo informe. La versión «oficial» es que todos los que murieron en St. Kilda durante la Navidad de 2016 lo hicieron por efecto de la explosión. Punto. Y eso incluía también a Charlie Lomax. Su cuerpo fue hallado a la deriva entre los acantilados del oeste de la isla.

El de Lorna Lusk, sin embargo, jamás se encontró.

Tras el desastre, una de las primeras decisiones del gobierno fue que había llegado el momento de expropiar aquella isla. Sacar a todo el mundo de allí, derribar las ruinas que quedaron tras la explosión e instalar una base militar de entrenamiento. Por los siglos de los siglos, amén.

La administración pagó muy bien todas las expropiaciones y recolocó más o menos felizmente a todos los antiguos isleños. Hubo excepciones, claro. Los McMurthy y algunos vecinos se asociaron para denunciar «una conspiración» en torno a aquella expropiación «arbitraria y oscura» de la isla. Los medios atendieron sus reivindicaciones durante un par de semanas, pero luego el asunto decayó y comenzó a ser tratado como otra teoría de la conspiración más. «Vecinos enfadados por una expropiación que se inventan conspiraciones... Pero ¡si llevaban años anunciando que los iban a sacar de allí!»

El verano del año siguiente, una fragata de la armada interceptó el velero de los McMurthy a diez millas de St. Kilda, mientras intentaban alcanzar Layon Beach. Aseguraron que solo intentaban recuperar sus trofeos de pesca, y la aventura les costó una sentencia de prisión que pudieron eludir con una bonita suma.

Y hasta aquí llegaba, más o menos, el informe público. El otro, el que redactó el equipo de «especialistas», cuenta un montón de cosas interesantes, pero ni siquiera yo pude leerlo. La Caja. Su origen y su destino. Y, por supuesto, su contenido. No creas que no pregunté por esto cuando tuve ocasión. Pero ese montón de tipos extraños que me rodeaban en la sala donde nos efectuaron aquellas tediosas entrevistas (a Carmen, a Didi y a mí) se limitaban a mirarnos con sus sonrisas de universidad cara y lealtad corporativa.

«Ya sabe que eso es todo Información Reservada.»

Cuando aquel pesado interrogatorio hubo terminado, un amable funcionario venido desde Londres nos hizo firmar un «Acuerdo de Confidencialidad de Asuntos de Estado». Básicamente, un papel que decía que condenaríamos nuestras vidas y las de nuestras familias si alguna vez se nos ocurría hablar del asunto con algún medio, por pequeño que fuera.

Así que estampamos nuestras tres firmas junto a las del primer ministro, ni más ni menos. Y eso tampoco se lo podríamos contar a nadie.

Pasado un mes, Carmen y Didi fueron puestas en libertad, con un dispositivo de «acompañamiento» que se iba a asegurar de que daban sus «primeros pasos» de manera correcta.

En cuanto a mí, bueno, tuve una pequeña sanción por incumplir mis órdenes, aunque fui reincorporado por el hecho de que llevé la cosa a buen término (diez muertos más tarde, pero a buen término). Después, el ejército me regaló mes y medio de recuperación en un hospital de ensueño en el Pacífico. Un centro especial para Cabezas de Chorlito expuestos a demasiada tensión psicológica, no sé si me explico. Había enfermeras muy guapas que llevaban una taser de electrochoque por si las moscas. Y doctores que tenían un grandísimo interés en escucharme hablar sobre La Caja, mis sueños y las cosas que habían pasado en la isla. Me daban pastillas para dormir. Y si no las tomaba, me las metían en la comida. Y por las noches tenía sueños terribles y me despertaba arrancándome cables que alguien había puesto en mi cabeza

La diversión debió de agotarse y, al cabo de un par de meses, me dijeron que estaba listo para reintegrarme al puesto. Mi primer cometido fue el de informar personalmente a las familias de Pavel y los otros de mi equipo. Les conté la parte que podía y no creo que eso fuera ningún alivio. Ellas habían mantenido una débil llama de esperanza hasta aquel mismo instante.

Después volví a mi base e intenté reengancharme. Me pusieron al cargo de unos novatos. Nada de acción real por una temporada, ¿eh? Solo entrenamiento y noches tranquilas. Y hablando de noches tranquilas, una de ellas invité a cenar a Chloe Stewart. Fuimos a un bonito restaurante y cenamos muy a gusto. Me dijo que estaba muy callado, que me recordaba más hablador, y yo no supe qué responder. Ella llenó la noche con una conversación brillante, sofisticada... Pero mientras la escuchaba no podía evitar mirarle a los ojos y recordar a esa Chloe que se me había aparecido en sueños durante los días en la isla. Era como si todo volviera a mí solo con mirarla. Tomamos un par de copas y la llevé a su casa. En la oscuridad del coche ella se despidió con un beso. Me apretó el muslo y me invitó a entrar.

Creo que se llevó una sorpresa bien grande cuando me negué.

La vida en la base no acababa de arrancar. En realidad, mi vida no acababa de arrancar de ninguna manera. Las noches eran largas, llenas de recuerdos y pesadillas. A veces, al dormirme, veía a Lorna Lusk sonriéndome con su media cara desde los pies de la cama.

Hace solo un par de semanas, pedí una excedencia indefinida. He oído que no hubo absolutamente ningún problema en concedérmela.

Tenía ganas de viajar y eso he hecho. Esta mañana he cogido un vuelo muy largo al otro lado del mundo. He oído que han abierto un motel nuevo en Camboya. Un par de chicas que lo llevan maravillosamente bien.

Solo espero que no me den con la puerta en las narices al verme.

Agradecimientos

La Caja llevaba años flotando entre mis ideas sin llegar a buen puerto. Era una de esas premisas que sabes que algún día tienes que «atacar», pero no sabes muy bien cómo. Empezaba, paraba, volvía a empezar... a rachas, buscando un destino para ese oscuro y poderoso objeto que esperaba varado en mi imaginación. Durante todo ese tiempo mi hermano, Javi Santiago, ha sido el mayor defensor de esta idea. Me echaba una pequeña bronca cada vez que dejaba a medias la historia para escribir alguna otra. Así que a él le debemos que los pescadores del *Kosmo* (¡y del *Arran*!) finalmente hallaran la Caja y la arrastrasen hasta St. Kilda, con las fatales consecuencias que ya conocemos... Pero supongo que en el mundo real nadie puede culparle de nada, excepto de habernos hecho pasar un buen rato.

En la lista de «culpables» tenemos también a Juan Fraile, amigo, escritor, editor y lector, que destripó el libro y produjo valiosas notas que han terminado formando parte del texto. Mi agradecimiento a los hermanos Pedro y Amai Varela, que hicieron una estupenda revisión de los aspectos médicos del libro. A Diego Ventura, que bendijo la novela Lovercraftianamente y produjo grandes notas. Paula Velasco que aportó su granito de «justicia» en la escena final entre Carmen y McGrady. Mil gracias también a Begoña Garaikoetxea, Rosa y Antonia Galán, y Asier Gerikaetxeberria, quienes leyeron y comentaron la edición no venal.

Como siempre, tengo que agradecer a Carmen Romero, mi editora, por su fe y su entusiasmo en el manuscrito. Por extensión, a todo el equipo de Penguin Random House por su fantástica labor corrigiendo y diseñando este libro que tienes entre las manos. Gracias también a Bernat Fiol de Salmaia Lit, quien consigue que mis historias se traduzcan y viajen a los lectores de todo el mundo.

Ainhoa, mi cómplice literaria, es el pilar fundamental que sostiene todo el proceso. Aguanta mis neurosis creativas, me hace preguntas difíciles y se lee las primerísimas (y abruptas) versiones de todo lo que escribo, lo cual es en sí mismo una demostración de amor.

Y, por supuesto, gracias a vosotros, queridos lectores y lectoras. Los libros os hacen aún más bellos e inteligentes de lo que ya sois y, además, permiten a Cabezas de Chorlito como yo seguir haciendo lo que mejor se nos da: contaros una historia que os logre transportar un rato, aunque sea a una isla fría, heladora, en el mar del Norte.

Os espero en la siguiente.

MIKEL SANTIAGO